PANINI BOOKS

Five Nights at Freddy's

DIE SILBERNEN AUGEN

Roman

Von Scott Cawthon &
Kira Breed-Wrisley

Aus dem Englischen
von Robert Montainbeau

PANINI BOOKS

Bibliografische Information der Deutschen Nationalbibliothek
Die Deutsche Nationalbibliothek verzeichnet diese Publikation in der Deutschen Nationalbibliografie; detaillierte bibliografische Daten sind im Internet über http://dnb.d-nb.de abrufbar.

Dieses Buch wurde auf chlorfreiem, umweltfreundlich hergestelltem Papier gedruckt.

FSC www.fsc.org
MIX
Papier aus verantwortungsvollen Quellen
FSC® C014496

Amerikanische Originalausgabe: „Five Nights at Freddy's: The Silver Eyes" by Scott Cawthon and Kira Breed-Wrisley published in the US by Scholastic Inc., New York, October 2016.

Deutsche Ausgabe: Panini Verlags GmbH,
Rotebühlstraße 87, 70178 Stuttgart.

Geschäftsführer: Hermann Paul
Head of Editorial: Jo Löffler
Head of Marketing: Holger Wiest (email: marketing@panini.de)
Presse & PR: Steffen Volkmer

Übersetzung: Robert Mountainbeau
Lektorat: Tom Grimm
Umschlaggestaltung: tab indivisuell, Stuttgart
Satz: Greiner & Reichel, Köln
Druck: GGP Media GmbH, Pößneck
Printed in Germany

YDFIVE001

ISBN 978-3-8332-3519-1
1. Auflage, August 2017

Auch als E-Book erhältlich: ISBN 978-3-8332-3579-5

Findet uns im Netz:
www.paninicomics.de

PaniniComicsDE

1

Er sieht mich.

Charlie ließ sich auf alle viere fallen. Eingezwängt in einem Kriechgang zwischen Spielautomaten und der Wand hockte sie auf einem Gewirr von Elektrokabeln und Steckerleisten. Sie saß in der Falle.

Der einzige Weg hinaus führte an dem Ding vorbei, und sie war nicht schnell genug, um das zu schaffen. Durch einen Spalt zwischen den Automaten sah sie ihn auf und ab staksen. Sie hatte kaum genug Platz, um sich überhaupt zu bewegen, aber sie versuchte rückwärts zu kriechen. Ihr Fuß blieb an einem Kabel hängen. Sie hielt inne, um ihn vorsichtig zu befreien.

Sie hörte, wie Metall gegen Metall schepperte, dann kippte die am weitesten von ihr entfernte Konsole gegen die Wand. Wieder schlug er gegen den Automaten, wobei der Bildschirm zersplitterte. Dann nahm er sich den nächsten vor und drosch fast rhythmisch darauf ein, zerschmetterte eine Konsole nach der anderen und kam immer näher.

Ich muss hier weg, ich muss! Doch alle Panik half ihr nicht weiter. Es gab keinen Ausweg. Ihr Arm schmerzte. Am liebsten hätte sie laut aufgeschluchzt. Blut sickerte durch den schmutzigen Verband. Sie hatte das Gefühl, als könne sie geradezu spüren, wie es einfach aus ihr herauslief.

Jetzt knallte plötzlich die Konsole, die kaum mehr als einen Meter von ihr entfernt war, gegen die Wand. Charlie zuckte zusammen. Er kam näher. Immer lauter vernahm sie das Surren von kleinen Getrieben und das Klicken von Servomotoren. Selbst mit geschlossenen Augen sah sie vor sich, wie er sie anblickte, sah den verfilzten Pelz und die offen liegenden Metallverstrebungen unter dem künstlichen Fell.

Die Konsole wurde direkt vor ihr nach vorn gezerrt. Sie kippte um wie ein Spielzeug. Die Kabel unter Charlies Händen und Knien wurden mit fortgerissen. Sie schluckte und blickte gerade rechtzeitig auf, um zu sehen, wie ein Haken auf sie niederfuhr …

WILLKOMMEN IN HURRICANE, UTAH.

Beim Anblick des Schildes grinste Charlie schief und fuhr weiter. Dahinter sah die Welt nicht viel anders aus als davor, doch sie spürte ein Gefühl nervöser Erwartung in sich aufsteigen, als sie das Schild hinter sich gelassen hatte.

Sie erkannte nichts wieder. Allerdings hatte sie auch nicht damit gerechnet, zumindest nicht hier, am Rand der Stadt, wo es nur den Highway gab und sonst nichts.

Sie fragte sich, wie die anderen wohl aussehen würden, wer sie heute waren. Zehn Jahre zuvor waren sie beste Freunde gewesen. Und dann war *es* passiert und hatte alles beendet, zumindest für Charlie.

Seit sie sieben gewesen war, hatte sie keinen von ihnen mehr gesehen. Als Kinder, da hatten sie sich noch ständig geschrieben, ganz besonders Marla, die schrieb, wie sie redete: schnell und zusammenhanglos.

Doch als sie älter geworden waren, hatten sie sich auseinandergelebt. Die Briefe waren seltener geworden, und die Gespräche, die schließlich zu ihrer Reise geführt hatten, ebenso oberflächlich und von hilflosen Pausen unterbrochen.

Charlie wiederholte ihre Namen, als wolle sie sichergehen, niemanden vergessen zu haben: *Marla. Jessica. Lamar. Carlton. John. Und Michael …* Michael war immerhin der eigentliche Grund für ihre Reise. Zehn Jahre war es her, dass er gestorben war. Zehn Jahre, seit es passiert war. Und nun hatten seine Eltern sie alle für die Gedenkfeier noch einmal eingeladen. Sie wollten seine alten Freunde versammelt sehen, wenn sie das Stipendium stifteten, das sie in Michaels Namen ins Leben riefen. Charlie fand, dass es durchaus eine gute Sache war, aber die Zusammenkunft fühlte sich irgendwie makaber an.

Ein Schauer überlief sie, und sie regelte die Klimaanlage herunter, obwohl ihr klar war, dass es nicht an der Kälte lag.

Während sie in die Innenstadt fuhr, kannte Charlie sich allmählich wieder aus: Zumindest ein paar Geschäfte und das Kino, an dem bereits für den Blockbuster dieses Sommers geworben wurde, waren noch da.

Einen Augenblick war sie überrascht, dann musste sie über sich selbst lächeln. *Was hast du denn geglaubt? Dass alles unverändert bleibt? Ein Denkmal an den Tag deiner Abreise, das im Juli 1985 für immer eingefroren worden ist?* Aber eigentlich war es genau das, was sie erwartet hatte. Sie warf einen Blick auf ihre Uhr. Ein paar Stunden musste sie noch totschlagen, bevor sich alle treffen würden. Sie überlegte kurz, sich den Film anzusehen, doch sie wusste, was sie in Wirklichkeit tun wollte. Charlie bog nach links ab und fuhr wieder aus der Stadt hinaus.

Zehn Minuten später hielt sie an und verließ das Auto.

Vor ihr ragte das Haus auf, seine dunklen Umrisse eine Wunde im strahlend blauen Himmel. Charlie lehnte sich gegen den Wagen, denn ihr wurde etwas schwindelig. Sie atmete mehrmals tief durch, um wieder einen klaren Kopf zu bekommen. Sie wusste, dass es noch hier stehen würde. Bei einem eigentlich unzulässigen Blick in die Konten ihrer Tante vor ein paar Jahren hatte sie gesehen, dass die Hypothek abgetragen war, Tante Jen aber immer noch die Grundsteuer bezahlte. Es war erst zehn Jahre her, also gab es keinen Grund, dass sich irgendetwas geändert haben sollte.

Langsam ging Charlie die Stufen hinauf und ließ ihren Blick über die abblätternde Farbe gleiten. Die dritte Stufe hatte immer noch ein loses Brett, und die Rosenbüsche waren über die eine Seite der Veranda gewuchert und bohrten ihre Dornen hungrig in das Holz. Die Haustür war abgeschlossen, aber Charlie besaß nach wie vor ihren Schlüssel. Sie hatte ihn nie gebraucht.

Während sie die Kette mit dem Schlüssel daran von ihrem Hals nahm und ins Schloss schob, erinnerte sie sich daran, wie ihr Vater ihr die Kette einst umgelegt hatte. *Falls du ihn jemals brauchst.* Jetzt brauchte sie ihn.

Die Tür ließ sich leicht öffnen. Charlie trat ein und sah sich um. An die ersten zwei Jahre in diesem Haus konnte sie sich kaum noch erinnern. Sie war erst drei gewesen, und alle ihre Erinnerungen verschmolzen zu einem Gefühl von Verlust und kindlicher Trauer, weil sie nicht verstanden hatte, warum ihre Mutter hatte gehen müssen. Unentwegt hatte sie sich an ihren Vater geklammert und der Welt um sie herum nicht getraut, solange er nicht da war, solange sie ihn nicht festhalten und ihr Gesicht in seine Baumwollhemden drücken und den Geruch nach Öl und heißem Metall einatmen konnte.

Vor ihr führte die Treppe gerade nach oben, doch sie steuerte nicht direkt darauf zu. Stattdessen ging sie ins Wohnzimmer, wo noch alle Möbel an ihrem Platz standen. Als Kind war es ihr nicht aufgefallen, aber das Haus war ein wenig zu groß für die wenigen Möbel, die sie besessen hatten. Alles stand zu weit auseinander, um den Raum wirklich zu füllen: Der Kaffeetisch befand sich zu weit vom Sofa entfernt, als dass man ihn leicht hätte erreichen können, der Sessel zu weit weg, als dass ein Gespräch möglich gewesen wäre. Auf dem Holzfußboden, fast in der Mitte des Raumes, war ein dunkler Fleck zu erkennen. Charlie ging schnell darum herum und weiter in die Küche, wo in den Schränken nur ein paar Töpfe, Pfannen und etwas Geschirr standen. Als Kind hatte Charlie nie irgendetwas gefehlt, aber nun kam es ihr so vor, als seien die unnötigen Ausmaße des Hauses eine Art Entschuldigung, der Versuch eines Mannes, der so viel verloren hatte, seiner Tochter zu bieten, was er nur konnte. Er hatte schon immer dazu geneigt, alles zu übertreiben, was er tat.

Als sie das letzte Mal in diesem Haus gewesen war, hatte es dunkel gewirkt und irgendwie falsch. Sie war die Treppe zu ihrem Zimmer hinaufgetragen worden, obwohl sie schon sieben gewesen war und auf ihren eigenen Füßen schneller gewesen wäre. Doch Tante Jen war auf der vorderen Veranda stehen geblieben, hatte sie hochgenommen, sie getragen und mit der Hand ihr Gesichtsfeld eingeschränkt, als sei sie ein Baby und der gleißenden Sonne ausgesetzt.

In ihrem Zimmer hatte Tante Jen Charlie abgesetzt und die Tür hinter ihnen geschlossen. Sie hatte sie angewiesen, ihren Koffer zu packen, und Charlie hatte geweint, weil alle ihre Sachen niemals in den kleinen Koffer passen würden.

„Wir können später zurückkommen und den Rest holen", hatte Tante Jen gesagt, und ihre Ungeduld war deutlich spürbar gewesen, während Charlie noch unentschlossen vor ihrer Kommode gestanden und versucht hatte, sich zu entscheiden, welche T-Shirts sie mitnehmen sollte.

Sie waren niemals zurückgekommen, um den Rest zu holen.

Charlie ging die Treppe hinauf und wandte sich ihrem alten Zimmer zu. Die Tür hatte einen Riss, und als sie sie öffnete, fühlte sie sich auf eine seltsame Weise fehl am Platz, als könnte ihr jüngeres Ich gleich dort inmitten ihres Spielzeugs sitzen, sie ansehen und fragen: *Wer bist du?*

Dann betrat Charlie den Raum.

Wie der Rest des Hauses war auch ihr Zimmer unberührt. Die Wände waren blassrosa, und die Decke, die an einer Seite, wo sie der äußeren Linie des Daches folgte, in eine steile Schräge überging, war in der gleichen Farbe gestrichen. Ihr altes Bett stand immer noch unter einem großen Fenster an der Wand. Die Matratze war heil, wenn auch die Laken fehlten. Das Fenster hatte jemand leicht aufgestellt, und vergilbte Spitzenvorhänge wehten in der sanften Brise, die von draußen hereinwehte.

Unter dem Fenster hatte sich an der Wand im Laufe der Jahre ein dunkler Wasserfleck gebildet und zeigte deutlich, wie sehr das Haus vernachlässigt worden war. Charlie stieg auf das Bett und zog das Fenster zu. Quietschend schloss es sich, und sie kletterte wieder auf den Boden und wandte ihre Aufmerksamkeit dem Rest des Zimmers zu, den Schöpfungen ihres Vaters.

In der ersten Nacht im Haus hatte Charlie Angst gehabt, alleine zu schlafen. Sie selbst konnte sich an die Nacht nicht erinnern, aber ihr Vater hatte ihr oft genug davon erzählt, sodass ihr die Geschichte wie ihre eigene Erinnerung vorkam.

Sie hatte sich aufgesetzt und geweint, bis ihr Vater gekommen war, bis er sie in seine Arme genommen, festgehalten und ihr versprochen hatte, dafür zu sorgen, dass sie nie wieder allein sein würde. Am nächsten Morgen hatte er sie bei der Hand genommen und sie zur Garage geführt, wo er sich daranmachte, sein Versprechen einzulösen.

Als Erstes konstruierte er ihr ein lilafarbenes Kaninchen, das inzwischen von den vielen Jahren im Sonnenlicht ganz grau geworden war. Ihr Vater hatte es Theodore genannt. Es war so groß wie ein dreijähriges Kind – so groß wie sie damals –, und es hatte ein flauschiges Fell, glänzende Augen und trug eine adrette rote Krawatte. Viel konnte es nicht, nur mit einer Hand winken und den Kopf zur Seite legen, um mit der Stimme ihres Vaters zu sagen: „Ich liebe dich, Charlie." Aber als Nachtwache war es bestens geeignet und leistete ihr Gesellschaft, wenn sie nicht schlafen konnte. Im Moment saß Theodore in einem weißen Korbstuhl in der gegenüberliegenden Ecke des Zimmers. Charlie winkte ihm zu, aber da er nicht eingeschaltet war, winkte er nicht zurück.

Nach Theodore wurden die Spielzeuge dann viel komplexer. Einige funktionierten und andere nicht. Manche schienen unter andauernden Störungen zu leiden, während andere Charlies kindliche Fantasie einfach nicht ansprachen. Sie wusste, dass ihr Vater die defekten oder ungeliebten Spielzeuge wieder mit in seine Werkstatt nahm und sie ausschlachtete, um ihre Teile erneut zu verwenden. Trotzdem wollte sie nie dabei zusehen, wie sie auseinandergenommen wurden. Aber jene, die blieben, die sie liebte, die jetzt immer noch dort waren, sahen sie erwartungsvoll an. Lächelnd drückte Charlie auf einen Knopf neben ihrem Bett. Er klemmte nur ein wenig, doch nichts geschah. Sie drückte ihn erneut und hielt ihn länger fest, und diesmal begann das Einhorn auf der anderen Seite des Raums sich mit dem typischen Quietschen zu bewegen, wenn Metall auf Metall rieb.

Das Einhorn (Charlie hatte es aus irgendeinem Grund, an den sie sich nicht mehr erinnern konnte, Stanley getauft) war aus Metall und glänzend weiß angemalt. Es rollte auf einer Schiene im Kreis durch den Raum und nickte dabei steif mit dem Kopf. Die Schiene quietschte, als Stanley neben dem Bett zum Stehen kam.

Charlie kniete sich neben ihn auf den Boden und tätschelte seine Flanke. Die strahlend weiße Farbe war stellenweise abgeplatzt, und sein Gesicht hatte begonnen, Rost anzusetzen. Doch seine Augen wirkten immer noch lebendig.

„Du brauchst mal einen neuen Anstrich, Stanley", stellte Charlie fest. Das Einhorn starrte regungslos an ihr vorbei.

Am Fußende befand sich ein Rad. Es war aus Metall zusammengeschweißt und hatte immer auf sie gewirkt, als stamme es aus einem U-Boot. Charlie griff danach. Einen Moment klemmte es, doch dann gab es nach und drehte sich, wie es das immer getan hatte, und die Tür des kleinsten Schranks schwang auf.

Heraus kam Ella auf ihrer Schiene, eine Puppe von der Größe eines Kindes, die eine Teetasse in ihren winzigen Händchen hielt, als wolle sie sie anbieten. Ellas kariertes Kleid wirkte immer noch frisch gebügelt, und ihre Lackschuhe glänzten. Vielleicht hatte der Schrank sie vor der Feuchtigkeit geschützt. Charlie hatte genau die gleichen Sachen besessen, als sie und Ella noch gleich groß gewesen waren.

„Hi Ella", sagte sie leise.

Als sie das Rad zurückdrehte, verschwand Ella wieder im Schrank, und die Tür schloss sich hinter ihr. Charlie folgte ihr. Die Schränke waren so gebaut worden, dass sie genau unter die Schräge passten, und es gab drei von ihnen. Ella wohnte im kleinsten, der nur gut einen Meter hoch war.

Daneben befand sich einer, der ungefähr dreißig Zentimeter mehr maß, und ein dritter, direkt neben der Schlafzimmertür, der genauso hoch war wie der Rest des Raums. Sie lächelte, als sie sich erinnerte.

„Warum hast du drei Schränke?“, hatte John wissen wollen, als er sie zum ersten Mal besucht hatte. Ausdruckslos hatte sie ihn angesehen, denn seine Frage verwirrte sie.

„Weil es nun mal so viele sind“, hatte sie schließlich geantwortet und wie zu ihrer Verteidigung auf den kleinsten gedeutet und gesagt: „Der gehört sowieso Ella.“ John hatte befriedigt genickt.

Charlie schüttelte den Kopf und öffnete die Tür des mittleren Schranks – oder zumindest versuchte sie es. Er war verschlossen. Sie rüttelte ein paar Mal daran, doch gab bald auf. Aus der Hocke blickte sie hinauf zu dem größten Schrank, der eigentlich erst für sie bestimmt gewesen war, wenn sie groß sein würde. „Den wirst du erst später brauchen“, hatte ihr Vater gesagt, aber dieser Tag war niemals gekommen. Jetzt stand die Tür einen Spalt breit offen, aber Charlie berührte sie nicht. Der Schrank hatte sich nicht für *sie* geöffnet, sondern einfach dem Zahn der Zeit, der an ihm nagte, nachgegeben.

Als sie sich aufrichtete, bemerkte sie etwas Glänzendes, das halb unter dem Rand der verschlossenen mittleren Tür hervorschaute. Sie beugte sich hinunter, um es aufzuheben. Es sah aus wie ein abgebrochenes Stück einer Computerplatine. Sie musste lächeln. Schrauben, Muttern, Holzreste und andere Teile waren früher stets überall aufgetaucht. Ihr Vater hatte immer irgendwelchen Kleinkram in den Taschen gehabt. Manchmal trug er irgendetwas herum, woran er arbeitete, stellte es ab und vergaß, wo es war, oder, schlimmer noch, legte es „sicher“ weg, woraufhin es nie wieder gesehen wurde. An dem Stück, dass sie in der Hand hielt, hing sogar ein Haar von ihr. Sorgsam zog sie es ab.

Schließlich, als hätte sie es vor sich hergeschoben, durchquerte Charlie den Raum und nahm Theodore hoch. Sein Rücken war nicht wie seine Vorderseite durch das Sonnenlicht ausgeblichen, und er schimmerte immer noch in dem tiefen Lila, an das sie sich erinnerte. Sie drückte auf den Knopf am Ansatz seines Halses, aber er regte sich nicht. Sein Fell war abgewetzt, ein Ohr hing nur noch an einem einzelnen dünnen Faden, und durch das Loch konnte sie das grüne Plastik seiner Steuerplatine sehen. Charlie hielt den Atem an und lauschte ängstlich, ob sie irgendetwas hören würde.

„I…iebe … di…arlie“, sagte das Kaninchen mit kaum hörbarer, stockender Stimme, und Charlie setzte es ab. Ihr Gesicht war plötzlich ganz heiß und ihre Brust eng. Sie hatte nicht damit gerechnet, noch einmal die Stimme ihres Vaters zu hören. *Ich liebe dich auch.*

Charlie sah sich weiter im Zimmer um. Als Kind war es ihre ganz eigene zauberhafte Welt gewesen, und es hatte ihr allein gehört. Nur wenige ausgewählte Freunde hatten es je betreten dürfen. Sie ging zum Bett und setzte Stanley auf seinen Schienen erneut in Bewegung. Dann verließ sie den Raum und schloss die Tür hinter sich, noch bevor das kleine Einhorn wieder zum Stillstand kam.

Durch die Hintertür ging sie zur Auffahrt und blieb vor der Garage stehen, in der sich die Werkstatt ihres Vaters befunden hatte. Halb vergraben im Kies entdeckte sie ein Stück Metall und hob es auf. Es besaß in der Mitte ein Gelenk. Während sie es hin- und herbewegte, lächelte sie ein wenig. *Ein Ellbogengelenk*, dachte sie. *Ich frage mich, wem das mal hätte gehören sollen.*

Schon oft hatte sie an genau derselben Stelle gestanden. Sie schloss die Augen, und die Erinnerungen überwältigten sie. Wieder war sie ein kleines Mädchen und saß in der Werkstatt ihres Vaters auf dem Boden. Sie spielte mit Resten von Holz und Metall, als seien es Bauklötze, und versuchte aus den ungleichen Teilen einen Turm zu bauen. Es war heiß in der Werkstatt, und sie schwitzte. Schmutz blieb an ihren Beinen kleben, während sie dort in ihren Shorts und Turnschuhen saß. Fast konnte sie den scharfen, metallischen Geruch des Lötkolbens riechen. Ihr Vater war ganz in der Nähe, nie außer Sichtweite, und arbeitete an Stanley, dem Einhorn.

Stanleys Gesicht war noch nicht fertig: die eine Seite weiß und glänzend und freundlich, mit einem strahlenden braunen Auge, das fast lebendig wirkte. Die andere Seite seines Kopfes bestand aus Platinen und Metallstreben. Charlies Vater warf ihr einen Blick zu und lächelte, und sie lächelte liebevoll zurück.

In einer dunklen Ecke hinter ihrem Vater, fast nicht sichtbar, hing ein Gewirr von Gliedmaßen aus Metall. Es war ein verdrehtes Skelett mit durchdringenden silbernen Augen. Hin und wieder zuckte es unheimlich. Charlie versuchte nie hinzusehen, doch während ihr Vater arbeitete und sie mit den Materialresten spielte, wanderte ihr Blick immer wieder unwillkürlich hinüber. Die Gliedmaßen, verdreht wie sie waren, wirkten geradezu höhnisch, das Ding ein grausiger Narr, und doch strahlte es ungeheuren Schmerz aus.

„Daddy?“, sagte Charlie, aber ihr Vater sah nicht von seiner Arbeit auf. „Daddy?“, sagte sie erneut, diesmal dringlicher, und nun drehte er sich langsam zu ihr um, als befände er sich nicht vollständig in dieser Welt.

„Was brauchst du, Süße?“

Sie deutete auf das Metallskelett. *Tut ihm etwas weh?* Sie

wollte diese Frage stellen, aber als sie in die Augen ihres Vaters blickte, merkte sie, dass sie es nicht konnte. Sie schüttelte den Kopf.

„Nichts.“

Er nickte ihr mit abwesendem Lächeln zu und machte sich wieder an die Arbeit. Hinter ihm zuckte die Kreatur erneut fürchterlich, und in ihren Augen loderte ein gleißendes Feuer.

Charlie überlief ein Schauer, und sie riss sich zusammen, um wieder in die Gegenwart zurückzukehren. Sie fühlte sich schutzlos und sah schnell über die Schulter. Dann blickte sie nach unten und entdeckte etwas: drei Abdrücke im Boden. Gedankenverloren kniete sie sich hin und fuhr mit den Fingern über einen davon. Der Kies war beiseitegeschoben, und irgendetwas hatte sich in den Boden darunter gebohrt. *Ein dreibeiniges Kamerastativ?* Es war der erste Anblick, der ihr nicht vertraut war. Die Tür zur Werkstatt stand einen Spaltbreit offen, einladend, aber sie verspürte nicht den Wunsch hineinzugehen. Schnell lief sie zurück zu ihrem Auto, doch sobald sie wieder hinter dem Steuer saß, hielt sie inne. Die Schlüssel waren weg, wahrscheinlich irgendwo im Haus aus ihrer Tasche gefallen.

Noch einmal ging sie den Weg ab, den sie genommen hatte, warf einen kurzen Blick ins Wohnzimmer und die Küche, bevor sie nach oben zu ihrem Zimmer lief. Die Schlüssel lagen auf dem Korbstuhl, neben Theodore, dem Kaninchen. Sie nahm sie hoch und klimperte ein wenig damit, denn irgendwie war sie noch nicht wirklich bereit, das Zimmer wieder zu verlassen.

Sie setzte sich aufs Bett. Stanley war direkt daneben stehen geblieben, wie er es immer tat, und als sie sich niederließ, tätschelte sie ihm gedankenverloren den Kopf. Während sie draußen gewesen war, hatte die Dämmerung eingesetzt, und das Zimmer war nun voller Schatten. Ohne das helle Sonnenlicht zeichneten sich die vielen Makel und der Verfall der Spielzeuge, die der Zahn der Zeit an ihnen hinterlassen hatte, viel schärfer ab. Theodores Augen glänzten nicht mehr, und sein dünnes Fell und das herabhängende Ohr ließen ihn wie einen abgerissenen Landstreicher wirken. Als sie Stanley betrachtete, wirkten seine Augen durch den Rost darum herum wie leere Höhlen, und seine entblößten Zähne, die sie früher immer für ein Lächeln gehalten hatte, verwandelten sich in das schreckliche, wissende Grinsen eines Totenschädels.

Charlie stand auf und achtete darauf, ihn nicht zu berühren. Dann lief sie zur Tür, aber ihr Fuß blieb an dem Rad neben dem Bett hängen. Sie stolperte über die Schiene und schlug lang hin. Ein metallisches Surren ertönte, und als Charlie den Kopf hob, tauchten direkt unter ihrer Nase zwei kleine Füße auf, die in glänzenden Lackschuhen steckten. Sie blickte nach oben. Über ihr stand Ella und starrte sie an, schweigend und unwillkommen, wobei ihre Glasaugen wirkten, als könnten sie tatsächlich sehen. Mit militärischer Akkuratesse hielt sie die Teetasse vor sich.

Vorsichtig erhob sich Charlie wieder und achtete darauf, die Puppe nicht zu berühren. Dann verließ sie das Zimmer mit behutsamen Schritten, um nicht noch ein weiteres Spielzeug unfreiwillig zu aktivieren. Während sie hinausging, zog Ella sich fast im gleichen Tempo wieder in ihren Schrank zurück.

Charlie eilte die Treppe hinunter, denn sie wollte so rasch wie möglich verschwinden. Im Wagen gelang es ihr erst beim dritten Mal, den Schlüssel ins Zündschloss zu bekommen. Viel zu schnell fuhr sie rückwärts die Einfahrt hinunter und rumpelte dabei auch achtlos über die Grasfläche vor dem Haus. Dann raste sie davon.

Nach ungefähr einer Meile fuhr Charlie rechts ran, stellte den Motor ab und starrte durch die Windschutzscheibe ins Nichts. Sie zwang sich, ruhig zu atmen. Dann griff sie nach dem Rückspiegel und drehte ihn so weit herum, dass sie sich darin sehen konnte.

Sie erwartete immer, Schmerz, Wut und Trauer in ihrem Gesicht zu erkennen, doch nichts davon zeigte sich. Ihre Wangen waren rosig, und ihr rundes Gesicht wirkte fast fröhlich. Wie immer. In den ersten Wochen, die sie bei Tante Jen gelebt hatte, war ihr immer genau das gesagt worden, wenn ihre Tante sie jemandem vorgestellt hatte: „Was für ein hübsches Kind. Und wie glücklich sie aussieht."

Charlie wirkte immer, als würde sie jeden Moment lächeln, mit großen braunen funkelnden Augen, ihre Mundwinkel kurz davor, sich zu heben, selbst wenn ihr eigentlich vielmehr danach war, in haltloses Schluchzen auszubrechen. Sie empfand es als eine Art Affront. Mit den Fingern fuhr sie sich durch das hellbraune Haar, als könne sie dadurch auf magische Weise dessen leichte Krause zum Verschwinden bringen. Dann drehte sie den Spiegel zurück in seine ursprüngliche Position.

Sie startete den Motor und suchte nach einem Sender, in der Hoffnung, dass Musik sie wieder vollständig zurück in die Gegenwart holen würde. Sie sprang von einer Station zur nächsten, ohne wirklich zu hören, was die einzelnen spielten. Am Ende blieb sie bei einem Sender hängen, dessen Moderator seine Zuhörer ständig in geradezu arroganter Weise anzuschreien schien. Sie hatte keine Ahnung, wovon er eigentlich redete, aber sein harscher und entnervter Ton reichte aus, um sie wieder ganz ins Hier und Jetzt zu holen.

Die Uhr im Auto ging immer falsch, deswegen warf sie einen Blick auf ihre Armbanduhr. Es war bald Zeit, sich mit ihren Freunden in dem Restaurant zu treffen, dass sie gemeinsam ausgesucht hatten, ganz in der Nähe des Stadtzentrums.

Charlie fuhr wieder los und ließ sich von den wütenden Tiraden des Radiomoderators ablenken.

Als sie das Restaurant erreichte, fuhr Charlie auf den Parkplatz und hielt an, aber sie stellte den Motor nicht aus. Die Front des Diners bestand aus Glas. Sie konnte direkt hineinsehen. Es dauerte nur einen Moment, bis sie ihre Freunde entdeckte, obwohl sie sie seit Jahren nicht gesehen hatte.

Jessica war am leichtesten zu erkennen. Sie legte ihren Briefen immer Bilder bei, und im Moment sah sie genau wie auf dem letzten Foto aus. Selbst im Sitzen war sie eindeutig größer als die Jungs und sehr dünn. Charlie konnte zwar nicht ihr gesamtes Outfit sehen, aber zu erkennen war, dass sie eine weite weiße Bluse mit einer bestickten Weste darüber trug. Ein Hut mit breiter Krempe und einer riesigen Blume, die ihn ihr vom Kopf zu ziehen drohte, saß schräg auf ihrem schulterlangen braunen Haar. Sie gestikulierte angeregt, während sie sprach.

Die beiden Jungs saßen ihr nebeneinander gegenüber. Carlton mit den roten Haaren sah aus wie eine ältere Version seines früheren Selbst. Zwar besaß er immer noch irgendwie das Gesicht eines Kindes, doch seine Züge hatten sich verfeinert, und sein Haar wirkte sorgfältig zerzaust und schien von einer Art alchemistischem Haarpflegeprodukt in Form gehalten zu werden. Man konnte ihn fast hübsch nennen für einen Jungen. Er trug ein schwarzes Trainingshemd, obwohl Charlie bezweifelte, dass er auch nur einen Tag seines Lebens im Fitnessstudio gewesen war. Er hockte nach vorn gebeugt am Tisch und stützte sein Kinn in die Hände.

John saß neben ihm, direkt am Fenster. Er hatte immer zu den Kindern gehört, die sich schon schmutzig machten, bevor sie überhaupt hinausgingen. Er hatte grundsätzlich bereits Farbe auf dem Hemd, bevor der Lehrer die Wasserfarben verteilte, Grasflecken an den Knien, bevor sie auch nur in die Nähe eines Spielplatzes kamen, und Dreck unter den Fingernägeln, kurz nachdem er sich die Hände gewaschen hatte.

Dass er es war, wusste Charlie, weil es einfach nicht anders sein konnte, doch er sah vollkommen anders aus. Die Schlampigkeit seiner Kindheit war einer deutlich sichtbaren Frische und Sauberkeit gewichen. Er trug ein sorgfältig gebügeltes hellgrünes Hemd mit offenem Kragen und aufgekrempelten Ärmeln, sodass er nicht allzu zugeknöpft wirkte. Selbstsicher lehnte er sich in seinem Sitz zurück, wobei er eifrig nickte, da er offensichtlich aufsaugte, was Jessica zu sagen hatte. Das Einzige, was an sein früheres Selbst erinnerte, war sein Haar, das auf seinem Kopf in die Höhe stand. Dazu kam ein Bartschatten – die etwas selbstgefällige Erwachsenenversion des Schmutzes, mit dem er als Kind ständig eingedeckt gewesen war.

Charlie lächelte in sich hinein. Als Kind war sie irgendwie in John verknallt gewesen, noch bevor einer von ihnen beiden wirklich verstand, was das überhaupt bedeutete. Er hatte ihr Kekse aus seiner Brotdose mit den Transformers darauf gegeben, und im Kindergarten hatte er einmal die Schuld auf sich genommen, als sie das Glas mit den farbigen Perlen für die Handarbeiten zerbrochen hatte. Sie erinnerte sich noch an den Augenblick, als es ihr aus den Händen geglitten war, und sie hatte zugesehen, wie es fiel. Sie wäre nicht schnell genug gewesen, um es aufzufangen, aber sie hatte es auch gar nicht erst versucht. Sie wollte sehen, wie es zerbrach. Das Glas prallte auf den Holzfußboden. Es zersprang in tausend Stücke, und die bunten Perlen kullerten zwischen den Scherben in alle Richtungen. Sie fand, es sah wunderschön aus, und dann hatte sie angefangen zu heulen.

John hatte einen Brief nach Hause bekommen, und als sie sich bei ihm bedankte, hatte er ihr zugezwinkert und mit einer Ironie, die seinem Alter weit voraus war, einfach geantwortet: „Wofür?“

Danach hatte sie John erlaubt, mit in ihr Zimmer zu kommen. Sie ließ ihn mit Stanley und Theodore spielen, bewachte ihn ängstlich, als er das erste Mal auf die Knöpfe drückte, um ihre mechanischen Freunde in Bewegung zu setzen. Sie wäre am Boden zerstört gewesen, hätten sie ihm nicht gefallen, denn instinktiv wusste sie, dass sie ihn dann nicht mehr so gern mögen würde. Die Figuren waren ihre Familie. Aber John war sofort fasziniert, als er sie sah. Er liebte ihre Spielzeuge, und so liebte sie ihn. Zwei Jahre später, hinter einem Baum neben der Werkstatt ihres Vaters, ließ sie es beinahe zu, dass er sie küsste. Und dann geschah *es*, und alles war vorbei, zumindest für Charlie.

Charlie schüttelte sich und zwang sich, wieder an die Gegenwart zu denken. Sie warf erneut einen Blick auf die aufgerüschte Jessica und sah dann an sich selbst hinab: lila T-Shirt, Jeansjacke, schwarze Jeans und Springerstiefel. Heute Morgen hatte sie das Gefühl gehabt, das sei eine gute Wahl, doch jetzt wünschte sie sich, sie hätte etwas anderes ausgesucht. *Du trägst doch ohnehin niemals etwas anderes*, sagte sie sich.

Sie stellte den Motor aus, stieg aus dem Wagen und

schloss ihn ab, obwohl die Menschen in Hurricane ihre Autos normalerweise nicht verschlossen. Dann ging sie in das Restaurant, um sich zum ersten Mal seit zehn Jahren wieder mit ihren Freunden zu treffen.

Die Wärme, die Geräusche und das Licht im Restaurant überrollten sie wie eine Welle. Einen Augenblick lang war sie überwältigt, aber Jessica sah sie im Eingang stehen und rief ihren Namen. Charlie lächelte und ging hinüber.

„Hi“, sagte sie etwas befangen und ließ ihren Blick von einem zum anderen gleiten, ohne wirklich Kontakt mit ihnen aufzunehmen. Jessica rutschte auf der roten Kunstlederbank zur Seite und klopfte auf den Platz neben sich.

„Hier, setz dich“, sagte sie. „Ich habe gerade John und Carlton von meinem glamourösen Leben erzählt.“ Sie verdrehte die Augen, während sie das sagte, wobei es ihr gelang, sowohl eine gewisse Selbstironie anklingen zu lassen als auch den Hauch eines Hinweises darauf, dass ihr Leben tatsächlich ziemlich aufregend war.

„Hast du gewusst, dass Jessica in New York lebt?“, fragte Carlton. Er redete irgendwie vorsichtig, als würde er erst über jedes einzelne Wort nachdenken, bevor er es aussprach. John schwieg, aber er lächelte Charlie beklommen an.

Jessica verdrehte erneut die Augen, und plötzlich fiel Charlie ein, dass sie diese Angewohnheit schon gehabt hatte, als sie noch Kinder gewesen waren.

„Acht Millionen Menschen leben in New York, Carlton. Es ist also keine besondere Leistung“, entgegnete Jessica.

Carlton zuckte die Achseln. „Ich bin noch nie irgendwo gewesen“, meinte er.

„Ich wusste gar nicht, dass du immer noch in der Stadt lebst“, sagte Charlie.

„Wo sollte ich denn sonst leben? Meine Familie ist seit

1896 hier“, fügte er hinzu und verlieh seiner Stimme einen tieferen Ton, um seinen Vater nachzuahmen.

„Ist das wahr?“, fragte Charlie.

„Ich weiß es nicht“, entgegnete Carlton in seiner eigenen Stimmlage. „Möglich wäre es. Dad hat vor zwei Jahren als Bürgermeister kandidiert. Er hat zwar verloren, aber trotzdem, wer kandidiert schon als Bürgermeister?“ Er verzog das Gesicht. „Ich schwöre, an dem Tag, an dem ich achtzehn werde, bin ich weg.“

„Und wo willst du hin?“, wollte John wissen und blickte Carlton ernst an.

Carlton erwiderte seinen Blick einen Augenblick lang genauso ernst. Dann senkte er ihn abrupt, deutete aus dem Fenster und kniff ein Auge zu, als würde er ein Ziel anvisieren. John hob eine Augenbraue, während er ebenfalls aus dem Fenster sah und versuchte Carltons Blick zu folgen und worauf er deutete. Auch Charlie sah hinaus. Carlton deutete auf gar nichts. John öffnete den Mund, um etwas zu sagen, aber Carlton unterbrach ihn.

„Oder …“, sagte er, während er einfach in die andere Richtung zeigte.

„Okay.“ John kratzte sich peinlich berührt am Kopf. „Also irgendwohin, richtig?“, fügte er lachend hinzu.

„Wo sind die anderen?“, wollte Charlie wissen und blickte zum Fenster hinaus auf den Parkplatz, um zu sehen, ob noch jemand kam.

„Morgen“, sagte John.

„Sie kommen morgen früh“, erklärte Jessica. „Marla bringt ihren kleinen Bruder mit. Kannst du das glauben?“

„Jason?“ Charlie lächelte. Sie hatte Jason noch als ein kleines Bündel mit einem winzigen roten Gesicht in Erinnerung, das aus vielen Decken herausschaute.

„Ich meine, wer will schon ein Baby dabeihaben?" Geziert drückte Jessica ihren Hut zurecht.

„Ich bin mir ziemlich sicher, dass er kein Baby mehr ist", entgegnete Charlie und musste ein Lachen unterdrücken.

„Praktisch ein Baby", meinte Jessica. „Jedenfalls habe ich uns ein Zimmer in dem Motel unten am Highway gebucht. Das war das Einzige, das ich finden konnte. Die Jungs übernachten bei Carlton."

„Okay", sagte Charlie. In gewisser Weise beeindruckte sie, wie Jessica alles organisiert hatte, doch der Plan gefiel ihr nicht. Sie hatte keine Lust, sich mit Jessica, die ihr mittlerweile wie eine Fremde vorkam, ein Zimmer zu teilen. Jessica hatte sich genau zu der Art von Mädchen entwickelt, von denen sie sich eingeschüchtert fühlte: strahlend und makellos, und sie hörte sich an, als habe sie alles im Leben durchschaut. Einen Moment lang überlegte Charlie, in ihrem alten Haus zu übernachten, doch schon der Gedanke daran stieß sie ab. Das Haus war nachts keine Domäne der Lebenden mehr. *Jetzt dramatisier es aber auch nicht*, schalt sie sich.

Nun ergriff John das Wort. Er konnte allein durch seine Stimme die Aufmerksamkeit auf sich ziehen, wahrscheinlich deshalb, weil er seltener sprach als alle anderen. Die meiste Zeit hörte er zu, aber nicht aus Zurückhaltung. Er sammelte Informationen und meldete sich lediglich zu Wort, wenn er etwas Kluges oder Sarkastisches zu vermelden hatte. Oft war es beides auf einmal.

„Weiß irgendjemand, was morgen passieren wird?"

Alle schwiegen einen Augenblick. Die Kellnerin nutzte die Gelegenheit, um herüberzukommen und die Bestellungen aufzunehmen. Charlie blätterte schnell die Speisekarte durch, ohne sich wirklich auf die einzelnen Gerichte zu konzentrieren. Viel schneller, als sie es erwartet hatte, war sie mit ihrer Bestellung an der Reihe, und sie erstarrte.

„Äh … Eier“, sagte sie schließlich. Der harte Blick der Frau hielt sie immer noch gefangen, und Charlie begriff, dass sie noch etwas hinzufügen musste. „Rührei. Mit hellem Toast“, ergänzte sie, und die Frau ging davon. Charlie sah erneut auf die Speisekarte. Das war etwas, was sie an sich hasste. Fühlte sie sich überrumpelt, schien sie nicht mehr in der Lage zu sein, vernünftig zu reagieren oder noch aufnehmen zu können, was um sie herum geschah. Sie konnte die Leute dann nicht mehr verstehen, und deren Anforderungen an sie kamen ihr fremd vor. *Essen zu bestellen kann eigentlich nicht so schwer sein*, dachte sie.

Die anderen waren bereits wieder ins Gespräch vertieft. Sie wandte ihnen erneut ihre Aufmerksamkeit zu, wobei sie das Gefühl hatte, den Anschluss verpasst zu haben.

„Was sagen wir überhaupt zu seinen Eltern?“, fragte Jessica gerade.

„Carlton, triffst du sie ab und zu?“, wollte Charlie wissen.

„Nicht wirklich“, entgegnete er. „Sie laufen mir höchstens zufällig über den Weg. Manchmal.“

„Es überrascht mich, dass sie in Hurricane geblieben sind“, meinte Jessica mit einer überheblicher Missbilligung in der Stimme.

Charlie sagte nichts dazu, schon gar nicht, was sie dachte: *Wie hätten sie es nicht tun können?*

Michaels Leiche war nie gefunden worden. Wie hätten sie nicht insgeheim hoffen können, dass er vielleicht doch wieder auftaucht, egal, wie unmöglich das auch erschien? Wie hätten sie das einzige Zuhause verlassen können, dass Michael gekannt hatte? Es hätte bedeutet, ihn endgültig aufzugeben. Vielleicht war dieses Stipendium genau das: ein

Eingeständnis, dass er nie wieder nach Hause kommen würde.

Charlie war äußerst bewusst, dass sie sich an einem öffentlichen Ort befanden, wo es nicht angemessen gewesen wäre, über Michael zu sprechen. Sie waren gewissermaßen sowohl Insider als auch Außenstehende. Sie hatten Michael nahegestanden, wahrscheinlich näher als jeder andere hier im Restaurant, aber sie lebten, abgesehen von Carlton, nicht mehr in Hurricane. Sie gehörten nicht mehr hierher.

Sie sah, wie auf das Platzset aus Papier vor ihr Tränen fielen, bevor sie sie spürte. Schnell wischte sie sich über die Augen, senkte den Blick und hoffte, dass es niemandem aufgefallen war. Als sie den Kopf wieder hob, schien John intensiv sein Besteck zu mustern, aber sie wusste, er hatte es bemerkt. Sie war ihm dankbar, dass er ihr keinen Trost anbot.

„John, schreibst du immer noch?“, fragte Charlie.

Als sie sechs gewesen waren, hatte John erklärt, er sei „Schriftsteller“, da er schon mit vier Lesen und Schreiben gelernt hatte, ein Jahr vor allen anderen. Mit sieben hatte er dann seinen ersten „Roman“ vollendet und das Werk voller Rechtschreibfehler und nicht erkennbarer Illustrationen seinen Freunden und der Familie aufgedrängt und um Kritik gebeten. Charlie erinnerte sich, dass sie ihm nur zwei Sterne gegeben hatte.

John lachte über die Frage. „Heute kann ich meine *S* richtig schreiben“, erwiderte er. „Kaum zu glauben, dass du dich daran entsinnst. Aber ich schreibe tatsächlich noch.“ Er hielt inne, aber es war nicht zu übersehen, dass er gerne mehr dazu gesagt hätte.

„Was schreibst du denn?“, half Carlton ihm.

John senkte den Blick auf das Platzset vor ihm und sprach hauptsächlich mit dem Tisch. „Äh … hauptsächlich Kurzgeschichten. Letztes Jahr ist sogar eine veröffentlicht worden. Ich meine, nur in einer Zeitschrift, also nichts Großes."

Alle gaben Laute der Anerkennung von sich, und er hob wieder den Kopf. Es war ihm peinlich, aber er freute sich auch.

„Und worum ging es in der Geschichte?", wollte Charlie wissen.

John zögerte, aber noch bevor er etwas darüber erzählen oder sich dagegen entscheiden konnte, kam die Kellnerin mit dem Essen. Obwohl es eigentlich Zeit zum Abendessen war, hatten sie alle etwas von der Frühstückskarte bestellt: Kaffee, Eier mit Schinken, Blaubeerpfannkuchen für Carlton. Das bunte Essen in satten Farben wirkte vielversprechend. Wie ein neuer Start in den Tag. Charlie biss von ihrem Toast ab, und eine Weile aßen alle schweigend.

„Hey Carlton", meinte John plötzlich. „Was ist eigentlich aus dem Freddy's geworden?"

Einen Moment lang hielten alle den Atem an. Carlton warf Charlie einen nervösen Blick zu, und Jessica starrte zur Decke. John wurde knallrot, und Charlie sagte hastig: „Schon okay, Carlton. Ich würde es auch gerne wissen."

Carlton zuckte die Achseln und stocherte nervös mit der Gabel in seinem Pfannkuchen herum.

„Sie haben es überbaut", sagte er.

„Womit denn?", erkundigte sich Jessica.

„Steht da jetzt was anderes? Haben sie es richtig überbaut oder einfach nur abgerissen?", fragte John. Carlton zuckte erneut die Achseln, ruckartig, als habe er einen nervösen Tick.

„Wie ich schon sagte, ich weiß es nicht. Es liegt zu weit zurück, um es von der Straße aus sehen zu können, und ich habe mich auch nicht wirklich darum gekümmert. Vielleicht ist es an irgendjemanden vermietet worden, aber ich weiß nicht, was sie damit gemacht haben. Es ist seit Jahren alles eingezäunt, eine einzige Baustelle. Ich kann nicht einmal sagen, ob das Gebäude überhaupt noch steht."

„Es könnte also immer noch dort sein?", fragte Jessica, und ihr war eine gewisse Aufregung anzuhören.

„Wie ich schon sagte, ich weiß es nicht", entgegnete Carlton.

Charlie spürte, wie die Lampen des Restaurants auf ihrem Gesicht brannten, plötzlich viel zu hell. Sie fühlte sich bloßgestellt. Sie hatte kaum etwas gegessen, aber trotzdem stand sie auf, zog ein paar zerknitterte Geldscheine aus der Tasche und ließ sie auf den Tisch fallen.

„Ich gehe mal eine Minute raus", sagte sie. „Eine rauchen", fügte sie hastig hinzu.

Du rauchst doch gar nicht. Sie schalt sich selbst für diese ungeschickte Lüge, während sie sich auf den Weg zur Tür machte. Ohne sich zu entschuldigen, schob sie sich einfach an einer vierköpfigen Familie vorbei, die gerade hereinkam, und trat hinaus in die kühle Abendluft. Sie ging zu ihrem Wagen und setzte sich auf die Motorhaube. Das Blech gab unter ihrem Gewicht leicht nach. Sie sog die kühle Luft ein, als sei es Wasser, und schloss die Augen.

Du hast gewusst, dass es zur Sprache kommen würde. Du hast gewusst, dass du darüber würdest sprechen müssen, machte sie sich klar. Auf der Fahrt hatte sie geübt, hatte sich gezwungen, schöne Erinnerungen heraufzubeschwören, zu lächeln und zu sagen: *Erinnert ihr euch noch?* Sie hatte gedacht, sie sei darauf vorbereitet. Aber natürlich hatte sie sich geirrt. Warum sonst war sie gerade wie ein Kind aus dem Restaurant gelaufen?

„Charlie?"

Sie öffnete die Augen und sah John neben dem Wagen stehen. Er hielt ihr ihre Jacke hin.

„Du hast deine Jacke vergessen“, sagte er, und sie rang sich ein Lächeln ab.

„Danke“, sagte sie. Sie nahm sie und legte sie sich um die Schultern. Dann rutschte sie ein Stück zur Seite, damit er sich neben sie auf die Motorhaube setzen konnte.

„Es tut mir leid“, fügte sie hinzu. Trotz des spärlichen Lichts auf dem Parkplatz konnte sie sehen, wie er bis über beide Ohren errötete. Er setzte sich neben sie, hielt aber absichtlich etwas Abstand.

„Ich habe nie gelernt, erst zu denken, bevor ich rede. Es tut mir leid.“ John sah am Himmel einem Flugzeug nach.

Charlie lächelte, diesmal musste sie sich nicht dazu zwingen.

„Schon okay. Ich wusste, dass es zur Sprache kommen würde. Es ging gar nicht anders. Ich dachte nur … Es klingt dumm, aber ich denke nie darüber nach. Ich gestatte es mir einfach nicht. Niemand weiß, was passiert ist, außer meiner Tante, und wir reden nie darüber. Dann komme ich hierher, und plötzlich ist alles wieder da. Es hat mich einfach überrumpelt, das ist alles.“

„Oh, oh.“ John deutete in Richtung des Restaurants, und Charlie sah Jessica und Carlton zögernd im Eingang stehen. Sie winkte sie herüber, und die beiden kamen angeschlendert.

„Erinnerst du dich noch, als im Freddy’s mal das Karussell außer Kontrolle geraten ist und Marla und dieser miese kleine Billy immer weiter damit fahren mussten, bis ihre Eltern es schließlich abgestellt haben?“, fragte Charlie.

John lachte, und auch Charlie musste unwillkürlich lächeln.

„Sie hatten knallrote Gesichter und haben geschrien wie Babys." Charlie bedeckte ihr Gesicht mit den Händen. Es war ihr peinlich, dass sie es so lustig fand.

Alle verstummten überrascht, als Carlton zu lachen begann. „Und dann hat Marla ihn vollgekotzt!"

„Süße Rache", meinte Charlie.

„Ich glaube eher, es waren Nachos", fügte John hinzu.

Jessica rümpfte die Nase kraus. „Echt widerlich. Ich bin nie wieder mit dem Ding gefahren. Nicht *danach*!"

„Ach, komm schon, Jessica. Sie haben es doch gereinigt", meinte Carlton. „Ich bin mir ziemlich sicher, das die Kinder das Ding ständig vollgekotzt haben. Die Warnschilder, dass der Boden nass ist, haben bestimmt nicht umsonst da gestanden. Oder, Charlie?"

„Sieh nicht mich an", erwiderte sie. „Ich habe nie gekotzt."

„Wir haben hier immer so viel Zeit verbracht. Ist eben der Vorteil, wenn man die Tochter des Besitzers kennt", meinte Jessica und sah Charlie aufgesetzt vorwurfsvoll an.

„Ich habe mir meinen Vater nicht ausgesucht", entgegnete Charlie lachend.

Jessica machte ein nachdenkliches Gesicht, bevor sie fortfuhr: „Ich meine, gibt es eine bessere Kindheit, als den ganzen Tag in Freddy Fazbear's Pizza zu verbringen?"

„Keine Ahnung", sagte Carlton. „Ich denke, die Musik ist mir irgendwann nicht mehr aus dem Kopf gegangen." Er summte ein paar Akkorde des vertrauten Liedes. Charlie nickte im Rhythmus mit dem Kopf dazu, während sie sich ebenfalls an die Melodie erinnerte.

„Ich habe die Tiere so sehr geliebt", sagte Jessica plötzlich. „Wie ist eigentlich die richtige Bezeichnung? Tiere, Roboter, Maskottchen?"

„Ich glaube, sie sind alle richtig." Charlie lehnte sich zurück.

„Jedenfalls bin ich oft zu dem Kaninchen gegangen und habe mit ihm geredet. Wie hieß es noch gleich?"

„Bonnie", sagte Charlie.

„Genau", meinte Jessica. „Ich habe mich bei ihm immer über meine Eltern beklagt. Ich fand, er hatte so einen verständnisvollen Blick."

Carlton lachte. „Animatronische Therapie! Wird bei sechs von sieben verrückten Menschen empfohlen."

„Halt den Mund", entgegnete Jessica. „Ich wusste, dass er nicht echt ist. Ich habe nur gern mit ihm geredet."

Charlie musste ein wenig lächeln. „Ich kann mich daran erinnern", sagte sie. Jessica, die in ihrem sittsamen Kleidchen, das braune Haar zu zwei straffen Zöpfen geflochten, wie ein Kind aus einem alten Buch, nach der Vorstellung auf die Bühne kletterte und ernsthaft auf das lebensgroße animatronische Kaninchen einredete. Wenn jemand in ihre Nähe kam, verstummte sie sofort und wartete darauf, bis sie wieder allein war, um ihre einseitige Konversation fortzuführen. Charlie hatte nie mit den Tieren in dem Restaurant ihres Vaters gesprochen oder sich ihnen so nah gefühlt wie offenbar manches andere Kind. Obwohl sie die Figuren mochte, waren sie für die Öffentlichkeit da. Sie hatte ihre eigenen Spielzeuge, mechanische Freunde, die zu Hause auf sie warteten und ihr ganz allein gehörten.

„Ich habe Freddy gemocht", erklärte John. „Er war am leichtesten einzuschätzen."

„Wisst ihr, es gibt eine Menge Dinge in meiner Kindheit, an die ich mich überhaupt nicht mehr erinnern kann", sagte Carlton, „aber ich schwöre, ich kann die Augen schließen und sehe jedes Detail des Restaurants wieder vor mir. Selbst das Kaugummi, dass ich immer unter die Tische geklebt habe."

„*Kaugummi?* Ja, klar. Das waren Popel" Jessica wich ein wenig von Carlton zurück.

Er grinste. „Ich war sieben. Was willst du da verlangen? Ihr habt damals alle auf mir herumgehackt. Erinnert ihr euch noch, als Marla draußen an die Wand geschrieben hat: ‚Carlton riecht nach Käsefüßen'?"

„Du *hast* nach Käsefüßen gerochen." Jessica lachte laut auf.

Carlton zuckte ungerührt mit den Schultern. „Ich habe immer versucht, mich zu verstecken, wenn es Zeit war, nach Hause zu gehen. Ich wollte gern über Nacht dort eingeschlossen werden, damit ich das ganze Restaurant für mich allein habe."

„Ja, du hast immer alle warten lassen", nickte John, „und hast dich immer unter demselben Tisch versteckt."

Als Charlie wieder das Wort ergriff, sprach sie langsam, und alle wandten sich ihr zu, als hätten sie nur darauf gewartet.

„Manchmal habe ich das Gefühl, dass ich mich an jedes noch so winzige Detail dort erinnere, wie Carlton", sagte sie. „Manchmal allerdings denke ich auch, dass ich kaum noch etwas weiß. Es sind nur Bruchstücke. Ich erinnere mich zum Beispiel an das Karussell und wie es außer Kontrolle geraten ist. Ich erinnere mich daran, dass ich auf den Platzsets herumgekritzelt habe. Ich erinnere mich an Kleinigkeiten. Dass ich die fettige Pizza gegessen habe und wie ich Freddy im Sommer umarmt habe und sein gelbes Fell überall an meinen Sachen kleben blieb. Aber vieles sind einfach nur Bilder, als hätte das alles jemand anders erlebt."

Die anderen sahen sie eigenartig an.

„Freddy war doch braun, oder?“ Jessica blickte fragend in die Runde.

„Ich denke, du erinnerst dich einfach nicht mehr genau daran“, neckte Carlton Charlie, und sie lachte kurz.

„Genau. Ich meinte braun“, sagte sie. *Braun. Freddy war braun gewesen.* Natürlich war er das. Jetzt sah sie ihn wieder vor sich. Aber irgendwo in den Tiefen ihrer Erinnerung blitzte etwas anderes auf.

Carlton begann eine andere Geschichte zu erzählen, und Charlie versuchte ihm ihre Aufmerksamkeit zuzuwenden, aber die Lücke in ihrer Erinnerung verstörte und besorgte sie. *Es ist zehn Jahre her, und mit siebzehn kannst du kaum an Demenz leiden*, sagte sie sich, aber es war ein so entscheidendes Detail, an das sie sich nicht richtig erinnert hatte. Im Augenwinkel bemerkte sie, dass John sie nachdenklich betrachtete, als habe sie etwas Wichtiges gesagt.

„Du weißt wirklich nicht, was mit dem Laden geschehen ist?“, fragte sie Carlton, und es klang drängender, als sie beabsichtigt hatte. Überrascht hörte er auf zu reden. „Tut mir leid“, sagte sie. „Tut mir leid, ich wollte dich nicht unterbrechen.“

„Schon okay“, erwiderte er. „Aber ja … oder nein, ich weiß wirklich nicht, was passiert ist.“

„Wie kannst du das nicht wissen? Du *lebst* hier.“

„Charlie, hör mal“, entgegnete John.

„Ich halte mich einfach nicht viel in dem Stadtteil auf. Die Dinge haben sich verändert, die Stadt ist gewachsen“, erklärte Carlton sanft und unbeeindruckt von ihrem kleinen Ausbruch. „Und ich suche auch nicht unbedingt nach Gründen, um dorthin zu gehen, weißt du? Warum sollte ich auch? Es gibt doch keinen Grund dafür, nicht mehr.“

„Wir könnten hinfahren“, meinte John plötzlich, und Charlies Herz setzte einen Schlag aus.

Carlton warf Charlie einen nervösen Blick zu. „Was? Im Ernst, es ist ein einziges Chaos dort. Ich weiß nicht mal, wie man hinkommt.“

Charlie merkte, dass sie nickte. Den ganzen Tag hatte sie das Gefühl gehabt, von all den Erinnerungen belastet zu sein und alles durch den Filter vieler vergangener Jahre zu sehen. Jetzt aber fühlte sie sich plötzlich frisch und klar. Sie *wollte* dorthin.

„Lass uns das machen“, sagte sie. „Selbst wenn nichts mehr da ist. Ich möchte es selbst sehen.“

Alle schwiegen. Plötzlich grinste John strahlend und selbstsicher.

„Ja. Lasst uns das machen.“

2

Charlie hielt an und spürte, wie der weiche Boden unter den Reifen nachgab. Dann stellte sie den Motor ab. Sie blickte sich um. Der Himmel war von einem tiefdunklen Blau, im Westen konnte man noch das letzte Glühen der untergehenden Sonne erkennen. Der Parkplatz war unbefestigt. Vor ihnen erhob sich ein gewaltiges Gebäude aus Glas und Beton. Auf dem Parkplatz gab es Lampen, die nie benutzt worden waren, und auf das Gebäude fiel kein Licht. Es wirkte wie ein verlassener Zufluchtsort, begraben von schwarzen Bäumen mitten im fernen Dröhnen der Zivilisation. Sie sah zu Jessica hinüber, die neben ihr auf dem Beifahrersitz saß und den Kopf zum Fenster hinausreckte.

„Sind wir hier wirklich richtig?“, fragte Jessica.

Charlie schüttelte langsam den Kopf. Sie war sich nicht sicher, was sie da vor sich hatte. „Ich weiß es nicht“, flüsterte sie. Dann stieg sie aus dem Wagen und stand immer noch schweigend da, als John und Carlton neben ihr hielten.

„Was ist das?“ Auch John stieg aus und starrte verblüfft auf den Bau, der an ein Grabmal erinnerte. „Hat irgendjemand eine Taschenlampe dabei?“ Er ließ seinen Blick von einem zum anderen wandern.

Carlton hob sein Schlüsselbund und leuchtete mit der winzigen Taschenlampe daran.

„Toll", murmelte John und ging enttäuscht davon.

„Warte mal eine Sekunde", meinte Charlie und lief zu ihrem Kofferraum. „Meine Tante will, dass ich für den Notfall immer eine ganze Menge Zeug mit mir herumschleppe."

Tante Jen, liebevoll, aber streng, hatte Charlie vor allem zur Selbstständigkeit erzogen. Bevor sie ihr ihren alten blauen Honda überließ, hatte sie darauf bestanden, dass Charlie wusste, wie man einen Reifen wechselte, den Ölstand prüfte und auch die wichtigsten Teile des Motors kannte. Im Kofferraum befand sich in einer schwarzen Kiste neben dem Wagenheber, dem Ersatzreifen und einem kleinen Kreuzschlüssel eine Decke, eine schwere Taschenlampe, eine Wasserflasche, Müsliriegel, Streichhölzer und Notfackeln. Charlie griff nach der Taschenlampe, Carlton nahm sich einen Müsliriegel.

In stiller Übereinkunft gingen sie auf das Gebäude zu, während Charlie ihnen mit der Taschenlampe leuchtete. Das Gebäude selbst sah fast fertig aus, doch der Boden bestand noch aus Erde und Steinen, uneben und weich. Kleine Grasinseln hatten sich gebildet

„Hier ist schon lange nicht mehr gearbeitet worden", stellte Charlie fest.

Das Gebäude war riesig, und es dauerte eine ganze Weile, es zu umrunden. Schon bald wurde das Blau des Abendhimmels von verstreuten silbernen Wolken und blinkenden Sternen verdrängt. Die gesamte Fassade des Baus war glatt und aus beigefarbenem Beton, mit Fenstern, die zu hoch in den Wänden lagen, um hindurchsehen zu können.

„Haben sie das ganze Ding erst hochgezogen und sind dann einfach verschwunden?", fragte Jessica.

„Carlton", sagte John, „du weißt wirklich nichts darüber, was hier passiert ist?"

Carlton hob die Schultern. „Ich hab's euch doch gesagt. Ich wusste, dass irgendetwas gebaut wird, mehr aber auch nicht."

„Warum sollte man so etwas machen?" John wirkte fast paranoid, wie er die Bäume absuchte, ob ihn vielleicht von irgendwoher her jemand beobachtete. „Es geht immer weiter und weiter." Mit zusammengekniffenen Augen spähte er an der Außenwand des Gebäudes entlang, die sich endlos in die Ferne zu erstrecken schien. Dann warf er wieder einen Blick zu den Bäumen, als wolle er sichergehen, dass sie nicht irgendwo noch ein weiteres Gebäude übersehen hatten. „Nein, es war hier." Er legte eine Hand auf die triste Betonfassade. „Das Freddy's ist weg."

Nach einem Augenblick winkte er den anderen und begann den Weg zurückzugehen, den sie gekommen waren. Zögernd wandte sich Charlie ab und folgte der Gruppe. Sie liefen weiter, bis sie vor sich in der Dunkelheit wieder ihre Autos sehen konnten.

„Tut mir leid, Leute. Ich hatte gehofft, wir würden wenigstens noch irgendetwas Vertrautes vorfinden", meinte Carlton, und es klang irgendwie erschöpft.

„Ja", stimmte Charlie ihm zu. Sie hatte gewusst, dass es so sein würde, aber zu sehen, dass das Freddy's dem Erdboden gleich gemacht worden war, schockierte sie trotzdem. Es hatte oft ihre Gedanken geradezu beherrscht, und sie hätte die Erinnerungen gern endgültig aus ihrem Kopf verbannt – die guten und die schlechten –, als hätte es das alles niemals gegeben. Jetzt aber hatte jemand das Restaurant von der Erdoberfläche getilgt, und es fühlte sich an wie ein Akt purer Gewalt. Es hätte ihre Entscheidung sein sollen. *Genau*, dachte sie, *denn du hast das Geld gehabt, um es zu kaufen und zu erhalten, wie Tante Jen es mit dem Haus getan hat.*

„Charlie?“ John sagte ihren Namen, und es klang, als wäre es nicht das erste Mal.

„Tut mir leid“, erwiderte sie. „Was hast du gesagt?“

„Willst du reingehen?“, fragte Jessica.

Charlie war überrascht, dass sie erst jetzt daran dachten, aber auf der anderen Seite hatte keiner von ihnen normalerweise einen Hang zu irgendwelchen kriminellen Machenschaften. Der Gedanke jedoch war eine Befreiung. Sie holte tief Luft und sagte, während sie ausatmete: „Warum nicht?“ Und sie musste fast lachen. Sie umfasste die Taschenlampe fester. Ihre Arme wurden müde. „Möchte vielleicht mal jemand anders?“ Sie ließ die Lampe wie ein Pendel hin und her schwingen.

Carlton griff sie sich und wog sie einen Moment in der Hand.

„Warum ist sie so schwer?“, fragte er und gab sie an John weiter. „Bitte sehr.“

„Es ist eine Polizeitaschenlampe“, erklärte Charlie abwesend. „Du kannst damit jemanden niederschlagen.“

Jessica rümpfte die Nase. „Deine Tante nimmt das wohl nicht auf die leichte Schulter, was? Hast du sie schon mal benutzt?“

„Noch nicht.“ Charlie zwinkerte ihr zu und blickte John halb drohend an. Der lächelte unsicher, weil er nicht wusste, wie er reagieren sollte.

Die breiten Eingänge waren mit Metalltüren verschlossen, jedoch zweifellos nur für eine Übergangszeit gedacht, bis der Bau fertig gestellt war. Trotzdem war es nicht schwer, einen Weg ins Innere zu finden, da sich an der Außenwand große Hügel aus Kies und Sand befanden, auf denen man bis zum Rand der großen, gähnenden Fenster hinaufklettern konnte.

„Sie haben sich nicht viel Mühe gegeben, die Baustelle abzusichern", meinte John.

„Was sollte man denn hier schon stehlen?", erwiderte Charlie und starrte auf die glatten, hoch aufragenden Wände.

Langsam stiegen sie auf die Hügel, während der Kies unter ihren Füßen knirschte und nachgab. Als Erster erreichte Carlton das Fenster und spähte hindurch. Jessica spähte über seine Schulter.

„Können wir reinspringen?", fragte John.

„Ja", sagte Carlton.

„Nein", meinte Jessica im selben Moment.

„Ich gehe", erklärte Charlie. Eine gewisse Abenteuerlust stieg plötzlich in ihr auf. Ohne zuerst einen Blick durch das Fenster zu werfen, wie tief es dahinter hinunterging, schob sie die Füße durch die Öffnung und sprang. Sie landete und federte in den Knien nach. Der Aufprall fuhr ihr in alle Knochen, aber es tat nicht wirklich weh. Sie sah hinauf zu ihren Freunden, die zu ihr herunterstarrten.

„Oh. Wartet mal!«, rief Charlie, zog eine kleine Trittleiter von einer Wand in der Nähe herüber und stellte sie unter das Fenster. „Okay", sagte sie dann. „Ihr könnt kommen!"

Einer nach dem anderen kletterte zu ihr herunter und sah sich um. Sie befanden sich in einem Atrium, oder vielleicht hatte es auch ein Restaurantbereich werden sollen. Überall standen Metallbänke und Plastiktische. Hoch über ihnen wölbte sich die gläserne Decke und erlaubte ihnen einen Blick auf die Sterne, die zu ihnen herunterzwinkerten.

„Sehr postapokalyptisch", witzelte Charlie, und ihre Stimme hallte in dem leeren Raum wider.

Plötzlich sang Jessica einmal die Tonleiter, und alle schwiegen überrascht. Ihre Stimme war hell und klar und klang irgendwie schön in der Leere.

„Sehr hübsch, aber wir wollen nicht zu viel Aufmerksamkeit erregen“, meinte John.

„Stimmt“, erwiderte Jessica, immer noch sehr selbstzufrieden. Während sie weitergingen, holte Carlton sie ein und nahm ihren Arm.

„Deine Stimme ist umwerfend“, sagte er.

„Das ist nur die gute Akustik“, gab Jessica sich bescheiden, obwohl sie nicht ein Wort davon auch wirklich meinte.

Sie gingen durch die leeren Korridore und spähten in jede einzelne der riesigen Höhlungen, wo vielleicht einmal die Läden hatten sein sollen. Einige Bereiche des Einkaufszentrums waren fast fertig, während andere noch einem Schlachtfeld glichen. In einigen der Gänge türmten sich verstaubte Betonsteine, stapelten sich Holzbalken. Andere wurden bereits von verglasten Ladenfronten gesäumt, und über ihren Köpfen hingen perfekt angeordnete Lampen.

„Es wirkt wie eine verlassene Stadt“, meinte John.

„Wie Pompeji“, stimmte Jessica ihm zu, „nur ohne den Vulkan.“

„Nein“, widersprach Charlie, „hier ist doch nichts. Und hier ist nie etwas gewesen.“ Das ganze Gebäude strahlte Sterilität aus. Es war nicht verlassen worden – in ihm hatte niemals Leben gewohnt.

Sie warf einen Blick in einen Laden ihr gegenüber. Es war einer der wenigen, die man schon verglast hatte. Und sie fragte sich, was dort wohl ausgestellt worden wäre. Ihr fielen Schaufensterpuppen in leuchtender Kleidung ein, doch als sie versuchte, sich das vorzustellen, sah sie nichts als ausdruckslose Gesichter, die etwas verbargen. Plötzlich fühlte sie sich fehl am Platz, nicht willkommen in diesem Gebäude. Charlie wurde unruhig. Das ganze Abenteuer schmeckte auf einmal etwas schal. Sie waren gekommen, das Freddy’s war weg und mit ihm der Schrein, den sie in ihren Erinnerungen bewahrt hatte, in dem sie Michael immer noch spielend vorfand, wo sie ihn zuletzt gesehen hatte.

Plötzlich blieb John stehen und schaltete die Taschenlampe so behutsam aus, wie er konnte. Er legt einen Finger auf die Lippen, um den anderen zu bedeuten, sich still zu verhalten. Er deutete in die Richtung, aus der sie gekommen waren. In der Ferne sahen sie ein kleines Licht in der Dunkelheit auf und ab tanzen wie ein Schiff bei Nebel in düniger See.

„Es ist noch jemand hier", zischte er.

„Vielleicht ein Nachtwächter?", flüsterte Carlton.

„Wozu sollte es in einem verlassenen Gebäude eine Wache geben?", entgegnete Charlie.

„Wahrscheinlich kommen junge Leute her, um Partys zu feiern", meinte Carlton. Dann grinste er. „Ich wäre auch hergekommen, wenn ich das gewusst hätte. Oder wenn ich Partys feiern würde."

„Okay, ziehen wir uns lieber langsam zurück", meinte John. „Jessica …", begann er, dann machte er eine Geste, als würde er seinen Mund mit einem Reißverschluss verschließen.

Sie gingen weiter den Gang entlang, diesmal nur im schwachen Licht von Carltons Schlüsselbundlämpchen.

„Wartet!" Jessica blieb stehen und starrte die Wände an, die sie umgaben. „Irgendetwas stimmt nicht."

„Ja, es gibt keine riesigen Brezeln. Ich weiß." Carlton schien es ernst zu meinen. Ungeduldig winkte Jessica ab.

„Nein, irgendetwas stimmt nicht mit der Bauweise." Sie trat mehrere Schritte zurück und versuchte alles mehr im Ganzen zu sehen. „Es stimmt tatsächlich etwas nicht", wiederholte sie. „Von außen ist das Gebäude größer."

„Von außen ist es größer?“, fragte Charlie und klang ziemlich verwirrt.

„Ich meine, es besteht ein großer Unterschied dazwischen, wo sich die innere Wand befindet und wo die äußere. Passt auf.“ Jessica lief an einer Wand entlang, die sich zwischen zwei geplanten Läden befand.

„Hier hätte es einen Laden gegeben und dort.“ John deutete darauf, obwohl es auf der Hand lag, denn er verstand das Problem nicht.

„Aber es ist irgendwas dazwischen!“, rief Jessica und schlug mit der flachen Hand gegen die Wand. „Dieser Teil führt hinaus auf den Parkplatz wie die Läden auf beiden Seiten, aber es gibt keinen Weg hinein.“

„Du hast recht.“ Charlie ging hinüber zu Jessica und betrachtete die Wand. „Hier müsste eigentlich ein weiterer Eingang sein.“

„Und er ist…“, Jessica senkte die Stimme, sodass nur Charlie sie hören konnte, „… ungefähr so groß, wie das Freddy's war, findest du nicht auch?“ Charlie machte große Augen und trat schnell einen Schritt zurück.

„Was flüstert ihr zwei da?“ Carlton kam näher.

„Wir reden über dich“, entgegnete Jessica scharf.

Sie betraten einen der beiden leeren Läden, zwischen denen sich der fest umbaute Raum befand. „Kommt“, sagte sie, „sehen wir uns das mal genauer an.“ Gemeinsam begannen sie im Licht der kleinen Lampe die Mauer zu untersuchen.

Charlie war sich nicht sicher, worauf sie hoffen sollte. Tante Jen hatte sie davor gewarnt zurückzukommen. Zwar hatte sie es Charlie nicht ausdrücklich ausgeredet, an die Stätte ihrer Erinnerungen zu fahren, aber es gefiel ihr überhaupt nicht, dass Charlie nach Hurricane zurückkehrte.

Sei vorsichtig, hatte Tante Jen gesagt. *Manche Dinge, manche Erinnerungen lässt man am besten einfach ruhen.*

Hast du deswegen Dads Haus behalten, dachte Charlie nun. *Hast du deswegen weiter dafür gezahlt, es aber unberührt gelassen wie eine Art Schrein und ihn trotzdem nie besucht?*

„Hey!" John gestikulierte wild und kam schnell zu den anderen gelaufen. „Versteckt euch!"

Draußen im Gang war wieder dieses Licht zu sehen. Es hüpfte auf und ab, und es kam näher. Charlie sah sich um. Sie standen bereits zu tief in dem großen Geschäft, um noch rechtzeitig herauszukommen. Sie entdeckte nirgendwo ein Versteck.

„Hier, hier!", flüsterte Jessica. In der Wand befand sich ein Durchgang, direkt hinter einem Gerüst. Sie drängten sich alle hinein, quetschten sich an offenen Kisten und Plastikplanen vorbei, die von der Decke hingen.

Dann liefen sie einen offenbar provisorischen Gang entlang, der direkt auf der anderen Seite der Ladenwand verlief. Er passte nicht zum Rest des Einkaufszentrums. Er war nicht neu und sauber, sondern feucht und muffig. Eine der Wände bestand aus demselben Beton wie die Außenwand des Gebäudes, obwohl sie noch rau und unfertig wirkte. Die andere war aus Ziegelsteinen, die an manchen Stellen schon zu bröckeln begannen. Schwere Holzregale mit Reinigungsmaterial standen dort. Sie neigten sich zur Seite, und ihre Bretter bogen sich unter dem Gewicht von alten Farbtöpfen und Eimern. Aus unverkleideten Rohren über ihnen tropfte etwas herunter und hinterließ Pfützen, um die sie alle vorsichtig herumgingen. Eine Maus huschte vorbei und rannte fast über Carltons Fuß. Carlton gab einen erschreckten Laut von sich, die Hand auf den Mund gepresst.

Sie hockten sich hinter eines der Holzregale und drückten sich gegen die Wand. Charlie löschte das Licht und wartete. Sie atmete flach und reglos und wünschte sich, sie hätte sich eine bessere Haltung ausgesucht, in der sie nun verharren musste. Nach ein paar Minuten schliefen ihr die Beine ein, und Carlton hockte so dicht neben ihr, dass ihr der leichte, angenehme Duft seines Shampoos in die Nase stieg. „Das riecht gut", flüsterte sie.

„Danke", erwiderte Carlton, der sofort wusste, worauf sie sich bezog. „Man bekommt es in den Duftnoten *Meeresbrise* und *Tropisches Paradies*. Mir gefällt *Meeresbrise* zwar besser, aber das trocknet die Kopfhaut aus."

„Seid ruhig", zischte John.

Charlie wusste nicht genau, warum sie sich so viele Sorgen machte. Es war nur ein Nachtwächter, und im schlimmsten Fall würde man sie bitten zu gehen, vielleicht ein bisschen unfreundlich. Sie verabscheute es einfach, in Schwierigkeiten zu geraten.

Das hüpfende Licht kam näher. Charlie spürte jede einzelne Faser ihres Körpers und bemühte sich, keinen Muskel zu rühren. Plötzlich bemerkte sie, wie sich eine dürre Gestalt aus dem Laden in den Gang beugte. Die Gestalt ließ den Lichtstrahl ihrer Taschenlampe den Gang entlangwandern. *Er hat uns*, dachte Charlie, aber aus unerklärlichen Gründen wandte sich die Gestalt wieder um und ging zurück.

Sie warteten noch ein paar Minuten, aber nichts geschah. Der Nachtwächter, oder um wen immer es sich gehandelt hatte, war fort. Langsam richteten sie sich alle aus ihrer Kauerstellung auf und streckten die Glieder, die ihnen eingeschlafen waren. Carlton schüttelte heftig einen Fuß aus, bis er wieder darauf stehen konnte. Charlie blickte auf Jessica hinab, die immer noch vor ihr hockte, als sei sie versteinert.

„Jessica, bist du okay?“, flüsterte sie.

Jessica sah zu ihr auf und lächelte.

„Du wirst es nicht glauben.“

Sie deutete auf die Mauer. Charlie beugte sich vor, um genau hinzusehen. Dort, in den alten Backstein geritzt, befanden sich ungelenke Buchstaben, fast unleserlich, von einem Kind geschrieben:

Carlton riecht nach Käsefüßen.

„Ist das jetzt ein Witz?“, flüsterte John verblüfft, drehte sich zur Wand und stemmte beide Hände dagegen. „Ich erkenne die Backsteine wieder.“ Er lachte. „Es sind immer noch dieselben!“ Sein Lächeln schwand. „Sie haben den Laden nicht abgerissen. Sie haben darum herumgebaut.“

„Es ist still hier!“ Vergeblich versuchte Jessica, leise zu sprechen. „Es muss einen Weg geben, um hineinzukommen“, fügte sie hinzu. Ihre Augen funkelten voll kindlicher Aufregung.

Charlie ließ den Lichtkegel der Taschenlampe den Gang hinauf- und hinunterwandern, aber es gab keinen Durchgang, keine Tür.

„Das Freddy's hatte eine Hintertür“, sagte John. „Marla hat das hier direkt neben die Hintertür geschrieben, oder nicht?“

„Warum haben sie es nicht einfach abgerissen?“, überlegte Charlie laut.

„Führt dieser Gang einfach ins Nichts?“, fragte Jessica verwirrt.

„Es ist die Geschichte meines Lebens“, meinte Carlton leichthin.

„Wartet mal …“ Charlie fuhr mit dem Finger am Rand eines Regals entlang und spähte durch den Krimskrams, den man hineingestopft hatte. Die Wand dahinter sah irgendwie anders aus. Sie war aus Metall, nicht aus Stein. „Genau hier." Sie trat einen Schritt zurück und sah die anderen an. „Helft mir, das Regal zur Seite zu schieben."

John und Jessica drückten gemeinsam gegen die eine Seite, und sie und Carlton zogen an der anderen. Das Regal war unglaublich schwer, voller Reinigungsmittel und großer Eimer mit Nägeln und Werkzeug darin, aber es glitt ohne Probleme und fast leicht an der Wand entlang ein Stück den Gang hinunter.

Charlie trat einen Schritt zurück und atmete schwer. „John, gib mir noch mal die große Taschenlampe." Er reichte sie ihr, sie schaltete sie ein und richtete den Lichtkegel auf die Stelle, wo das Regal gestanden hatte. „Da ist sie", stellte sie fest.

Die Tür war aus Metall und verrostet, mit einigen Farbtupfern übersät. Ein harter Kontrast zu der Mauer darum herum. Wo sich der Türknauf befunden hatte, war nur noch ein Loch. Jemand musste ihn entfernt haben, damit das Regal glatt an die Wand passte.

Schweigend gab Charlie John die Taschenlampe zurück. Er hielt sie über ihren Kopf, damit sie etwas sehen konnte.

Sie trat vor die anderen und bemühte sich, die Finger in das Loch zu drücken, wo sich einst der Knauf befunden hatte. Dann versuchte sie die Tür aufzuziehen, allerdings vergebens.

„Sie lässt sich nicht öffnen", stellte sie fest.

John spähte über ihre Schulter.

„Eine Sekunde." Er quetschte sich neben sie und kniete sich vorsichtig hin. „Ich glaube nicht, dass sie abgeschlossen ist", sagte er. „Ich denke, sie ist einfach verrostet. Sieh sie dir an."

Die Tür ging ganz bis zum Boden, die untere Kante war zackig und unbehandelt. Die Scharniere befanden sich auf der anderen Seite, und die Ecken waren mit Rost überzogen. Die Tür sah aus, als sei sie jahrelang nicht mehr geöffnet worden.

John und Charlie zerrten gemeinsam daran, und sie bewegte sich einen knappen Zentimeter.

„Ja!“, rief Jessica, viel zu laut, und schlug sich auch schon die Hand vor den Mund. „Tut mir leid“, flüsterte sie. „Ich bin einfach so aufgeregt.“

Nun zogen sie abwechselnd an der Tür und rissen sich die Finger wund. Für eine Weile hielt sie ihren Bemühungen stand, dann gab sie schließlich nach und schwang mit einem unheimlichen Quietschen ein Stück auf.

Charlie warf einen nervösen Blick über die Schulter, aber von dem Nachtwächter war nach wie vor nichts mehr zu sehen.

Weiter als rund dreißig Zentimeter ließ sich die Tür aber nicht öffnen, und einer nach dem anderen schlüpfte durch den Spalt, bis sie alle auf der anderen Seite standen.

Im Innern des alten Gebäudes war die Luft ganz anders, und sie blieben stehen. Vor ihnen befand sich ein dunkler Korridor, der ihnen nur zu vertraut war.

„Ist das …?“, flüsterte Jessica und starrte in die Dunkelheit, die sich vor ihnen erstreckte.

Es ist hier, dachte Charlie. Sie streckte die Hand nach der Taschenlampe aus, und John reichte sie ihr wortlos. Sie richtete den Lichtkegel in die Dunkelheit und ließ ihn über die Wände gleiten. Überall hingen Kinderzeichnungen, Buntstift auf vergilbtem, sich wellendem Papier. Sie ging los, und die anderen folgten ihr. Ihre Schritte waren auf den alten Fliesen deutlich zu hören.

Es schien ewig zu dauern, bis sie den alten Korridor hinter sich gebracht hatten, aber vielleicht lag es auch daran, dass sie langsam gingen, mit vorsichtigen, gleichmäßigen Schritten. Schließlich mündete der Korridor in einen größeren Raum – den Speisesaal. Es sah noch immer genauso aus, wie sie ihn in Erinnerung hatten. Vollständig konserviert. Tausende kleiner Dinge reflektierten den Lichtstrahl der Taschenlampe.

Die Tische standen immer noch an ihrem üblichen Platz, mit ihren weiß- und silberkarierten Tüchern darauf. Die Stühle hatte man wahllos verteilt. An einigen Tischen standen zu viele, an anderen zu wenige. Es wirkte, als sei der Raum während des Mittagessens einfach verlassen worden. Alle schienen in der Erwartung aufgestanden zu sein, irgendwann zurückzukommen, was aber nicht geschehen war.

Ehrfurchtsvoll betraten die Freunde den Saal und atmeten die kalte, abgestandene Luft ein, die seit zehn Jahren dort gefangen war. Das gesamte Restaurant war verlassen – niemand würde zurückkommen.

In der hintersten Ecke befand sich ein kleines Karussell, allerdings kaum sichtbar, mit vier Kinderponys, die sich immer noch von ihren letzten Runden ausruhten.

Plötzlich erstarrte Charlie, genau wie die anderen.

Da waren sie. Aus der Dunkelheit starrten sie Augen an, groß und leblos. Eine völlig irrationale Panik stieg in Charlie auf, die Zeit schien stehen zu bleiben. Keiner sprach, keiner atmete, als würde ihnen ein Raubtier auflauern.

Doch dann schwand die Angst, und sie fühlte sich wieder in ihre Kindheit versetzt, zusammen mit alten Freunden, die viel zu lange getrennt gewesen waren.

Charlie ging geradewegs auf die Augen zu. Die anderen hinter ihr rührten sich nicht. Nur ihre Schritte waren zu hören. Im Vorbeigehen berührte sie die kalte Lehne eines alten Partystuhls, ohne ihm auch nur einen Blick zu gönnen, und schob ihn aus dem Weg. Dann machte sie einen letzten Schritt, und die Augen in der Dunkelheit zeichneten sich nun deutlich ab. Sie waren es. Charlie lächelte.

„Hi", flüsterte sie, zu leise, als dass die anderen es hätten hören können.

Vor ihr standen drei animatronische Tiere: ein Bär, ein Kaninchen und ein Huhn. Alle waren mannshoch, vielleicht sogar noch größer. Ihr Körper war in einzelne Segmente aufgeteilt wie eine Künstlerpuppe für Bewegungsstudien, wobei jede Gliedmaße aus einem rechteckigen Teil bestand, dass nur an den Gelenken getrennt war.

Sie gehörten dem Restaurant, oder vielleicht gehörte das Restaurant auch ihnen, und es hatte Zeiten gegeben, in denen jeder ihren Namen gekannt hatte. Da war Bonnie, das Kaninchen. Sein Fell war strahlend blau, und es lächelte immer. Die großen Augen besaßen schwere Lider, wodurch es ständig erschöpft wirkte. Seine Ohren standen steil in die Höhe, nur die Spitzen knickten nach vorne ab. Um das Gleichgewicht zu halten, waren seine Füße gespreizt. In den blauen Pfoten hielt es eine rote Bassgitarre, als wolle es jeden Moment losspielen. Und um den Hals trug es eine Krawatte, deren feuriges Rot zu dem des Instruments passte.

Chica, das Huhn, war vom Körperbau her wuchtiger, und es hatte einen scharfsinnigen Blick. Dicke schwarze Augenbrauen wölbten sich über seine violetten Augen. Sein Schnabel war leicht geöffnet, und darin waren Zähne zu sehen, während es einen Teller mit einem Cupcake darauf hielt. Der Cupcake selbst war etwas verstörend, da in seiner pinkfarbenen Glasur ein paar Augen saßen und Zähne, die über den Rand des Kuchens hinausragten. In der Mitte ragte eine einzelne Kerze auf.

„Ich habe immer erwartet, dass der Cupcake irgendwann vom Teller springt.“ Carlton lachte und trat an Charlies Seite. „Sie sind größer, als ich sie in Erinnerung hatte“, fügte er flüsternd hinzu.

„Das kommt daher, dass du als Kind nie so nah herangekommen bist.“ Charlie lächelte ganz entspannt und ging noch etwas näher heran.

„Du warst ausschließlich damit beschäftigt, dich unter irgendwelchen Tischen zu verstecken“, meldete sich Jessica zu Wort, immer noch aus einiger Entfernung.

Chica trug ein Lätzchen um den Hals, und darauf stand: *Essen fassen!* In Lila und Gelb auf konfettiartig buntem Grund. Über ihrem Kopf ragte ein Federbusch in die Höhe.

Zwischen Bonnie und Chica stand Freddy Fazbear persönlich, Namensgeber des Restaurants. Er sah von den dreien am genialsten aus und schien sich an seinem Platz ausgesprochen wohlzufühlen. Er war ein kräftiger, wenn auch schlanker Braunbär, der auf das Publikum hinablächelte und in einer Pranke ein Mikrofon hielt. Um den Hals trug er eine schwarze Krawatte und auf dem Kopf einen passenden Hut. Das Einzige, was eigentlich nicht passte, waren seine strahlend blauen Augen, die sicher vor ihm noch kein Bär besessen hatte. Sein Maul stand offen, und seine Augen waren halb geschlossen, als sei er mitten im Lied erstarrt.

Carlton trat näher an die Bühne, bis sich seine Knie dagegen pressten. „Hey Freddy“, flüsterte er. „Lange nicht gesehen.“

„Nicht!“, entfuhr es Charlie, während sie zu Freddy aufblickte, als wolle sie sichergehen, dass er es nicht gehört hatte.

Schnell zog Carlton die Hand zurück, als habe er sich verbrannt. „Tut mir leid.“

„Kommt jetzt“, sagte John und lächelte. „Wollt ihr nicht auch den Rest des Restaurants sehen?“

Sie verteilten sich im Raum und spähten in alle Ecken, versuchten vorsichtig Türen zu öffnen, als hätten sie Sorge, dass etwas kaputt gehen könnte, wenn man es zu fest anfasste. John ging hinüber zu dem Karussell, und Carlton verschwand in die kleine Spielhalle, die sich an den Hauptraum anschloss.

„In meiner Erinnerung ist hier alles viel heller und lauter.“ Carlton grinste, als sei er wieder zu Hause, während er mit den Fingerspitzen über die alten Hebel und flachen Plastikschalter strich. „Würde mich mal interessieren, ob meine High Scores hier immer noch gespeichert sind“, murmelte er.

Links neben der Bühne war ein kleiner Gang. Während sie insgeheim hoffte, dass niemand bemerken würde, wohin sie ging, betrat Charlie ihn leise, während die anderen sich die Dinge ansahen, die sie selbst interessierten. Am Ende des kurzen, einfachen Ganges befand sich das Büro ihres Vaters. Es war im Restaurant immer Charlies Lieblingsplatz gewesen. Sie hatte zwar gern mit ihren Freunden im Hauptbereich gespielt, aber sie genoss das Privileg, dorthin zurückzukehren, wenn ihr Vater Papierkram erledigte.

Vor der geschlossenen Tür blieb sie stehen, während ihre Hand über dem Knauf schwebte und die Erinnerungen auf sie einstürzten. Fast der ganze Raum wurde von seinem Schreibtisch, den Aktenschränken und vielen kleinen Kartons voller nicht wirklich interessanter Teile eingenommen. In einer Ecke stand ein schmaler Aktenschrank. Er war lachsfarben gestrichen. Charlie hatte immer darauf bestanden, dass es Pink sei. Er hatte Charlie gehört.

In der untersten Schublade befanden sich Spielzeuge

und Malstifte, und in der oberen lag, was sie gern „meinen Papierkram“ nannte. Es waren hauptsächlich Malbücher und Zeichnungen, aber gelegentlich war sie hinüber zum Schreibtisch ihres Vaters gegangen und hatte mit kindlicher Hand versucht abzuschreiben, was er so zu Papier brachte.

Charlie probierte die Tür zu öffnen, aber sie war verschlossen. *Besser so*, dachte sie. Das Büro war etwas sehr Persönliches, und sie wollte nicht, dass jemand von den anderen es betrat.

Sie ging zurück in den großen Speisesaal. Dort stand John und betrachtete versonnen das Karussell. Er warf ihr einen neugierigen Blick zu, fragte aber nicht, wo sie gewesen war.

„Ich habe das Ding immer geliebt.“ Charlie lächelte und trat näher. Doch jetzt wirkten die angemalten Figuren auf sie fremd und leblos.

John verzog das Gesicht, als wisse er, was sie dachte.

„Es ist nicht mehr dasselbe“, meinte er. Mit der Hand rieb er über den Kopf eines lackierten Ponys, als wolle er es hinter dem Ohr kraulen. „Einfach nicht mehr dasselbe“, wiederholte er, zog die Hand zurück und ließ seinen Blick weiterschweifen.

Charlie blickte sich nach den anderen um. In der Spielhalle entdeckte sie Jessica und Carlton, die zwischen den Konsolen herumschlenderten.

Reglos standen die Automaten da, unbeleuchtet, wie Grabsteine, die Displays dunkel.

„Ich habe nie gerne gespielt“, erklärte Jessica lächelnd. „Die Games waren viel zu schnell für mich, und jedes Mal, wenn ich gerade herausgefunden hatte, was ich tun musste, war ich auch schon tot, und jemand anders war dran.“ Sie wackelte an einem Joystick, der laut quietschte, weil er so lange nicht benutzt worden war.

„Sie waren sowieso manipuliert“, meinte Carlton mit einem Augenzwinkern.

„Wann hast du zum letzten Mal an einem davon gespielt?“, fragte Jessica und betrachtete eines der Displays aus der Nähe, um zu sehen, welches Bild sich nach all den Jahren von der anderen Seite hineingebrannt hatte.

Carlton schüttelte gerade einen Flipperautomaten, um eine Kugel in Bewegung zu setzen, die festhing.

„Es gibt ein Pizzarestaurant, in das ich manchmal gehe.“ Er setzte den Automaten vorsichtig wieder ab und warf Jessica einen Blick zu. „Aber mit dem Freddy's ist es nicht zu vergleichen“, fügte er hinzu.

John durchquerte unterdessen wieder zwischen den Tischen hindurch den Speiseraum und schnippte gegen die Sterne und glitzernden Spiralen, die von der Decke hingen. Er schnappte sich einen roten Partyhut von einem Tisch und streifte sich das Gummiband übers Kinn. Rot-weiße Quasten hingen ihm ins Gesicht.

„Oh, lasst uns mal die Küche ansehen“, sagte er. Charlie folgte ihm, als er sich dorthin auf den Weg machte.

Ihre Freunde hatten damals keinen Zutritt zur Küche gehabt, sie selbst aber hatte dort viel Zeit verbracht. So viel, dass die Köche sie mit ihrem Namen angesprochen und hinausgescheucht hatten. Und zwar mit dem Namen, bei dem auch ihr Vater sie immer gerufen hatte: Charlotte. Eines Tages, als sie noch im Kindergarten waren, hatte John gehört, wie jemand sie Charlotte nannte, und sie danach ständig damit geneckt. Tatsächlich war es ihm stets gelungen, sie wütend zu machen. Es lag nicht daran, dass Charlie ihren eigentlichen Namen nicht mochte, aber in ihrer Welt hieß sie

Charlie. Ihr Vater dagegen nannte sie Charlotte, und es war wie ein kleines Geheimnis zwischen ihnen, dass niemand anderen etwas anging.

An dem Tag, an dem sie Hurricane endgültig verlassen hatte, an dem Tag, als sie sich voneinander verabschiedet hatten, hatte John gezögert.

„Mach's gut, Charlie", hatte er gesagt. In ihren Karten, Briefen und bei ihren Telefonaten hatte er sie nie wieder Charlotte genannt. Sie hatte ihn nie gefragt, warum, und er hatte es ihr nie gesagt.

Die Küche war immer noch vollständig ausgerüstet, mit Töpfen und Pfannen, doch für Charlie spielte sie in ihren Erinnerungen keine große Rolle. Sie ging wieder zurück in den Speisesaal, und John folgte ihr. Im selben Moment kamen Jessica und Carlton aus der Spielhalle, stolperten, als sie im Dunkeln über die Schwelle traten, und prallten gegeneinander.

„Irgendetwas Interessantes entdeckt?", wollte John wissen.

„Hm … ein Kaugummipapier, dreißig Cent und Jessica, also nicht wirklich", antwortete Carlton. Jessica boxte ihn spielerisch gegen die Schulter.

„Oh, haben wir das etwa alle vergessen?" Jessica setzte ein böses Lächeln auf und deutete zu einem anderen Korridor, der auf der gegenüberliegenden Seite vom Speiseraum wegführte. Schnell lief sie hinüber, bevor irgendjemand etwas sagen konnte, und alle folgten ihr.

Der Korridor war lang und schmal, und je weiter sie vordrangen, desto weniger schien die Taschenlampe ihn zu erhellen. Schließlich mündete er in einen kleinen Raum für private Partys mit eigenen Tischen und Stühlen.

Als sie ihn betraten, hielten alle den Atem an. Vor ihnen befand sich eine kleine Bühne, der Vorhang war zugezogen. Ein Schild hing davor. *Außer Betrieb* stand in sauberer Handschrift darauf.

Einen Moment standen sie einfach nur da, dann ging Jessica hinüber und stieß mit dem Finger gegen das Schild.

„Die Piratenbucht“, sagte sie. „Es ist jetzt zehn Jahre her, und sie funktioniert immer noch nicht wieder.“

Nicht anfassen, dachte Charlie.

„Ich habe hier mal Geburtstag gefeiert“, erinnerte sich John. „Damals war sie auch kaputt.“ Er nahm den Saum des Vorhangs und rieb den glitzernden Stoff zwischen den Fingern.

Nicht, wollte Charlie erneut sagen, hielt sich aber zurück. *Du bist albern*, schalt sie sich.

„Glaubst du, dass er immer noch dahinten ist?“, fragte Jessica und drohte, den Vorhang mit Schwung zur Seite zu ziehen.

„Da bin ich mir ganz sicher.“ John rang sich ein aufgesetztes Lächeln ab. Zum ersten Mal schien er sich unwohl zu fühlen.

Ja, er ist noch da, dachte Charlie. Vorsichtig wich sie zurück, da ihr plötzlich all die Zeichnungen und Plakate an den Wänden bewusst wurden, die sie wie Spinnen umzingelten. Der Lichtkegel ihrer Taschenlampe glitt von einem Bild zum nächsten, und alle zeigten verschiedene Versionen derselben Figur: einen großen und kräftigen Piratenfuchs mit einer Augenklappe und einem Haken anstelle einer Pfote. Der Piratenfuchs kam normalerweise herein, um hungrigen Kindern Pizza zu servieren.

„In diesem Raum warst du es, die sich unter den Tischen versteckt hat“, sagte Jessica zu Charlie und versuchte zu lachen. „Aber jetzt bist du ja ein großes Mädchen.“

Etwas wackelig kletterte Jessica auf die Bühne, wobei

sie fast den Halt verlor. John streckte die Hand aus, um ihr zu helfen, doch sie schaffte es allein. Sie kicherte nervös, sah auf die anderen herab, als erwarte sie irgendeine Unterstützung, dann griff sie nach dem Vorhang. Mit der anderen Hand wedelte sie vor ihrem Gesicht hin und her, als Staub auf sie herabrieselte.

„Vielleicht ist es keine gute Idee." Sie lachte, aber ihrer Stimme war anzuhören, dass sie es offenbar ernst meinte. Sie senkte den Blick, als wolle sie vielleicht wieder von der Bühne klettern. Doch sie rührte sich nicht von der Stelle und griff erneut nach dem Vorhang.

„Warte", sagte John. „Hört ihr das?"

Die anderen verstummten, und in der Stille konnte Charlie sie alle atmen hören. Johns Atemzüge klangen entschieden und ruhig, Jessicas schnell und nervös. Während Charlie darüber nachdachte, begann ihr eigener Atem sich seltsam anzufühlen, als hätte sie vergessen, wie man das macht.

„Ich höre nichts", sagte sie.

„Ich auch nicht", stimmte Jessica zu. „Was soll es denn sein?"

„Musik. Sie kommt von …" Er deutete in die Richtung, aus der sie gekommen waren.

„Von der Bühne?" Charlie legte den Kopf zur Seite. „Ich höre immer noch nichts."

„Es klingt wie eine Spieldose", meinte er. Charlie und Jessica lauschten, aber ihre ausdruckslosen Mienen veränderten sich nicht. „Es hat aufgehört, nehme ich an." John blickte wieder nach vorn.

„Vielleicht war es ein Eiswagen", flüsterte Jessica.

„Hey, das wäre im Moment gar nicht so schlecht." John versuchte eine gewisse Unbeschwertheit zu verbreiten.

Jessica wandte ihre Aufmerksamkeit wieder dem Vorhang

zu, aber John begann eine eigene Melodie zu summen. „Es hat mich an etwas erinnert", murmelte er.

„Okay, jetzt mach ich's!", verkündete Jessica. Doch sie bewegte sich nicht. Charlie merkte, dass ihr Blick von Jessicas Hand am Vorhang magisch angezogen wurde. Ihre pinkfarbenen manikürten Nägel wirkten blass auf dem dunklen, glitzernden Stoff. Es wirkte fast wie jener Moment erwartungsvoller Stille im Theater, wenn die Lichter ausgehen, aber der Vorhang sich noch nicht gehoben hat. Alle schwiegen, ebenfalls erwartungsvoll, aber sie sahen sich kein Theaterstück an und alberten auch nicht mehr herum.

Alle Heiterkeit war aus Jessicas Gesicht verschwunden. Ihre Wangenknochen zeichneten sich deutlich ab, und ihr Blick war entschlossen, als könnte das, was sie im Begriff zu tun war, fürchterliche Konsequenzen haben.

Als Jessica zögerte, merkte Charlie, dass ihre eigene Hand schmerzte. Sie hatte die Finger so fest zu einer Faust geballt, dass sich die Nägel in ihr Fleisch gruben, doch sie konnte sich nicht entspannen.

Aus der Richtung, aus der sie gekommen waren, ertönte ein Krachen. Wie bei einer Kettenreaktion knallte und klirrte es. Das Geräusch erfüllte den ganzen Raum.

John und Charlie erstarrten. Mit plötzlich aufsteigender Panik sahen sie sich an. Jessica ließ den Vorhang los. Sie sprang von der Bühne, prallte gegen Charlie und schlug ihr dabei die Taschenlampe aus der Hand.

„Wo geht es hier raus?", rief sie. John kam herüber, um ihr zu helfen. Eilig suchten sie die Wände ab. Charlie lief hinter der Taschenlampe her, deren Lichtstrahl durch den Raum tanzte, während sie über den Boden rollte. Gerade als sie alle wieder sicher auf den Füßen standen, kam Carlton hereingetrottet.

„Ich habe in der Küche einen Stapel Töpfe umgeworfen", meinte er entschuldigend.

„Ich dachte, du bist hier bei uns", sagte Charlie.

„Ich wollte nachsehen, ob noch etwas zu essen da ist", entgegnete Carlton, ohne darauf einzugehen, ob er etwas gefunden hatte oder nicht.

„Ernsthaft?" John lachte.

„Der Nachtwächter hat es vielleicht gehört", sagte Jessica aufgeregt. „Wir müssen hier verschwinden."

Sie steuerten auf die Tür zu. Jessica begann zu laufen. Die anderen folgten ihr und wurden immer schneller, als sie den Gang erreichten, bis sie schließlich rannten, als sei sonst wer hinter ihnen her.

„Lauft, lauft!", rief John, und alle mussten kichern.

Sie quetschen sich einer nach dem anderen durch die halb geöffnete Tür und drückten sie mit dem gleichen Quietschen von zuvor wieder zu. Carlton und John pressten sich mit dem Rücken dagegen, bis sie wieder ganz mit der Wand abschloss. Dann packten sie gemeinsam das Regal, zerrten es zurück an seinen Platz, sodass alles vollkommen unberührt wirkte.

„Sieht das gut aus?", fragte Jessica. John nahm ihren Arm und zog sie fort.

Eilig, aber vorsichtig nahmen sie genau den Weg, den sie gekommen waren, zurück durch die leeren Gänge und das große Atrium bis auf den Parkplatz, wobei sie nur Carltons kleine Lampe am Schlüsselbund benutzten. Das Licht des Nachtwächters tauchte nicht wieder auf.

„Irgendwie ein wenig unbefriedigend", meinte Carlton enttäuscht. Er warf noch einmal einen Blick zurück, weil er hoffte, dass man sie vielleicht doch verfolgte.

„Soll das ein Witz sein?", fragte Charlie, während sie zu

ihrem Wagen ging und dabei bereits die Schlüssel aus der Tasche zog. Sie hatte das Gefühl, als sei etwas, das tief in ihrem Innern vergraben gewesen war, aufgeschreckt worden. Sie war sich jedoch nicht sicher, ob das gut war oder eher schlecht.

„Das war lustig!“, rief John, und Jessica lachte.

„Das war schrecklich!“, widersprach sie.

„Wie man’s sieht“, meinte Carlton und grinste breit. Charlie begann nun ebenfalls zu lachen, und John stimmte mit ein.

„Was?“, wollte Jessica wissen. Charlie schüttelte den Kopf, sie lachte immer noch. „Es ist nur ... Wir sind immer noch alle genauso, wie wir früher waren. Ich meine, wir sind natürlich vollkommen unterschiedlich und auch älter. Aber wir sind dieselben. Du und Carlton, ihr klingt noch genauso wie damals, als wir sechs Jahre alt waren.“

„Klar“, erwiderte Jessica und verdrehte die Augen, aber John nickte.

„Ich weiß, was du meinst“, sagte er. „Und Jessica auch. Sie will es nur nicht zugeben.“ Er warf einen Blick zurück zu dem Einkaufszentrum. „Seid ihr euch sicher, dass der Nachtwächter uns nicht gesehen hat?“

„Jetzt wären wir jedenfalls schneller als er“, erklärte Carlton. Seine rechte Hand lag bedeutungsvoll auf einem der Autos.

„Wahrscheinlich“, sagte John, doch überzeugt klang er nicht.

„Du hast dich auch nicht verändert, weißt du“, meinte Jessica mit einer gewissen Zufriedenheit in der Stimme. „Hör auf, immer nach Problemen zu suchen, wenn es überhaupt keine gibt.“

„Trotzdem“, sagte John und blickte noch einmal zurück.

„Wir sollten hier verschwinden. Ich möchte unser Glück nicht herausfordern.“

„Dann sehen wir uns alle morgen?“, fragte Jessica, als sie sich trennten. Carlton winkte kurz über die Schulter.

Charlie spürte einen leichten Druck auf dem Magen, als Jessica neben sie auf den Beifahrersitz glitt und sich sorgfältig anschnallte. Auf diese Situation hatte sie sich nicht unbedingt gefreut. Es lag nicht daran, dass sie Jessica nicht mochte, sie war nur nicht gern allein mit ihr. Für sie war sie immer noch kaum mehr als eine Fremde. Doch Charlie war noch beschwingt von den abenteuerlichen Erlebnissen dieses Abends. Das Adrenalin, das nach wie vor durch ihre Adern strömte, verlieh ihr neues Selbstvertrauen. Sie lächelte Jessica an. Nach diesem Abend hatten sie plötzlich etwas gemeinsam.

„Weißt du, wo's zum Motel geht?“, erkundigte sie sich. Jessica nickte. Sie griff nach der Handtasche, die zu ihren Füßen lag. Die Tasche war klein und schwarz mit einem langen Riemen. Auf der Fahrt zur Baustelle hatte Charlie bereits beobachtet, wie sie Lipgloss, einen Spiegel, eine Packung Pfefferminz und Nähzeug herausgeholt hatte. Jetzt waren es ein kleines Notizbuch und ein Stift. Charlie lächelte.

„Entschuldige, aber was hast du da eigentlich alles drin?“, fragte sie, und Jessica grinste sie an.

„Die Geheimnisse dieser Handtasche dürfen nicht gelüftet werden“, erwiderte sie spielerisch. Beide mussten sie lachen. Jessica begann Charlie vorzulesen, wie sie fahren musste. Charlie folgte ihren Anweisungen, bog erst links ab und dann rechts, ohne sonderlich auf die Umgebung zu achten.

Jessica hatte bereits eingecheckt, daher gingen sie direkt zu ihrem Zimmer, ein kleiner beigefarbener Schuhkarton von einem Raum mit zwei Doppelbetten, auf denen samtig schimmernde braune Tagesdecken lagen. Charlie legte ihren Koffer auf das Bett in der Nähe der Tür, und Jessica ging zum Fenster.

„Wie du siehst, habe ich Geld für ein Zimmer mit Aussicht auf den Tisch gelegt", meinte sie und riss mit einer dramatischen Bewegung die Vorhänge zur Seite, hinter denen zwei Mülleimer und eine vertrocknete Hecke auftauchten. „Hier möchte ich meine Hochzeit feiern."

„Klar", meinte Charlie amüsiert. Jessicas geziertes Auftreten und ihr modepüppchenhafter Stil ließen einen schnell vergessen, dass sie auch klug war. Sie erinnerte sich, dass sie als Kind jedes Mal etwas eingeschüchtert gewesen war, wenn sie sich zum Spielen getroffen hatten, bevor sie dann regelmäßig nach ein paar Minuten merkte, wie sehr sie Jessica mochte. Sie fragte sich, ob es Jessica schwerfiel, Freunde zu finden, so wie sie aussah, aber das gehörte nicht zu den Dingen, die man jemanden fragte.

Jessica ließ sich quer über das Bett fallen und sah Charlie an. „Also erzähl mir von dir", forderte sie sie jovial auf und ahmte dabei einen Talkmaster oder eine neugierige Mutter nach.

Charlie zuckte verlegen die Achseln und rührte sich nicht von der Stelle. „Was meinst du damit?", fragte sie.

Jessica lachte. „Ich weiß nicht! Wie kann man nur so etwas Schreckliches fragen, oder? Ich meine, was soll man darauf antworten? Hm … Wie läuft es in der Schule? Irgendwelche süßen Jungs?"

Charlie legte sich ebenfalls quer über das Bett und ahmte Jessicas Haltung nach. „Süße Jungs? Wie alt sind wir denn, zwölf?"

„Also?“, entgegnete Jessica ungeduldig.

„Ich weiß nicht“, erwiderte Charlie. „Nicht wirklich.“ Ihre Klasse war zu klein. Sie kannte die meisten, seit sie zu ihrer Tante Jen gezogen war. Mit jemandem auszugehen, ihn „richtig“ zu mögen, erschien ihr erzwungen und überhaupt nicht reizvoll. Das sagte sie auch Jessica. „Wenn die Mädchen bei uns einen Freund wollen, dann gehen sie mit älteren Typen aus“, erklärte sie.

„Und du hast keinen älteren Typen?“, neckte Jessica.

„Nein“, meinte Charlie. „Ich dachte mir, ich warte, bis wir selbst alle erwachsen sind.“

„Klar!“ Jessica hustete, doch dann fiel ihr etwas ein, was sie gern erzählen wollte. „Letztes Jahr war da ein Junge – Donnie“, begann sie. „Ich war völlig verrückt nach ihm, ich meine wirklich richtig verrückt. Er war so nett zu allen. Er hat zu der Zeit grundsätzlich schwarz getragen, und er hatte schwarze Locken. Sie waren so dicht, dass ich, wenn ich hinter ihm saß, immer nur daran denken konnte, wie ich mein Gesicht darin vergrabe. Er hat mich derart abgelenkt, dass ich am Ende in Trigonometrie eine Eins minus kassiert habe. Er war unglaublich musisch, ein Poet, und er hat immer eines dieser schwarzen in Leder gebundenen Notizbücher mit sich herumgetragen. Ständig hat er irgendetwas hineingekritzelt, nur zeigen wollte er es niemandem.“ Sie seufzte träumerisch. „Ich habe gedacht, wenn ich ihn nur dazu bekomme, dass er mir seine Gedichte zeigt, würde ich wirklich in seine Seele schauen können, weißt du?“

„Und hat er es je getan?“, fragte Charlie.

„Oh ja“, erklärte sie und nickte eifrig. „Irgendwann habe ich ihn gefragt, ob er mit mir ausgeht, weil er so schüchtern war und mich nie im Leben gefragt hätte. Wir waren dann im Kino und haben ein bisschen rumgemacht. Danach sind wir auf das Dach des Hauses geklettert, in dem er seine Wohnung hatte, und haben dort ein bisschen abgehangen. Ich hab ihm erzählt, dass ich alte Zivilisationen studieren und an archäologischen Ausgrabungen teilnehmen möchte. Und er hat mir seine Gedichte gezeigt."

„Und konntest du in seine Seele schauen?", erkundigte sich Charlie, ganz aufgeregt, dass sie tatsächlich solche Mädchengespräche führte, denn bisher hatte sie das Gefühl gehabt, nie von jemandem der Art ins Vertrauen gezogen worden zu sein. Sie merkte, wie sie eifrig nickte. *Aber nicht zu eifrig.* Schnell fuhr sie sich selbst wieder ein wenig herunter, während Jessica auf dem Bett nach vorne rutschte und flüsterte: „Die Gedichte waren *fürchterlich*. Ich wusste gar nicht, dass es möglich ist, gleichzeitig sowohl wahnsinnig melodramatisch als auch unglaublich langweilig zu sein. Ich meine, ich habe mich schon fremdgeschämt, als ich sie nur gelesen habe." Sie vergrub das Gesicht in den Händen.

Charlie lachte. „Was hast du gemacht?"

„Was sollte ich schon machen? Ich habe ihm gesagt, dass es zwischen uns nicht funktionieren würde, und bin nach Haus gegangen."

„Direkt, nachdem du seine Gedichte gelesen hast?"

„Ich hatte noch das Notizbuch in der Hand."

„Oh nein, Jessica, das ist schrecklich! Du musst ihm das Herz gebrochen haben!"

„Ich weiß. Ich habe mich auch wirklich schlecht gefühlt, aber die Worte kamen einfach so aus mir heraus. Ich konnte es nicht verhindern."

„Hat er jemals wieder mit dir gesprochen?"

„Oh ja, er ist total nett. Aber jetzt studiert er Statistik und Wirtschaft und trägt Pullunder."

„Du hast sein Leben zerstört!“ Charlie warf ein Kissen nach Jessica, die sich aufsetzte und es auffing.

„Ich weiß! Wahrscheinlich wird er ein millionenschwerer Börsenhändler anstatt eines am Hungertuch nagenden Künstlers, und es ist alles meine Schuld.“ Sie grinste. „Komm schon, eines Tages wird er mir dankbar sein.“

Charlie schüttelte den Kopf. „Willst du wirklich Archäologin werden?“

„Ja“, sagte Jessica.

„Hm“, erwiderte Charlie. „Tut mir leid, ich dachte ...“ Wieder schüttelte sie den Kopf. „Tut mir leid, das ist echt cool.“

„Du hast gedacht, ich würde irgendwas mit Mode machen“, stellte Jessica fest.

„Also ... ja.“

„Schon okay“, meinte Jessica. „Ich auch. Ich meine, ich liebe Mode, aber das ist doch alles sehr begrenzt, weißt du. Ich finde, es ist einfach geil, sich vorzustellen, wie die Menschen vor tausend Jahren gelebt haben oder vor zweitausend oder zehntausend. Sie waren genau wie wir, und doch so anders. Ich stelle mir gern vor, in anderen Zeiten zu leben, an anderen Orten. Ich frage mich dann, wie ich wohl gewesen wäre. Und wie ist es mit dir?“

Charlie drehte sich auf den Rücken und sah zur Decke. Sie bestand aus fleckigen Styroporplatten. Die Platte direkt über ihr hing schief. *Ich hoffe, da oben sind keine Insekten drin*, dachte sie.

„Ich weiß es nicht“, sagte sie langsam. „Ich finde es wirklich cool, dass du genau weißt, was du machen willst, aber ich habe so einen Plan nie gehabt.

„Du musst es dir ja nicht in diesem Moment überlegen“, meinte Jessica.

„Vielleicht“, sagte Charlie. „Aber ich weiß es einfach nicht. Du dagegen hast genau vor Augen, was du machen willst. John hat, seit er einen Stift halten konnte, gewusst, dass er Schriftsteller werden will. Selbst Carlton … ich weiß nicht, was er vorgehabt hat, aber man merkt, dass sich trotz all seiner Witze langsam hinter seiner Stirn ein Lebensplan entwickelt. Mir allerdings fehlt noch völlig die Richtung.“

„Das ist doch egal“, meinte Jessica. „Ich glaube kaum, dass die meisten in deinem Alter es schon wissen. Außerdem könnte ich meine Meinung auch noch ändern oder gar nicht aufs College gehen. Man weiß nie, was passieren wird. Hey, weißt du, ich mache mich jetzt fertig. Ich möchte gern ein bisschen schlafen.“

Sie verschwand im Badezimmer. Charlie blieb, wo sie war und starrte hinauf zu der jämmerlich aussehenden Decke. Sie vermutete, ihre Weigerung, sich mit der Vergangenheit oder der Zukunft auseinanderzusetzen, entwickelte sich langsam zu einer ernsthaften mentalen Störung. *Du musst im Hier und Jetzt leben*, sagte ihre Tante Jen oft, und Charlie hatte es sich zu Herzen genommen. *Halte dich nicht mit der Vergangenheit auf. Mach dir keine Sorgen um Dinge, die vielleicht nie geschehen werden.*

In der achten Klasse hatte sie einen Kurs in Technik belegt, weil sie insgeheim gehofft hatte, dass dadurch vielleicht ein Funke des Talents ihres Vaters in ihr zum Vorschein kommen würde, eine tief verborgene Leidenschaft, die in ihr schlummerte, aber das war nicht geschehen. Sie hatte ein missglücktes Vogelhäuschen für den Garten gebaut. Danach hatte sie nie wieder Werkkurs belegt. Nur ein Eichhörnchen hatte das Vogelhäuschen mal erkundet und es dabei gleich vom Baum gerissen.

Jessica tauchte wieder aus dem Badezimmer auf. Sie trug einen Schlafanzug mit pinkfarbenen Streifen.

Charlie rutschte vom Bett, um sich ebenfalls fertig zu machen. Schnell zog sie sich um und putzte ihre Zähne. Als sie zurück ins Zimmer kam, lag Jessica bereits unter der Decke. Ihre Nachttischlampe war ausgeschaltet. Charlie schaltete auch ihre aus, aber das Licht vom Parkplatz fiel immer noch durchs Fenster herein.

Sie starrte wieder zur Decke hinauf, die Hände hinter dem Kopf gefaltet. „Weißt du, wie das morgen laufen wird?“, fragte sie.

„Nicht wirklich“, erwiderte Jessica. „Ich weiß nur, dass es irgendeine Zeremonie in der Schule gibt.“

„Ja, das weiß ich auch“, sagte Charlie. „Müssen wir denn irgendetwas tun? Wollen die vielleicht, dass wir etwas sagen?“

„Ich glaube nicht“, meinte Jessica. „Wieso? Möchtest du gerne etwas sagen?“

„Nein, ich habe mich das nur gefragt.“

„Denkst du noch manchmal an ihn?“, wollte Jessica wissen.

„Manchmal. Ich versuche, es nicht zu tun“, antwortete Charlie zumindest halbwegs wahrheitsgemäß. Sie hatte das Thema Michael in ihrem Kopf irgendwie weggeschlossen, hinter eine mentale Wand gesperrt, der sie nie auch nur zu nahe kam. Der Sache aus dem Weg zu gehen, machte ihr keine Mühe. Es machte ihr Mühe, jetzt an ihn zu denken. „Wie ist es bei dir?“, fragte sie Jessica.

„Nicht wirklich“, sagte die. „Es ist schon komisch oder? Etwas passiert, und es ist das Schlimmste, was man sich nur vorstellen kann. Es brennt sich in deine Erinnerung, als würdest du es nie abschütteln können. Und dann vergehen die Jahre, und plötzlich ist es nur eines der vielen Dinge, die passiert sind. Nicht, dass es nicht wichtig wäre oder schrecklich, aber es ist Vergangenheit, so wie alles andere auch. Weißt du, was ich meine?“

„Ich schätze schon“, erwiderte Charlie. Aber sie wusste es genau. „Ich versuche einfach, nicht an diese Dinge zu denken.“

„Ich auch. Ich bin gerade erst letzte Woche auf einer Beerdigung gewesen.“

„Das tut mir leid“, sagte Charlie und setzte sich auf. „Alles okay bei dir?“

„Ja, mir geht's gut“, erwiderte Jessica. „Ich kannte ihn kaum. Er war nur irgendein alter Verwandter, der ein paar hundert Kilometer entfernt gelebt hat. Ich glaube, ich habe ihn ein einziges Mal getroffen, aber ich kann mich kaum daran erinnern. Wir sind hauptsächlich meiner Mutter zuliebe hingegangen. Aber es war eine dieser altmodischen Aussegnungskirchen, wie in den Filmen, mit einem offenen Sarg. Und wir sind alle am Sarg vorbeigegangen, und als ich an der Reihe war, habe ich ihn mir angesehen. Er hätte genauso gut schlafen können. Ganz ruhig und entspannt, wie die Leute eben sagen, dass Tote aussehen. Es gab nichts, woran ich hätte festmachen können, dass er *tot* war, wenn du mich fragst. Jeder Zug in seinem Gesicht wirkte, als würde er noch leben. Seine Haut war unverändert, sein Haar. Aber er lebte nicht mehr, und ich wusste es einfach. Ich hätte es auch dann sofort gewusst, wenn er nicht in einem Sarg gelegen hätte.“

„Ich weiß, was du meinst. Sie haben so etwas an sich, wenn sie …“, Charlie Stimme war leise.

„Es klingt blöd, wenn ich es sage. Aber als ich ihn angesehen habe, hat er so lebendig gewirkt, und trotzdem hab ich gewusst, einfach *gewusst*, dass er es nicht war. Mir sind Schauer über den Rücken gelaufen."

„Das ist immer das Schlimmste, oder nicht?", meinte Charlie. „Wenn etwas lebendig wirkt, es aber nicht ist."

„Wie jetzt?", fragte Jessica.

„Ich meine, Dinge, die lebendig aussehen, es aber nicht sind", sagte Charlie schnell. „Wir sollten jetzt schlafen", fuhr sie fort. „Hast du den Wecker gestellt?"

„Ja", erwiderte Jessica. „Gute Nacht."

„Gute Nacht."

Charlie spürte, sie würde noch lange nicht einschlafen können. Sie wusste, was Jessica meinte, wahrscheinlich besser als Jessica selbst. Das künstliche Leuchten in Augen, die dir folgen, wenn du an ihnen vorbeigehst, wie bei einem lebenden Wesen. Das leichte Rucken von echt wirkenden Tieren, die sich nicht so bewegen, wie ein lebendiges es tun würde. Die gelegentlichen kleinen Fehler in der Programmierung, die einen glauben lassen, dass ein Roboter etwas Neues getan hatte, aus eigenem Antrieb. Ihre Kindheit war voll von solchen Erlebnissen. Sie war in diesem seltsamen Raum zwischen echtem und künstlichem Leben aufgewachsen. Das war ihre Welt gewesen. Es war die Welt ihres Vaters gewesen. Charlie schloss die Augen. *Was hat diese Welt nur mit ihm gemacht?*

3

Rumms! Rumms! Rumms!

Charlie schreckte aus dem Schlaf auf. Sie war verwirrt. Irgendetwas hämmerte gegen ihre Tür und versuchte sich Einlass zu verschaffen.

„Oh, um Himmels willen", knurrte Jessica, und Charlie setzte sich blinzelnd auf.

Natürlich. Das Motel. Hurricane. Jemand klopfte gegen die Tür. Während Jessica schon zur Tür ging, kletterte Charlie aus dem Bett und warf einen Blick auf die Uhr. Es war zehn Uhr morgens. Sie sah aus dem Fenster. Draußen war ein strahlender Tag aufgezogen. Sie hatte schlechter geschlafen als gewöhnlich. Keine Albträume, aber dunkle Träume, an die sie sich nicht richtig erinnern konnte. Über Dinge, die irgendwo in ihrem Hinterkopf schlummerten. Es waren Bilder, die sie nicht richtig fassen konnte.

„Charlieeee!", kreischte jemand. Charlie ging zur Tür und wurde sofort umarmt. Marlas mollige Arme umklammerten sie wie ein Schraubstock. Auch Charlie umarmte das Mädchen, fester, als sie es eigentlich beabsichtigt hatte.

Als Marla sie losließ, trat sie einen Schritt zurück und grinste. Marlas Stimmungen waren immer so intensiv gewesen, dass sie absolut ansteckend wirkten und auf jeden übersprangen, der ihr über den Weg lief. War sie niedergeschlagen, senkte sich sofort düstere Stimmung wie ein Grabtuch über all ihre Freunde, und die Sonne verzog sich hinter die Wolken. War sie glücklich, wie jetzt, war es kaum möglich, sich ihrer funkensprühenden Freude zu entziehen. Sie war immer atemlos, immer leicht zerstreut, schien immer zu spät zu sein, obwohl sie es nie war.

Marla trug eine weite dunkelrote Bluse, die gut zu ihrer hellen Haut und dem dunkelbraunen Haar passte.

Charlie hatte engeren Kontakt mit Marla gehalten als die anderen. Mit Marla befreundet zu sein, war leicht, selbst aus der Ferne. Sogar als kleines Kind hatte sie immer Briefe und Postkarten geschickt, unerschütterlich, auch wenn Charlie nicht immer geantwortet hatte. Sie war eine geradezu resolute Optimistin und ging einfach davon aus, dass jeder sie mochte, bis er ausdrücklich das Gegenteil behauptete. Charlie bewunderte das an ihr – sie selbst, obwohl sie nicht schüchtern war, grübelte viel zu viel. *Mag dieser Mensch mich? Ist er nur höflich? Wie erkennt man den Unterschied?*

Marla hatte sie einmal besucht, als sie zwölf gewesen waren. Sie hatte Charlies Tante um den Finger gewickelt und sich schnell mit ihren Klassenkameraden angefreundet, wobei sie keinen Zweifel daran gelassen hatte, dass sie *Charlies* Freundin war und nur dort war, um Charlie zu besuchen.

Marlas Lächeln wich einer ernsten Miene, während sie Charlie betrachtete, als sei sie auf der Suche nach irgendetwas, das sich verändert hatte, seit sie sich das letzte Mal begegnet waren. „Du bist blass wie immer." Sie nahm Charlies Hände in ihre eigenen. „Und du bist ganz kalt. Hast du nie warme Hände?" Sie ließ Charlie los und sah sich skeptisch in dem Motelzimmer um, als sei sie sich nicht sicher, worum es sich dabei eigentlich handelte.

„Es ist die Luxussuite“, meinte Jessica mit unbewegter Miene, während sie etwas in ihrer Tasche suchte. Ihr Haar stand in alle Richtungen. Charlie musste ein Lächeln unterdrücken. Es tat gut, mal zu sehen, dass auch bei Jessica nicht immer alles perfekt war.

Jessica fand unterdessen ihre Haarbürste und hielt sie triumphierend hoch. „Ha! Nimm das, du morgendlicher Krauskopf!“

„Komm rein“, sagte Charlie, als ihr auffiel, dass sie und Marla immer noch in der weit offenen Tür standen.

Marla nickte. „Eine Sekunde. JASON!“, rief sie hinaus. Niemand tauchte auf. *„JASON!“*

Ein Junge kam von der Straße herangetrottet. Er war klein und drahtig mit dunklerer Haut als seine Halbschwester. Sein Batman-T-Shirt und die schwarzen Shorts waren viel zu groß für ihn. Sein Haar war kurz geschnitten, und seine Arme und Beine waren voller Schmutz.

„Hast du auf der Straße gespielt?“, wollte Marla wissen.

„Nein …“, antwortete er.

„Doch, das hast du. Wenn du dabei verunglückst, wird Mom mir die Schuld geben. Geh jetzt rein.“ Marla schob ihren kleinen Bruder ins Zimmer und schüttelte den Kopf.

„Wie alt bist du inzwischen?“, fragte Charlie.

„Elf“, sagte Jason. Er ging zum Fernseher und begann daran herumzuschalten.

„Jason, hör sofort damit auf“, sagte Marla. „Spiel mit deinen Actionfiguren.“

„Ich bin kein kleines Kind mehr“, entgegnete er. „Außerdem sind sie im Auto.“ Aber er ließ den Fernseher in Ruhe und ging zum Fenster, um hinauszusehen.

Marla rieb sich die Augen. „Wir sind gerade angekommen. Wir mussten schon heute Morgen um sechs aufbrechen, und es gab da jemanden …", bemerkte sie spitz und warf Jason einen Blick zu, „… der nicht aufhören wollte am Radio herumzuspielen. Ich bin so was von müde."

Sie wirkte keineswegs müde, aber das tat sie eigentlich nie. Charlie erinnerte sich noch gut, dass sie immer, wenn sie als Kinder beieinander übernachtet hatten, wie eine Wahnsinnige herumgehüpft war, während die anderen versucht hatten, zur Ruhe zu kommen – und dann war sie ganz plötzlich eingeschlafen, wie eine Zeichentrickfigur, der man mit dem Nudelholz eines über den Schädel gezogen hatte.

„Wir sollten uns fertig machen", meinte Jessica. „In einer Stunde treffen wir uns mit den Jungs im Restaurant."

„Beeilt euch!", rief Marla. „Wir müssen uns auch noch umziehen. Ich wollte mich auf der Fahrt nicht völlig durchschwitzen."

„Jason, du kannst fernsehen", sagte Charlie. Der Junge warf Marla einen Blick zu. Sie nickte, und er grinste, schaltete den Fernseher ein und zappte durch die Kanäle.

„Bitte entscheide dich für einen Sender", mahnte Marla.

Charlie verschwand im Badezimmer, um sich umzuziehen, während Jessica immer noch mit ihrem Haar kämpfte.

Knapp eine Stunde später bogen sie auf den Parkplatz des Restaurants ein. Die anderen waren bereits da und saßen in derselben Sitzecke wie am Abend zuvor. Als sie das Restaurant betraten, begrüßte Marla jeden Einzelnen noch einmal überschwänglich, diesmal nur etwas leiser, weil sie sich in der Öffentlichkeit befanden. Von Marlas Enthusiasmus etwas an den Rand gedrängt, erhob sich Lamar, winkte Jessica und Charlie zu und wartete, bis Marla sich gesetzt hatte.

„Hallo Leute", sagte er schließlich. Er trug einen dunklen Schlips und einen dunkelgrauen Anzug. Er war groß, schlank und schwarz und hatte sich das Haar kurz geschoren. Seine Gesichtszüge waren scharf gezeichnet und attraktiv. Er wirkte ein kleines bisschen älter als die anderen. Es konnte an dem Anzug liegen, aber Charlie dachte, es läge mehr daran, wie er dastand und an der Selbstsicherheit, die er ausstrahlte.

Alle hatten sich für die Zeremonie ein wenig herausgeputzt. Marla hatte sich im Motel umgezogen. Sie und Jessica trugen beide Kleider. Jessicas reichte bis zum Knie und wies ein pastellfarbenes Blumenmuster auf. Der Stoff war leicht und bewegte sich bei jedem Schritt.

Marlas Kleid war einfach geschnitten, weiß und mit großen Sonnenblumen darauf.

Charlie hatte nicht daran gedacht, ein Kleid einzupacken. Sie hoffte, dass sie in ihrer schwarzen Hose und einer weißen Bluse nicht fehl am Platz wirken würde.

John trug heute ein Hemd in hellem Lila, dazu aber einen passenden Schlips derselben Farbe, nur etwas dunkler.

Und Carlton schien immer noch das Gleiche anzuhaben, wie immer in Schwarz.

Sie alle setzten sich.

„Also, sehen wir nicht toll aus?“, fragte Marla zufrieden.

„Wo ist Jason?“ Jessica reckte ihren Hals.

Marla stöhnte. „Ich bin gleich wieder da.“ Sie rutschte aus der Sitzecke und lief zur Tür.

„Lamar, was hast du so gemacht?“, erkundigte sich Charlie. Lamar grinste.

„Er gehört jetzt zur Elite, hochschulmäßig“, meinte Carlton und nickte bekräftigend. Lamar senkte kurz den Blick, aber er lächelte.

„Vorzeitig aufgenommen“, war alles, was er sagte.

„Und bei welcher?“, wollte Jessica wissen.

„Cornell.“

„Moment mal, wieso hast du dich so früh fürs College beworben?“, fragte Charlie. „Das ist doch erst nächstes Jahr dran. Ich weiß ja noch nicht mal, wo ich hinwill.“

„Er hat die sechste Klasse übersprungen“, erklärte John. Ein undefinierbarer Ausdruck huschte über sein Gesicht. Allein Charlie ahnte, was es damit auf sich hatte. John hatte sich immer gern mit seiner Klugheit geschmückt, mit seiner frühen Reife. Lamar dagegen war in ihrer Kindheit ein Faulpelz gewesen. Nun war er offenbar an allen vorbeigezogen. John zwang sich zu einem Grinsen, und dann war der unangenehme Moment auch schon vorbei. „Gratuliere“, sagte er, ohne anklingen zu lassen, dass er es nicht aus vollem Herzen meinte.

Marla kam wieder hereingestürmt, diesmal mit Jason im Schlepptau, den sie am Oberarm gepackt hatte. Im Hotel hatte sie ihn angewiesen, einen Blazer und Stoffhosen anzuziehen, obwohl er immer noch seine Nikes trug.

„Ich komme ja. Hör auf“, jammerte er.

„Ist das Jason?“, fragte Carlton.

„Ja“, sagte Jason.

„Erinnerst du dich an mich?“, wollte Carlton wissen.

„Ich erinnere mich an keinen von euch“, erwiderte Jason ziemlich schroff.

„Setzt dich da hin“, befahl Marla und deutete auf die angrenzende Sitzecke.

„Okay“, murrte er.

„Marla, er kann doch bei uns sitzen“, sagte Jessica. „Jason, komm schon rüber.“

„Ich will hier sitzen“, entgegnete er und schob sich in die andere Sitzecke. Er zog ein Videospiel aus der Tasche und bekam gleich darauf nicht mehr mit, was um ihn herum geschah.

Die Kellnerin trat an ihren Tisch, und sie bestellten. Marla bat sie, Jasons Frühstück mit auf ihre Rechnung zu schreiben. Als das Essen kam, warf Charlie einen Blick auf ihre Uhr.

„Wir haben nicht viel Zeit", stellte sie fest.

„Wir schaffen das schon", meinte Carlton. „Es ist nicht weit." Ein kleiner Bissen fiel ihm aus dem Mund, während er nach draußen deutete.

„Bist du noch mal wieder in der Schule gewesen?", fragte Lamar. Carlton zuckte die Schultern.

„Ich fahre manchmal daran vorbei. Ich weiß, für euch alle ist das eine ziemlich nostalgische Reise, aber ich lebe hier. Ich fahre nicht ständig herum und schwelge in Erinnerungen an meine Kindergartenzeit."

Alle schwiegen für einen Augenblick. Das Piepen und Tröten von Jasons Videospiel erfüllte die Stille.

„Hey, hast du gewusst, dass Lamar nächstes Jahr nach Cornell geht?", sagte Jessica zu Marla.

„Wirklich? Da bist du uns aber ziemlich weit voraus", stellte sie fest.

Lamar blickte auf seinen Teller. Als er den Kopf wieder hob, war er leicht errötet. „Alles Teil des Fünfjahresplans", meinte er. Die anderen lachten, und die Röte in seinem Gesicht nahm nur noch zu. „Es ist schon komisch, wieder hier zu sein", wechselte er schnell das Thema.

„Ich finde, es ist komisch, dass ich der Einzige bin, der noch hier lebt", meinte Carlton. „Eigentlich verlässt nie jemand Hurricane."

„Ist das wirklich komisch?", meinte Jessica nachdenklich. „Meine Eltern … ihr erinnert euch, meine Mom stammt ursprünglich aus New York. Sie hat immer darüber gescherzt, wieder zurückzugehen. *Wenn ich wieder zurück nach New York gehe …* Aber sie hätte genauso gut sagen können: *Wenn ich im Lotto gewinne …* Sie hat es nicht ernst gemeint. Und dann, direkt nach Michaels … gleich danach hat sie aufgehört damit zu kokettieren. Drei Monate später saßen wir dann alle in einem Flugzeug, um ihre Schwester in Queens zu besuchen, und wir sind nie zurückgekommen. Der Vater meines Dads ist gestorben, als er neun war. Zur Beerdigung sind sie ohne mich nach Hurricane gefahren. Sie wollten nicht, dass ich hierher zurückkehre. Und ehrlich gesagt wollte ich das auch nicht. Die ganze Zeit, während sie weg waren, hatte ich Angst. Immer wieder habe ich aus dem Fenster gesehen und gehofft, dass sie früher wiederkommen. Als würde ihnen etwas Schlimmes zustoßen, wenn sie länger blieben."

Sie alle sahen einander an und dachten darüber nach. Charlie wusste, dass sie, außer Carlton, alle weggezogen waren, aber sie hatte nie weiter darüber nachgedacht – die Menschen zogen ständig um. Trotzdem hatte Carlton recht. Die Leute verließen Hurricane nicht.

„Wir sind umgezogen, weil mein Dad in dem Sommer nach der dritten Klasse einen neuen Job bekommen hat", sagt John. „Daran ist nichts Geheimnisvolles. Lamar, du bist damals mitten im Schuljahr weggegangen."

„Ja", bestätigte er. „Aber das lag daran, dass meine Eltern sich getrennt haben. Ich bin mit meiner Mom nach Indianapolis gezogen in." Er runzelte die Stirn. „Aber mein Dad hat die Stadt auch verlassen. Er lebt jetzt in Chicago."

„Meine Eltern sind wegen Michael weggegangen", sagte Marla. Alle drehten sich zu ihr um. „Meine Mom konnte danach nicht mehr schlafen. Sie hat gesagt, unruhige Geister würden in Hurricane ihr Unwesen treiben. Mein Dad hat ihr gesagt, sie sei albern, aber wir sind trotzdem so schnell es ging aufgebrochen." Marla ließ den Blick über ihre Freunde gleiten. „Was guckt ihr so?", fragte sie. „*Ich* glaube nicht an Geister."

„Ich schon", meinte Charlie. Sie hatte das Gefühl, aus weiter Ferne zu sprechen. Es überraschte sie fast, dass die anderen sie überhaupt hören konnten. „Ich meine, nicht an Geister, aber an ... Erinnerungen. Ich glaube, die bleiben, ob da nun noch jemand ist oder nicht."

Das Haus, ihr altes Haus, war erfüllt von Erinnerungen, von Verlust, von Sehnsucht. All das schwebte in der Luft wie Feuchtigkeit. Die Wände waren damit getränkt, als habe das Holz alles aufgesogen. Es war schon da gewesen, bevor sie gekommen war, und es war immer noch dort. Und es würde für immer dort bleiben. Das musste es. Es war einfach ein zu großes, zu mächtiges, zu schweres Gewicht, als dass Charlie es hätte mitnehmen können.

„Das ergibt keinen Sinn", sagte Jessica. „Erinnerungen leben in unseren Köpfen. Sie sind dort buchstäblich abgespeichert. Man kann das auf einem Scan sehen. Außerhalb eines lebenden Gehirns können sie nicht existieren."

„Ich weiß nicht", meinte John. „Denkt mal an all die Orte, an denen es so etwas gibt wie ... Atmosphäre. Alte Häuser manchmal, Orte, die du betrittst und dann Trauer oder Wehmut spürst, obwohl du noch nie zuvor dort gewesen bist."

„Trotzdem sind das nicht die Erinnerungen anderer Leute", entgegnete Lamar. „Das sind unterbewusste Hinweise, Dinge, die wir nicht bewusst wahrnehmen, die uns aber sagen, was wir fühlen sollten. Abblätternde Farbe, altmodische Möbel, Spitzenvorhänge – Details, die uns wehmütig werden lassen. Meistens Dinge, die wir wahrscheinlich in Filmen aufschnappen. Als ich vier war, habe ich mich mal auf dem Rummelplatz verirrt. Plötzlich stand ich allein da und vermisste meine Eltern. Ich hatte noch nie in meinem Leben so viel Angst gehabt, aber ich glaube nicht, dass noch heute alle von Verzweiflung überwältigt werden, wenn sie am Riesenrad vorbeikommen.“

„Vielleicht doch“, meinte Marla. „Ich weiß nicht, manchmal gibt es bei mir Augenblicke, in denen es mir so vorkommt, als hätte ich etwas vergessen, etwas, das ich bereue oder das nicht glücklich macht oder weswegen ich weinen möchte. Aber es streift mich nur für den Bruchteil einer Sekunde, dann ist es wieder vorbei. Vielleicht verströmen wir alle unsere Ängste, unseren Kummer und unsere Hoffnung, wo immer wir auch gehen und stehen, und wir fangen all das auch von anderen Menschen auf, selbst wenn wir sie nie zuvor getroffen haben. Vielleicht hängt das alles einfach überall in der Luft.“

„Und inwieweit unterscheidet sich all das nun davon, an Geister zu glauben?“, fragte Lamar.

„Es ist etwas völlig anderes“, entgegnete Marla. „Es ist nicht übernatürlich, das hat nichts mit den Seelen von Toten zu tun. Es sind … einfach die Menschen, die ihre Spuren in der Welt hinterlassen.“

„Es sind also die Geister von Lebenden?“, hakte Lamar nach.

„Nein.“

„Du meinst, Leute haben eine Art Energie, die immer an einem Ort zurückbleibt, auch wenn derjenige ihn schon verlassen hat“, sagte Lamar. „Das ist ein Geist.“

„Nein, ist es nicht! Ich drücke es nur einfach nicht richtig aus“, erwiderte Marla. Sie schloss einen Moment die Augen und dachte nach. „Okay“, sagte sie schließlich. „Erinnert ihr euch alle noch an meine Großmutter?“

„Allerdings“, meinte Jason. „Sie war ja auch meine Großmutter.“

„Sie war die Mutter von meinem Vater, nicht von deinem“, sagte Marla. „Außerdem warst du erst ein Jahr alt, als sie gestorben ist.“

„Ich erinnere mich trotzdem an sie“, beharrte Jason leise.

„Okay“, gab Marla nach. „Sie hat jedenfalls Puppen gesammelt aus der Zeit, als sie noch ein Kind war. Sie und mein Großvater sind viel gereist, nachdem er pensioniert war, und sie haben sie von überall her in der Welt mitgebracht – sie hatte welche aus Frankreich, Ägypten, Italien, Brasilien, China, von überall her. Sie hat sie in einem eigenen Raum aufbewahrt. Er war voller Regale, und darauf saßen die Puppen. Einige klein und andere fast so groß, wie ich war. Ich habe dieses Zimmer geliebt. Eine meiner ersten Erinnerungen ist, wie ich darin war und mit den Puppen gespielt habe. Ich weiß noch, dass mein Dad mich immer ermahnt hat, vorsichtig zu sein, und meine Großmutter dann gelacht und gesagt hat: ‚Mit Spielzeug sollte man spielen‘.

Ich hatte eine Lieblingspuppe, sie war fünfzig Zentimeter groß, mit roten Haaren, und sie trug ein kurzes, glänzendes weißes Kleid wie Shirley Temple. Ich habe sie Maggie genannt. Sie war aus den 1940er-Jahren, und ich habe sie geliebt. Ich habe ihr alles erzählt. Wenn ich mich allein gefühlt habe, habe ich mir immer vorgestellt, wie ich in dem Zimmer bin und mit Maggie spiele.

Meine Großmutter ist gestorben, als ich sechs war. Als mein Dad und ich nach der Beerdigung zu meinem Großvater gefahren sind, hat er gesagt, ich solle mir eine Puppe aus der Sammlung aussuchen und sie mitnehmen. Ich bin in das Zimmer gegangen, um Maggie zu holen, aber sobald ich durch die Tür trat, habe ich gemerkt, dass irgendetwas nicht stimmte.

Es war, als habe sich das Licht verändert, als sei es dunkler geworden, härter als sonst. Ich habe mich umgesehen. Die sonst so lebendigen spielerischen Posen der Puppen wirkten plötzlich ganz unnatürlich und verkrampft. Sie schienen mich alle anzustarren. Ich habe nicht gewusst, was sie von mir wollten. Maggie saß in der Ecke. Ich habe einen Schritt auf sie zu gemacht, aber dann bin ich stehen geblieben. Ich habe ihr in die Augen geblickt, und statt bemaltem Glas habe ich dort eine Fremde gesehen. Ich habe mich umgedreht und bin fortgerannt. Ich bin den Flur entlanggelaufen, als wäre irgendetwas hinter mir her, und habe es nicht gewagt, mich umzudrehen, bis ich wieder bei meinem Vater war. Er hat mich gefragt, ob ich mir eine Puppe ausgesucht hätte, und ich habe nur den Kopf geschüttelt. Ich habe den Raum nie wieder betreten."

Alle schwiegen. Charlie war wie gelähmt. Sie sah noch immer vor sich, wie die kleine Marla wie um ihr Leben rannte.

„Was ist mit den Puppen passiert?", fragte Carlton schließlich, ohne dadurch die Anspannung wirklich zu lösen.

„Ich weiß es nicht. Ich denke, meine Mutter hat sie an einen anderen Sammler verkauft, nachdem mein Großvater gestorben ist", sagte Marla.

„Tut mir leid, Marla", meinte Lamar, „aber da hat dir deine Einbildung einfach einen Streich gespielt. Du hast deine Großmutter vermisst, du hattest Angst vor dem Tod, und Puppen haben immer etwas Gruseliges."

Charlie ergriff das Wort, um das Gespräch in eine andere

Richtung zu lenken. „Habt ihr alle aufgegessen? Wir müssen bald los."

„Wir haben immer noch jede Menge Zeit", erwiderte Carlton und warf einen Blick auf seine Uhr. „Es ist nur ungefähr fünf Minuten von hier." Wieder fiel ihm ein kleiner Bissen aus dem Mund und landete direkt neben dem ersten.

John sah einen nach dem anderen an, als würde er auf irgendetwas warten.

„Wir müssen es ihnen sagen", erklärte er und warf Charlie einen Blick zu.

„Oh ja, das müssen wir absolut!", stimmte Jessica ihm zu.

„Uns was sagen?", meldete sich Jason aus der angrenzenden Sitzecke und spähte über Marlas Schulter.

„Sch!", sagte Marla halbherzig. Dann blickte sie John an. „Uns was sagen?"

John senkte seine Stimme und zwang damit alle, sich etwas vorzubeugen. Auch Charlie tat es, obwohl sie genau wusste, was er sagen würde.

„Wir waren gestern Abend bei Freddy's", sagte er.

„Es gibt das Freddy's noch?", rief Marla viel zu laut.

„Sch!", machte Jessica und bedeutete ihr mit der Hand, leiser zu sprechen.

„Entschuldigung", flüsterte Marla. „Ich kann nur einfach nicht glauben, dass es immer noch existiert."

„Das tut es auch nicht", erklärte Carlton, hob die Augenbrauen und grinste Lamar auf seltsame Weise an.

„Es liegt jetzt sehr versteckt", erklärt John. „Sie wollten es wohl abreißen, um ein Einkaufszentrum zu bauen, aber das haben sie nicht getan. Sie haben … einfach darum herum gebaut."

„Es eingemauert und begraben", korrigierte John.

„Und ihr habt es gefunden?", fragte Lamar.

Charlie nickte.

„Das kann doch nicht sein."

„Wie sieht es aus?", wollte Marla wissen.

„Absolut unverändert", sagte John. „Es war …"

„Es war, als seien nur einfach alle verschwunden", vollendet Charlie leise.

„Ich will auch hin! Ihr müsst uns hinbringen", bat Marla.

Jessica räusperte sich zögernd, und alle sahen sie an. „Ich weiß nicht", sagte sie langsam. „Ich meine, heute? Sollten wir das wirklich tun?"

„Wir müssen es unbedingt sehen", erklärte Lamar. „Ihr könnt uns so was nicht erzählen und es uns dann nicht zeigen."

„Ich will es auch sehen", fiel Jason mit ein. „Was ist das Freddy's?" Sie übergingen ihn. Seine Augen waren aufgerissen, und er hing an ihren Lippen.

„Vielleicht hat Jessica recht", sagte John zögernd. „Vielleicht ist es respektlos, heute Abend hinzufahren."

Einen Moment herrschte Schweigen. Charlie wusste, alle warteten darauf, dass sie etwas sagte. Sie war es, der niemand zu nahe treten wollte. Sie brauchten ihre Erlaubnis.

„Ich denke, wir sollten hinfahren", erklärte sie. „Ich finde nicht, dass es respektlos ist. Es ist vielleicht sogar eine gute Gelegenheit, dem, was geschehen ist, Respekt zu zollen."

Sie blickte die anderen an. Jessica nickte. Charlie war sich nicht sicher, ob es ein gutes Argument war, aber die anderen brauchten nicht weiter überzeugt zu werden. Sie waren ja ohnehin auf der Suche nach einem guten Grund.

Marla drehte sich um und warf einen Blick auf Jasons Teller. „Hast du aufgegessen?", fragte sie.

„Ja", erwiderte er. Marla deutete auf das Videogame in

seiner Hand. „Du weißt, dass du während der Zeremonie damit nicht spielen darfst“, sagte sie.

„Ja.“

„Ich meine es ernst, Jason. Ich schließe es im Auto ein.“

„Warum schließt du mich nicht gleich mit ein“, maulte er.

„Das würde ich wirklich gern tun“, erklärte Marla leise, während sie sich wieder der Gruppe zuwandte. „Okay, wir können fahren.“

Auf dem Weg zur Schule bildeten sie eine Kolonne. Die Jungs fuhren in Carltons Wagen, Marla folgte ihnen, und Charlie übernahm die Nachhut.

„Wir hätten *ein* Auto nehmen sollen“, meinte Jessica träge, während sie aus dem Fenster starrte. Charlie war gar nicht auf die Idee gekommen.

„Ja, du hast recht“, sagte sie.

„Auf der anderen Seite weiß ich nicht, ob ich zusammen mit Marla und Jason fahren möchte“, fügte Jessica hinzu.

„Sie sind ein bisschen anstrengend“, stimmte Charlie zu.

Als sie die Schule erreichten, war der Parkplatz bereits überfüllt. Charlie stellte den Wagen in einer Seitenstraße ab, und hoffte, dass man dort parken durfte. Dann gingen sie den immer noch vertrauten Bürgersteig entlang.

„Es ist irgendwie komisch, wieder hier zu sein“, meinte Charlie.

Von außen wirkte die Schule völlig unverändert. Nur der Zaun war neu und aus glänzendem, mit Plastik bezogenem Maschendraht. Die Anlage entsprach dem Bild der ganzen Stadt, eine Mischung aus Altem und Neuen, Vertrautem und Unbekanntem. Die Dinge, die sich verändert hatten, schienen irgendwie nicht dort hinzugehören, und alles, was immer noch genauso war wie früher, gab Charlie das Gefühl, fehl am Platz zu sein.

Es muss für Carlton ziemlich seltsam sein, hier zu leben, dachte sie. *‚Ich weiß, dies ist für euch alle eine Reise in die Vergangenheit, aber ich lebe einfach hier'*, hatte er gesagt. Irgendwie war Charlie sich nicht sicher, ob sie ihm das glaubte.

Als sie den Sportplatz hinter der Schule erreichten, waren die Tribünen bereits voll besetzt. Davor hatte man Reihen von Klappstühlen aufgestellt, um mehr Sitzgelegenheiten zu schaffen. Ganz vorn entdeckte Charlie Marla und die Jungs.

„Na toll", meinte sie. „Ich will nicht in der ersten Reihe sitzen."

„Mir macht das nichts aus", entgegnete Jessica.

Charlie blickte sie an. *Natürlich nicht*, hätte sie am liebsten gesagt. *Du bist … eben du.*

„Ja", sagte sie stattdessen, „kein Problem. Die halbe Stadt muss hier sein", meinte sie dann, während sie zu den anderen gingen, wo zwei Plätze für sie reserviert waren. Einer in der ersten Reihe neben Carlton, und einer direkt dahinter neben Marla. Jessica zwinkerte Charlie zu und setzte sich neben Carlton. Sie beugte sich zu ihm hinüber, und die beiden begannen miteinander zu flüstern.

„Es sind eine Menge Leute hier", sagte Charlie noch einmal zu Marla.

„Ja", erwiderte Marla. „Es ist ja auch eine kleine Stadt. Michaels … Also, das war eine große Sache. Außerdem leben seine Eltern immer noch hier. Die Menschen vergessen nicht."

„Die Menschen vergessen nicht", wiederholte Charlie leise.

Vor ihnen erhob sich eine kleine Bühne mit einem Podium und vier Stühlen. Hinter den Stühlen hing eine Leinwand. Ein großes Bild von Michael wurde darauf projiziert. Es war eine Nahaufnahme, nur von seinem Gesicht, und nicht unbedingt schmeichelhaft. Er hatte den Kopf in einem seltsamen Winkel zurückgelegt, und er lachte mit offenem Mund, aber es war perfekt – ein fröhlicher Moment. Ein Schnappschuss, völlig unbearbeitet. Er wirkte glücklich.

„Verdammt", sagte Marla leise. Charlie sah sie an. Sie tupfte sich die Augen mit einem Taschentuch trocken. Charlie legte einen Arm um sie.

„Ich weiß", sagte sie.

Plötzlich ertönte ein schrilles Pfeifen aus den Lautsprechern, das nach ein paar Sekunden wieder verstummte. Vier Leute betraten die Bühne: ein korpulenter Mann im Anzug, der direkt zum Mikrofon ging, eine ältere Frau und ein Paar, ein Mann und eine Frau. Der Anzugträger trat auf das Podium, die ältere Frau setzte sich auf einen der vier Stühle. Das Paar hielt sich im Hintergrund, aber es setzte sich nicht. Charlie wusste, es musste sich um Michaels Eltern handeln, aber sie erkannte sie nicht. Als sie klein gewesen war, waren die beiden für sie einfach nur Eltern gewesen, eine Spezies, die auf sie hauptsächlich ziemlich unscheinbar gewirkt hatte. Ihr wurde plötzlich klar, dass sie nicht einmal ihren Namen kannte. Michaels Eltern hatten keine besondere Mühe darauf verwendet, sich mit den Freunden ihres Sohnes auseinanderzusetzen. Charlie hatte von ihnen immer als „Michaels Mom" und „Michaels Dad" gesprochen, als würde das völlig ausreichen.

Der Mann auf dem Podium stellte sich als Rektor der Schule vor. Er sagte ein paar Sätze über Verlust und Gemeinschaft und über die vergängliche Kostbarkeit der Jugend. Er sprach kurz über Michaels Freundlichkeit, sein künstlerisches Talent und über den Eindruck, den er bei jedem, dem er begegnet war, schon als Kind hinterlassen hatte.

Es stimmte, überlegte Charlie. Michael war ein ungewöhnlich charismatisches Kind gewesen. Nicht unbedingt ein Anführer, aber alle hatten ihm gerne etwas Gutes tun, ihn zum Lächeln bringen wollen, und deswegen taten sie auch die Dinge, von denen sie wussten, dass er sie gern mochte, nur um ihn glücklich zu sehen.

Der Rektor beendete seine kleine Ansprache und stellte Michaels Eltern vor, Joan und Donald Brooks. Verlegen standen sie auf dem Podium. Sie blickten die einzelnen Leute an, die unten im Publikum saßen, als seien sie sich nicht sicher, wie sie überhaupt dorthin gekommen waren. Schließlich trat Joan vor.

„Es ist ein seltsames Gefühl, hier oben zu stehen", begann sie. Ein leises Murmeln der Zustimmung erhob sich unter den Anwesenden. „Wir sind Ihnen allen so dankbar, dass Sie gekommen sind, besonders jenen, die dafür extra einen weiteren Weg zurückgelegt haben." Sie blickte nun direkt Charlie und die anderen in der ersten Reihe an. „Einige von Michaels Freunden sind aus allen Himmelsrichtungen gekommen. Ich denke, das ist ein Beleg dafür, was für ein Mensch er war, dass sie zehn Jahre später, nachdem ihr Leben ganz neue Wege genommen hat, sie längst ihre ganz eigenen Ziele haben …"

Da sie so dicht vor der Bühne saß, konnte Charlie sehen, dass Joan kurz davor war zu weinen. Die Tränen sammelten sich bereits in ihren Augen, aber ihre Stimme blieb fest.

„Wir sind dankbar, dass Sie hier sind. Wir möchten, dass Michael mit diesem Stipendium ein Vermächtnis hinterlässt, aber es ist klar, dass er das bereits getan hat, ganz allein." Marla griff nach Charlies Hand, und Charlie drückte sie.

„Ich möchte etwas über die Familien sagen", fuhr Joan fort, „die nicht hier sind. Wie wir alle wissen, war Michael nicht das einzige Kind, das wir während dieser fürchterlichen Monate verloren haben.“ Sie verlas vier weitere Namen, zwei Mädchen und zwei Jungen.

Charlie warf Marla einen Blick zu. Sie alle wussten, dass es auch noch andere Kinder getroffen hatte, aber Michaels Tod war für sie so schwerwiegend gewesen, dass sie über die anderen Opfer nicht einmal gesprochen hatten. Jetzt verspürte Charlie den Stich eines schlechten Gewissens. Für irgend jemanden waren diese kleinen Mädchen und Jungen genauso wichtig gewesen wie Michael für sie. Für irgendjemanden hatte ihr Verlust das Ende der Welt bedeutet. Einen Moment lang schloss sie die Augen. *Ich kann nicht um jeden trauern*, dachte sie. *Das kann niemand.*

Joan sprach immer noch. „Obwohl ihre Familien fortgezogen sind, werden diese Jungen und Mädchen immer einen Platz in unserem Herzen haben. Jetzt möchte ich einen jungen Mann bitten, etwas zu sagen, der meinem Sohn besonders nahegestanden hat. Carlton, würdest du bitte?“

Überrascht sahen sie alle, wie Carlton sich erhob und auf die Bühne stieg. Joan umarmte ihn fest und blieb dicht hinter ihm stehen, als er ein verknicktes Blatt Papier aus der Tasche zog. Er räusperte sich, blickte über die Köpfe der Anwesenden hinweg, faltete das Papier wieder zusammen und steckte es zurück in seine Tasche.

„Ich erinnere mich nicht in dem Maße an Michael, wie ich es eigentlich sollte“, sagte er schließlich. „Zu viel aus dieser Zeit ist ganz verschwommen. Ich weiß, dass wir uns kennengelernt haben, als wir noch Windeln getragen haben, aber glücklicherweise erinnere ich mich nicht mehr an den genauen Moment.“

Im Publikum wurde leise gelacht.

„Aber schon in meinen ersten Erinnerungen überhaupt hat

Michael eine Rolle gespielt. Ich weiß noch, wie wir Superhelden gespielt haben. Ich weiß, dass er viel besser zeichnen konnte als ich. Und als wir dann älter wurden, erinnere ich mich daran, wie wir … na ja, Superhelden gespielt und gezeichnet haben. Ganz genau weiß ich aber noch, dass die Tage, die ich mit ihm verbracht habe, immer sehr spannend waren. Er war schlauer als ich. Ihm ist ständig etwas Neues eingefallen, wie man sich *nicht* in Schwierigkeiten bringen kann. Es tut mir übrigens leid wegen der Lampen, Mrs Brooks. Wenn ich so gesprungen wäre, wie Michael es gesagt hatte, hätte ich wahrscheinlich nur eine zerbrochen."

Donald lachte, es klang erstickt und verzweifelt. Charlie rutschte unruhig auf ihrem Stuhl herum und entzog Marla mit einem halb entschuldigenden Lächeln die Hand. Ihre offensichtliche Trauer war schwer zu ertragen. Es war eine offene, blutende Wunde, und sie konnte einfach nicht hinsehen.

Carlton stieg von der Bühne und setzte sich wieder neben sie.

Dann sprach Michaels Mutter und schließlich sein Vater, der sich wieder ausreichend gefangen hatte, um zu erzählen, wie er seinen Sohn in dessen ersten Kunstkurs gebracht hatte. Er erzählte den Anwesenden von dem Stipendium für Schüler der Abschlussklasse, die sowohl eine herausragende Begabung als auch große Leidenschaft für die schönen Künste gezeigt hatten. Und er verkündete den ersten Gewinner, Anne Park, eine zarte Koreanerin, die schnell auf die Bühne kam, um ihre Plakette entgegenzunehmen und Michaels Eltern zu umarmen. Für Anne musste es ein seltsames Gefühl sein, dachte Charlie, dass diese Ehrung ihren Ursprung in derart schlimmen Ereignissen hatte. Auf der anderen Seite, begriff sie, musste Anne Michael auch gekannt haben, wenn auch nur flüchtig.

Nachdem die Feierlichkeiten beendet waren, gingen sie zu Michaels Eltern, um sie zu begrüßen. Sie umarmten sie und drückten ihr Beileid aus.

Was sagt man zu jemandem, der sein Kind verloren hat? Kommt man jemals darüber hinweg? Können zehn Jahre Wunden heilen, oder wachen die beiden jeden Morgen auf und spüren den gleichen Schmerz wie an jenem Tag, als er gestorben ist?

Auf einem langen Tisch neben der Bühne sammelten sich immer mehr Bilder und Karten – die Gäste hatten Blumen mitgebracht, ein paar Zeilen an seine Eltern oder an ihn. Über Dinge, an die sie sich erinnerten, Dinge, die sie gern gesagt hätten.

Charlie ging hinüber und sah sie sich an. Es gab Bilder von ihr und den anderen wie auch von Michael. Es hätte sie nicht überraschen sollen – sie waren ja immer alle zusammen gewesen, als Gruppe oder zu zweit oder zu dritt. Sie entdeckte sich auf einem Bild, zwischen Michael und John, alle mit Schlamm bedeckt, und dann noch einmal mit Jessica neben ihnen, die immer noch blitzsauber war. Charlie lächelte. *Das passt genau.* Auf einem weiteren Foto kämpfte die fünfährige Marla mit dem Gewicht ihres neugeborenen kleinen Bruders, den sie auf dem Arm hielt, während Lamar misstrauisch über ihre Schulter auf den Winzling hinabspähte. Auch einige von Michaels Zeichnungen waren da, Buntstiftskizzen, professionell und irgendwie unpassend eingerahmt.

Charlie nahm eine davon hoch. Die Zeichnung schien einen T-Rex darstellen zu sollen, der durch eine Stadt stampfte. Es war eigentlich, das wurde ihr in diesem Moment bewusst, geradezu verblüffend, wie talentiert er gewesen war. Während sie und die anderen Strichmännchen gemalt hatten, sahen Michaels Zeichnungen geradezu realistisch aus, irgendwie.

„Die ist wirklich gut“, sagte John plötzlich neben ihr. Charlie zuckte zusammen.

„Du hast mich erschreckt“, beschwerte sie sich.

„Tut mir leid.“

Charlie blickte wieder auf das Bild. Was immer es auch war, es sah besser aus, als alles, was sie, selbst heute, hätte je zeichnen können. Plötzlich zog sich ihre Brust zusammen, als Trauer und Wut in ihr aufstiegen. Es lag nicht nur daran, dass Michael jung gestorben war, es ging darum, was es eigentlich bedeutete: Er war brutal ausgebremst worden. Jahre, Jahrzehnte seines Lebens waren ihm entrissen worden. Sie spürte, wie eine geradezu kindliche Empörung in ihr aufstieg und sie am liebsten geheult hätte. *Das ist nicht fair!*

Charlie atmete einmal tief durch, stellte das Bild wieder auf den Tisch und wandte sich ab. Das Treffen war noch nicht beendet, aber sie musste fort. Sie suchte Marlas Blick. Marla, die immer noch eine erschreckende Intuition besaß, nickte und packte Lamars Ärmel. Die anderen brachen auf und sie gingen alle hinaus auf den Parkplatz. Niemand schien zu bemerken, dass sie die Veranstaltung verließen, was durchaus erklärlich war. Außer Carlton waren sie schließlich alle Fremde.

Auf dem Parkplatz versammelten sie sich an Marlas Auto. Sie hatte offensichtlich um ein Wunder gebeten und noch einen Platz direkt neben der Schule gefunden.

„Kann ich jetzt mein Game spielen?“, fragte Jason sofort. Marla suchte die Autoschlüssel aus ihrer Handtasche und gab sie ihm.

„Fahr nicht weg“, warnte sie ihn. Dann griff Marla plötzlich nach ihrem Bruder, zog ihn an sich und umarmte ihn eine Minute.

„Hallo? Ich gehe doch nur zum Auto“, murmelte er, als sie ihn schließlich losließ.

„Ja, vielleicht sollte ich dich wegfahren lassen“, sagte sie und versetzte ihm einen kleinen Schubs. Sie räusperte sich. „Wollen wir denn jetzt zum Freddy's?“, fragte sie. Alle sahen einander an.

„Ja“, erklärte Charlie. „Ich denke, wir sollten es tun, aber nicht sofort.“ Nach all dem, was sie gerade erlebt hatten, erschien es ihnen mehr wie ein spielerisches Abenteuer, zum Freddy's zurückzukehren. Es fühlte sich richtig an. „Treffen wir uns bei Sonnenuntergang dort“, schlug sie vor. „Hey, Jessica, kannst du mit den Jungs mitfahren? Ich möchte ein bisschen spazieren gehen.“

„Du kannst mit uns kommen“, bot Marla an. „Ich habe Jason versprochen, dass ich mit ihm ins Kino gehe.“

Charlie ging schon die Straße hinunter und wartete nicht darauf, wie sich die Diskussion weiter entwickeln würde. Nach fünfzig Metern merkte sie, dass ihr jemand folgte. Sie drehte sich um.

„John?“

„Hast du etwas dagegen, wenn ich mitkomme? Du gehst zu deinem alten Haus, oder?“

„Woher weißt du das?“

„Es ist das einzig Interessante, was in dieser Richtung liegt. Außerdem habe ich mir auch angesehen, wo ich damals gelebt habe. Das Haus ist jetzt blau angestrichen. Dahinter haben sie einen Garten angelegt. Es war komisch. Ich weiß, dass es nicht blau war, als ich dort gewohnt habe, aber ich konnte mich auch nicht mehr erinnern, welche Farbe es gehabt hat. Alles ist inzwischen so anders.“

Charlie sagte nichts dazu. Sie war sich nicht einmal sicher, ob sie wollte, dass John mitkam. Ihr Haus, das Haus ihres Vaters, es war etwas so Privates. Sie dachte daran, wie John das erste Mal ihre Spielzeuge gesehen hatte, an seine Begeisterung, sein echtes Interesse daran, das nichts damit zu tun hatte, ihr einfach gefallen zu wollen. Sie gab nach.

„Okay, du kannst mitkommen."

„Ist es …?" Er zögerte. „Ist es anders?"

„Das ist es wirklich nicht", erwiderte Charlie. Das stimmte zwar nicht ganz, aber sie wusste nicht genau, wie sie ihm erklären sollte, was sich verändert hatte.

Fast fünf Kilometer liefen sie nebeneinander her, hinaus aus der Stadt und alte Straßen entlang, die zuerst noch asphaltiert waren und später nur noch mit Schotter befestigt. Als sie sich dem Haus näherten, verließen sie die Straße und stiegen einen steilen Hügel hinauf, der von Bäumen und Gestrüpp zugewuchert war, das schon vor langer Zeit hätte geschnitten werden müssen. Drei Dächer ragten über das Blattwerk auf, weit verteilt über den Hügel, doch in diesen Häusern lebte schon lange niemand mehr.

Schließlich gingen sie die Einfahrt entlang. Auf einmal blieb John stehen und starrte das Haus an.

„Ich dachte, es würde weniger einschüchternd wirken", meinte er leise.

Ungeduldig nahm Charlie ihn einen Moment beim Arm und zog ihn weiter und um das Haus herum. Dass er mit ihr zusammen hiervor stand, konnte sie ertragen, aber sie war noch nicht bereit, jemand anders hineinzulassen. Sie war sich noch nicht einmal sicher, ob sie selbst noch einmal hineingehen wollte. Er folgte ihr, ohne zu protestieren, als sei ihm bewusst, dass sie sich auf ihrem Territorium befanden und sie auch entscheiden würde, wohin sie gingen.

Das Grundstück war groß, mehr als nur eine Wiese. Um den Garten erstreckte sich ein Wald. Als Kind hatte Charlie oft das Gefühl gehabt, sie würde sich in ihrem eigenen Königreich befinden und über all das herrschen, was sie sah.

Das Gras war wild gewuchert ebenso wie das Unkraut, das ihnen bis zu den Knien reichte. Sie liefen die Grundstücksgrenze ab. John spähte in den Wald, und Charlie spürte die Ängste ihrer Kindheit wie aus einem Märchen wieder in sich aufsteigen.

Geh nicht allein in den Wald, Charlotte, hatte ihr Vater sie gewarnt. Nicht besonders ernsthaft, nur eine elterliche Sorge, *sich nicht zu verlaufen*. Als würde er sagen, nur an der Hand von jemandem die Straße zu überqueren oder nicht den Ofen zu berühren, wenn er heiß war. Aber Charlie hatte es sehr viel ernster genommen. Aus ihren Büchern wusste sie, wie alle Kinder, dass es im Wald Wölfe gab und noch viel gefährlichere Dinge. Sie griff nach Johns Ärmel.

„Nicht", sagte sie, und er folgte ihr fort vom Wald, ohne zu fragen warum. Stattdessen ging er zu einem Baum, der mitten im Garten stand, und legte eine Hand an den Stamm.

„Erinnerst du dich an den Baum?", fragte er, lächelnd, mit einem etwas anzüglichen Ton in der Stimme.

„Natürlich", erwiderte Charlie und kam herüber. „Es gibt ihn hier schon viel länger, als ich überhaupt lebe." Aber er blickte sie an und wartete offensichtlich auf mehr, und plötzlich erinnerte sie sich.

Es war ein sonniger Tag gewesen, im Frühling. Sie waren vielleicht sechs Jahre alt. John hatte sie besucht, und sie hatten Verstecken gespielt, gelegentlich beobachtet von Charlies Vater, der in seiner Werkstatt in der Garage arbeitete. Die Tür stand offen, damit er hören würde, wenn jemand schrie, doch abgesehen davon gehörte der Garten ihnen.

John hielt sich die Augen zu und zählte bis zehn, das Gesicht dem Baum zugewandt, der ihr Abschlagmal war. Der Garten war groß und offen. Es gab nicht viele Stellen, wo man sich verstecken konnte, deswegen wagte Charlie es, mitgerissen von der Aufregung des Spiels, sich am Rand des eigentlich verbotenen Waldes zu verbergen.

Zuerst suchte John an allen anderen Plätzen: hinter dem Auto ihres Vaters, in der Ecke, wo ein Teil der Garage vorstand, in dem Hohlraum unter der Veranda, in den ein Kind gerade hineinkrabbeln konnte. Er begriff, wo sie sein musste, und Charlie machte sich bereit wegzulaufen, als er begann den Rand des Gartens abzugehen und immer wieder hinter die Bäume sah, die dort standen.

Als er sie schließlich fand, rannte sie los, quer über den Rasen, um den Baum zu erreichen, bevor er sie erwischte. Er war direkt hinter ihr, sodass er sie fast berühren konnte, und sie lief noch schneller. Sie erreichte den Baum, stieß fast dagegen, und John war direkt hinter ihr und prallte eine Sekunde später gegen sie, weil er einfach nicht rechtzeitig anhalten konnte. Beide lachten sie geradezu hysterisch. Dann verstummten sie im selben Augenblick und rangen nach Atem.

„Hey, Charlotte“, sagte John und betonte ihren Namen genauso spöttisch, wie er es immer tat.

„Nenn mich nicht so“, erwiderte Charlie automatisch.

„Hast du jemals gesehen, wie sich Erwachsene küssen?“ Er griff nach einem Stock und begann ihn in die Baumrinde zu bohren, als würde ihn das viel mehr interessieren, als ihre Antwort.

Charlie zuckte die Achseln. „Ja, ich glaube schon.“

„Willst du es versuchen?“ Er sah sie immer noch nicht an. Schmutz klebte ihm im Gesicht wie so häufig. Sein Haar stand in alle Richtungen. Über seiner Stirn hatte sich ein kleiner Zweig darin verhakt.

„Wie ekelig“, meinte Charlie. Sie rümpfte die Nase. Dann, nach einem Augenblick, sagte sie: „Ja, okay.“

John ließ den Stock fallen und beugte sich zu ihr, die Hände hinter dem Rücken. Charlie schloss die Augen und wartete. Sie wusste immer noch nicht genau, was sie tun sollte.

„Charlotte!“ Es war ihr Vater. Charlie zuckte zurück. John war ihr mit seinem Gesicht so nahe, dass sie mit ihrer Stirn gegen ihn prallte.

„Au!“, schrie er und presste eine Hand auf seine Nase.

Charlies Vater kam um den Baum herum. „Was macht ihr da? John?“ Er zog Johns Finger von dessen Nase. „Du blutest nicht. Alles okay“, sagt er. „Charlotte, bitte spielt näher am Haus.“ Mit dem Finger deutete er dorthin, wo er sie sehen wollte. „John, anscheinend ist deine Mutter auch schon da.“ Er ging vor ihnen her zur Auffahrt, wo gerade der Wagen hielt.

„Ja, okay.“ John war in Richtung Auffahrt getrottet und hatte sich noch einmal umgedreht und Charlie zugewinkt. Er hatte gegrinst, als sei etwas ganz Wunderbares geschehen, obgleich Charlie sich damals nicht ganz sicher gewesen war, was das hatte sein sollen.

„Ach je“, sagte Charlie nun und barg ihr Gesicht in den Händen, weil sie überzeugt war, knallrot zu sein. Als sie wieder aufsah, hatte John wieder dieses zufriedene Grinsen eines Sechsjährigen im Gesicht.

„Weißt du, meine Nase tut immer noch weh, wenn es regnet“, sagte er und berührte sie mit den Fingerspitzen.

„Tut sie gar nicht“, entgegnete Charlie. Sie lehnte sich gegen den Baum. „Ich kann nicht glauben, dass du versucht hast, mich zu küssen. Wir waren sechs!“ Charlie blickte ihn vorwurfsvoll an.

„Auch das kleinste Herz hat Wünsche“, sagte John in aufgesetzt romantischem Ton, doch es schwang eine gewisse Wahrheit mit, etwas, dass er nicht wirklich verbergen konnte.

Charlie fiel plötzlich auf, dass er sehr dicht vor ihr stand. „Komm, sehen wir uns die Werkstatt deines Dads an“, sagte John plötzlich ziemlich abrupt und irgendwie zu laut.

Charlie nickte. „Okay.“ Kaum hatte sie es gesagt, bereute sie es auch schon. Sie wollte die Werkstatttür nicht öffnen. Immer noch gegen den Baum gelehnt, schloss sie die Augen. Sie konnte sie immer noch vor sich sehen. Es war alles, was ihr sofort einfiel, wenn sie an diesen Ort dachte. Das zuckende, deformierte Metallskelett in seiner dunklen Ecke mit seinen glühenden silbernen Augen, dass sich immer wieder qualvoll schüttelte. Das Bild kam ihr in den Sinn und verdrängte alles andere. Die Erinnerung erzeugte einen schneidenden Schmerz, aber sie wusste nicht, zu wem er gehörte: zu dem Ding, zu ihrem Vater oder zu ihr selbst.

Charlie spürte eine Hand auf ihrer Schulter. Sie öffnete die Augen. Es war John, der sie mit gerunzelter Stirn ansah, als würde er sich Sorgen machen.

„Charlie, alles in Ordnung?“

Nein.

„Ja“, erwiderte sie. „Komm, sehen wir nach, was wir finden.“

Die Werkstatt war nicht verschlossen. Es gab auch keinen wirklichen Grund, warum sie es hätte sein sollen, dachte Charlie. Als Erstes glitt ihr Blick in die dunkle Ecke. Die Figur war nicht da. Stattdessen hing dort eine abgenutzte Schürze, die ihr Vater immer beim Löten getragen hatte. Direkt daneben war seine Schutzbrille, doch von dem unheimlichen Skelett gab es keine Spur.

Charlie hätte erleichtert sein sollen, aber sie verspürte nur eine vage Unsicherheit. Sie blickte sich um. Irgendwie schien von der Werkstatt nichts mehr übrig zu sein. Zwar standen die Werkbänke noch da, auf denen ihr Vater seine Erfindungen zusammengebaut hatte, aber die Materialien, die Pläne und die halb fertigen Roboter, die sonst jeden freien Fleck eingenommen hatten, waren verschwunden.

Wo sind sie? Hatte ihre Tante sie auf irgendeinen Schrottplatz gekarrt, wo sie nun zwischen anderen ausrangierten Sachen verrosteten und allmählich zerfielen? Oder hatte ihr Vater es selbst getan, damit niemand anders es tun musste?

Hier und da lag Müll auf dem Betonfußboden. Wer auch immer die Werkstatt ausgeräumt hatte, war nicht wirklich gründlich gewesen. Charlie hockte sich hin und hob ein seltsam geformtes Stück Holz auf, dann eine kleine Leiterplatte. Sie drehte sie um. *Wessen Hirn bist du gewesen?*, fragte sie sich, aber eigentlich war es egal. Die Leiterplatte war abgestoßen und gesprungen, die in Kupfer geätzten Schaltkreise zu verkratzt, um noch repariert werden zu können, selbst wenn es jemand gewollt hätte.

„Charlie“, meldete sich John von der anderen Seite der Werkstatt. Er stand in der dunklen Ecke. Wäre das Skelett dort gewesen, hätte es nach ihm greifen können.

Aber es ist nicht da.

„Was denn?“

„Sieh mal, was ich gefunden habe.“

Charlie ging hinüber. John stand neben dem Werkzeugkasten ihres Vaters. Er trat zurück, als sie herankam, um ihr Platz zu machen. Charlie kniete sich davor.

Er sah aus, als wäre er gerade erst poliert worden. Er war aus dunklem, fleckigem Holz und mit einem glänzenden Lack angestrichen. Vorsichtig öffnete sie ihn.

Sie nahm eine Ahle aus dem oberen Fach und hielt sie für einen Moment in den Fingern. Der abgerundete Holzgriff passte genau in ihre Handfläche, als sei er für sie gemacht worden, um damit zu arbeiten. Nicht, dass sie gewusst hätte, wie man das machte. Als sie die Ahle das letzte Mal in der Hand gehabt hatte, war es ihr kaum möglich gewesen, sie mit den Fingern zu umschließen.

Sie nahm ein Werkzeug nach dem anderen aus dem Kasten. Alle hatten ihren genauen Platz in hölzernen Vertiefungen, die passgenau hineingeschnitten worden waren. Alle Werkzeuge waren poliert und sauber, ihre Holzgriffe glatt und das Metall ohne jeden Ansatz von Rost. Sie sahen aus, als wären sie erst am Morgen zuletzt benutzt, gesäubert und sorgfältig wieder verstaut worden. Als würde sich immer noch jemand um sie kümmern.

Voller Freude und auch Überraschung betrachtete Charlie den Schatz, als sei ihr etwas, wofür sie gekämpft hatte, zurückgegeben worden. Doch die Freude fühlte sich falsch an, fehl am Platz. Die Dinge ihres Vaters zu betrachten, brachte sie irgendwie aus ihrem inneren Gleichgewicht. Irgendetwas schien anders, als es sein sollte. Von einer plötzlichen Furcht überkommen drückte sie die Ahle wieder an ihren Platz und zuckte zurück, als habe sie sich verbrannt. Schnell schloss sie den Deckel der Werkzeugkiste, stand aber nicht auf.

Erinnerungen überfluteten sie. Sie schloss die Augen, ohne dagegen anzukämpfen.

Ihre Füße steckten im Dreck, und zwei große und schwielige Hände hielten ihr die Augen zu. Plötzlich war da ein helles Licht. Charlie blinzelte ungeduldig, weil sie sehen wollte, was sich vor ihr befand. Drei vollständige und gleißende Figuren ragten regungslos über ihr auf, die Sonne ließ sie hell erstrahlen. Es schmerzte fast in den Augen, sie anzusehen.

„Was denkst du?“ Sie hörte die Frage, konnte sie aber nicht beantworten. Ihre Augen hatten sich noch nicht an den Anblick gewöhnt. Die drei mächtigen Metallgestelle sahen alle irgendwie gleich aus, aber Charlie war daran gewöhnt, mehr zu sehen und sich das Endergebnis bereits vorzustellen. Lange Zeit hatten drei leere Überzüge wie Kadaver von den Dachsparren auf dem Boden gehangen. Charlie wusste, dass sie einem Zweck dienten. Jetzt begriff sie auch, welcher das war.

Zwei lange Stangen ragten oben aus dem Kopf eines der mächtigen Gestelle. Der Kopf selbst war massiv wie ein Totenschädel. Die Stangen sahen aus, als habe man sie mit Gewalt hineingerammt.

„Das ist das Kaninchen!“, quiekte Charlie, ausgesprochen stolz.

„Du hast keine Angst vor ihm?“, fragte die Stimme.

„Natürlich nicht. Er sieht aus wie Theodore!“

„Theodore. Das stimmt.“

Die Figur in der Mitte war deutlicher zu erkennen. Ihr Gesicht war ausgeformt, ihre Züge klar. Es handelte sich eindeutig um einen Bären. Auch aus seinem Kopf ragte eine einzelne Stange. Einen Moment lang war Charlie verwirrt, dann lächelte sie. „Damit wird der Hut gehalten“, erklärte sie überzeugt.

Die letzte Gestalt war vielleicht die Furcht einflößendste. Eine lange metallene Klammer ragte aus ihrem leeren Gesicht, und zwar dort, wo sich eigentlich der Mund hätte befinden müssen. Sie hielt etwas auf einem Serviertablett, ein Metallgerüst, das wie ein Kiefer geformt war. Darüber liefen Kabelstränge, die Charlie an Spaghetti erinnerten und die in kleinen Boxen mündeten.

„Die ist unheimlich“, gab sie zögernd zu.

„Das wird später mal wie ein Cupcake aussehen!“ Ihr Vater drückte von oben auf den Kiefer, und er schnappte zu. Charlie zuckte zusammen, dann kicherte sie.

Plötzlich hörte sie auf zu lachen. Sie war so abgelenkt gewesen, dass sie es ganz vergessen hatte. *Ich sollte hier nicht stehen. Ich stehe hier nicht!* Ihre Hände zitterten. Wie hatte sie das nur vergessen können. *Die Ecke.* Sie sah zu Boden und war nicht in der Lage, den Blick zu heben und sich zu bewegen. Einer ihrer Schnürsenkel war offen. Direkt neben ihrem Fuß lagen eine Schraube und ein altes Stück Klebeband, gesprenkelt mit Dreck. Irgendetwas befand sich hinter ihr.

„Charlie?“

Es war John.

„Charlie!“

Sie sah zu ihm auf.

„Tut mir leid. Ich war in Gedanken. Der Ort hier …“ Sie erhob sich und trat einen Schritt vor, sodass sie an der Stelle stand wie in ihrer Erinnerung. Sie warf einen Blick hinter sich, als würde ihre Erinnerung vielleicht Gestalt annehmen.

Die Ecke war leer. Da war nichts. Wieder kniete sie sich hin und ließ die flache Hand tastend über den Boden gleiten, bis sie eine kleine Schraube fand. Sie betastete sie, dann betrachtete sie sie näher. Im Boden waren Löcher, wenn sie den Staub etwas zur Seite schob. Gedankenverloren ließ Charlie die Finger darüber gleiten.

„Charlie, ich muss dir etwas sagen.“ In Johns Stimme schwang ein dringlicher Unterton mit. Charlie ließ ihren Blick noch einmal durch die Werkstatt schweifen, dann erhob sie sich.

„Können wir rausgehen?", fragte sie. „Hier drin kann ich nicht richtig atmen."

„Ja, natürlich", erwiderte er.

Er folgte ihr in den Garten und zu dem Baum in der Mitte. Sie war müde, fühlte sich vollkommen ausgelaugt. Noch eine Minute, dann würde es ihr besser gehen, aber sie brauchte jetzt einen Ort, der nur lustige Kindheitserinnerungen weckte.

Sie setzte sich ins Gras, lehnte sich an den Baum und wartete darauf, dass John das Wort ergriff. Er ließ sich im Schneidersitz vor ihr nieder und strich ein wenig umständlich seine Hose glatt.

Sie lachte.

„Hast du Angst, dich schmutzig zu machen?"

„Die Zeiten ändern sich", erwiderte er mit einem schiefen Lächeln.

„Was musst du mir sagen?", wollte sie wissen, und seine Miene wurde ernst.

„Ich hätte schon vor langer Zeit etwas sagen sollen", erklärte er. „Es ist einfach … wenn so etwas geschieht, traust du deiner Erinnerung nicht, traust dir selbst nicht mehr."

„Wovon redest du?", fragte Charlie.

„Tut mir leid." Er holte einmal tief Luft. „Ich habe an dem Abend jemanden gesehen, an dem Abend, als Michael verschwunden ist."

„Was meinst du?"

„Erinnerst du dich noch, wie wir am Tisch vor der Bühne gesessen haben und die Figuren verrückt gespielt haben?"

„Ich erinnere mich daran", erwiderte Charlie. Es war ausgesprochen bizarr gewesen, ihre Bewegungen verstörend. Sie hatten sich viel zu schnell bewegt, sich vorgebeugt, gedreht und immer und immer wieder ihre programmierten Abläufe wiederholt. Sie schienen außer sich geraten zu sein, geradezu panisch. Charlie war völlig verblüfft gewesen. Sie hätte Angst vor ihnen haben sollen, aber so war es nicht gewesen. Sie hatte in ihren ruckenden Bewegungen eher eine gewisse Verzweiflung gesehen. Es hatte sie einen Moment lang an eigene Träume erinnert, in denen sie auf der Flucht war. Träume, in denen die Welt davon abhing, dass sie nur zehn Schritte vorwärts machte, doch ihr Körper sich lediglich in Zeitlupe bewegen konnte. Irgendetwas war falsch gelaufen, fürchterlich falsch.

Mit unglaublicher Wucht hatten die animatronischen Tiere auf der Bühne ihre Robotergliedmaßen vollkommen chaotisch in alle Richtungen geschleudert, während sie die Augen verdrehten.

„Was hast du gesehen?", wollte Charlie nun von John wissen, während sie den Kopf schüttelte, um die Bilder loszuwerden.

„Es war noch ein anderes Maskottchen da", sagte er. „Ein Bär."

„Freddy", sagte Charlie sofort, ohne nachzudenken.

„Nein, nicht Freddy." John ergriff ihre Hände, als versuche er, sie beide zu beruhigen, doch er ließ sie wieder los, bevor er fortfuhr. „Er stand direkt neben uns, neben unserem Tisch, aber er hat nicht zur Bühne gesehen wie alle anderen. Der Techniker kam herüber, erinnerst du dich, und selbst er hat nur die animatronischen Figuren beobachtet – ich schätze, er hat versucht herauszufinden, was da abläuft. Ich habe hinüber zu dem Maskottchen geblickt, und es hat mich direkt angesehen …" Er verstummte.

„John, was denn?", drängte Charlie ungeduldig.

„Dann haben die Tiere auf der Bühne aufgehört sich zu bewegen, und auch ich habe zu ihm hingesehen. Als wir uns dann alle wieder umdrehten, war Michael verschwunden. Und das Maskottchen auch.“

Charlie starrte ihn ungläubig an.

„Du hast den Entführer gesehen“, stellte sie fest.

„Ich habe nicht gewusst, was ich gesehen habe“, erklärte John. „Es war ein einziges Chaos. Ich habe nicht mal weiter darüber nachgedacht. Ich habe keine Schlüsse daraus gezogen. Es war einfach nur ein weiteres Tier im Freddy’s. Ich habe nicht darüber nachgedacht, wer vielleicht da dringesteckt haben könnte. Ich war … ich war noch ein Kind, weißt du? Man glaubt einfach, dass die Erwachsenen sowieso schon über alles im Bilde sind.“

„Ja“, erwiderte Charlie. „Ich weiß. Erinnerst du dich noch an irgendetwas? Wie er ausgesehen hat zum Beispiel?“

John blickte zum Himmel, als sehe er dort etwas, was Charlie verborgen blieb. „Ja“, sagte er schließlich. Seine Stimme klang mühsam beherrscht. „Die Augen. Sie waren alles, was ich erkennen konnte, aber ich sehe sie manchmal noch, als wären sie direkt vor mir. Sie waren tot.«

„Wie meinst du das?“

„Sie waren tot, einfach matt und ausdruckslos. Sie bewegten sich zwar noch und blinzelten und sahen auch etwas, aber was sich hinter ihnen befand, war schon vor langer Zeit gestorben.“ Er schwieg.

Allmählich wurde es dunkel. Im Westen zeigte sich ein fast unnatürlicher pinkfarbener Streifen am Himmel, und Charlie schauderte es.

„Wir sollten zum Auto gehen“, sagte sie. „Es ist schon fast Zeit, uns mit den anderen zu treffen.“

„Ja“, stimmte John zu, aber er starrte sitzend in die Ferne.

„John? Wir müssen los“, drängte Charlie. Er schien langsam wieder zurück in die Gegenwart zu finden.

„Ja“, sagte er. „Wir sollten los.“ Er stand auf und klopfte sich die Hose ab. Dann grinste er Charlie an. „Ich bin schneller!“, sagte er und rannte auch schon los. Charlie folgte ihm. Ihre Füße flogen über den Asphalt, und ihre Arme schwangen befreit und gaben ihr Schwung.

4

Charlie und John waren die Letzten, die das Einkaufszentrum erreichten. Als sie dort hielten, standen die anderen eng zusammen vor Marlas Wagen, als würden sie eine Verschwörung planen.

„Kommt schon“, rief Marla, noch bevor sie die Gruppe erreicht hatten. Sie hüpfte auf den Zehenspitzen, als wollte sie jeden Moment zu einem Sprint zum Eingang des verlassenen Gebäudes ansetzen. Alle außer Charlie und John hatten sich umgezogen, trugen jetzt Jeans und T-Shirts, die für die bevorstehende Erkundung besser geeignet waren, und einen kurzen Augenblick lang fühlte sie sich fehl am Platz. *Wenigstens habe ich kein Kleid an*, dachte Charlie.

„Gehen wir“, sagte sie. Marlas Ungeduld schien ansteckend zu sein. Vielleicht gab sie Charlie auch nur eine Entschuldigung, ihre wahren Gefühle herauszulassen. Sie wollte den anderen das Freddy’s zeigen.

„Wartet einen Moment“, mischte John sich ein. Er sah Jessica an. „Hast du alles erklärt?“

„Ich habe ihnen von dem Nachtwächter berichtet“, entgegnete sie. „Was wäre da sonst noch?“

Einen Moment lang machte er ein nachdenkliches Gesicht. „Ich schätze nichts“, sagte er dann.

„Ich habe mehr Licht mitgebracht“, verkündete Carlton

und hielt drei verschieden große Lampen in die Höhe. Eine warf er Jason zu. Sie war klein und an einem Stirnband befestigt. Jason schaltete sie ein und streifte sie sich über den Kopf, dann lief er begeistert im Kreis und in Zickzacklinien, sodass der Lichtpunkt auf seiner Stirn auf und ab hüpfte.

„Sch!“, mahnte Charlie, obwohl er keinen Laut von sich gab.

„Jason“, flüsterte Marla, „mach sie aus. Wir dürfen keine Aufmerksamkeit erregen, vergiss das nicht.“

Jason überhörte sie vergnügt und drehte sich wie ein Kreisel über den Parkplatz.

„Ich habe ihm gedroht, wenn er sich nicht benimmt, muss er im Auto warten“, sagte Marla leise zu Charlie. „Aber jetzt, wo wir hier sind, weiß ich nicht mehr, wo es unheimlicher ist.“ Sie warf einen Blick hinauf zu den kahlen Ästen über ihnen. Sie bogen sich im Wind und schienen jeden Moment nach ihnen greifen zu wollen.

„Oder wir verfüttern ihn an Foxy.“ Charlie zwinkerte ihr zu. Sie ging zu ihrem Kofferraum und nahm die Polizeitaschenlampe heraus, ohne sie jedoch einzuschalten. Stattdessen knipste Carlton zwei der kleineren Lampen an und reichte eine von ihnen Jessica.

Dann betraten sie das Einkaufszentrum. Da sie wussten, wo sie hinwollten und was sie erwartete, durchquerten Charlie, John, Jessica und Carlton zielstrebig die leeren Räume und Gänge, während die anderen immer wieder stehen blieben, um sich umzusehen.

„Kommt schon“, sagte Jessica ungeduldig, als Lamar die große Kuppel über dem Atrium betrachtete.

„Man kann den Mond sehen“, sagte er und deutete hinauf. Neben ihm nickte Marla und starrte ebenfalls nach oben.

„Wirklich wunderschön“, meinte sie, obwohl sie ihn nicht entdecken konnte.

Aus der Ferne hörten sie Schritte, die in dem leeren Einkaufszentrum widerhallten.

„Hey, da rüber!“, zischte John, und sie liefen so leise, wie sie konnten. Schneller ging es nicht, weil sie keinen Lärm machen wollten, und deswegen bewegten sie sich schnell, aber vorsichtig an den Wänden entlang.

Sie betraten die dunkle Bucht, die einmal für ein Ladengeschäft vorgesehen gewesen war, und tasteten sich bis zur der Lücke in der Wand. John hielt die Plane zur Seite, die die Öffnung verdeckte, während die anderen sich an dem Gerüst vorbeischoben.

Jason war langsam, und Charlie legt eine Hand auf seine Schulter, um ihn anzuschieben. Während sie ihn in Richtung der Öffnung bugsierte, schnitt ein heller Lichtstrahl durch das Dunkel des Raums und glitt über die Wände. Schnell duckten sie sich unter der Plane hindurch und liefen den Gang entlang, wo die anderen schon an der Wand hockten.

„Er hat uns gesehen!“, flüsterte Jason alarmiert und lief direkt zu seiner Schwester.

„Sch!“, sagte Marla.

Sie warteten. Diesmal hockte Charlie neben John, und nach diesem besonderen Augenblick an dem Baum, was immer er auch zu bedeuten gehabt hatte, war ihr seine Nähe in fast unangenehmer Weise bewusst.

Sie berührten sich nicht, aber sie wusste genau, wo er war, wie mit einem seltsamen sechsten Sinn. Sie blickte zu ihm hinüber, doch er starrte auf die Öffnung, die in den Gang führte.

Jetzt konnten sie die Schritte des Nachtwächters hören, die ganz klar von den kahlen Wänden widerhallten. Er ging langsam, vorsichtig. Charlie schloss die Augen und lauschte. Sie konnte ganz genau hören, wo er sich befand. Er kam näher. Dann entfernte er sich wieder. Kreuz und quer lief er durch den Raum, als würde er etwas suchen. Die Schritte näherten sich dem Durchgang zu dem schmalen Korridor und verstummten dann. Alle hielten den Atem an.

Er weiß es, dachte Charlie. Aber dann waren wieder die Schritte zu hören, und als sie die Augen öffnete, sah sie, wie sich das Licht entfernte. Er ging davon.

Immer noch regungslos warteten sie, bis das Geräusch seiner harten Sohlen verstummt war. Sie und John wankten ein wenig, als sie sich erhoben. Charlie erkannte, dass sie sich, ohne es bemerkt zu haben, gegeneinander gelehnt hatten. Sie sah ihn nicht an. Stattdessen machte sie sich daran, die schwersten Sachen aus dem Holzregal zu räumen.

„Wofür ist das denn gut?“, fragte Lamar, als Charlie ihm einen Eimer gab, aus dem eine Säge herausragte.

„Wir müssen das Regal zur Seite schieben“, erklärte Jessica. „Komm schon.“

Jessica, Charlie, Carlton, und John gingen an ihre Plätze und verschoben das Regal. Lamar versuchte zu helfen, aber er fand keine Stelle, wo er mit anpacken konnte. Marla wartete einfach.

„Ich bin besser darin, Dinge zu überwachen“, sagte sie, als Charlie ihr einen spöttischen Blick zuwarf.

Diesmal wirkte die quietschende Metalltür nicht so laut wie beim letzten Mal, als würde sie nicht mehr so heftig dagegen protestieren, den Weg freigeben zu müssen. Trotzdem hielten sich Marla und Jason die Ohren zu.

„Und ihr glaubt, das wird den Nachtwächter nicht herlocken?“, zischte Marla.

Charlie zuckte die Achseln. „Das letzte Mal ist auch nichts passiert“, antwortete sie.

„Ich weiß, dass er uns gesehen hat“, wiederholte Jason.

Die anderen ignorierten ihn. „Der Kegel seiner Taschenlampe ist direkt über mich rübergeglitten“, beharrte er.

„Es ist wirklich in Ordnung, Jason“, sagte Jessica. „Wir haben auch gestern Abend gedacht, dass er uns gesehen hat, aber alles war gut.“ Jason zog ein zweifelndes Gesicht, und Lamar beugte sich zu ihm hinunter.

„Hey, Jason“, sagte er. „Was glaubst du, würde der Nachtwächter tun, wenn er uns entdeckt?“

„Uns erschießen?“, jammerte Jason und blickte Lamar ängstlich an.

„Schlimmer“, erwiderte Lamar düster. „Wir bekommen Sozialstunden aufgebrummt.“

Jason war sich nicht sicher, was das bedeutete, aber er machte große Augen, als sei es etwas ganz Schreckliches.

„Lass ihn in Ruhe“, flüsterte Marla amüsiert.

„Er hat uns nicht gesehen“, versuchte Jason sich zu beruhigen, obwohl er nicht wirklich überzeugt wirkte. Charlie schaltete die große Taschenlampe ein und leuchtete in den Gang hinter der Metalltür.

„Du meine Güte!“, keuchte Marla, als der Lichtkegel über die Einrichtung der Pizzeria glitt. Plötzlich war alles so wirklich, und ihr Gesicht rötete sich voller Ehrfurcht und Angst.

Einer nach dem anderen schlüpften sie hinein.

Die Temperatur schien zu fallen, sobald sie den Gang betraten. Charlie erschauerte, aber sie fühlte sich nicht unbehaglich. Sie wusste ja jetzt, wo sie waren und was sie vorfinden würden. Als sie den großen Speiseraum erreichten, breitete Carlton die Arme aus und drehte sich im Kreis.

„Willkommen … in Freddy Fazbear’s Pizza!“, verkündete er im Ton eines Fernsehmoderator. Jessica kicherte, aber der melodramatische Ton passte durchaus. Ehrfürchtig blickten sich Marla und Lamar um. Charlie stellte die große Taschenlampe auf den Boden, sodass der Lichtstrahl nach oben gerichtet war und den Raum in ein geisterhaftes Halbdunkel tauchte.

„Cool", meinte Jason. Sein Blick fiel auf das Karussell. Er lief hinüber, und bevor ihn irgendjemand aufhalten konnte, sprang er auf den Rücken eines der Ponys. Er war viel zu groß dafür, und seine Turnschuhe berührten mühelos den Boden. Charlie lächelte.

„Wie schaltet man es ein?", rief er.

„Tut mir leid,", sagte John. „Keine Ahnung." Enttäuscht kletterte Jason wieder von dem Holzpferd.

„Die Spielhalle ist da drüben!", erklärte Carlton und winkte allen, die ihm vielleicht folgen wollten. Marla ging mit, während Jason hoffnungsvoll an der Steuerung des Karussells herumfummelte. Lamar war zur Bühne geschlendert und starrte die Tiere an. Charlie ging hinüber zu ihm.

„Ich kann nicht glauben, dass sie immer noch hier sind", sagte er, als sie neben ihn trat.

„Ja", stimmte sie ihm zu.

„Ich hatte irgendwie völlig vergessen, dass es diesen Ort tatsächlich gegeben hat." Lamar lächelte und ähnelte zum ersten Mal wieder dem kleinen Jungen, den Charlie einst gekannt hatte.

Charlie erwiderte sein Lächeln. Dieser Ort hatte etwas Surreales. Ihren Klassenkameraden hätte sie sicherlich niemals davon erzählt. Sie hätte nicht gewusst, wo sie hätte anfangen sollen. Schlimmer noch, sie hätte nicht gewusst, wo sie hätte aufhören sollen.

Plötzlich zog Jessica an der Seite der Bühne den Vorhang etwas zur Seite und steckte den Kopf heraus. Sie zuckten beide zusammen. „Was tust du da?", fragte Lamar.

„Ich sehe mich um“, erwiderte sie. „Allerdings gibt es hier hinten nicht viel zu entdecken. Nur ein Haufen Kabel.“ Dann verschwand sie wieder hinter den Vorhangfalten. Einen Augenblick später hörten sie einen dumpfen Laut, als sie von der Bühne sprang, dann kam sie herüber.

„Funktionieren sie?“, fragte Lamar und deutete auf die Tiere.

„Ich weiß es nicht“, erwiderte Charlie. Sie hatte tatsächlich keine Ahnung, wie sie funktionierten. Sie waren immer einfach dagewesen und durch irgendeine Alchemie, die ihr Vater in seiner Werkstatt betrieb, in unregelmäßigen Abständen zum Leben erweckt worden. „Es scheint nichts zu fehlen. Sie müssten funktionieren“, fügte sie etwas zögernd hinzu, obwohl sie sich nicht sicher war, ob es eine gute Idee war, den Versuch zu wagen, sie in Gang zu setzen.

„Hey!“, rief Jessica. Sie kniete neben den Stufen, die zur Bühne hinaufführten. „Kommt alle mal her!“

Charlie ging hinüber, und Lamar folgte ihr.

„Was ist?“, wollte Charlie wissen.

„Seht nur“, sagte Jessica und leuchtete mit ihrer kleinen Taschenlampe. Obwohl gut verborgen, war in der Maserung des Holzes eine Tür in der Bühnenverkleidung zu erkennen.

„Wie konnten wir die übersehen?“, fragte Charlie.

„Wir haben nicht danach gesucht“, erwiderte John und betrachtete die kleine Tür. Die ganze Gruppe hatte sich nun versammelt. Jessica drehte sich zu ihnen um, grinste, umfasste den kleinen Knauf und zog daran.

Auf magische Weise öffnete sie sich. Dahinter war ein kleiner tiefer liegender Raum zu sehen. Jessica ließ den Lichtkegel ihrer Lampe hindurchwandern. Er stand voll mit technischem Equipment. Eine Wand war mit Bildschirmen bedeckt.

„Das müssen Überwachungsmonitore sein“, meinte Lamar.

„Kommt.“ Jessica reichte Charlie ihre Taschenlampe und schwang ihre Beine durch die Tür. Es war eine hohe Stufe, die hinunter in den Raum führte.

„Da drinnen ist es mir ein bisschen zu eng. Ich sehe mich lieber hier draußen um.“ John salutierte, dann wandte er sich ab, als wolle er Wache stehen.

„Das ist ja wie ein Auto für Clowns“, bemerkte Marla, als sie Charlie anrempelte. Es war einfach zu wenig Platz für alle, aber sie zwängten sich hinein. Jason saß auf der Stufe, weil er sich am Ausgang einfach wohler fühlte.

Acht Monitore hingen an der Wand. Jeder hatte seine eigene kleine Schalttafel mit Knöpfen und Drehreglern, und unter ihnen ragte ein Schaltpult fast von der Größe eines Tisches hervor, das ebenfalls voller Knöpfe war. Sie waren groß und schwarz, unbeschriftet und unregelmäßig verteilt.

Die gegenüberliegende Wand war nackt außer einem einzigen großen Schalter neben der Tür.

„Wozu ist der denn wohl da?“, fragte Jason und legte seine Hand auf den Schalter. Er zögerte gerade lange genug, damit ihn jemand hätte aufhalten können, dann zog er daran.

Die Lichter flammten auf.

„Was jetzt?“ Carlton sah die anderen hektisch an. Verwirrt tauschten sie schweigende Blicke.

Jason steckte seinen Kopf hinaus in den Saal. „Hier sind die Lampen auch an. Zumindest einige“, rief er zu laut.

„Wieso gibt es noch Strom?“, flüsterte Jessica. Sie griff über Jason hinweg, um die Tür wieder zuzuziehen.

„Wie ist das möglich?“, fragte Charlie. „Der Laden ist seit zehn Jahren nicht mehr geöffnet.“

„Cool.“ Marla beugte sich vor und betrachtete die Monitore, als könnten die ihr irgendeine Antwort liefern.

„Schalt die Bildschirme ein“, sagte Jason plötzlich. „Ich komme nicht dran.“

Jessica schaltete einen der Fernseher ein. Statisches Rauschen flimmerte über den Bildschirm.

„Nichts?“, fragte Charlie ungeduldig.

„Eine Sekunde.“ Sie drehte einen Regler hin und zurück, bis ein Bild erschien. Es zeigte die Bühne mit Bonnie in der Mitte. Die anderen Tiere waren dagegen nicht zu sehen. Jessica schaltete auch noch die restlichen Bildschirme ein. Sie drehte an den Reglern, bis sie ein klares Bild hatte, obwohl die meisten nicht besonders hell waren.

„Sie funktionieren immer noch“, stellte Charlie atemlos fest.

„Vielleicht“, meinte Jessica. „Hey, jemand muss mal rausgehen und nachsehen, ob die Kamera Livebilder überträgt.“

„Okay, ich guck mal nach.“ Marla zwängte sich zum Ausgang und kletterte etwas unbeholfen über Jason hinweg. Einen Augenblick später erschien sie auf dem Bildschirm neben Bonnie. Marla winkte. Die Scheinwerfer tauchten sie aus verschiedenen Richtungen in Lila, Grün und Gelb.

„Könnt ihr mich sehen?“, fragte sie.

„Ja“, rief Carlton. Lamar starrte auf die Schalter.

„Wozu sind die gut?“, fragte er mit einem frechen Grinsen und drückte auf einen.

Marla schrie.

„Marla, bist du okay?“, rief Charlie. „Was ist passiert?“

Marla stand immer noch auf der Bühne, aber sie war von Bonnie zurückgewichen und starrte das Kaninchen an, als könnte er beißen.

„Er hat sich bewegt!“, rief Marla. „Bonnie hat sich bewegt! Was habt ihr gemacht?“

„Marla“, rief Jessica lachend, „es ist alles okay! Wir haben auf einen Knopf gedrückt!“

Lamar drückte erneut auf den Knopf, und diesmal blickten alle auf den Bildschirm. Bonnie drehte sich steif zu einer Seite. Lamar drückte noch einmal, und das Kaninchen wandte sich wieder dem nicht vorhandenen Publikum zu.

„Versuch mal einen anderen“, meinte Carlton.

„Mach du das“, sagte Lamar und kletterte aus dem kleinen Raum zu Marla auf die Bühne. Er hockte sich hin, um sich Bonnies Füße anzusehen. „Sie sind auf einer Drehscheibe befestigt“, rief er.

„Ja?“, erwiderte Jessica, ohne wirklich zuzuhören.

Carlton begann auf verschiedene Knöpfe zu drücken, während die anderen auf die Bildschirme blickten. Nach einem Moment verließ auch Charlie den Raum.

„Es ist zu voll hier drin“, erklärte sie. Jessicas Parfum und Carltons Haargel, die beide für sich allein genommen gut rochen, begannen sich in dem kleinen Raum zu einem übel riechenden Pesthauch zu vermengen.

Sie kletterte nach draußen, um von dort zuzusehen, wie die anderen mit den Figuren auf der Bühne herumexperimentierten. Der größte Teil des Speisesaals war immer noch dunkel. Unter der Decke hingen dreifarbige Scheinwerfer und strahlten die Bühne in Lila, Gelb und Grün an. Die Figuren waren nun in natürliche Farben getaucht. Staubkörnchen tanzten wie kleine Sterne im Scheinwerferlicht, so zahlreich, dass es schwer war, hindurchzuschauen. Der Boden unter den langen Tischen war mit Glitzerpartikeln bedeckt, die von Partyhüten abgefallen waren, und als sie sich umsah, fielen ihr erneut die Zeichnungen an den Wänden auf, die sich alle in Augenhöhe von Kindern befanden.

Sie hatten schon immer dort gehangen. Charlie fragte sich, von wem ihr Vater die ersten bekommen hatte, als er das Restaurant eröffnete. Hatte er ihre eigenen kindlichen Kritzeleien benutzt, oder hatte er sie selbst angefertigt und aufgehängt, um die Kinder zu ermutigen, ihre kleinen Kunstwerke auszustellen? Bei dem Gedanken, wie ihr Vater über seine Werkbank gebeugt stand, einen Buntstift in der unsicheren Hand, die eigentlich daran gewöhnt war, mit Mikrochips umzugehen, musste sie kichern.

Dann fiel ihr die Taschenlampe auf, die immer noch in der Mitte des Raums stand. Sie ging hin und schaltete sie aus. *Verschwende nicht die Batterie*, sagte sie sich in Gedanken, im Chor mit Tante Jens Stimme.

Sie wandte ihre Aufmerksamkeit wieder der Bühne zu. Anscheinend war es den anderen gelungen, Chica und Bonnie einige Bewegungen ausführen zu lassen. Sie konnten sich hin und wieder zurückdrehen und ihre Hände, Füße und den Kopf in verschiedene Richtungen bewegen, doch es war immer nur eine Bewegung möglich, nicht alle gleichzeitig.

Charlie ging wieder zu dem kleinen Raum unter der Bühne und steckte den Kopf hinein. „Könnt ihr sie tanzen lassen?“, fragte sie.

„Ich weiß nicht, wie das geht“, entgegnete Carlton. „Diese ganzen Knöpfe waren wohl dazu da, um die verschiedenen Tänze zu programmieren. Ich glaube nicht, dass während der Shows jemand hier unten war und das alles von Hand gemacht hat.“ Entschieden schüttelte er den Kopf. „Das wäre unmöglich gewesen.“

„So?“, meinte Charlie.

„Seid mal leise“, rief Marla, und alle verstummten.

Einen Augenblick herrschte absolute Ruhe, dann fragte Lamar: „Was?“

Marla runzelte die Stirn, legte den Kopf zur Seite und lauschte. „Ich dachte, ich hätte etwas gehört“, meinte sie schließlich. „Es klang wie … die Töne einer Spieluhr.“ Ihre Lippen bewegten sich kaum, während sie sprach. „Jetzt ist es weg.“

„Warum bewegt Freddy sich nicht?“, fragte Charlie.

„Ich weiß nicht“, sagte Carlton. „Ich kann die Steuerung für ihn nicht finden.“

„Hmm“, meinte Jessica und tippte gegen die Monitore. „Die Kameras zeigen nicht alles.“

Charlie betrachtete sie, aber sie waren nicht in einer logischen Reihenfolge aufgebaut. Man konnte kein Bild des gesamten Restaurants daraus zusammenstellen.

„Jede der Figuren auf der Bühne hat ihre eigene Kamera, aber es sollte doch auch eine für alle zusammen geben“, fand Jessica. „Da ist der Eingang zur Küche, aber nicht die Küche selbst, und man kann den Gang nicht sehen und den Raum mit der kleinen Bühne, wo wir gestern Abend waren.“

„Vielleicht sind die Kameras nur im großen Speisesaal?“, schlug Carlton vor.

„Nein“, widersprach Jessica. „Da draußen sind überall Kameras.“

„Das heißt?“, wollte Carlton wissen.

„Das heißt, es muss irgendwo noch einen anderen Kontrollraum geben!“, erklärte Jessica triumphierend. „Vielleicht den Gang hinunter bei der anderen Bühne.“

Charlie sah sich wieder in dem großen Raum um. Sie fühlte sich rastlos, fand ihre Entdeckungen nicht so spannend wie die anderen, obwohl sie sich nicht ganz sicher war, warum. Sie richtete ihren Blick auf die Bühne. Carlton spielte immer noch an den Knöpfen herum, Bonnie und Chica vollführten ruckartige Bewegungen, während Freddy Fazbear regungslos dastand, die Augen halb geschlossen, das Maul leicht geöffnet.

„Hey“, sagte Lamar plötzlich. „Marla. Die Musik. Jetzt höre ich sie auch.“

Wieder verstummten alle, dann schüttelte Marla den Kopf.

„Unheimlich“, sagte sie, diesmal aufgeregter und rieb ihre Hände aneinander, als würden sie sich Geschichten am Lagerfeuer erzählen.

Lamar betrachtete nachdenklich Freddy.

„Machen wir uns auf die Suche nach dem zweiten Kontrollraum“, schlug Jessica vor und kletterte mit entschlossenem Blick unter der Bühne hervor.

„Okay!“ Marla sprang von der Bühne, um sich den anderen anzuschließen, und sie suchten den Rest der Bühne nach einer weiteren Tür ab.

„Ich bleibe hier unten“, rief Jason. „Das ist so cool!“

Chica wirbelte auf der Bühne hin und her, während er immer wieder auf den entsprechenden Knopf drückte.

Lamar stieg noch einmal zu Jason hinunter.

„Okay, ich bin dran“, sagte er.

Charlie blieb, wo sie war und starrte immer noch Freddy an, der irgendwie mitten in der Bewegung erstarrt schien. John trat neben sie, und aus irgendeinem Grund fühlte sie sich plötzlich gereizt. Sie wollte nicht überredet werden, sich an der Suche zu beteiligen. Er stand einen Augenblick da und blickte Freddy an, dann beugte er sich zu ihr herüber und flüsterte: „Ich zähle bis hundert. Versteck dich jetzt lieber.“

Überrascht sah sie ihn an, und ihre Gereiztheit war schlagartig verflogen. Er zwinkerte ihr zu, dann hielt er sich die Hände über die Augen. Es war absurd, es war kindisch, aber in diesem Moment war es das Einzige, was sie tun wollte. Obwohl ihr plötzlich etwas schwindelig war, machte sie sich auf die Suche nach einem Versteck.

Jason drückte erneut eine Reihe von Knöpfen, während seine Verärgerung wuchs. „Das wird langweilig“, verkündete er.

„Was ist daran langweilig?“, fragte Lamar mit großen Augen.

„Sie funktionieren nicht mehr.“ Jason drückte weiter auf verschiedene Knöpfe, ohne auf die Monitore zu blicken.

Lamar betrachtete einen der Bildschirme. Bonnie hatte den Kopf gehoben und leicht zur Seite gedreht. Seine Augen schienen direkt in die Kamera zu blicken.

„Dann geh, und such deine Schwester“, sagte Lamar zu Jason.

„Ich brauche ihre Erlaubnis nicht, um mich zu langweilen!“ Ungeduldig kletterte Jason aus dem kleinen Kontrollraum.

„Alle sind so empfindlich“, murmelte Lamar und bemerkte plötzlich, dass er ganz allein in dem engen Kabuff war. Er kletterte ebenfalls hinaus, aber Jason war schon verschwunden.

Jessica führte die Entdeckergruppe an und ging in Richtung der kleineren Bühne, die sie am Abend zuvor entdeckt hatten. Marla drehte sich um und sah, wie Jason hinter ihnen herlief, um sie einzuholen, kurz bevor sie in dem langen Korridor verschwanden.

„Hey, sei vorsichtig!“, rief sie noch, als Jason in eine andere Richtung abbog. Dann kam auch Lamar und folgte den anderen in den Gang.

Der große Speisesaal war nun leer, obwohl Jason immer noch Charlies und Johns Geplänkel aus den Partyräumen hören konnte, die an das Hauptgebäude angrenzten. Nun, endlich allein, ging Jason direkt in die Spielhalle.

Sie war noch schummriger beleuchtet als der Rest des Restaurants. Ohne Strom wirkten die Spielautomaten wie mächtige dunkle Grabmale auf einem vergessenen Friedhof. Die Luft war abgestanden und dünn. Jason ging zur nächsten Spielkonsole und drückte auf ein paar Knöpfe. Einige von ihnen klemmten inzwischen, aber nichts geschah.

Du musst sie anschließen, du Blödmann. Er kroch hinter die Automaten, aber obwohl die Unmengen von Kabeln völlig miteinander verwickelt schienen, sah es aus, als seien sie bereits alle angeschlossen.

Vielleicht gibt es einen Schalter für den ganzen Raum? Er begann die Wände abzusuchen.

Einen Schalter entdeckte er zwar nicht, aber sein Blick blieb an den Kinderzeichnungen hängen, die dort aufgehängt waren. Jason war zu jung, um sich noch an seine eigenen zu erinnern. Selbst Hurricane hatte nur wenige Eindrücke bei ihm hinterlassen.

Aber irgendetwas an diesen Bildern weckte eine gewisse Wehmut in ihm. Sie ähnelten sich alle. Es waren genau die Bilder, die er und jedes andere Kind gemalt hatte – Figuren, deren Körper und Kopf aus Kreisen bestanden, Arme und Beine aus Strichen, und das in allen denkbaren Farben. Nur wenige Details zeigten, welche Figuren Tiere darstellten: Chica mit ihrem Schnabel, Bonnie mit seinen Ohren. Lediglich auf die Zeichnungen von Freddy Fazbear war offensichtlich etwas mehr Mühe verwendet worden. Sie waren ein bisschen besser. Die Kinder hatten sich bemüht, die Details genauer herauszuarbeiten.

Dann fiel ihm ein Bild besonders ins Auge. Es war den anderen sehr ähnlich, vielleicht aber ein wenig besser: Bonnie, das Kaninchen, wie es ein Kind umarmte. Das Bild war nicht signiert. Jason nahm es von der Wand, obwohl er unsicher war, warum ihn ausgerechnet dieses so interessierte.

Da kam John mit einem breiten Grinsen in den Raum gestürmt, doch als er sah, dass sich nur Jason darin befand, setzte er sofort wieder eine stoische Miene auf. „Wie läuft's?“ Er nickte kurz, gab sich ganz cool, dann ging er leise wieder davon.

Sie spielen Verstecken wie die Babys, dachte Jason. *Ich hoffe, dass ich mich nie verlieben werde.*

Er blickte wieder auf das Bild und kniff die Augen zusammen, als könne er nicht richtig sehen. Das Kind stand jetzt abgewandt von Bonnie. Jason starrte eine kleine Ewigkeit darauf. *Hat es nicht eben Bonnie noch umarmt?* Er blickte hinüber in den Speisesaal, aber Marla war auf der Suche nach dem Hauptkontrollraum und somit nicht zu sehen.

Sorgsam faltete Jason die Zeichnung zusammen und steckte sie in die Tasche. Plötzlich fiel ihm auf, wie still es draußen geworden war. Zaghaft trat er an die Tür und spähte in den Speisesaal. „Leute?“, flüsterte er, warf noch einmal einen Blick hinter sich und machte sich dann auf die Suche nach den anderen.

Jessica, Lamar, Carlton und Marla schlichen immer noch durch die andere Hälfte des Gebäudes. Die Scheinwerfer aus dem Speisesaal reichten nicht so weit, sie betonten nur dunkle Kanten und Ecken oder brachten irgendwelche Glitzerpartikel zum Funkeln. Jessica ließ den Lichtkegel ihrer Taschenlampe über die Wand gleiten, um nach Rissen im Putz zu suchen. Sie bedeutete Marla, das Gleiche zu tun.

„Wir müssen nach einer versteckten Tür suchen“, sagte sie.

„Die letzte war nicht wirklich versteckt“, meinte Carlton.

„Stimmt“, gab Jessica zu, war aber eindeutig nicht bereit, die Jagd aufzugeben, denn sie leuchtete weiter die Wand ab. Sie kamen an zwei Toiletten vorbei, die ihnen am Abend zuvor gar nicht aufgefallen waren.

„Denkst du, die funktionieren noch?“, fragte Carlton. „Ich muss dringend mal pinkeln.“

„Wie alt bist du eigentlich, fünf? So was will ich nicht hören.“ Jessica verdrehte die Augen und ging schneller.

Als sie den Raum mit der kleinen Bühne erreichten, blieben alle stehen. Marla und Lamar traten näher an die Bühne heran und drängten sich dabei leicht aneinander, ohne es wirklich zu bemerken. Obwohl Carlton und Jessica am Abend zuvor dort gewesen waren, hatten sie das Gefühl, alles noch einmal ganz neu durch Marlas und Lamars Augen zu betrachten.

Wir haben immer noch nicht gesehen, was sich hinter dem Vorhang befindet, dachte Carlton plötzlich.

„Ich erinnere mich an diese Plakate“, sagte Lamar.

„Und daran kann ich mich auch erinnern“, erklärte Marla. Sie deutete auf das Schild, das vor der Bühne hing und auf dem *Außer Betrieb* zu lesen war. „Der Satz hat mich schon mein ganzes Leben verunsichert, selbst wenn er nur an einem Automaten stand.“ Sie lachte aufgesetzt.

„Ich weiß, was du meinst“, sagte Lamar leise, doch bevor er fortfahren konnte, unterbrach ihn Carlton.

„Ich hab sie gefunden.“

„Vielleicht“, ergänzte Jessica.

In die Wand eingelassen befand sich eine Tür wie die unter der großen Bühne – nicht wirklich verborgen, aber man sollte sie auch nicht bemerken. Wie die Wände des Raums war sie schwarz gestrichen. Jessica drehte den Knauf und zog, aber sie rührte sich nicht.

„Abgeschlossen?“, fragte Lamar.

„Ich glaube nicht.“

„Lass mich mal versuchen“, sagte Marla. Sie packte den Knauf und riss daran. Die Tür öffnete sich, und Marla taumelte zurück.

„Beeindruckend!“, meinte Lamar.

„Ja, dass ich mich um Jason kümmern muss, hat mich hart gemacht.“ Marla grinste, während sie sich hinkniete, um sich durch die kleine Tür zu zwängen.

Dahinter sah es fast genauso aus wie in dem ersten Kontrollraum: acht Bildschirme an der Wand und ein großes Schaltpult mit unbeschrifteten schwarzen Knöpfen. Carlton suchte nach dem Hauptschalter und griff in eine dunkle Ecke. Dann, nach einem Klicken, floss plötzlich Strom. Ein leises Summen erfüllte den Raum.

Rotes und blaues Licht von den Bühnenscheinwerfern strömte durch die Türöffnung. Jessica und Carlton begannen, die Monitore einzuschalten. Sie drehten an den Reglern, bis sich ein Bild zeigte, obwohl die meisten auch hier ziemlich dunkel waren. Aus diesem Kontrollraum konnten sie die gesamte Hauptbühne sehen, genau wie in dem anderen, aber die restlichen Kameras zeigten weitere Orte aus verschiedenen Winkeln.

Während in dem ersten Kontrollraum nur Einstellungen aus dem Hauptspeisesaal zu sehen waren, ließen sich von hier aus auch andere Bereiche des Restaurants einsehen – die privaten Partyräume, die mit glitzernder Dekoration für Veranstaltungen geschmückt waren, die niemals mehr stattfinden würden. Außerdem Gänge, ein Büro und sogar eine

Art Abstellkammer. Der Raum hinter ihnen war ebenfalls zu sehen, die Kamera auf das Schild mit der Aufschrift *Außer Betrieb* eingestellt, das nun in unheimliche Schatten getaucht war, und den Vorhang dahinter. Auf einem weiteren Monitor entdeckten sie Jason, der gerade in der Spielhalle verschwand.

„Vielleicht sollte ich ihn holen“, sagte Marla, aber niemand antwortete.

Carlton fing an, auf verschiedene Knöpfe zu drücken. Auf der Bühne im großen Speisesaal leuchteten Scheinwerfer auf und verloschen wieder, als er das tat. Sie strahlten erst eine Figur an, dann eine andere und auch leere Stellen, wo vielleicht einmal eines der Tiere gestanden hatte.

Er legte einen Schalter um, und einen Augenblick lang schien es, als würde nichts geschehen. Dann begann Lamar zu lachen und deutete auf einen der Monitore. Die künstlichen Pizzas, die als Dekoration an den Wänden hingen, drehten sich plötzlich wie wild, als würden sie jeden Moment aus ihrer Halterung springen und davonrollen.

„Ich hatte ganz vergessen, dass sie das können“, sagte Lamar, als Carlton sie wieder abbremste.

Neben einem der Knöpfe befand sich ein großer schwarzer Drehschalter. Carlton bewegte ihn, ohne dass sich etwas tat.

„Lass mich mal versuchen“, meinte Lamar. Er schob Carlton zur Seite und drückte auf einen weiteren Knopf.

Ein lautes Jaulen ertönte. Alle zuckten zusammen, während das Geräusch sich in ein statisches Brummen verwandelte. Lamar drückte den Knopf erneut, und das Geräusch verstummte.

„Ich denke, jetzt wissen wir, wie man die Lautsprecher einschaltet“, bemerkte Carlton.

„Bestimmt können wir auch herausfinden, wie man die Musik startet“, sagte Jessica. Sie drückte auf einen anderen Knopf, die Bühnenbeleuchtung sprang an, während das Licht im Saal sich verdunkelte. Die Figuren auf der Hauptbühne waren plötzlich sehr viel präsenter und lenkten die Aufmerksamkeit auf sich. Erneut drückte Jessica auf den Knopf, und die Beleuchtung wurde wieder normal.

„Ich liebe das“, sagte Carlton.

„Was?“, wollte Marla wissen.

„Das Bühnenlicht“, erwiderte er. „Ein Schalter, und da oben entsteht eine ganz andere Welt.“

Ein weiterer Knopf ließ die Bühnenbeleuchtung in dem kleineren Raum hinter ihnen aufflackern. Ein anderer setzte das kleine Karussell in Bewegung, während die klimpernde Musik etwas zu langsam lief, als müsste sich alles erst wieder daran erinnern, wie die Melodie genau ging.

Es gelang ihnen, die Lautsprecher erneut einzuschalten, diesmal ohne die Rückkopplung, aber es war nur statisches Rauschen zu hören.

„Ich habe eine Idee“, verkündete Jessica und drängte sich nach vorn. Sie schaltete die Lautsprecher ein und drehte den Knopf vor und zurück. Das Summen wurde tiefer, dann höher.

„Wieder einen Schritt weiter“, meinte Carlton.

„Es ist immer noch statisches Rauschen“, entgegnete Marla unbeeindruckt.

Jessica drehte es wieder tiefer, dann zuckte sie zurück, als sei sie gebissen worden. Schnell drückte sie auf den Knopf, um die Lautsprecher auszuschalten.

„Was ist?“, fragte Marla.

Jessica stand reglos da, ihre Hand schwebte immer noch in der Luft.

„Was ist passiert? Hast du einen Schlag bekommen?“, wollte Carlton wissen.

„Es hat wie eine Stimme geklungen“, antwortete Jessica.

„Was hat sie gesagt?“, fragte Marla.

„Ich weiß nicht. Lasst es mich noch mal versuchen.“

Erneut schaltete sie die Lautsprecher ein. Das Rauschen erklang, und sie drehte an dem Regler, bis das Brummen immer tiefer wurde. Alle lauschten konzentriert. Schließlich, als der Ton fast tiefer war als eine normale menschliche Stimme, hörten sie es alle: knirschende und abgehackte Worte, fast zu langsam und verzerrt, um als Sprache erkannt zu werden. Sie blickten einander an.

„Was zum Teufel ist das?“, fragte Marla.

„Nach wie vor nur statisches Rauschen“, erwiderte Lamar. Er griff nach dem Regler und drehte den Ton langsam wieder höher. Einen kurzen Augenblick lang war etwas zu hören.

„Das klang wie Gesang“, meinte Carlton.

„Nein“, entgegnete Lamar, doch diesmal klang er unsicherer.

„Mach das noch mal“, forderte Marla ihn auf. Lamar tat es, aber es war nichts zu hören, außer dem Rauschen.

„Ist das Charlie?“ Marla bemerkte plötzlich eine schemenhafte Gestalt, die durch den dunklen Gang auf sie zukam und sich dabei eng an die Wand drückte, als wolle sie nicht entdeckt werden.

Charlie rannte, schlitterte fast, und versuchte ein Versteck zu finden. Sie warf einen Blick zurück, weil sie irgendwie vermutete, dass John schummeln könnte.

Sie tastete sich durch die Dunkelheit auf den farbig beleuchteten, glitzernden Vorhang der kleinen Bühne zu, der wiederum unheimliche Lichtreflexe in Rot und Blau auf die Tische und Partyhüte warf. Diesen Weg entlangzugehen, hatte sich für sie immer wie eine lange und gefahrvolle Reise angefühlt, die man nicht alleine antreten sollte.

Immer wieder blickte sie über die Schulter und tastete sich an der Wand entlang. Sie wusste, dass John ganz in der Nähe war, sich wahrscheinlich in der Dunkelheit schon anschlich.

Plötzlich prallte sie gegen etwas und blieb abrupt stehen. Sie war schneller gegangen, als sie gedacht hatte, oder der Gang war einfach kürzer, als sie ihn in Erinnerung hatte.

Sie entdeckte seinen Schatten. Wenn er den Kopf in ihre Richtung wandte, würde er sie entdecken. Ohne nachzudenken, kletterte Charlie auf die kleine Bühne, gegen die sie gelaufen war, tauchte hinter den Vorhang, zwängte sich zwischen die Wand und eine große sperrige Requisite und versuchte nicht zu atmen.

„Charlie?“, rief John, immer noch weit entfernt. *„Charlie!“*

Sie spürte, wie sich ihr Herzschlag beschleunigte. Es hatte Jungs gegeben, die sie gemocht hatte, hin und wieder, aber das hier war etwas anderes. Sie wollte, dass er sie fand, aber noch nicht gleich.

Während sie wartete, gewöhnten sich ihre Augen an die Dunkelheit, und sie konnte die Umrisse des Vorhangs und den Rand der Bühne erkennen. Dann sah sie an dem Ding empor, das direkt vor ihr stand.

Nein!

Ein Schauer ließ sie erzittern, dann erstarrte sie.

Es ragte vor ihr auf. Es war das Ding aus der Werkstatt ihres Vaters, das verunstaltete Teil, das in der Ecke gehangen hatte, geschüttelt von unvorhersehbaren Zuckungen, während seine silbernen Augen brannten. *Hat es Schmerzen?* Jetzt war es ganz still, die Augen leer und ausdruckslos. Es starrte einfach nur geradeaus, leblos, und sein Arm mit dem Haken hing nutzlos an seiner Seite herab.

Sie erkannte seine Augen wieder, aber irgendwie erschien es ihr jetzt noch schlimmer, ummantelt mit hohlen Körperteilen und überzogen mit rotem Fell. Und es roch nach Öl und Klebstoff. Es hatte jetzt auch einen Namen: Sie nannten ihn Foxy. Aber Charlie wusste es besser.

Gegen die Wand gepresst, wich sie zurück. Ihr Herz raste, und sie atmete flach und schnell. Mit dem Arm hatte sie seine Beine berührt, und plötzlich juckte es dort, als habe sie sich mit irgendetwas angesteckt. Heftig rieb sie die Hand an ihrem T-Shirt, während Panik in ihr aufstieg.

Lauf!

Sie sprang fort von ihm, stieß sich von der Wand ab, um zu entkommen, bevor es sie sah, aber sie blieb mit dem Fuß am Bühnenrand hängen. Sie stolperte und verfing sich im Vorhang. Verzweifelt versuchte sie, sich zu befreien, als plötzlich der Arm des Dings in die Höhe zuckte und der Haken nach ihrem Arm hieb. Sie duckte sich zu spät, und er schnitt ihr ins Fleisch. Der Schmerz drang ihr bis ins Mark, wie eiskaltes Wasser. Sie stolperte rückwärts und spürte, wie sie fiel, lange – dann wurde sie aufgefangen.

„Charlie? Bist du okay?“

Es war John. Er hatte sie aufgefangen. Sie versuchte zu nicken, aber sie zitterte am ganzen Körper.

Er warf einen Blick auf ihren Arm. Über ihrem Ellbogen war ein Schnitt zu sehen, fast zehn Zentimeter lang. Er blutete, und sie bedeckte ihn mit der Hand, doch das Blut drang zwischen ihren Fingern hindurch.

„Was ist passiert?“, fragte Marla, die ebenfalls angelaufen

kam. „Charlie, es tut mir so leid, ich muss auf einen Knopf gekommen sein, der ihn bewegt hat. Alles in Ordnung?“

Charlie nickte. Sie zitterte nicht mehr ganz so stark. „Ich bin okay“, sagte sie. „Es ist nicht so schlimm.“ Prüfend bewegte sie den Arm. „Siehst du? Kein Nerv verletzt“, meinte sie. „Das wird schon wieder.“

Carlton, Jessica und Lamar kamen ebenfalls aus dem Kontrollraum geeilt.

„Wir sollten sie in die Notaufnahme bringen“, meinte Carlton.

„Ich bin okay“, widersprach Charlie. Sie rappelte sich auf, lehnte Johns Hilfe ab und stützte sich einen Moment auf den Bühnenrand. In ihrem Hinterkopf hörte sie die Stimme von Tante Jen: *Wie viel Blut hast du verloren? Du brauchst nicht ins Krankenhaus.* Sie konnte den Arm problemlos bewegen, und sie würde schon nicht verbluten. Trotzdem war ihr schwindelig.

„Charlie, du siehst aus wie dein eigenes Gespenst“, sagte John. „Wir müssen dich hier rausbringen.“

„Okay“, sagte sie. Ihre Gedanken fuhren Karussell, aber die Verletzung schmerzte weniger, als sie erwartet hätte. Sie atmete mehrmals tief durch, während sie mit den anderen zum Ausgang ging, um wieder einen klaren Kopf zu bekommen.

John gab ihr ein Stück Stoff, und sie drückte es auf den Schnitt, um die Blutung zu stoppen.

„Danke“, sagte sie und sah ihn an. Irgendetwas fehlte. „War das deine Krawatte?“, fragte sie, und er zuckte die Achseln.

„Sehe ich aus wie ein Schlipsträger?“

Sie grinste. „Ich fand, dass er dir gestanden hat.“

„Jason!“, rief Marla, als sie an der kleinen Spielhalle vorbeigingen. „Komm jetzt, oder ich lasse dich hier!“

Sofort kam Jason angelaufen.

„Alles okay mit Charlie?“, fragte er ängstlich. Marla legte den Arm um seine Schultern.

„Es geht ihr gut“, versicherte sie ihm.

Schnell gingen sie denselben Gang zurück, durch den sie hereingekommen waren. Jason drehte sich noch einmal um und betrachtete ein letztes Mal die Bilder an der Wand, bevor er sie aus den Augen verlor. Die bunten Lichter von der Bühne schwanden, und wegen der begrenzten Lichtkegel der Taschenlampen lag das meiste im Schatten, sodass die Zeichnungen nur noch schwer zu erkennen waren, aber Jason hätte schwören können, dass die Figuren auf den Bildern sich bewegten.

Durch das leere Einkaufszentrum eilten sie zurück zum Parkplatz, ohne sich nach dem Nachtwächter umzusehen. Als sie den Wagen erreicht hatten, richtete Lamar die große Taschenlampe, die er inzwischen trug, auf Charlies Arm. In ihrem Schein betrachtete sie den Schnitt.

„Muss das genäht werden?“, fragte Marla. „Es tut mir so leid, Charlie.“

„Wir waren einfach unvorsichtig. Es ist nicht deine Schuld“, erwiderte Charlie. Sie wusste, dass sie genervt wirkte, aber das lag eigentlich gar nicht in ihrer Absicht. Es war der Schmerz, der sie knapp und schroff klingen ließ. Zwar war der erste Schock verflogen, aber das bedeutete auch, dass die Wunde jetzt doch zu schmerzen begann. „Es ist okay“, betonte Charlie erneut, und nach einem Augenblick des Zögerns glaubten ihr die anderen.

„Wir sollten dir zumindest irgendwas besorgen, womit du den Schnitt reinigen und ihn verbinden kannst“, sagte Marla, um wenigstens irgendetwas zu tun.

„Ganz in der Nähe der Hauptstraße ist eine Apotheke, die vierundzwanzig Stunden geöffnet hat“, meinte Carlton.

„Charlie, warum fährst du nicht mit Marla, und ich bringe dein Auto zurück zum Hotel?“, schlug Jessica vor.

„Mir geht’s gut“, protestierte Charlie halbherzig, aber sie gab Jessica die Schlüssel. „Du bist doch eine gute Fahrerin?“

Jessica verdrehte die Augen. „Wenn man in New York lebt, kann man Autofahren, Charlie.“

John blieb noch einen Moment stehen, während Charlie in Marlas Auto stieg. Sie lächelte ihm zu.

„Alles okay“, versicherte sie. „Wir sehen uns morgen.“

Er blickte sie an, als wollte er noch etwas sagen, aber dann nickte er nur und ging davon.

„Okay“, sagte Marla. „Zur Apotheke!“

Charlie drehte sich in ihrem Sitz zu Jason um. „Hat es dir Spaß gemacht?“, fragte sie.

„Die Spielautomaten haben nicht funktioniert“, erwiderte er, offensichtlich geistesabwesend.

Die Apotheke war nur ein paar Minuten entfernt. „Du bleibst im Auto“, befahl Marla ihrem Bruder, als sie davor hielten.

„Lass mich nicht hier draußen“, bettelte Jason.

„Ich habe gesagt, du bleibst“, wiederholte sie, ein wenig verwirrt von der Angst in seiner Stimme. Er antwortete nicht, und sie ging mit Charlie hinein.

Sobald sie verschwunden waren, zog Jason die Zeichnung aus seiner Tasche. Er hielt sie ins Licht der spärlichen Beleuchtung des Parkplatzes, um sie sich genauer anzusehen. Sie hatte sich nicht mehr verändert. Bonnie streckte immer noch die Arme nach einem Kind aus, das sich von ihm abgewendet hatte. Neugierig kratzte Jason mit den Fingernägeln an den Strichen der Malstifte. Das Wachs löste sich leicht und hinterließ Spuren auf dem Papier.

Sobald Marla die von Neonröhren hell erleuchtete und klimatisierte Apotheke betrat, seufzte sie und drückte die Fingerspitzen an ihre Schläfen. „Oh, er ist so ein Balg“, sagte sie.

„Ich mag ihn“, erklärte Charlie aufrichtig. Sie benutzte immer noch Johns Krawatte, um die Blutung zu stillen, und jetzt, im helleren Licht, nahm sie sie fort, um sich die Wunde genauer anzusehen. Die Blutung war fast zum Stillstand gekommen, der Schnitt war nicht so schlimm, wie er zunächst ausgesehen hatte. Die Krawatte allerdings war ruiniert. „Hey“, sagte sie. „Wieso hast du Jason überhaupt mitgebracht?“

Marla antwortete nicht sofort, sondern suchte nach dem Gang mit dem Verbandsmaterial und steuerte dann direkt darauf zu.

„Da ist ja alles“, stellte sie fest. „Was meinst du, Verbandsmull?“

„Sicher, aber nenn mich nicht Verbandsmull.“ Charlie stieß Marla mit der Schulter an, aber die ignorierte sie.

„Und ein Desinfektionsmittel“, fuhr Marla fort und griff danach. „Weißt du, es ist so“, erklärte sie dann. „Jasons Dad und unsere Mom waren schon verheiratet, bevor er geboren wurde. Ich meine, das liegt auf der Hand. Allerdings werden sie sich wohl scheiden lassen. Ich weiß das, Jason aber nicht.“

„Oh nein“, sagte Charlie.

„Sie streiten sich ständig“, fuhr Marla fort, „und das macht ihm Angst. Ich meine, mein Dad hat uns verlassen, als ich noch klein war, deswegen bin ich damit aufgewachsen. Ich war daran gewöhnt. Außerdem hatte ich einen tollen Stiefvater. Aber für ihn wird es sich anfühlen wie das Ende der Welt. Und die beiden tun absolut nichts dafür, um es ihm leichter zu machen – sie streiten sich, während wir dabei sind. Deswegen wollte ich ihn nicht eine ganze Woche dort allein lassen."

„Das tut mir so leid, Marla", sagte Charlie.

„Ist schon okay", erwiderte Marla. „Ich ziehe in einem Jahr sowieso aus. Mir tut nur das Gör da draußen leid."

„Er ist wirklich kein Gör", widersprach Charlie, und Marla grinste.

„Ich weiß. Er ist ziemlich klasse, oder? Irgendwie habe ich ihn gern um mich."

Sie bezahlten ihren Einkauf. Der Junge hinter dem Tresen verschwendete keinen Blick auf die ziemlich blutbesudelte Charlie.

Draußen setzten sie sich auf die Motorhaube des Wagens. Marla schraubte die Flasche mit dem Desinfektionsmittel auf, aber Charlie streckte die Hand aus.

„Ich kann das selbst", sagte sie. Marla wirkte zunächst, als wolle sie eine Diskussion darüber anfangen, doch dann schluckte sie herunter, was immer ihr auf der Zunge gelegen hatte und gab Charlie die Flasche und ein Stück Verbandsmull. Während Charlie mehr oder weniger geschickt ihren Arm säuberte, lächelte Marla schelmisch.

„Da wir gerade von Leuten sprechen, die wir gerne um uns haben. Hast du Spaß mit John?"

„Autsch! Das brennt. Und ich habe keine Ahnung, wovon du redest", erwiderte Charlie spröde und konzentrierte sich vollständig auf ihre Aufgabe.

„Oh doch, das tust du. Er folgt dir wie ein kleiner Welpe, und du genießt es."

Charlie unterdrückte ein Lächeln. „Wie steht es mit dir und Lamar?", gab sie zurück.

„Ich und *wer* jetzt?", fragte Marla. „Hier!" Sie streckte die

Hand aus, um Charlie den blutigen Mull abzunehmen, und Charlie gab ihn ihr, während sie sich ein neues Stück nahm. „Ich werde ihn dir festkleben müssen", sagte Marla. Charlie nickte und drückte den Mull auf ihren Arm, während Marla nach dem Leukoplast griff.

„Jetzt komm schon", beharrte Charlie. „Ich sehe doch, wie du ihn anguckst."

„Nein!" Marla strich das letzte Stück Leukoplast glatt, dann packte sie alles zurück in die Tüte.

„Ernsthaft", sagte Charlie, während sie wieder ins Auto stiegen. „Ihr zwei passt einfach toll zusammen. Und eure Namen bilden jeweils das Anagramm des anderen. Marla und Lamar! Das ist Bestimmung!"

Lachend fuhren sie zurück zum Hotel.

5

Als sie das Motel erreichten, war Jessica bereits da – und John auch. Er stand auf, als Charlie hereinkam.

„Ich habe mir Sorgen um dich gemacht. Ich dachte, ich könnte vielleicht auf dem Fußboden schlafen.“ Nervös wartete er auf ihre Antwort, als sei ihm bei ihrem Anblick bewusst geworden, dass er vielleicht eine Grenze überschritten hatte.

Zu einer anderen Zeit an einem anderen Ort hätte seine ausgeprägte Besorgnis Charlie vielleicht verärgert. Aber hier, in Hurricane, war sie froh darüber. *Wir sollten alle zusammen bleiben*, dachte sie. *Das ist sicherer.*

Sie hatte nicht wirklich Angst, aber eine gewisse Unsicherheit klebte immer noch an ihr wie Spinnweben, und Johns Gegenwart war seit ihrer Ankunft immer eine Beruhigung für sie gewesen. Nach wie vor blickte er sie an und wartete auf eine Reaktion. Sie lächelte.

„Solange du nichts dagegen hast, dir den Boden mit Jason zu teilen“, sagte sie.

Er grinste. „Gib mir einfach ein Kissen, und alles ist gut.“

Marla warf ihm eines zu, er streckte sich ausgiebig, legte es auf den Boden und ließ sich darauf sinken.

Sie alle gingen sofort ins Bett. Charlie war erschöpft. Jetzt, da ihre Verletzung gesäubert und verbunden war, baute sich das Adrenalin in ihrem Körper schlagartig ab, und sie fühlte sich ausgelaugt und ein wenig zittrig. Sie machte sich nicht einmal die Mühe, einen Schlafanzug anzuziehen, sondern fiel neben Jessica aufs Bett und war innerhalb von Sekunden eingeschlafen.

Kurz nach dem Morgengrauen erwachte Charlie, als der Himmel noch blass und ein wenig pinkfarben war. Sie sah sich im Zimmer um. Die anderen würden noch Stunden schlafen, vermutete sie, aber sie war viel zu wach, um noch einmal einzudösen. Sie griff nach ihren Schuhen und stieg vorsichtig über Jason und John hinweg. Beide schliefen noch tief und fest. Dann verließ sie das Zimmer.

Das Hotel lag ein wenig abseits von der Straße und war von dichten Bäumen umgeben. Charlie setzte sich auf die Stufe vor der Tür und zog ihre Schuhe an. Sie fragte sich, ob sie vielleicht einen Spaziergang durch den Wald machen könnte, ohne sich zu verlaufen. Die Luft war frisch, und nach dem kurzen Schlaf fühlte sie sich erholt und voller Energie.

Der Arm tat zwar noch weh, es war ein dumpfer und pulsierender Schmerz, der sich in ihr Bewusstsein drängte, aber es war kein Blut durch den Verband gedrungen. Charlie fiel es leicht, Schmerz zu ignorieren, wenn sie wusste, dass er kein Zeichen einer gesundheitlichen Bedrohung zwar. Der Wald wirkte einladend, und sie beschloss das Risiko einzugehen, sich zu verlaufen.

Als sie gerade aufstehen wollte, setzte sich John neben sie.

„Morgen“, sagte er. Seine Sachen waren von der Nacht auf dem Boden des Motelzimmers zerknautscht, und sein Haar ein einziges Chaos.

Charlie unterdrückte ein Lachen.

„Was ist los?“, fragte er.

Sie schüttelte den Kopf. „Heute siehst du mal wieder ganz so aus wie früher“, meinte sie.

Er blickte an sich herunter und zuckte die Achseln.

„Kleider machen keine Leute. Warum bist du schon so früh auf?“

„Ich weiß nicht, ich konnte nicht mehr schlafen. Was ist mit dir?“

„Irgendjemand ist auf mich drauf getreten.“

Charlie verzog das Gesicht. „Tut mir leid“, sagte sie, und er lachte.

„War nur Spaß. Ich war schon wach.“

„Ich wollte einen Spaziergang machen“, erklärte sie und deutete auf den Waldrand. „Irgendwo da draußen. Hast du Lust, mitzukommen?“

„Ja, auf jeden Fall.“

Sie machten sich auf den Weg in den Wald. John blieb ein wenig zurück und stopfte verstohlen sein Hemd wieder in die Hose, um die Falten ein wenig zu glätten. Charlie tat so, als würde sie es nicht bemerken.

Es gab keinen Weg, und deswegen liefen sie einfach zwischen den Bäumen hindurch. Hin und wieder warfen sie einen Blick zurück, um sicherzugehen, dass sie den Parkplatz des Motels wiederfinden würden. John stolperte über einen herabgestürzten Ast, und Charlie streckte schnell ihren unverletzten Arm aus, um ihn aufzufangen.

„Danke“, sagte er.

„Gestern hast du mich aufgefangen, da ist es nur fair, wenn ich mich revanchiere. Jetzt sind wir quitt“, meinte Charlie. Sie sah sich um. Das Motel war gerade noch in Sicht. Sie fühlte sich wohl in der Geborgenheit des Waldes. Hier konnte sie alles sagen, und es würde okay sein.

Sie lehnte sich mit dem Rücken gegen einen Baum und spielte mit den Fingern an der Rinde hinter ihr. „Weißt du, das Freddy's war nicht das erste Restaurant." Sie sagte es so plötzlich, dass sie selbst überrascht war, und John sah sie fragend an, als habe er nicht richtig gehört. Sie wollte es nicht noch einmal aussprechen, aber sie zwang sich dazu. „Das Freddy's, es war nicht das erste Restaurant meines Dads. Vorher gab es schon ein Diner, ein kleines. Noch bevor meine Mom uns verlassen hat."

„Davon hatte ich keine Ahnung", meinte John langsam. „Wo war es?"

„Das weiß ich nicht. Es ist eine dieser Erinnerungen aus der ganz frühen Kindheit, weißt du. Man erinnert sich nur an die Dinge, die einen direkt umgeben haben. Ich erinnere mich an das Linoleum auf dem Küchenfußboden. Es hatte dieses schwarz-weiße Rautenmuster, aber ich kann mich nicht daran erinnern, wo das Restaurant war oder wie es hieß."

„Ja", sagte John. „Wir haben mal Urlaub in einem Freizeitpark gemacht, als ich vielleicht drei war, und alles, woran ich mich erinnere, ist der Rücksitz des Autos. Und waren *sie* da?" Seine Stimme wurde etwas leiser, während er es fragte, fast nachdenklich. Charlie nickte.

„Ja. Es gab einen Bären und ein Kaninchen, glaube ich. Manchmal vermische ich die Sachen in meinem Kopf. Es sind keine normalen Erinnerungen", erklärte sie, weil er den Haken an der Geschichte verstehen musste, bevor sie sie ihm ganz erzählte. „Das ist, als wenn man einen ganz realistischen Traum hat und am Morgen nicht sicher ist, ob das alles wirklich passiert ist oder nicht. Es sind nur Eindrücke, ganz kleine Zeitabschnitte. Es sind …" Sie verstummte. Sie erklärte es nicht richtig. Mit den falschen Worten. Sie grub viel zu tief in ihrer Erinnerung, in einer Zeit, als sie noch nicht einmal hatte sprechen können. Es war die Zeit gewesen, als ihr noch die Worte gefehlt hatten, um die Dinge zu benennen, die sie sah, und deswegen konnten die Worte, die sie nun benutzte, niemals wirklich treffend sein.

Sie blickte John an. Er betrachtete sie geduldig und wartete darauf, dass sie fortfuhr. Sie wollte ihm diese Geschichte aus ihrem Leben erzählen, die sie noch nie zuvor erzählt hatte. Es war nicht einmal eine Geschichte, nicht wirklich, nur etwas, das schon immer in ihrem Hinterkopf an ihr genagt hatte, immer mal wieder in ihrem Augenwinkel aufgeblitzt war.

Sie war sich nicht vollkommen sicher, ob es real war, und deswegen hatte sie es niemandem erzählt. Sie wollte es John sagen, weil sie mit jemandem darüber sprechen musste und er sie mit vertrauenswürdigen Augen ansah. Sie wusste, er würde zuhören und ihr glauben. Weil er sie vor langer Zeit schon gekannt hatte, weil er sie aufgefangen hatte, als sie gestürzt war, und weil er hier übernachtet hatte, um Wache zu halten. Und weil – obwohl das ziemlich pragmatisch und ein wenig grausam von ihr war – er nicht Teil ihres normalen Lebens war.

Sie konnte es ihm erzählen, konnte ihm alles erzählen, und wenn sie nach Hause zurückkehrte, würde es sein, als wäre nichts geschehen. Plötzlich wollte sie ihn berühren, wollte die Bestätigung, dass er wirklich da war und nicht wieder nur ein weiterer Traum.

Sie streckte die Hand nach ihm aus, und er, überrascht, aber froh, ergriff sie. Er blieb, wo er war, als fürchte er, sie zu erschrecken, wenn er näher trat. Einen Moment blieben sie so stehen. Dann ließ sie ihn los und erzählte ihm die Geschichte, wie sie ihr durch den Kopf geisterte – die Erinnerungen eines kleinen Kindes, vermischt mit den Dingen, die sie erfahren hatte, während sie allmählich älter wurde.

Es hatte ein anderes Restaurant gegeben, rustikal und klein, mit rotkarierten Decken auf den Tischen und einer Küche, die vom Speiseraum einsehbar war. Und sie alle waren dort zusammen gewesen. Ihr Vater und ihre Mutter und *wir*. Als Charlie noch sehr, sehr klein war, war sie nie allein gewesen. Damals hatte es Charlie gegeben, und es hatte einen kleinen Jungen gegeben. Einen kleinen Jungen, der Charlie so nahestand, dass die Erinnerung an ihn einer Erinnerung an sich selbst gleichkam. Sie waren immer zusammen. Charlie lernte *wir* zu sagen, bevor sie lernte *ich* zu sagen.

Sie spielten zusammen auf dem Küchenboden, manchmal malten sie Bilder, während sie sich unter einem Holztisch versteckten. Sie erinnerte sich an die Schritte und die Schatten von Kunden, die vorbeikamen. Ein sich langsam drehender Ventilator ließ das Licht in Streifen über den Boden wandern. Sie erinnerte sich an den Geruch eines Aschenbechers und das herzliche Lachen von Erwachsenen, die sich unterhielten, während ihre Kinder spielten.

Oft hörte sie, wie das Lachen ihres Vaters aus einer fernen Ecke widerhallte, während er mit Kunden sprach. Wenn Charlie ihn sich jetzt so lachend vorstellte, schmerzte es ein wenig. Es verursachte ein ziehendes Gefühl in ihrer Brust, denn seine Augen und sein Lächeln strahlten, weil er wollte, dass sie alle zu diesem Restaurant gehörten und an seiner Arbeit teilhatten. Es macht ihm nichts aus, dass seine Kinder herumstreiften und die Welt entdeckten. Noch trug er keine Trauer mit sich herum, und obwohl er ein wenig wie der Vater aussah, an den sie sich wirklich erinnerte, war er absolut nicht der gleiche Mann.

Charlie blickte zu Boden, während sie redete, auf die Erde und die Steine und die Reste der Blätter, und hinter ihrem Rücken kratzte sie Rinde von dem Baum, an dem sie lehnte. *Ist das eigentlich schmerzhaft für den Baum*, fragte sie sich und zwang sich, die Hände von dort wegzunehmen und vor sich zu verschränken.

Das Restaurant war immer bis spät abends geöffnet. Wenn sie müde wurden, krochen Charlie und der kleine Junge mit Decken und Schmusetieren in die Vorratskammer, um zu schlafen, bis die Sperrstunde kam. Sie erinnerte sich an Mehlsäcke, so lang, wie sie groß waren, die sie als Kissen benutzten. Sie kuschelten sich dann aneinander und flüsterten sich sinnlose Worte zu, die nur für sie eine Bedeutung hatten. Charlie schlief dann ein, die warmen Geräusche des Restaurants im Ohr, das Klappern von Geschirr und das Murmeln der Erwachsenen, die sich unterhielten. Und die Laute des Bären und des Kaninchens, während sie zu ihren geklimperten Melodien tanzten.

Sie liebten die Tiere, den gelblich braunen Bär und das dazu passende Kaninchen, die durch das Restaurant wanderten und für die Gäste tanzten und sangen und manchmal nur für Charlie und den kleinen Jungen. Hin und wieder bewegten sie sich steif und mechanisch, dann wieder mit fließenden, menschlichen Bewegungen, und während der Junge die Figuren am liebsten mochte, wenn sie sich wie Menschen verhielten, gefiel Charlie das Gegenteil am besten. Ihre gestelzten Bewegungen, ihre leblosen Augen und ihre gelegentlichen Fehlfunktionen faszinierten sie: Sie verhielten sich so lebendig, waren es aber nicht. Die schmale, aber bodenlose Kluft zwischen beidem, lebendig und doch nicht lebendig, begeisterte sie, obwohl sie nie dazu in der Lage gewesen wäre, zu erklären, warum.

„Ich glaube, es waren Kostüme“, sagte Charlie jetzt und blickte immer noch zu Boden. „Die Tiere waren nicht immer Roboter. Der Bär und das Kaninchen waren Kostüme. Manchmal haben Menschen sie getragen, und manchmal hat mein Vater sie Robotern übergezogen. Aber an der Art, wie sie tanzten, konnte man immer erkennen, wer gerade darin steckte.“

Charlie verstummte. Es gab noch mehr zu erzählen, aber sie konnte sich nicht überwinden, es auszusprechen. Da war noch etwas anderes, was sie veranlasste, ihre Erinnerungen zu verdrängen, jenen Teil, weswegen sie Tante Jen nicht um Antworten bat, weil sie eben diese Antworten fürchtete.

Die ganze Zeit hatte Charlie es nicht gewagt, John anzusehen, und nur auf den Waldboden geblickt, auf ihre Hände, ihre Turnschuhe. Jetzt sah sie ihn an, und er wirkte geradezu andächtig, fast, als würde er den Atem anhalten. Er wartete, wollte nichts sagen, bis er sicher war, dass sie fertig war.

„Das ist alles, woran ich mich erinnern kann“, sagte sie schließlich, obwohl es eine Lüge war.

„Moment, wer war der kleine Junge?“, fragte John.

Charlie schüttelte den Kopf. Sie war frustriert, dass er es nicht verstanden hatte.

„Er hat mir gehört“, sagte sie. „Ich meine, er war mein Bruder. Wir waren eins.“ Sie sprach geradezu kindlich, als habe ihre Erinnerung Besitz von ihr ergriffen. Sie räusperte sich. „Tut mir leid“, sagte sie dann und versuchte diesmal ihre Worte sorgfältig zu wählen. „Ich denke, er war mein Zwillingsbruder.“

Sie sah, wie John den Mund öffnete, um die naheliegende Frage zu stellen: *Was ist mit ihm passiert?* Aber irgendetwas in ihrem Gesicht schien ihn zu warnen, denn er verkniff sie sich und sagte stattdessen: „Denkst du, das Restaurant hat hier irgendwo gestanden? Ich meine, es kann wahrscheinlich überall gewesen sein. Sogar in einem ganz anderen Staat."

„Ich weiß es nicht." Sie blickte über die Schulter und dann an den Bäumen empor. „Es fühlt sich alles gleich an. Es fühlt sich an, als könnte ich um irgendeine Ecke gehen, und da würde es dann stehen." Die Stimme begann ihr zu versagen. „Ich möchte es finden", fügte sie plötzlich hinzu, und kaum hatte sie es ausgesprochen, wurde ihr klar, dass sie genau das wollte.

„Woran erinnerst du dich denn noch?", wollte John geradezu enthusiastisch wissen. Er wirkte, als wollte er sich sofort auf die Suche begeben. Charlie lächelte, schüttelte aber den Kopf.

„Ich erinnere mich wirklich nicht mehr an viel", sagte sie. „Ich glaube nicht, dass ich eine große Hilfe bin. Wie ich schon gesagt habe, es sind nur einzelne Ausschnitte, an die ich mich erinnere. Wie in einem Bilderbuch." Sie schloss die Augen und versuchte die Orte vor sich zu sehen. „Der Boden bebte immer." Sie hob den Kopf, als die Erinnerung greifbarer wurde. „Ein Zug?", fragte sie, als ob John es wissen könnte. „Ich erinnere mich an dieses Dröhnen jeden Tag. Es war das gewaltigste Geräusch, das ich jemals gehört hatte. Ich meine nicht laut, aber man konnte es im ganzen Körper fühlen, als würde es einem direkt durch die Brust poltern."

„Dann muss das Restaurant in der Nähe einer Bahnlinie gestanden haben, oder?", vermutete John.

„Ja", stimmte Charlie ihm mit einem plötzlichen Funken Hoffnung zu. „Draußen stand ein Baum", fuhr sie fort. „Er sah aus wie ein altes, wütendes Monster, vorgebeugt und runzelig, mit zwei riesigen, knorrigen Ästen, die wie Arme nach einem griffen. Immer wenn wir spät abends das Restaurant verließen, um nach Hause zu fahren, habe ich mein Gesicht im Hemd meines Vaters verborgen, damit ich beim Vorbeigehen den Baum nicht ansehen musste."

„Was noch?", fragte John. „Gab es Läden oder andere Restaurants?"

„Nein. Ich meine, ich glaube nicht. Es tut mir leid." Sie kratzte sich am Kopf. „Es ist alles weg."

„Das reicht nicht", stellte John ein wenig frustriert fest. „Das könnte überall gewesen sein. Ein Zug und ein Baum. Es muss noch irgendetwas anderes geben, an das du dich erinnerst. Irgendwas?"

„Nein", sagte Charlie. Je mehr sie versuchte, sich zu erinnern, desto schwieriger wurde es. Irgendwie tastete sie blind herum. Es war ein Gefühl, als würde sie lebendige Wesen fassen wollen, als würden die Erinnerungen sie kommen sehen und sich ihr schnell entziehen.

Es waren nach wie vor nur Bruchstücke, die vor ihrem geistigen Auge erschienen: die Tischdecken, rot-weiß-kariert und aus echtem Stoff, nicht aus Plastik. Sie erinnerte sich, wie sie sich einmal, weil sie unsicher auf den Beinen gewesen war, an einer Tischdecke festgehalten und alles vom Tisch gerissen hatte. Teller und Gläser waren um sie herum zersplittert, während sie nur noch ihren Kopf schützte. *Charlotte, ist dir was passiert?* Die Stimme ihres Vaters hätte nicht deutlicher zu hören sein können.

In einer Ecke des Restaurants gab es ein quietschendes Fußbodenbrett, auf das Charlie gerne trat, um es zum Singen zu bringen, als würde sie Musik machen.

Hinter dem Haus gab es einen Picknicktisch, an dem sie immer in der Sonne saßen und dessen eines Bein in den weichen Boden eingesunken war.

Dann gab es die Lieder, die ihre Eltern immer im Auto sangen, wenn sie von einem Ausflug zurückkamen und sich ihrem Zuhause näherten. Und dann lachten sie, als hätten sie etwas besonders Kluges getan.

„Nichts davon ist besonders hilfreich“, meinte Charlie. „Eben nur Kindheitserinnerungen.“ Ihr war ein wenig schwindelig. Sie hatte so viele Jahre all diese Erinnerungen verdrängt. Ihre Gedanken zuckten davor zurück wie vor einer Schlange. Ein komisches Gefühl überkam sie, wie ein schlechtes Gewissen, als habe sie etwas Falsches getan. Aber sie spürte auch etwas, das sich wie Freude anfühlte an den Dingen, die sie nie in ihre Gedanken gelassen hatte. Die Erinnerungen an jene Zeit verunsicherten sie, waren voller Fallstricke, doch es gab auch Kostbares darunter.

„Tut mir leid“, sagte sie. „An mehr erinnere ich mich nicht.“

„Nein, das ist wirklich beeindruckend. Ich kann es kaum glauben, dass du dich so weit zurückerinnerst“, erwiderte John. „Ich wollte dich nicht bedrängen“, fügte er ein wenig verlegen hinzu. Dann machte er ein nachdenkliches Gesicht. „Was war das für ein Lied?“

„Ich glaube, es war das gleiche, zu dem sie im Freddy’s getanzt haben“, antwortete Charlie.

„Nein, das deine Eltern im Auto gesungen haben.“

„Oh“, erwiderte sie. „Ich weiß nicht, ob ich das noch weiß. Es war nicht wirklich ein Lied. Es war nur eine Textzeile.“ Sie schloss die Augen, stellte sich das Auto vor und versuchte sich die Hinterköpfe ihrer Eltern vor Augen zu rufen, als würde sie wieder auf der Rückbank sitzen. Sie wartete und vertraute einfach ihrem Gedächtnis, dass es ihr das Lied liefern würde, und das tat es auch. Sie summte es, nur sechs Noten.

„*Wir sind wieder in Harmonie*“, sang sie. „Und irgendwie waren sie dabei ganz im Einklang“, ergänzte sie, obwohl ihre Eltern ihr selbst jetzt noch peinlich waren.

Johns Gesicht blieb einen Moment ausdruckslos, da die Worte ihm zunächst bedeutungslos erschienen, doch dann leuchteten seine Augen auf.

„Charlie, nördlich von hier gibt es eine Stadt, die heißt New Harmony.“

„Ach“, sagte sie zunächst nur. Noch einmal lauschte sie den Worten, die ihr durch den Kopf gingen. Sie hoffte, dass sie zu irgendeiner Erleuchtung führen, eine weitere Erinnerung auslösen würden, aber das geschah nicht.

„Ich habe das Gefühl, dass mir dazu irgendetwas einfallen müsste, tut es aber nicht. sorry“, sagte sie. „Ich meine, es klingt nicht falsch, aber irgendwie klingt es auch nicht *richtig*.“ Sie war enttäuscht, doch John hatte immer noch diesen nachdenklichen Ausdruck im Gesicht.

„Komm“, sagte er und streckte die Hand aus. Charlie wischte sich die Wange ab und holte zitternd Atem, dann blickte sie ihn an. Sie nickte mit einem erschöpften Lächeln und stand auf.

„Wollen wir warten, bis alle wach sind?“, fragte John, als sie wieder den Parkplatz erreichten. Sie waren schnell gegangen.

„Nein“, entgegnete Charlie mit unerwarteter Entschiedenheit. „Ich möchte nicht, dass jeder dabei ist“, fügte sie sanfter hinzu. Allein der Gedanke, dass die ganze Gruppe mitkam, jagte ihr Angst ein. Es war zu riskant, zu privat. Sie hatte keine Ahnung, was sie vielleicht vorfinden würden oder was es mit ihr machen könnte, und sie konnte den Gedanken nicht ertragen, all das vor Publikum zu durchleben.

„Okay“, sagte John. „Dann nur wir.“

„Nur wir.“

Charlie betrat leise das Zimmer, um die anderen nicht zu wecken, und holte ihre Autoschlüssel. Als sie zurück zur Tür ging, bewegte sich Jason, öffnete die Augen und sah zu ihr auf, als sei er sich nicht ganz sicher, wer sie war. Sie legte einen Finger auf die Lippen.

Er nickte schläfrig und schloss die Augen wieder, und sie verließ schnell das Zimmer. Draußen warf sie John die Schlüssel zu und setzte sich auf den Beifahrersitz.

„Hier drin ist eine Karte“, erklärte sie und öffnete das Handschuhfach. Die Karte fiel zusammen mit einem Haufen Notrationen und warmen Handschuhen heraus.

„Deine Tante hat wirklich an alles gedacht.“ John lächelte.

Charlie hielt sich die Mappe nur ein paar Zentimeter vor die Augen. New Harmony war ganz in der Nähe, nur eine halbe Stunde entfernt.

„Kannst du für uns navigieren?“, fragte er.

„Aye, Captain!“, erwiderte Charlie. „Erst mal runter vom Parkplatz und dann links.“

„Danke“, erwiderte er ironisch.

Sie fuhren zurück durch die Stadt und auf der anderen Seite wieder hinaus, wo die Häuser immer weniger wurden. Jedes stand einzeln für sich, nur mit durchhängenden Stromleitungen verbunden. Charlie starrte auf die Masten und die Kabel dazwischen, die geradezu hypnotisch an ihnen vorbeizogen, als würden sie kein Ende nehmen. Dann blinzelte sie, um den Bann zu brechen. Vor ihnen erhoben sich die Berge, steinalt und dunkel vor dem klaren blauen Himmel. Sie wirkten massiver als alles andere um sie herum, irgendwie realer, und vielleicht waren sie das auch. Es hatte sie schon immer gegeben, und sie hatten alles gesehen, lange vor den Häusern, lange vor den Straßen, und sie würden noch immer da sein, wenn das alles wieder verschwunden sein würde.

„Ein schöner Tag", meinte John. Sie riss den Blick von der Landschaft los und sah ihn an.

„Ja", sagte Charlie. „Irgendwie habe ich ganz vergessen, wie schön es hier draußen ist."

„Absolut", stimmte er ihr zu. Einem Moment lang schwieg er, dann warf er ihr einen kurzen Seitenblick zu, schaute aber sofort wieder weg. Charlie wusste nicht, ob er schüchtern war oder einfach nur auf die Straße achtete.

„Es ist komisch", meinte er schließlich. „Als Kind haben mir die Berge immer irgendwie Angst gemacht, besonders, wenn wir im Dunkeln unterwegs waren. Sie haben auf mich wie Monster gewirkt, die vor uns aufragten." Er lachte ein wenig, aber Charlie tat es nicht.

„Ich weiß, was du meinst", sagte sie, dann grinste sie ihn an. „Trotzdem glaube ich, dass es einfach nur Berge sind. Hey", wechselte sie plötzlich das Thema, „du hast mir nie deine Geschichte erzählt."

„Meine *Geschichte*?" wieder zuckte sein Blick kurz zu ihr hinüber, ein wenig nervös.

„Ja, du hast gesagt, eine Geschichte von dir sei veröffentlicht worden. Wovon handelt sie?"

„Sie ist nur in einer kleinen Zeitschrift erschienen, hier in der Gegend", sagte er immer noch zögernd. Charlie wartete, und schließlich fuhr er fort. „Sie heißt *Das kleine gelbe Haus*. Sie handelt von einem Jungen", erzählte er. „Er ist zehn Jahre alt. Seine Eltern streiten sich ständig, und er hat Angst, dass sie sich scheiden lassen könnten. Sie streiten, und er hört, wie sie sich schreckliche Dinge an den Kopf werfen. Er schließt die Tür seines Zimmers und versteckt sich, aber er kann sie immer noch hören.

Deswegen sieht er aus dem Fenster, hinüber zu dem Haus auf der anderen Seite der Straße. Dort sind die Vorhänge so weit zurückgezogen, dass er einen Blick hineinwerfen kann. Er sieht, wie die Leute dort aus und ein gehen, diese Familie, und er denkt sich Geschichten über sie aus, stellt sich vor, wer sie sind und was sie tun. Und nach einer Weile sind sie ihm vertrauter als seine eigene Familie."

Wieder warf er Charlie einen Blick zu, als wolle er sehen, wie sie reagierte, und Charlie lächelte. Er fuhr fort.

„Dann kommt der Sommer. Seine Familie fährt eine Woche mit ihm weg, und es ist schrecklich. Als sie zurückkommen, ist die Familie in dem Haus auf der anderen Seite der Straße weggezogen. Nichts ist zurückgeblieben, nur ein Schild steht im Vorgarten. Zu verkaufen."

Charlie nickte und wartete darauf, dass er weitererzählte, aber er sah sie ein wenig verlegen an.

„Das ist das Ende", sagte er.

„Oh", meinte sie. „Wie traurig."

Er zuckte die Achseln. „Wahrscheinlich. Aber jetzt arbeite ich an etwas, das schöner ausgeht."

„Und was ist das?"

Er grinste sie an.

„Das ist ein Geheimnis."

Charlie erwiderte sein Lächeln. Es fühlte sich gut an, hier draußen zu sein, einfach dem Horizont entgegenzufahren. Sie kurbelte das Fenster herunter und hielt den Arm hinaus in den Fahrtwind, genoss es, wie er an ihr zerrte. *Es ist nicht der Wind, der so schnell ist, wir sind es*, dachte sie.

„Was ist mit dir?", fragte John.

„Was soll mit mir sein?“, entgegnete Charlie und spielte immer noch mit dem Wind.

„Komm schon, wie läuft Charlies Leben heute?“

Charlie lächelte ihn an und zog den Arm zurück ins Auto. „Ich weiß nicht“, sagte sie. „Ziemlich langweilig.“ Irgendwie wollte sie es ihm aus demselben Grund nicht sagen, aus dem sie ihn in diesem Moment gern an ihrer Seite hatte: Sie wollte ihr neues Leben nicht mit ihrem alten vermischen. Aber John hatte ihr etwas ganz Reales erzählt, etwas Persönliches, und sie hatte das Gefühl, ihm das Gleiche zu schulden.

„Es ist okay“, meinte sie schließlich. „Meine Tante ist ziemlich cool, auch wenn sie mich manchmal ansieht, als sei sie sich nicht sicher, woher ich tatsächlich stamme. Die Schule läuft gut. Ich habe Freunde, aber alles fühlt sich so endlich an. Ich habe noch ein Jahr vor mir, aber ich habe das Gefühl, als sei ich schon weg.“

„Weg wohin?“, wollte John wissen.

Charlie zuckte die Achseln. „Ich wünschte, ich wüsste es. Aufs College, schätze ich. Ich bin mir nicht sicher, was als Nächstes kommen wird.“

„Niemand weiß jemals, was als Nächstes kommt, denke ich“, erwiderte er. „Hast du …?“ Er unterbrach sich, aber sie hakte nach.

„Habe ich was?“, fragte sie neckend nach. „Habe ich jemals an dich gedacht?“ Er wurde rot, und im gleichen Moment bedauerte sie, was sie gesagt hatte.

„Ich wollte fragen, ob du öfter mal deine Mutter besucht hast“, sagte er leise.

„Oh“, erwiderte sie. „Nein, habe ich nicht.“ Für Charlie war es anstrengend, an ihre Mutter zu denken. Sie war überzeugt davon, dass es ihrer Mutter nicht anders ging. Zu vieles stand zwischen ihnen – nicht unbedingt Vorwürfe, denn keiner von ihnen beiden trug die Schuld daran, was geschehen war, trotzdem war es irgendetwas in der Art. Beide strahlten, jeder auf seine Weise, einen gewissen Schmerz aus. Wie zwei Auren, die sich abstießen wie gleichpolige Magnete.

„Charlie?“ John sagte nur ihren Namen, und sie blickte ihn an.

„Tut mir leid“, erwiderte sie. „Ich war mit meinen Gedanken einen Moment woanders.“

„Gibt es in diesem Auto auch Musik?“, fragte er, und sie nickte eifrig, dankbar für die Ablenkung.

Sie beugte sich hinunter und hob ein paar Kassetten auf, die auf dem Boden verteilt lagen. Dann las sie vor, was auf den Etiketten stand. John machte sich über ihre Bänder lustig, sie hielt dagegen, und nach ein wenig spielerischem Gezanke schob sie ein Band ins Laufwerk und lehnte sich zurück, um erneut aus dem Fenster zu blicken.

John hielt kurz an und studierte die Karte.„Ich denke, ab hier können wir die Karte nicht mehr gebrauchen.“ Er deutete auf die Straße vor ihnen. „Der ganze Bereich ist fast nur weiß. Ich denke, wonach wir suchen, ist hierauf nicht zu finden.“ Er faltete sie zusammen und schob sie ordentlich in die Seitentasche der Tür, dann fuhren sie weiter.

Charlie steckte den Kopf aus dem Fenster, um zu sehen, woran sie vorbeikamen.

„Okay“, sagte sie schließlich. Sie schienen in die Zivilisation zurückgekehrt zu sein. Auf den Feldern standen versprengte, einzelne Häuser. Feldwege führten in die verschiedensten Richtungen. Die Landschaft bestand hauptsächlich aus Büschen und kleinen Bäumen. Das ganze Gebiet wurde von einer Reihe niedriger Berge gesäumt.

John warf Charlie einen Blick zu, in der Hoffnung, sie würde irgendetwas entdecken, woran zu erkennen war, ob sie in die richtige Richtung fuhren.

„Nichts?“, fragte er, obwohl ihr ausdrucksloser Blick ihm die Antwort bereits gegeben hatte.

„Nein“, sagte sie schlicht. Sie wollte es nicht zu kompliziert machen.

Die Häuser wurden wieder weniger und lagen weiter auseinander. Die Felder aus trockenem Gestrüpp wurden größer, was die Gegend ziemlich verlassen wirken ließ. John ertappte sich dabei, dass er in kurzen Abständen immer wieder zu Charlie hinübersah und auf irgendeine Reaktion wartete. Fast rechnete er damit, dass sie ihm sagen würde, er solle umdrehen. Aber Charlie blickte einfach nur in die Ferne, den Kopf in eine Hand gestützt.

„Lass uns zurückfahren“, meinte sie schließlich und klang resigniert.

„Vielleicht haben wir etwas übersehen“, sagte John. Er fuhr langsamer und suchte eine Stelle, an der er umdrehen konnte. „Wir haben da hinten vieles verpasst. Vielleicht müssen wir in einen der Feldwege reinfahren.“

Charlie lachte.

„Wirklich? Du denkst, wir haben vieles verpasst?“ Sie wurde nachdenklich. „Nein, nichts hier fühlt sich in irgendeiner Weise richtig an. Ich erkenne absolut nichts wieder.“ Sie spürte, wie ihr eine Träne über die Wange rann. Sie wischte sie fort, bevor John sie bemerken konnte.

„Okay, kein Problem“, sagte Charlie plötzlich und löste sich aus ihren Träumereien. „Lass uns was essen gehen, nur du und ich.“ Plötzlich überlief sie ein Schauer. Ihr fiel etwas ins Auge. Fast wäre sie in ihrem Sitz hochgehüpft, und sie setzte sich ganz gerade hin.

„STOPP!“, schrie sie.

John trat auf die Bremse, und der Wagen kam in einer Staubwolke zum Stehen. Charlie saß noch schweigend da, während John mit rasendem Herzen einen Blick in den Rückspiegel warf.

„Bist du okay?“, fragte er, aber da war Charlie bereits aus dem Wagen gesprungen. „Hey!“, rief er ihr nach, wickelte sich aus seinem Anschnallgurt, verließ ebenfalls das Auto und schloss es ab.

Charlie rannte zurück Richtung Stadt, aber ihr Blick war auf die Felder neben der Straße gerichtet. Schnell holte er sie ein und trabte neben ihr her, ohne auch nur eine Frage zu stellen.

Nach ein paar Minuten wurde Charlie langsamer und begann, den Blick gesenkt, mit den Fußspitzen im Boden zu graben, als habe sie irgendetwas Kleines und Wertvolles dort verloren.

„Charlie?“, fragte John. Bis zu diesem Moment hatte er nicht darüber nachgedacht, was sie da eigentlich taten. Es war ein Abenteuer, eine Möglichkeit, mit Charlie allein zu sein, einer Ahnung zu folgen, aber jetzt begann er, sich Sorgen um sie zu machen. Er schob sich das schwarze Haar aus der Stirn. „Charlie?“, fragte er erneut, und in seiner Stimme schwang Sorge mit, doch Charlie sah ihn nicht an. Sie war vollkommen darauf konzentriert, was sie entdeckt hatte.

„Genau hier“, sagte sie, drehte sich auf der Stelle zur Seite und ging zum Rand der Straße, wo etwas aus dem Boden hervorragte und sich dort entlangschlängelte.

John hockte sich hin und schob ein wenig Erde zur Seite, wobei er einen flachen Metallträger entdeckte. Er machte weiter und legte eine Schiene frei, die quer über die Straße verlief und sich dann rechts und links davon in den Feldern verlor.

Er brauchte einen Moment, um etwas zu sagen. Auf ihn wirkte es, als habe die Erde selbst versucht, den Fund vor ihnen zu verbergen. *Sei vorsichtig*, dachte er mit einem kleinen Anflug von Panik. Er schob das Gefühl schnell beiseite. „Ich denke, wir haben deine Schienen gefunden", sagte er und blickte zu Charlie auf, aber sie war nirgends zu sehen.

„Charlie?"

Er sah die Straße hinauf und hinunter, aber dort waren keine Autos.

„Charlie!", rief er erneut, klopfte sich den Staub ab und rannte los, um sie einzuholen. Als er sie erreicht hatte, blieb er ein wenig hinter ihr, um sie nicht in ihrer Konzentration zu stören.

Vor ihnen stand eine kleine Baumgruppe. Die Bäume wirkten, als hätten sie sich um ein Lagerfeuer versammelt. Hohe hagere und kurze dicke Stämme.

Charlie zog ihren Fuß über die Schiene, während sie weiterging, als würde sie vielleicht verschwinden, wenn sie sie nicht mehr berührte.

„Was ist das, ein alter Bahnhof?", fragte John, kniff die Augen zusammen und beschirmte sie mit einer Hand vor der Sonne. Zwischen den Bäumen befand sich ein lang gestrecktes Gebäude, dessen Farbe mit der des kleinen Wäldchens verschmolz, sodass es nur schwer zu entdecken war.

Die Schienen beschrieben einen Bogen und verliefen jetzt in Richtung der Berge, und Charlie zog ihren Fuß nicht mehr darauf entlang.

John schloss nun gänzlich zu ihr auf, und gemeinsam gingen sie durch das trockene Gras zu der Baumgruppe, die nicht mehr weit entfernt war.

„Es muss eine Straße geben." Charlie wanderte fast ziellos herum und entfernte sich wieder von dem Gebäude.

John zögerte.

„Aber …" Er deutete auf das Gebäude, dann folgte er ihr und sah sich noch einmal um, weil er das Auto nicht aus den Augen verlieren wollte. Schon bald wurde der Boden unter ihren Füßen eben. Ein alter Straßenbelag, durchbrochen von Unkraut und übersät mit zerbröselndem Beton, erstreckte sich über das Feld als schmaler, fast versteckter Pfad, der wiederum zu dem kleinen Gebäude führte.

„Das ist sie", sagte Charlie leise. John trat neben sie. Gemeinsam gingen sie die Straße entlang, wichen den Grasbüscheln aus, die sich einen Weg durch die Risse und Löcher gebahnt hatten. Und da war auch der Baum mit den ausladenden Ästen, die wie Arme nach einem zu greifen schienen, und dem grausigen Gesicht, aber er war nicht mehr so unheimlich, wie Charlie ihn in Erinnerung hatte. Er musste schon tot gewesen sein, als Charlie noch ein Kind gewesen war, erkannte sie. Seine Gliedmaßen waren abgefallen und hatten an den Bruchstellen zackige Löcher hinterlassen. Jetzt lagen sie dort einfach am Boden und verrotteten vor sich hin. Der Baum schien nur noch ein Schatten seiner selbst zu sein, nur noch durch die Stümpfe und Auswüchse an seinen Seiten zu erkennen, die das Gesicht gebildet hatten. Und selbst das wirkte nun müde.

Das Gebäude war ein flacher, lang gestreckter, aber verfallener Bau mit einem dunklen Dach und verwitterten Wänden. Früher einmal hatte es einen roten Anstrich besessen, doch die Farbe war im Laufe der Zeit durch Sonne und Regen verblichen und pellte in langen Bahnen ab, sodass man das dunkle, morsche Holz darunter erkennen konnte. Hohes Gras hatte sein Fundament überwuchert, und Charlie fand, es sah aus, als wäre es im Begriff zu versinken, als würde die ganze Konstruktion allmählich von der Erde verschluckt.

Charlie griff nach Johns Arm, als sie sich dem Gebäude näherten. Dann ließ sie ihn wieder los und richtete sich auf. Sie fühlte sich, als würde sie einem Kampf entgegensehen, als würde das Gebäude selbst sie angreifen, falls es auch nur die geringste Schwäche spürte.

Behutsam stieg Charlie die kleine Treppe zur Tür hinauf, hielt sich aber am Rand und testete jede einzelne Stufe, bevor sie das alte Holz jeweils mit ihrem ganzen Gewicht belastete. Die Treppe hielt, aber in der Mitte der Stufen gab es weiche, gesplittete Stellen, denen sie lieber nicht vertrauen wollte. John folgte ihr nicht sofort. Etwas im Gras ganz in der Nähe hatte seine Aufmerksamkeit erregt.

„Charlie." Er hielt es hoch. Es war ein verbeultes Metallschild. Darauf stand in roter Schrift: *Fredbear's Family Diner.*

Charlie lächelte. *Natürlich ist es das. Ich bin zu Hause.*

John kam hinter ihr die Stufen hoch und lehnte das Schild vorsichtig an die Wand. Dann gingen sie hinein. Die Tür ließ sich leicht öffnen. Von allen Seiten strömte Licht durch die Fenster, zeigte Leere und Verfall. Im Gegensatz zum Freddy's war dieses Restaurant ausgeräumt worden. Die Holzdielen schienen in Ordnung zu sein, aber sie waren vom Wetter verzogen. Sonnenlicht strömte herein, unbehelligt, und ohne Möbel und Menschen hatte es freie Bahn.

Charlie blickte hinauf zu dem Ventilator an der Decke. Er war immer noch dort, aber einer der Flügel fehlte. Rechts davon befand sich eine Doppeltür mit runden Fenstern. Im Gegensatz zum Speiseraum, durch den die Lichtfinger der Sonne tanzten und man die Geräusche von draußen hören konnte, war der Raum hinter der Doppeltür immer noch stockdunkel.

John interessierte sich dafür mehr als Charlie. Neugierig spähte er durch eines der Fenster. Offensichtlich war er versucht, die Tür zu öffnen, um einen Blick in den Bereich dahinter zu werfen.

Charlie überließ ihn seinem Forscherdrang und ging weiter in den großen Raum hinein, von dem sie nur aus ihrer Erinnerung wusste, dass es sich um den Speisesaal handelte. Jetzt war es ein leerer und verlassener Raum, lang und schmal, mindestens fünfzehn Meter, der immer dunkler wurde, je weiter sie in ihn vordrang.

Am Ende befand sich eine leicht erhöhte Bühne. Als Charlie sich umsah, erkannte sie, dass es sich wahrscheinlich um einen Ballsaal gehandelt hatte. Der lange Tresen am Eingang, auf dem die Registrierkasse ihrer Eltern gestanden hatte, war wahrscheinlich eine Bar gewesen.

Sie ging hinüber und sah, dass sie recht hatte. Am Boden waren noch Furchen und Kratzer von den Beinen der Barhocker zu erkennen. Sie versuchte sich alles bildlich vorzustellen. Eine dunkle Bar, auf deren Bühne eine *Country & Western*-Band spielte, aber sie konnte es nicht.

Als Charlie sich der Bühne zuwandte, sah sie wieder zwei animatronische Tiere im Halbdunkel, die in unnatürlicher Weise ruckten und zuckten. Sie hörte Rummelplatzmusik und fernes Gelächter. In der Luft hing plötzlich Zigarettenrauch.

Charlie zögerte, bevor sie weiterging, als könnten die Geister, an die sie sich erinnerte, noch auf der Bühne lauern. Sie strengte sich an, einen Blick darauf zu erhaschen, wo John war. Er hatte die Tür zur Küche halb geöffnet und den Kopf hindurchgesteckt.

Charlie wandte ihre Aufmerksamkeit wieder der Bühne zu und näherte sich ihr, während die Bohlen unter ihren Füßen quietschten. Selbst das kleinste Geräusch wirkte ohrenbetäubend laut, begleitet von leisem Pfeifen, wenn der Wind durch die Spalten in den Fenstern und Wänden drang.

Von der Wand hatten sich Tapetenbahnen gelöst und hingen halb herunter, bis hin und wieder eine Brise sie bewegte und anhob, als seien sie dünne Finger, die Charlie drohten.

Schließlich stand sie unten vor der Bühne und suchte mit den Augen sorgfältig den Boden ab. Sie hoffte irgendwelche Spuren davon zu finden, was dort vielleicht früher einmal gestanden hatte. Aber es gab nur alte Löcher, in denen Bolzen verschraubt gewesen sein mussten. Die Ecken, wo sich Kabel in den Schmutz und das Holz gedrückt hatten, waren schwarz.

Alles ist weg.

Sie sah in die Ecke rechts von ihr. Dort gab es eine weitere Tür. *Natürlich, da ist noch eine Tür. Deswegen bist du hier.* Reglos stand sie da und starrte die Tür an, noch unfähig, sie zu berühren. Eine seltsame und irrationale Angst hatte sie ergriffen, als würden jeden Moment Spinnen und andere Schreckgespenster herausgestürmt kommen.

Die Tür stand einen Spalt offen. Charlie drehte sich erneut zu John um, da sie ohne ihn nicht hindurchgehen wollte. Als hätte sie ihn gerufen, beugte er sich aus der Küchentür und sah sie mit großen Augen an. „Das ist wirklich unheimlich.“ Offensichtlich hatte er Spaß wie ein Kind in einem Geisterhaus.

„Kommst du mit rein?“ Charlies Bitte überraschte John, der gleichzeitig erfreut und irritiert wirkte, da er seinen eigenen Abenteuern auf der anderen Seite des Gebäudes nachgegangen war. „Zwei Sekunden", versprach er, dann verschwand er erneut.

Enttäuscht rollte sie mit den Augen, aber es überraschte sie nicht, dass seine kindliche Neugier stärker war. Sie legte die Hand gegen die alte Holztür, drückte sie behutsam auf und wappnete sich innerlich gegen alles, was sich vielleicht dahinter befinden könnte.

Was auch immer sie erwartet hatte, das war es nicht. Es war ein begehbarer Schrank, der sich vielleicht drei Meter nach links in die Dunkelheit erstreckte. Kurze, waagerechte Stangen waren an die Wände geschraubt, auf denen früher einmal Bügel gehangen hatten. Rechteckige Abdrücke im Staub ließen vor ihrem inneren Auge Boxen erscheinen, vielleicht Lautsprecher.

Während sie den Schrank betrat, drückte sie die Tür vollständig auf, damit so viel Licht wie möglich hineinfiel. Zögernd begab sie sich weiter hinein und strich mit der Hand über die Wand. Obwohl sich dort nichts mehr befand, spürte sie schweren Stoff, Mäntel und Pullover auf Bügeln.

Nein. Das waren Kostüme.

Hier in der Dunkelheit hatten Kostüme gehangen, ihre Farben verborgen, doch jede kleine Hand, die hier durchgestrichen war, hatte sie erfühlen können. Gummierte Handflächen und Finger baumelten in alle Richtungen. Künstliche Augen glänzten weiter oben.

Charlie erreichte das Ende des Schranks und blickte zurück. Sie hockte sich hin und sah hinauf zu den jetzt leeren Stangen. Sie fühlten sich nicht leer an. Charlie konnte die Kostüme immer noch spüren. Sie hingen überall um sie herum. Es war noch jemand mit ihr in dem Schrank, der so klein war wie sie. Ihr Freund, der kleine Junge.

Mein kleiner Bruder.

Sie hatten zusammen gespielt und sich versteckt, wie sie es immer taten. *Diesmal ist es anders.* Der kleine Junge sah plötzlich zur Tür, als seien sie dabei erwischt worden, wie sie etwas Verbotenes taten. Auch Charlie blickte hinüber.

In der Tür stand eine Gestalt. Sie sah aus wie eines der Kostüme, aber es bewegte sich nicht. Er stand dort so reglos, dass Charlie sich nicht sicher war, was sie eigentlich sah.

Es war das Kaninchen, das gelblich braune Kaninchen, dass sie so liebten, aber es tanzte nicht oder sang, stand einfach dort und blickte sie mit starren Augen an. Unbehaglich begannen sie hin und her zu rutschen. Der kleine Junge verzog das Gesicht, als würde er jeden Moment anfangen zu weinen. Charlie kniff ihn in den Arm, weil sie instinktiv wusste, dass sie das nicht durften.

Das Kaninchen blickte von einem zum anderen mit diesen viel zu menschlichen Augen, nachdenklich, als würde es sie in einer Weise abschätzen, die Charlie nicht verstand. Als würde es jeden Moment eine spontane Entscheidung treffen.

Charlie konnte seine Augen sehen, seine menschlichen Augen, und ihr war kalt vor Entsetzen. Sie spürte auch die Angst ihres Bruders, spürte, wie sie sie beide einhüllte und immer mehr anwuchs.

Sie konnten sich nicht bewegen, sie konnten nicht schreien, und schließlich griff die Kreatur in dem zusammengeflickten, verschlissenen gelben Kaninchenkostüm nach dem Jungen. Einen Moment lang, nur einen kurzen Moment, als die Kinder sich noch aneinanderklammerten und sich an den Händen hielten. Das Kaninchen riss den Jungen an seine Brust, zerrte die beiden auseinander und floh.

Von diesem Augenblick an zersprang die Erinnerung unter den durchdringenden und unaufhörlichen Schreien, nicht denen ihres Bruders, sondern ihren eigenen. Leute kamen herbeigeeilt, um zu helfen. Ihr Vater nahm sie auf den Arm, doch nichts konnte sie beruhigen. Sie schrie und schrie, lauter und lauter.

Ruckartig erwachte Charlie aus ihrem Traum, die schrillen Schreie immer noch schmerzhaft im Ohr. Still hockte sie zusammengesunken auf dem Boden. John stand in der Tür und wagte nicht, sie zu stören.

Sie erinnerte sich an nicht mehr viel von dem, was als Nächstes geschehen war. Alles war dunkel. Die Bilder und Ereignisse, die sie sich später zusammengesucht hatte, manche tatsächliche Erinnerung, andere reine Fantasie, nur schemenhaft. Sie war nie wieder in dem Restaurant gewesen. Sie wusste, ihre Eltern hatten es sofort danach geschlossen.

Dann zogen sie in das neue Haus, und wenig später verließ Charlies Mutter sie. Charlie konnte sich nicht daran erinnern, dass sie sich verabschiedet hatte, obwohl sie wusste, dass ihre Mutter es getan haben musste. Ihre Mutter wäre niemals gegangen, ohne Auf Wiedersehen zu sagen, aber die Erinnerung daran war im Laufe der Zeit und mit der Trauer verloren gegangen, wie so vieles andere auch.

Sie erinnerte sich an das erste Mal, als sie in der Tür zur Werkstatt ihres Vaters gestanden hatte, den ersten Tag, den sie ganz allein miteinander verbracht hatten. Es war der Tag, an dem er begonnen hatte, ihr einen mechanischen Spielkameraden zu bauen, einen kleinen Hund, der den Kopf von einer Seite auf die andere legen konnte. Sie lächelte, als sie das fertige Ergebnis sah, und ihr Vater sah sie auf eben jene Weise an, wie er sie danach für den Rest seines Lebens immer angesehen hatte – als würde er sie mehr als das Leben selbst lieben und als ob seine Liebe ihn unerträglich traurig machen würde. Schon damals hatte sie gewusst, dass etwas Entscheidendes in ihm zerbrochen war, etwas, das niemals wieder würde repariert werden können. Manchmal schien er einfach durch sie hindurchzusehen, als würde er sie gar nicht erkennen, selbst wenn sie direkt vor ihm stand.

Ihr Vater hatte den Namen ihres Bruders nie wieder ausgesprochen, und so hatte Charlie ebenfalls gelernt, es nicht zu tun, als würde allein die Erwähnung seines Namens sie zurück in jene Zeit tragen und sie beide vollkommen auflösen. Morgens, wenn sie aufwachte, hatte sie den kleinen Jungen gesucht, weil sie in ihren Träumen vergessen hatte, dass er verschwunden war. Wenn sie sich ihm zuwenden wollte und nur ihre Stofftiere sah, hatte sie immer geweint, aber seinen Namen trotzdem nie ausgesprochen. Sie hatte sogar Angst, an ihn überhaupt zu denken, und sie trainierte sich so lange darauf, ihn aus ihren Gedanken zu verdrängen, dass sie ihn irgendwann vergessen hatte. Doch tief in ihrem Innern wusste sie ihn noch: Sammy.

Ein Donnern erhob sich, tief und laut wie ein vorbeifahrender Zug, und Charlie zuckte erschrocken zusammen.

„Ein Zug?“ Mit aufgerissenen Augen blickte sie sich um, verwirrt, ob sie sich in der Vergangenheit oder der Gegenwart befand.

„Alles gut. Ich glaube nicht, dass es hier irgendwo aus der Nähe kommt. Vielleicht nur ein großer Truck.“ John nahm Charlies Arm und zog sie auf die Füße. „Hast du dich an etwas erinnert?“, flüsterte er. Er versuchte ihren Blick zu erhaschen, aber sie war auf irgendetwas anderes konzentriert.

„Eine Menge.“ Charlie legte eine Hand auf den Mund und starrte weiterhin in die Dunkelheit, als sehe sie die Szene immer noch vor sich. Johns Hand an ihrem Arm wirkte für sie wie ein sicherer Anker, der sie hielt.

Das ist real. Es ist jetzt, dachte sie. Voller Dankbarkeit wandte sie sich ihm zu, dass er bei ihr war. Sie barg ihr Gesicht an seiner Brust, als könne sein Körper sie davor schützen, was sie gesehen hatte. Und sie ließ den Tränen freien Lauf.

John hielt sie fest, eine Hand auf ihrem Kopf, und strich ihr sanft übers Haar. So standen sie eine Weile da, und schließlich beruhigte sie sich, ihre Atmung wurde wieder tief und gleichmäßig.

John löste seinen Griff, und sobald er das tat, trat Charlie zurück, weil ihr plötzlich bewusst wurde, wie nah sie sich gekommen waren.

Johns Hände schwebten immer noch dort in der Luft, wo Charlie eben noch gewesen war. Nach einem kurzen Augenblick des Schocks nahm er eine herunter und kratzte sich mit der anderen am Kopf.

„Und …?“ Er hoffte auf eine Antwort, die die Stille unterbrechen würde.

„Ein Kaninchen“, erklärte Charlie ruhig und blickte zur Tür. „Ein gelbes Kaninchen.“ Ihre Stimme wurde düsterer, denn sie hatte das Bild noch genau vor Augen.

„Das Tier, das ich in der Nacht gesehen habe, als Michael verschwunden ist, der Bär, ich bin mir ziemlich sicher, dass er auch gelb gewesen ist.“

„Ich dachte, du hättest gesagt, er habe wie die anderen ausgesehen“, entgegnete Charlie.

„Das habe ich auch geglaubt. Als wir uns an dem Abend zuerst getroffen haben und alle sagten, Freddy sei braun gewesen, habe ich gedacht, ich hätte mich getäuscht. Ich meine, ich erinnere mich nicht wirklich gut an damals. Ich weiß nicht einmal mehr, welche Farbe mein altes Haus hatte. Aber dann hast du auch gesagt, dass er gelb gewesen ist.“

„Ja, sie waren gelb.“ Charlie nickte. Es war die Antwort, die er erwartet hatte.

„Ich glaube, sie hängen zusammen – die Tiere von hier und das eine, das ich im Freddy's gesehen habe."

Und das, das meinen Bruder mitgenommen hat, dachte Charlie. Ein letztes Mal sah sie sich um.

„Lass uns zurückgehen", meinte sie. „Ich möchte hier raus."

„Okay", erwiderte John.

Während sie zur Tür gingen, fiel Charlie ein kleiner Gegenstand ins Auge, und sie griff danach. Es war ein zu einer Feder gebogenes Stück Metall. Sie schnappte es zusammen und ließ es mit einem lauten Knall wieder aufschnappen. Es klang wie eine Peitsche. John zuckte zusammen.

„Was ist das?", fragte er, bemüht, sich wieder zu fangen.

„Ich bin mir nicht sicher", entgegnet sie, aber sie ließ es in ihre Tasche gleiten.

John blickte sie an, als wollte er etwas sagen.

„Gehen wir", meinte Charlie.

Sie machten sich auf den Weg zurück zum Auto. *Sammy, dann Jahre später Michael und die anderen Kinder – natürlich hängt das alles zusammen*, dachte Charlie. *Der Blitz schlägt vielleicht zufällig zweimal an derselben Stelle ein, aber bei einem Mord ist das etwas anderes.*

„Kannst *du* wieder fahren?", bat sie, nachdem sie eine Weile geschwiegen hatten. Nur ihre Schritte im trockenen Gras waren zu hören gewesen.

„Ja, natürlich", sagte er.

John gelang es, das Auto trotz des wenigen Platzes zu wenden. Charlie lehnte sich gegen das Fenster, die Augen bereits halb geschlossen. Sie sah, wie draußen die Bäume vorbeiflogen, und spürte, dass sie einnickte. Das Metallstück in ihrer Tasche bohrte sich in ihr Bein und hielt sie wach. Sie schob es in eine andere Position, während sie verträumt an das erste Mal dachte, als sie eines von diesen Dingern gesehen hatte.

Sie hatte mit Sammy in dem Restaurant gesessen, bevor es an jenem Tag aufmachte. Unter einem Fenster, durch das Licht hereinfiel, in dem der Staub tanzte, und sie hatten ein selbst erfundenes Spiel gespielt, an das sie sich nicht mehr erinnerte. Grinsend war ihr Vater zu ihnen herübergekommen. Er wollte ihnen etwas zeigen.

Er hielt das gebogene Stück Metall hoch und zeigte ihnen, wie man es zusammendrückte, dann ließ er es in seiner Hand wieder aufschnappen. Beide hatten überrascht aufgeschrien, gekichert und begeistert geklatscht.

Ihr Vater machte es noch einmal. „Ich könnte euch die Nasen abschnippen!“, sagte er, und wieder hatten sie gelacht, doch sein Gesicht wurde schnell ernst. „Ich meine es ernst“, sagte er. „Das ist ein Schnappverschluss, ich möchte, dass ihr wisst, wie er funktioniert, denn er ist sehr gefährlich, und ich möchte nicht, dass ihr je einen davon anfasst. Deswegen stecken wir unsere Hände niemals in die Kostüme der Tiere. Es kann leicht passieren, dass man so einen Verschluss auslöst, wenn man nicht genau weiß, wo sie sitzen, und ihr könntet euch verletzen. Man kann es damit vergleichen, einen Ofen anzufassen. Fassen wir jemals den Ofen an?“

Sie schüttelten den Kopf mit einer Ernsthaftigkeit, die ihrem Alter weit voraus war.

„Gut. Ich möchte nämlich gern, dass ihr beide mitsamt eurer Nase aufwachst“, rief er, und dann nahm er sie auf die Arme und drehte sich mit ihnen im Kreis, während sie lachten. Plötzlich ertönte ein lauter *Knall*.

Charlie fuhr aus dem Schlaf auf.

„Was war das?“

„Was war was?“, fragte John. Der Motor des Wagens lief nicht mehr. Sie waren wieder am Motel.

Charlie brauchte einen Moment, um sich zu orientieren, dann lächelte sie zögernd. „Danke, dass du gefahren bist.“

„Was hast du geträumt?“, wollte John wissen. „Du siehst glücklich aus.“

Charlie schüttelte den Kopf.

„Ich kann mich nicht erinnern.“

6

Das andere Auto stand nicht auf dem Parkplatz, und als sie ihr Zimmer betraten, lag auf Charlies Kissen eine Nachricht, geschrieben in Marlas großen runden Buchstaben.

Wir treffen uns um achtzehn Uhr dreißig zum Essen, und dann fahren wir, ihr wisst schon wohin, hatte sie geschrieben. *Bis bald, ihr zwei – vergesst uns nicht! XOXO Marla*

Unter ihren Namen hatte sie ein Smiley und ein Herz gemalt. Charlie lächelte in sich hinein, faltete den Zettel zusammen und schob ihn in ihre Tasche, ohne ihn John zu zeigen.

„Was steht drauf?“, wollte er wissen.

„Wir sollen sie im Restaurant treffen, in …“, sie warf einen Blick auf ihre Uhr, „… einer Stunde.“ John nickte. Er stand immer noch in der Tür und wartete auf irgendetwas.

„Was ist los?“, fragte Charlie.

„Ich muss mich umziehen“, sagte er und deutete auf die fleckigen Sachen, die er trug. „Kann ich dein Auto nehmen?“ Er hielt ihre Autoschlüssel hoch und ließ sie klappern.

„Oh, ja, natürlich. Komm nur bitte wieder, und hol mich ab“, sagte sie mit einem Grinsen.

Er lächelte. „Klar“, fügte er mit einem Augenzwinkern hinzu.

Als sich die Tür hinter ihm schloss, stieß Charlie einen Seufzer aus. *Endlich allein.* Sie war so viel Gesellschaft einfach nicht gewohnt. Ihre Tante Jen und sie kreisten jeweils in ihrer eigenen Umlaufbahn. Sie trafen sich zwar während des Tages gern von Zeit zu Zeit, aber immer in der Annahme, dass Charlie sich selbst um ihre Angelegenheiten kümmern konnte und sich schon melden würde, wenn das einmal nicht der Fall sein sollte.

Doch Charlie meldete sich nie. Sie konnte sich allein versorgen, konnte selbstständig in die Schule fahren, schrieb gute Noten und hatte Freunde. Wie hätte Tante Jen ihr helfen sollen, was ihre Albträume anging? Bei Fragen, auf die sie noch nicht einmal Antworten hören wollte? Was hätte Tante Jen ihr sagen können, das nicht nur noch schlimmer war als alles, was sie bereits wusste? Daher war sie an die ständige Gegenwart anderer Menschen nicht gewöhnt, und sie ermüdete sie ein wenig.

Charlie stieg schnell unter die Dusche und zog sich frische Sachen an, Jeans und ein schwarzes T-Shirt. Dann legte sie sich aufs Bett und starrte zur Decke. Irgendwie hatte sie das Gefühl, dass ihre Gedanken vor Aufregung oder Entsetzen über ihre Entdeckungen Karussell fahren und in ihren Erinnerungen wühlen müssten, die wieder erweckt worden waren. Stattdessen fühlte sie sich einfach nur leer. Sie wollte allein sein, um die Erinnerungen ganz weit wegzuschieben, dorthin, wo sie hingehörten.

Nach einer Weile, die ihr nur wie ein paar Minuten vorkam, klopfte es an der Tür. Charlie setzte sich auf und warf einen Blick auf ihre Uhr. Es war mehr Zeit vergangen, als ihr bewusst war. Sie mussten los. Charlie erhob sich und öffnete John die Tür.

„Ich muss noch meine Schuhe anziehen“, sagte sie. Während sie sich die Schnürsenkel zuband, blickte sie zu ihm auf. Er hatte sich umgezogen, diesmal trug er Jeans und ein T-Shirt. Ein scharfer Kontrast zu den formellen Sachen, in denen sie ihn bisher gesehen hatte. Sein Haar war noch feucht, und er wirkte irgendwie frisch und strahlend. Sie lächelte ein wenig.

„Was geht dir durch den Kopf?", fragte er, als er es bemerkte.

„Nichts", erwiderte sie. „Du siehst immer noch schmutzig aus", scherzte sie, während sie sich an ihm vorbeidrängte. Sie stiegen ins Auto. Dieses Mal fuhr sie, und als sie das Restaurant erreichten, stellte Charlie den Motor ab, stieg aber noch nicht aus.

„John", sagte sie. „Ich möchte niemanden etwas vom Fredbear's erzählen."

„Aber …" Er unterbrach sich. „Ja", sagte er. „Ich denke, wir vergessen leicht, dass dies alles dein Leben ist und nicht einfach nur irgendein Abenteuer. Kein Problem. Ich kann ein Geheimnis für mich behalten."

„Es ist unser aller Leben", antwortete sie. „Wir sind alle dort gewesen. Wir können es ihnen später erzählen. Ich möchte mir nur im Moment erst mal über einiges klar werden."

„So machen wir es", entgegnete er und wirkte irgendwie ein wenig geschmeichelt. Charlie wusste warum – es war ein Geheimnis zwischen ihnen beiden. Etwas, dass sie nur ihm anvertraut hatte.

Als sie hineingingen, waren die anderen schon halbwegs mit dem Essen fertig. Charlie spürte plötzlich, dass sie den ganzen Tag noch nichts gegessen hatte, und sie bekam gehörigen Hunger.

Die Kellnerin entdeckte sie, als sie sich setzten, und kam sofort herüber.

Als sie wieder gegangen war, erzählten sie sich, was sie den Tag über unternommen hatten: Lamar, Jason und Marla waren ins Kino gegangen, und Carlton und Jessica hatten in seinem Haus Videogames gespielt. Aber ihre Gespräche blieben oberflächlich und füllten nur die Zeit, während sie aßen. Charlie hörte kaum zu, und sie hatte das Gefühl, dass selbst jene, die redeten, ihren eigenen Worten kaum Aufmerksamkeit schenkten. In der gesamten Gruppe herrschte eine unterschwellige Aufregung. Alle warteten nur darauf, endlich zum Freddy's fahren zu können.

„Was ist mit euch beiden?", fragte Jessica und sah Charlie und John an.

„Ja, was ist mit euch?", wiederholte Marla mit einem Glitzern in den Augen.

„Wir sind einfach ein bisschen herumgefahren", erwiderte John schnell. „Und eine Weile hatten wir uns verirrt."

„Ja, klar", murmelte Carlton in seinen Burger und grinste mit vollem Mund.

Nach dem Essen eilte die Gruppe durch das leer stehende Einkaufszentrum in Richtung des Restaurants, leise und vorsichtig. Als sie das Atrium durchquerten, machten ihre Schuhe kaum hörbare Geräusche auf dem gefliesten Boden, und niemand sagte etwas.

Charlie hatte die große Taschenlampe im Auto gelassen. Inzwischen kannten sie den Weg gut genug, und am Vorabend hatte der Wächter sie beinahe gesehen. Es gab keinen Grund, unnötige Aufmerksamkeit auf sich zu lenken.

Sie erreichten das Ende des Korridors. Lamar, der vorangegangen war, blieb abrupt stehen. Charlie prallte gegen Marla, bevor sie begriff, was los war, und murmelte eine Entschuldigung. Dann erstarrte sie.

Der Nachtwächter blockierte den Gang hinter dem Freddy's, die Arme vor der Brust verschränkt. Er hatte keine Taschenlampe und war deswegen nicht zu sehen gewesen, verborgen in der Dunkelheit, bis sie fast gegen ihn gelaufen waren.

„Ich hatte so ein Gefühl, dass ihr wiederkommen würdet", sagte er mit einem seltsamen, schiefen Lächeln.

Marla flüsterte kaum hörbar irgendetwas Unfreundliches.

„Ich könnte euch wegen Hausfriedensbruch festnehmen lassen", sagte er. „Ich habe euch gestern Abend hier gesehen, aber ich habe nicht herausgefunden, wo ihr hinwolltet. Offenbar weiß ich es jetzt", fügte er mit einem Grinsen hinzu.

Der Mann hatte eine abstoßende Art. Er war groß und etwas zu dünn für seine Uniform, die an den Schultern und um die Taille zu weit war, als sei er irgendwann mal untersetzter gewesen und habe durch Krankheit oder andere tragische Umstände stark abgenommen. Sein Namensschild, auf dem *Dave* stand, hing schief auf seiner Brust. Seine Haut war blass, und er hatte tiefe Schatten unter den Augen, die den Eindruck einer ziemlich schlechten Gesundheit nur noch verstärkten.

„Was macht ihr alle überhaupt hier hinten?", wollte er wissen. „Partys feiern? Drogen nehmen? Ich könnte euch auf der Stelle verhaften lassen, das wisst ihr."

Charlie und John warfen sich einen Blick zu.

„Tut uns leid", sagte Lamar schnell. „Wir gehen wieder. Wir haben keine Drogen."

„Sagt wer? Sagst du?" Der Wächter hatte einen seltsamen Ausdruck im Gesicht, und seine Worte kamen schnell und hart. Er schien nicht darauf zu reagieren, was sie ihm sagten. Er wirkte ärgerlich, doch seine Mundwinkel zuckten, als versuche er, nicht zu lächeln.

„Was machen wir jetzt?“, flüsterte Jessica.

„Wahrscheinlich ist es das Aufregendste, was hier je passiert ist“, meinte Carlton mit einer gewissen Verachtung in der Stimme, und Charlie fiel plötzlich ein, dass Carltons Vater Polizist war. Sie erinnerte sich an ihn in seiner Uniform, wie er sie mit tiefernstem Blick über den Rand seiner Sonnenbrille hinweg angesehen hatte, um dann zu lächeln und den Scherz aufzulösen. Der Wächter dagegen schien es äußerst ernst zu meinen.

„Wir gehen“, wiederholte Lamar. „Tut uns leid.“

Charlie musterte den Mann: die schlecht sitzende Uniform, seine spitzen, ausgelaugt wirkenden Züge. Er konnte sie tatsächlich vom Grundstück werfen oder wegen Hausfriedensbruch verhaften lassen. Trotzdem gelang es ihm einfach nicht, ihr Angst einzuflößen. Er strahlte Unfähigkeit aus, wie eine Art negatives Charisma. In einer Menge würde er immer untergehen, in einem Streit stets verlieren, immer als Letzter ausgewählt werden, vergessen, ignoriert zugunsten all jener, die einfach vitaler waren, entschlossen am Leben teilnahmen.

Charlie runzelte über sich selbst die Stirn. Für sie war es eine ungewöhnliche Gedankenkette – normalerweise ging sie nicht davon aus, den Charakter eines Menschen aus seinen Gesichtszügen ablesen zu können. Aber gewisse Hinweise gaben sie doch.

„Warum kommen Sie nicht einfach mit?“, schlug sie vor. „Wir möchten uns nur noch ein wenig mehr umsehen, dann verschwinden wir. Sie kennen sich hier besser aus als wir alle zusammen“, fügte sie hinzu, in der Hoffnung, dass eine kleine Schmeichelei nicht schaden konnte.

„Und dann kommen wir auch nie wieder“, erklärte Carlton.

Der Nachtwächter lehnte den Vorschlag nicht sofort ab, und die anderen versicherten ihm ebenfalls, dass er sie danach nie wieder sehen würde. Der Mann musterte einen nach dem anderen. Als er sich Charlie zuwandte, blickte sie zur Seite, weil sie ihm nicht in die Augen sehen wollte. Als würde sie sich verraten, wenn sie ihm den Blick in ihre Augen gestattete.

Nachdem er sie alle betrachtet hatte, nickte er.

„Okay", sagte er. „Aber nur, weil ich mich da selbst schon immer einmal umsehen wollte." Mit dem Daumen deutete er hinter sich und fügte hinzu, als er die Überraschung in ihren Gesichtern sah: „Ich bin kein Idiot. Ich arbeite hier seit Jahren und laufe jede Nacht durch das ganze Gebäude. Glaubt ihr, ich weiß nicht, was da hinten ist?"

Charlie spürte, wie sie rot wurde. Sie war davon ausgegangen, dass ihre Entdeckung geradezu einzigartig war.

Plötzlich warf der Wachmann einen Blick auf sein Namensschild, dann deutete er darauf. „Ich heiße Dave", sagte er.

Jason stellte sich als Erster von ihnen ebenfalls vor, und ein wenig misstrauisch nannten auch die anderen jeweils ihren Namen. Mit einem unbehaglichen Gefühl standen sie da und blickten einander an, denn keiner wollte den ersten Schritt machen, schließlich zuckte Jessica die Schultern.

„Kommt", sagte sie. Schnell ging sie hinüber zu dem Gerüst, das den Gang zum Freddy's verbarg, und zog die Plastikplane zurück. Dahinter kam der Spalt in der Wand zum Vorschein. Sie alle schlüpften hindurch und quetschten sich an den aufgestapelten Kisten vorbei.

Dave hielt sich höflich zurück und ließ sie alle vorgehen. Er gab Charlie ein Zeichen vorzugehen.

Ich will dich nicht hinter mir haben, dachte Charlie. Sie

warf Jessica einen Blick zu, die sich ebenfalls nicht von der Stelle rührte.

„Bitte gehen Sie vor“, sagte Charlie etwas angespannt, und Dave zog schüchtern den Kopf ein und tat, wie ihm geheißen. Charlie folgte ihm, Jessica zog die Plastikplane sorgfältig wieder an ihren Platz, sodass man ihr Eindringen nicht bemerken konnte, auch wenn sich niemand mehr im Gebäude befand, der das hätte tun können.

Während sie durch den leicht feuchten Gang liefen, berührte Charlie mit den Fingern die Mauer und zog die Hand daran entlang, als wolle sie sich von ihr führen lassen. Die Taschenlampen schienen inzwischen ein wenig schwächer zu leuchten, obwohl sie sich das vielleicht auch nur einbildete.

Sie führten den Wachmann zu dem schweren Holzregal, das den Eingang verbarg, und Lamar, John und Jessica zogen es zur Seite, sodass die Tür sichtbar wurde. Charlie hatte erwartet, dass ihr neuer Begleiter beeindruckt sein würde, aber er nickte lediglich, als habe er nichts anderes erwartet.

Einer nach dem anderen betraten sie den Korridor, der zum Restaurant führte, und wieder blieb Charlie etwas zurück. Sie packte Carlton am Arm, als er an ihr vorbei kam.

„Carlton“, flüsterte sie, „hast du den Kerl schon mal gesehen?“

Carlton schüttelte den Kopf. „So klein ist die Stadt auch wieder nicht. Ich kenne hier nicht jeden.“

Charlie nickte abwesend, den Blick immer noch auf den Nachtwächter gerichtet, während sie den langen Korridor entlanggingen bis in den Speisesaal des Freddy’s. Sie hatte den Wachmann eingeladen, sie zu begleiten, weil es ihr als die einzige Möglichkeit erschienen war, noch einmal hierherzukommen, doch inzwischen bereute sie es. Einen Fremden mit ins Freddy's zu nehmen, war nichts anderes, als einen Fremden in ihr Haus einzuladen, als würde sie etwas von ihrer Privatsphäre preisgeben.

„Was ist mit dem Restaurant passiert?", fragte Lamar und bemühte sich, ruhig zu klingen und eine gewisse Freundlichkeit zu zeigen, die er sicherlich nicht verspürte. „Warum ist es vernagelt? Und warum steht überhaupt das Einkaufszentrum leer?" Seine Stimme klang dünn und gedämpft in dem engen Korridor.

„Das wisst ihr nicht?", erwiderte Dave. „Die Stadt braucht Geld, Jobs, Steuern. Wovon es dagegen genug gibt, ist Platz. Deswegen hat man beschlossen, ein großes Einkaufszentrum zu bauen und zu versuchen, Unternehmen anzulocken, vielleicht sogar Touristen. Sie haben es um das Freddy Fazbear's herum gebaut, aber als alles fertig war, wollte niemand das Restaurant übernehmen, weil ja alle wussten, was dort passiert ist. Deshalb ist jemand auf die grandiose Idee gekommen, den ganzen Laden, so wie er war, regelrecht zu versiegeln. Irgendjemand, der vielleicht noch eine sentimentale Verbindung dazu hat. Ich glaube, sie haben nicht einmal versucht, es auszuräumen. Aber auch das hat nicht gereicht. Irgendetwas von hier ist auf das neue Gebäude übergesprungen, vielleicht auch direkt in den Boden. Niemand hat hier ein Geschäft eröffnen wollen. Manchmal sind Unternehmen von außerhalb der Stadt gekommen, weil sie vielleicht eine Filiale aufmachen wollten, aber nie hat jemand danach einen Vertrag unterzeichnet. Sie sagten immer, es würde sich nicht gut anfühlen. Ich denke, das Gebäude hat eine Aura, eine geheimnisvolle Energie vielleicht, wenn man an solche Dinge glaubt."

„Ich glaube nicht an solche Sachen", entgegnete Lamar knapp, aber der Wachmann schien seinen Ton nicht zu bemerken.

„Jedem das Seine“, entgegnete er. „Ich weiß nur, dass niemand hier einen Laden aufmachen wollte, und man hat das Gebäude sich selbst überlassen, bevor es überhaupt fertiggestellt war. Jetzt kommt niemand mehr hierher, nur ab und zu ein paar junge Leute, die herumgammeln wollen. Und ich“, fügte er hinzu, und es klang fast ein wenig stolz, als würde der Bau ihm gehören.

Für ihn müssen wir die Eindringlinge sein, dachte Charlie.

Sie erreichten das Ende des Korridors, und vor ihnen öffnete sich der Speisesaal. Jessica lief gleich zu dem Kontrollraum unter der Bühne, der Lichtkegel ihrer Taschenlampe tanzte fröhlich vor ihr durch die Dunkelheit. Für einen Augenblick verschwand sie, dann schaltete sie das Licht ein, und plötzlich wirkte der ganze Raum warm und hell.

Charlie blieb stehen und blinzelte, um sich an das Licht zu gewöhnen. Dave ging dicht an ihr vorbei, und während er das tat, fiel ihr etwas auf: An seinem Hals befand sich eine Narbe, halbrund und hässlich. Sie war knotig und weiß – der Schnitt, der sie verursacht hatte, musste tief gewesen sein. Nur ein paar Meter entfernt drehte sich Dave im Kreis und ließ erstaunt das Restaurant auf sich wirken. Dabei bemerkte Charlie, dass die Narbe einen Zwilling hatte: der gleiche Halbmond an der gleichen Stelle auf der anderen Seite seines Halses. Sie erschauerte ein wenig. Sie waren zu sauber geschnitten, zu perfekt platziert. Sie wirkten fast, als wären sie absichtlich gesetzt worden.

Die Gruppe verstreute sich. Carlton machte sich aus irgendeinem Grund auf den Weg in die Küche, und Jason verschwand wieder in Richtung Spielhalle.

„Sei vorsichtig!“, rief Marla ihm nach, aber sie folgte bereits Lamar zum Kontrollraum, wo sich Jessica befand.

Charlie hielt sich zurück, und John blieb bei ihr. *Irgendetwas ist anders,* dachte Charlie. Die Luft fühlte sich dünner an, als müsste sie tiefer durchatmen, um genug Sauerstoff zu bekommen. *Es ist nur irgendein Mann*, sagte sie sich, aber genau das war das Problem. Sie hatten einen Außenstehenden mitgenommen, und nun fühlte sich das Restaurant weniger sicher an, nicht mehr so verborgen. Das Freddy's war irgendwie enttarnt.

Freddy, Bonnie und Chica hatten begonnen, sich auf ihre steife und ruckartige Weise zu bewegen. Charlie warf Dave einen Blick zu, aber er schien nicht überrascht zu sein. *Er ist schon mal hier gewesen*, dachte sie. Und dann: *Natürlich ist er schon mal hier gewesen. Die ganze Stadt ist früher schließlich hierhergekommen.*

John winkte sie weiter. Zögernd ging sie mit ihm zum Kontrollraum. Dave folgte ihnen wie ein streunender Hund.

In dem kleinen Kabuff stand Jessica vornübergebeugt und drückte auf die verschiedenen Knöpfe, während Lamar das Steuerpult betrachtete und versuchte das System dahinter zu erkennen. Dave spähte über ihre Schultern und sah zu. Er nickte schließlich, als habe er sich etwas überlegt, und als Jessica einen Schritt zurücktrat und sich reckte, räusperte er sich.

„Äh …", sagte er. „Darf ich mal versuchen?" Er richtete sich ein wenig auf und streckte fragend die Hand aus.

Jessica und Lamar wechselten einen Blick, dann zuckten sie die Achseln.

„Warum nicht?", meinte Jessica. Sie schoben sich zur Seite, damit er das Pult erreichen konnte. Er starrte einen Moment darauf, ohne sich zu rühren. Dann drückte er auf eine kurze Reihe von Knöpfen. Aus den Lautsprechern ertönte ein Summen. Es war ein langer, tiefer, gleichmäßiger Ton.

„Holla", sagte Jessica und deutete auf die Bildschirme. Charlie sah, dass sich auf den Monitoren etwas tat, und verließ den Kontrollraum, um sich die Sache direkt anzusehen. Auf der Bühne tanzten die Tiere. Abgehackt, unbeholfen, ohne die Eleganz und Komplexität, wie Charlie sie in Erinnerung hatte. Sie bewegten sich in einzelnen Sequenzen, nicht in einer fließenden Bewegung.

Charlie trat wieder in den Kontrollraum.

„Wie haben Sie das gemacht?", fuhr sie Dave an, und es war ihr egal, ob sie unhöflich klang.

Dave hob beide Hände. „Anfängerglück", sagte er. „Ich habe nur auf ein paar Knöpfe gedrückt."

„Okay", erwiderte Charlie. Sie rieb sich die Schläfen. „Kann bitte jemand die Lautsprecher ausstellen?"

Lamar sprang vor, legte einen Schalter um, und der Ton verstummte. Trotz der plötzlichen Stille hatte Charlie das Gefühl, als könne sie ihn immer noch hören, irgendwo tief in ihrem Kopf. Sie schloss einen Moment lang die Augen, und als sie sie wieder öffnete, bedienten Jessica und Lamar erneut die Schalter und Knöpfe, aber sie taten es mit größerer Vorsicht und wechselten alle paar Sekunden einen Blick, als wollten sie sich versichern, nichts Falsches zu tun.

Charlie warf John einen Blick zu. Er hatte die Arme vor der Brust verschränkt, während er auf Daves Hinterkopf starrte.

In der Spielhalle drückte Carlton irgendwelche Knöpfe an einem Videospiel. Er wusste, dass nichts geschehen würde. Dann drehte er sich um und sah sich plötzlich einem elf Jahre alten Jungen gegenüber, der ihn ärgerlich anstarrte.

„Was?", fragte Carlton.

„Ich bin kein Baby mehr“, erklärte Jason. „Du brauchst nicht auf mich aufzupassen.“

„Wie jetzt? Jason, ich passe nicht auf dich auf. Ich hänge hier einfach nur mit dir ab. Ich bin nicht Marla. Von mir aus kannst du auch deine Finger in die Steckdose stecken.“ Er wackelte lustig mit den Augenbrauen, und Jason musste lachen.

„Okay, dann mache ich das vielleicht auch“, antwortete er. Er suchte die Fußleisten nach einer Steckdose ab und dachte einen Moment darüber nach, Carlton beim Wort zu nehmen. Doch als er wieder aufblickte, war Carlton bereits weitergeschlendert. Jason biss sich auf die Lippe und wippte auf den Fußspitzen. Er kam sich albern vor.

Einen Augenblick später ging er zurück zu den Zeichnungen an der Wand. Es waren zu viele, um sich jede einzelne anzusehen, aber Jason vermutete, dass es auch gar nicht nötig war. Wie am Abend zuvor würden die Zeichnungen schon zu ihm kommen. Sie *wollten* gefunden werden. Er brauchte sich nur umzusehen.

Die Zeichnungen in der Spielhalle verrieten nichts. Sie waren alle nur kindliches Gekritzel, nach all den Jahren längst verblasst. Er ging zurück in den Speisesaal und ließ seinen Blick über die Wände schweifen, um eine Zeichnung zu finden, die mehr zeigte als ein paar Figuren aus Wachsfarben.

„Was hast du vor, Jason?“ Lamar stand plötzlich hinter ihm.

Jason drehte sich um und sah ihn einen Augenblick nachdenklich an. Er mochte Lamar, auch wenn dessen Freundlichkeit eindeutig mit seinem Interesse an Marla zusammenhing. Lamar hatte sich heruntergebeugt, bis sein Gesicht auf der Höhe von Jasons war, und Jason beugte sich vor und flüsterte: „Die Zeichnungen bewegen sich.“

Lamar zuckte zurück. Für einen Moment huschte ein Ausdruck echten Entsetzens über sein Gesicht, doch dann war es auch schon verschwunden.

Jason biss sich erneut auf die Lippe und wartete. Lamar grinste ihn an, dann tätschelte er ihm den Kopf.

„Okay, Jason. Wir besorgen dir eine passende Therapie", sagte er fröhlich, und Jason lachte und schlug Lamars Hand beiseite.

„Halt die Klappe, echt jetzt", entgegnete Jason, trotzdem etwas schüchtern.

Lamar tätschelte erneut Jasons Kopf und ging davon.

Sobald er sich ein paar Meter entfernt hatte, verdrehte Jason die Augen. *Was glaubst du eigentlich, was ich bin? Dein Hund?* Er fuhr sich heftig durchs Haar, als könne er damit abstreifen, was immer Lamar auch mit ihm gemacht hatte. Dann ging er wieder zu der Wand und konzentrierte sich.

Als er die eine Wand komplett abgelaufen war und um die Ecke bog, passierte es: ein Flackern, das er nur im Augenwinkel wahrnahm, fast wie einen Schimmer. Er blieb stehen. *Welches ist es gewesen?* Wieder ließ er den Blick über die Bilder gleiten, die Wand hinauf und hinunter an der Stelle, wo er glaubte, eine Bewegung bemerkt zu haben, aber da war nichts.

Er begann noch einmal von vorn, blieb vor jeder einzelnen Wachszeichnung stehen, und dann geschah es erneut. Er fand das Bild in dem Moment, als das Schimmern verlosch. Und im selben Moment sah er, wie ein anderes flackerte. Es war so kurz, dass es ihm auch hätte entgehen können, vielleicht nur eine Lichttäuschung, wäre er nicht ausdrücklich auf der Suche danach gewesen. Das Bild hing über dem anderen, gut fünfzig Zentimeter weiter links. Sein Blick sprang zwischen den beiden hin und her, um keines aus den

Augen zu lassen. Diesmal sah er fast – *fast* –, wie sich die Zeichnung bewegte, bevor sie wieder erstarrte.

Jason hockte sich hin und betrachtete die drei Bilder, eines nach dem anderen. Sie waren mit einem schwarzen Stift gemalt worden, und sie wirkten alle, als habe dasselbe Kind sie gezeichnet. Alle drei zeigten im Vordergrund zwei Figuren: ein Kind und ein Kaninchen.

Jason sah sich im Raum um. Seine Schwester und die anderen schienen immer noch mit der Bühne beschäftigt zu sein. Lamar hatte sich zu ihnen gesellt. Jason zog die Zeichnung, die er am Abend zuvor gefunden hatte, aus seiner Tasche. Er legte sie auf den Boden, strich sie glatt, zog die verfusselten Klebestreifen auseinander und drückte sie in seiner Augenhöhe wieder an die Wand. Dann starrte er sie an und wartete.

Nichts geschah.

Jason runzelte die Stirn. Er war sich so sicher gewesen, dass dieses Bild ihm etwas zu sagen hatte, aber es waren eben nur Zeichnungen. Das Kind und das Kaninchen standen in der Mitte des Papiers. Auf einem Bild dicht zusammen, auf dem anderen weiter auseinander. Aber es war nichts zu erkennen, was man eine Geschichte hätte nennen können. *Okay.* Er warf erneut einen Blick zu den anderen Bildern – und das oberste begann sich zu bewegen.

Diesmal sah er es ganz deutlich. Die Wachslinien verschoben sich ganz von allein und so schnell, dass man ihnen kaum folgen konnte. Als das erste Bild wieder erstarrte, kam ein anderes in Bewegung. So ging es weiter bei einem nach dem anderen, bis auch das letzte, dass er gerade wieder an der Wand befestigt hatte, zum Stillstand gekommen war. Mit großen Augen und rasendem Herzen starrte Jason darauf, aber als er endlich begriff, was da gerade passierte, war es auch schon wieder vorbei. Die Figuren regten sich nicht mehr, doch nun erzählten sie eine Geschichte. Auf dem ersten Bild saß ein Kind allein da. Auf dem zweiten erschien Bonnie hinter dem Kind. Im nächsten hatte Bonnie das Kind gepackt und es hochgehoben.

Auf dem letzten schrie das Kind.

Jason schlug das Herz bis zum Hals. Er war wie gelähmt. Sein Körper fühlte sich plötzlich bleiern an, zu schwer, um fortzulaufen.

Dann ertönte ein Geräusch, wie Wind, der durch die Blätter an der Wand fuhr, obwohl sie bewegungslos vor ihm hingen. Das Rauschen wurde lauter und lauter, bis es in einen Schrei überging.

Jason presste sich die Hände auf die Ohren, als einzelne Zeichnungen begannen, von der Wand zu fallen und krachend zu Boden stürzten, als wären sie aus irgendeinem harten Material, das viel schwerer war als Papier. Als sie den Boden berührten, färbten sich die Blätter vor seinen Augen dunkelrot, durchtränkt mit Farbe. Jason fuhr herum, um wegzulaufen, aber der Weg wurde ihm von Blättern versperrt, die sich plötzlich wie eine Sturzflut von der Decke ergossen. Eines landete auf seinen Schultern, ein anderes auf seinem Rücken und dann noch eines. Sie klebten an ihm, wickelten sich um ihn herum, als wollten sie ihn ersticken. Jason spürte, wie seine Beine unter dem Gewicht nachgaben und er schließlich auf ein Knie sank.

Während er sich gegen den Sturm aus Papier anstemmte, begann der Raum plötzlich heftig zu beben. Jason biss die Zähne aufeinander, gefangen – und auf einmal war es vorbei. Die rot getränkten Blätter waren verschwunden, nichts war mehr auf seinem Rücken, und Marla hatte ihn bei den Schultern gepackt und starrte ihn mit großen Augen an.

„Jason, was um alles in der Welt ist los mit dir?“

Jason rappelte sich auf und klopfte sich ab, als sei er mit unsichtbaren Insekten übersät.

„Die Bilder sind auf mich heruntergefallen“, sagte er eindringlich und immer noch voller Panik, aber als er einen Blick zurück zur Wand warf, erkannte er, dass der Raum ruhig und unbewegt dalag. Eine einzige Zeichnung war heruntergefallen.

Marla warf einen Blick darauf, dann sah sie wieder ihren Bruder an und schüttelte den Kopf. Sie beugte sich vor und zischte ihm ins Ohr: „Du blamiertest mich.“ Dann ließ sie ihn los und ging davon.

Jason folgte ihr, so schnell er konnte, ohne seinen Blick von den Wänden zu lösen.

Im Kontrollraum ließ Dave seine Finger über die Knöpfe wandern, ohne einen zu drücken. Es wirkte unkonzentriert, eher instinktiv, wie eine Gewohnheit.

Charlie beugte sich zu John hinüber. „Er ist bestimmt schon früher einmal hier gewesen“, flüsterte sie. „Sieh nur, wie er mit der Steuerung umgeht.“

„Vielleicht kennt er sich einfach nur gut mit Computern aus“, gab John zu bedenken, obwohl es nicht sonderlich überzeugt klang.

„Können Sie sie noch mal tanzen lassen?“, bat Jessica.

Dave schien die Frage kaum zu bemerken. Sein Mund stand leicht offen, und er sah aus, als würde er etwas anstarren, das außer ihm niemand sah. Im hellen Licht war für sie alle gut zu sehen, dass seine Uniform schmutzig war und an einigen Stellen sogar eingerissen. Er war schlecht rasiert, und er schielte leicht. Er wirkte mehr wie ein Landstreicher als ein Wachmann, und er behandelte sie, als sei er schon seit Jahren hier und sie wären die Neuankömmlinge.

Er brauchte einen Moment, um die Frage wirklich wahrzunehmen.

„Sicher, mal sehen, was sich machen lässt“, sagte er. Schräg lächelte er Jessica an. Sein Blick war etwas zu intensiv auf ihr Gesicht gerichtet, und er schaute sie etwas zu lange an.

Jessica schluckte, da sie eine unwillkürliche Abscheu überkam, doch sie lächelte höflich zurück.

„Okay“, erklärte Dave. „Ich bin schon ein paar Mal hier gewesen. Ich denke, ich werde ein bisschen zaubern können.“

Charlie und John wechselten einen Blick.

„Sie waren schon mal hier?“, fragte John behutsam und in ruhigem Ton nach, aber Dave ignorierte ihn oder nahm ihn gar nicht wahr.

Ganz links auf dem Pult befand sich eine kleine Zahlentastatur, die bisher noch niemand berührt hatte, da sie mit nichts verbunden schien. Dave streckte die Hand aus und begann schnell darauf zu tippen, als habe er es schon Hunderte Male getan. Er warf Jessica einen verschwörerischen Blick zu. „Bei besonderen Anlässen kann man um einen Tanz bitten.“ Wieder lächelte er sie schief und ausgesprochen intensiv an.

„Toll“, sagte Jessica und stieß einen Seufzer der Erleichterung aus. Ihr war alles recht, wenn sie nur der erzwungenen Nähe zu dem Mann etwas entkommen konnte. Sie schaute Lamar an. „Ich werde es mir mal ansehen. Übernimmst du hier?“

„Ja, sicher“, erwiderte er und trat an das Pult, während Jessica und Dave aus dem Kabuff kletterten.

Auf der Bühne leuchteten die Scheinwerfer im Rhythmus zu einer Musik, die nicht mehr zu hören war, und Bonnies

Mund bewegte sich, als würde er singen. Seine Augenlider klappten auf und zu, wobei es laut klickte. Die Glasaugen bewegten sich von einer Seite zur anderen. Die große blaue Pfote hob und senkte sich, als spiele sie auf der Gitarre, die er umgehängt hatte, deren Seiten aber längst verschwunden waren.

„Lamar, wie viel davon geht auf dein Konto?“, wollte Carlton wissen, entsprechend beeindruckt.

„Nicht viel!“, rief Lamar zurück. „Das meiste scheint einprogrammiert zu sein.“

Bonnie wandte sich zu ihnen um. Jessica zuckte zusammen, als das Kaninchen sie direkt anzusehen schien. Aber genauso schnell drehte es sich weiter, wandte sich den leeren Sitzreihen zu und hob den Kopf, um zu singen.

„Es ist komisch, die Figuren so zu sehen“, meinte Jessica. Sie trat einen Schritt zurück, um die gesamte Bühne besser überblicken zu können. Bonnies Fuß tippte im Rhythmus, und der Mund öffnete und schloss sich passend zum Lied. Eine Stimme war nicht zu hören, auch keine Musik. Nur ein seltsames Summen drang aus den Lautsprechern, begleitet von einem Chor von mechanischem Klicken und Quietschen.

Bonnie legte an Tempo zu, spielte schneller Gitarre, und der Fuß hielt den zunehmenden Rhythmus. Plötzlich schienen die Augen ein Eigenleben zu entwickeln. Sie blickten nach links, während der Kopf nach rechts zuckte. Dann verdrehte er die Augen, sodass sie in den Höhlen verschwanden.

Entschieden ging Dave auf die Bühne zu. „Nervös, kleiner Freund?“ Er lächelte, offenbar unbeeindruckt, während sich das Kaninchen schneller und schneller bewegte.

„Hey, Lamar, kannst du das Tempo mal einen Gang runterschalten?“, rief Jessica.

Bonnies Arme begannen krampfartig zu zucken, die Schnauze klappte nur noch auf und zu, und die Augen drehten sich hierhin und dorthin.

„Lamar! Irgendetwas stimmt nicht!“, schrie Jessica.

Bonnies Fuß ruckte mit einem Knall in die Höhe. Es klang wie ein Schuss. Dabei riss der Bolzen heraus, der ihn auf der Bühne befestigte.

„Lamar!“ Carlton kletterte auf die Bühne, lief zu Bonnie, und während er sich unter dessen unkontrollierten Bewegungen hindurchduckte, suchte er das Kaninchen nach einem Knopf ab, mit dem man es abschalten konnte.

„Carlton, komm da runter, du Idiot!“ Jessica lief zur Bühne.

Doch Bonnie bewegte sich viel zu schnell, als habe sich die Software aufgehängt. Das Kaninchen folgte nicht mehr der Choreografie, an die sie sich alle so gut erinnern konnten. Es zuckte und strampelte unkontrolliert. Carlton versuchte auf allen vieren zu entkommen, aber Bonnies Arm löste sich von der Gitarre, holte aus und versetzte Carlton einen Hieb quer über die Brust, der ihn von der Bühne schleuderte. Er landete auf dem Rücken, wo er liegen blieb und nach Luft rang.

„Lamar!“, rief Jessica. „Lamar, stell es ab!“

„Ich weiß nicht wie!“, brüllte der zurück.

Jessica kniete sich neben Carlton und sah ihn hilflos an. Eindringlich packte sie ihn bei der Schulter.

„Carlton, alles in Ordnung? Carlton? Sieh mich an!“

Carlton stieß ein leises Lachen aus, das mehr wie ein Husten klang, dann griff er nach ihrer Hand und zog sich in eine sitzende Position.

„Schon okay“, sagt er. „Mir hat es nur alle Luft aus den Lungen gepresst.“ Jessica schaute nach wie vor besorgt.

„Ich brauche nur eine Minute“, versicherte er ihr, während er beim Sprechen immer noch leise pfeifend Luft holte.

Im Kontrollraum drückte Lamar hektisch einen Knopf nach dem anderen, doch auf den Monitoren sah er, wie Bonnie immer noch unkontrolliert herumzuckte und auf nichts reagierte, was er tat.

Charlie kam herein und drückte ihn beiseite. Sie brauchte nur Sekunden, um zu erkennen, dass die Knöpfe nutzlos waren. Einen Moment lang sahen Lamar und sie sich in die Augen. *Wir haben die Kontrolle verloren*, dachte sie. Gemeinsam stürzten sie aus dem kleinen Kabuff, um den anderen zu helfen.

Jessica schrie.

Es war ein kurzer, schriller Laut. Marla und John rannten sofort zu ihr, und Charlie und Lamar erreichten sie Sekunden später.

Inzwischen bewegten sich sämtliche Figuren auf diese seltsame, krampfhafte Weise, durchliefen wie verzweifelt ihre programmierten Bewegungsabläufe, ohne sich an die richtige Reihenfolge zu halten. Die Lichter begannen zu flackern, gingen an und aus. Die Scheinwerfer taten das Gleiche, Farben leuchteten auf und verloschen wieder, sodass der ganze Raum erst in strahlendes Gold, dann in ein kränklich wirkendes Grün und schließlich in tiefes, bedrohliches Rot getaucht wurde. Die Scheinwerfer blitzten wie Stroboskope in geradezu schwindelerregender Weise. Aus den Lautsprechern entlud sich immer wieder kurzes, statisches Krachen, genauso abgehakt wie das Flackern des Lichts. Und darunter lag der gleiche Ton, den sie am Abend zuvor vernommen hatten: das Knurren einer Stimme, zu tief, um menschlich zu sein, zu undeutlich, als dass man Worte hätte heraushören können.

Unsicher versammelte sich die Gruppe. Keiner wusste, ob er seinen Sinnen trauen konnte. Die Lichter zuckten wild, und während Charlie auf ihre Freunde zuging, merkte sie, dass sie nicht wirklich erkennen konnte, wie weit sie noch entfernt waren oder was sich direkt vor ihr befand. In der Mitte des Raums fanden sie zusammen und starrten die Figuren an, wie sie sich völlig unkontrolliert schüttelten, ruckten und zuckten.

Carlton rappelte sich auf. Jessica betrachtete ihn besorgt, aber er winkte ab. „Ich habe dir doch gesagt, ich bin okay", meinte er und musste schreien, um trotz des Lärms überhaupt verstanden zu werden.

Charlie stand wie angewurzelt da, ohne in der Lage zu sein, ihren Blick von den Tieren loszureißen. *Sie versuchen auszubrechen*, dachte sie. Es war ein kindlicher Gedanke. Sie wollte ihn verscheuchen, doch er ging ihr nicht aus dem Kopf, während sie die Figuren nicht aus den Augen ließ, wobei sie die zuckenden Lichter und den krachenden Lärm kaum wahrnahm. Die animatronischen Tiere wirkten nicht, als seien sie defekt. Ihre Bewegungen schienen nicht mechanisch, sondern hysterisch, als gäbe es etwas, was sie unbedingt tun wollten, aber fürchterlicher Weise nicht konnten.

„Wo ist Dave?", fragte John plötzlich. Charlie sah ihn mit zunehmendem Entsetzen an. *Oh nein.* Alle blickten sich um, aber der Wachmann war nirgends zu sehen.

„Wir müssen ihn finden", erklärte Charlie.

„Er ist wahrscheinlich schon gegangen. Na und?", meinte Marla mit hoher ängstlicher Stimme.

„Um ihn mache ich mir keine Sorgen", erwiderte Charlie grimmig. Sie wandte sich an John. „Komm", sagte sie und ging in Richtung des Korridors auf der rechten Seite der Bühne.

John warf dem Rest der Gruppe einen Blick zu, dann folgte er Charlie mit schnellen Schritten.

„Wir müssen den anderen Kontrollraum finden. Vielleicht können wir von dort das alles hier anhalten“, sagte Jessica knapp und übernahm die Führung. „Du und Jason sucht Dave“, wies sie Marla an.

„Ich gehe mit ihnen“, erklärte Lamar schnell.

„Zum Kontrollraum?“, fragte Carlton und sah Jessica an.

„Zum Kontrollraum“, bestätigte sie.

Alle setzten sich langsam in Bewegung. Die blitzenden Lichter verzerrten die Umrisse des Raumes, schienen Hindernisse zu zeigen, die es gar nicht gab, und ließen jene scheinbar verschwinden, die ihnen tatsächlich im Weg standen. Bei bei dem ständigen Lichtwechsel und dem ohrenbetäubenden Lärm verlor man leicht die Orientierung.

„Autsch!“, rief Marla, und alle blieben abrupt stehen.

„Bist du okay?“, rief Carlton.

„Ja, ich bin nur gerade gegen das blöde Karussell gelaufen“, rief sie zurück. Im selben Augenblick verstummten die Lautsprecher, aber die Freunde brüllten immer noch, als würde sich ein Canyon zwischen ihnen befinden.

In einem weiteren Gang war Dave zu seinem Ziel unterwegs. Ohne die anderen, die ihn beobachteten, lief er schnell, rannte fast seitwärts und warf immer wieder einen Blick über seine vorgebeugten Schultern, um sich zu vergewissern, dass ihm niemand folgte.

Am Gürtel seiner Uniform hing ein großer Schlüsselring, an dem sich aber nur wenige Schlüssel befanden. Mit einem davon öffnete er eine Tür und betrat das Büro des Restaurants. Schnell schloss er die Tür hinter sich und achtete darauf, dass er es leise tat, auch wenn die Gruppe ihn bei all dem Krach aus den Lautsprechern und ihren eigenen Rufen kaum hören würde.

Er schaltete das Deckenlicht ein. Es brannte ruhig und erleuchtete den Raum ohne zu flackern. Auf der gegenüberliegenden Seite stand ein Schrank an der Wand, und mit einem weiteren Schlüssel aus seinem Bund öffnete er ihn. Regungslos blieb er für einen Moment vor dem offenen Schrank stehen und atmete tief durch. Dabei richtete er sich auf, und seine eingefallene Brust schien sich auszudehnen, denn was er sah, verlieh ihm eine ungewohnte Selbstsicherheit.

Mit einem seltsamen, dünnen Lächeln auf den Lippen streckte er die Hand aus und genoss den Moment, als seine Fingerspitzen über das gelbe Fell strichen.

Jessica und Carlton eilten den Korridor zu dem anderen Kontrollraum entlang, aber Marla und die beiden Jungs gingen langsamer und schauten unterwegs in die Partyräume, dann in die Spielhalle.

Die Räume schienen leer zu sein, doch in dem ständig wechselnden Licht konnte es einem leicht passieren, alles Mögliche zu übersehen. Nachdem sie sich gründlich umgesehen hatten, kehrten Marla und Lamar in den großen Speisesaal zurück.

„Wo sind Jessica und Carlton?“, rief Lamar gegen ein erneutes abgehacktes Gurgeln an, das aus den Lautsprechern drang. Jason blieb stehen und warf einen Blick zurück, und für einen flüchtigen Moment sah er es: ein Kaninchen. Die Umrisse für den Bruchteil einer Sekunde, als das Licht aufblitzte deutlich im Gang erkennbar. Dann verschwand es und tauchte wieder in dem Partyraum auf, den sie gerade verlassen hatten.

„Marla!“, brüllte Jason. „Marla!“ Seine Stimme war schrill und aufgeregt.

Sie wirbelte herum. „Was ist? Alles in Ordnung?“

„Ich habe Bonnie gesehen! Er war da!“

„Wie?“ Marlas Augen glitten automatisch zur Bühne. Bonnie war immer noch dort und ruckte auf die bekannte krampfhafte Weise vor und zurück. „Jason, sieh selbst, er ist dort. Er kann nicht von der Bühne herunterkommen.“

Jason blickte hinüber zur Bühne. Bonnie war da. *Ich habe ihn gesehen*, dachte er und blickte wieder den Gang entlang, doch der war leer.

Jessica kam angelaufen, sie war außer Atem. „Sind alle okay? Ich habe einen Schrei gehört.“

„Uns geht es gut“, erwiderte Lamar. „Jason dachte nur, er hätte was gesehen.“

„Carlton?“, fragte Marla. Sie rieb sich die Schläfen. „Autsch, bei diesen Geflacker kriege ich derartige Kopfschmerzen …“

„Er kämpft immer noch mit der Steuerung“, erklärte Jessica. „Wir müssen Charlie und John suchen gehen. Ich denke, wir sollten hier verschwinden.“

„Ich glaube, sie sind in *die* Richtung gelaufen“, sagte Lamar und deutete auf den Korridor am Ende des Raums, gleich neben der Bühne.

„Kommt“, rief Jessica. Jason folgte den anderen durch den großen Speisesaal. Als sie den Korridor erreichten, blickte er sich noch einmal um.

Plötzlich tauchte Bonnie wieder auf, stürmte aus der Spielhalle und verschwand in dem Gang, der zur Piratenbucht führte. Jason sah, wie seine Schwester und der Rest der Gruppe durch die Tür gingen, dann setzte er sich ab, bevor sie es bemerkten. Er lief zurück durch den Raum, um dem

Kaninchen zu folgen, dann wurde er langsamer, als er den dunklen Gang erreichte.

In dem kurzen Korridor brannte keine einzige Lampe, und obwohl er nichts erkennen konnte, empfand er es als kleine Erleichterung, ein wenig vor den blitzenden Scheinwerfern geschützt zu sein. Jason tastete sich an der Wand entlang und versuchte vor sich etwas zu erkennen, aber es war stockfinster. Seine Augen hatten sich noch nicht an die Dunkelheit gewöhnt.

Nach einem Moment, der ihm wie eine Ewigkeit erschien, erreichte er die Piratenbucht. Weiter entfernt hörte er, wie seine Schwester nach ihm rief. *Wahrscheinlich haben sie inzwischen auch gemerkt, dass ich weg bin*, dachte er trocken. Doch er kümmerte sich nicht weiter darum. Er ging durch den Raum und spähte den anderen Gang entlang, der zu weiteren Partyräumen führte, aber er war so dunkel, dass er kaum ein paar Meter weit sehen konnte.

Er drehte sich um und ging zu der kleinen Bühne, vor der immer noch das Schild mit der Aufschrift *Außer Betrieb* hing. *Als ob irgendetwas in diesem Laden wirklich funktionieren würde.* Plötzlich bewegte sich der Vorhang, und Jason erstarrte. Der Vorhang glitt auf. Jason brachte es nicht über sich fortzulaufen. Um ihn herum wurde es dunkel, dann flammten die Scheinwerfer auf, und in ihrem Licht stand Carlton vor ihm, der hinter dem Vorhang hervorgetreten war.

„Was machst du hier alleine? Komm, gehen wir“, begrüßte Carlton ihn mit einem warmen Lächeln.

Voller Erleichterung trat Jason einen Schritt vor und wollte gerade etwas sagen – als er von Entsetzen gepackt wieder erstarrte.

Bonnie stürmte plötzlich aus der Dunkelheit und tauchte vor ihnen in der Bühnenbeleuchtung auf. Aber es war nicht

Bonnie. Das gelbe Fell dieses Kaninchens blendete einen fast im grellen Licht. Es rannte auf sie zu, und bevor Jason auch nur einen Laut ausstoßen konnte, packte das riesige Kaninchen Carlton von hinten, drückte ihm eine mächtige Pfote aufs Gesicht und schlang seinen anderen kräftigen Arm fest um Carltons Brust.

Carlton wand sich lautlos, schlug und trat um sich, aber die Figur schien es kaum zu bemerken. Er schrie in die gepolsterte Pfote, aber der Laut wurde vollständig verschluckt. Während er sich mit aller Kraft wehrte, zog sich das Kaninchen auf dem gleichen Weg zurück, auf dem es gekommen war, und schleifte Carlton mit sich wie eine Jagdbeute.

Jason starrte ihnen mit offenem Mund nach. Sein Herz raste, und er atmete flach. Die stickige Luft machte ihn schwindelig.

Hinter ihm ertönte ein Geräusch, das Knirschen von rostigem Metall, das sich in Bewegung setzt. Er warf sich nach vorn, und als er sich umdrehte, sah er, wie ein Haken auf die Stelle niederfuhr, wo er gerade noch gestanden hatte. Foxys Augen blitzten im gleichen Rhythmus wie die Scheinwerfer über ihnen, und für einen verwirrenden Moment erschien es Jason, als wären diese Augen die treibende Kraft hinter all dem. Als würde jedes Licht verlöschen, sobald Foxy die Augen schloss. Das Tier bewegte sich nicht wie die anderen. Es schob sich langsam und äußerst kontrolliert aus dem Spalt des Vorhangs, und seine funkelnden Augen starrten von weit oben herab.

„Jason!“ Es war Charlie Stimme, das wusste er, aber er blickte hin und her, zuerst zu Foxy und dann wieder zu der Stelle, von der Carlton fortgezerrt worden war. „Jason!“, rief Charlie erneut, und dann waren sie und John bei ihm, fassten ihn an, schüttelten ihn aus seiner Erstarrung.

John ergriff seine Hand, rannte los und zog ihn mit. Die anderen hatten schon die Hälfte des Ganges hinter sich gebracht, der nach draußen führte. Alle, außer Marla, die besorgt im Speisesaal wartete und der ihre Erleichterung deutlich anzumerken war, als sie Jason sah.

„Marla, Bonnie, er hat Carlton geholt!“, rief Jason, aber sie legte ihm nur eine Hand auf den Rücken und schob ihn den Gang hinunter.

„Geh, Jason!“

„Aber ich habe gesehen, wie Bonnie sich Carlton geschnappt hat!“, rief er, hatte jedoch viel zu viel Angst, um stehen zu bleiben.

Sie liefen den Korridor hinunter bis zu der Tür, die aus dem Restaurant hinausführte. Dort prallten sie fast alle gegeneinander, während sie sich ungeduldig einer nach dem anderen hindurchdrängten. Schneller ging es einfach nicht.

Als sie es schließlich geschafft hatten, sah Charlie einen Augenblick den Gang hinunter, aber es kam niemand. Sie schob die Tür zu und trat aus dem Weg, damit Lamar und John das Regal wieder an seinen Platz ziehen konnten, um sie zu blockieren.

„Niemand hat Dave gesehen“, sagte Charlie. Es war keine Frage. Alle schüttelten den Kopf. „Er muss abgehauen sein, als die Beleuchtung außer Kontrolle geraten ist“, meinte Lamar, aber er klang nicht besonders überzeugt.

„Carlton!“, rief Jason erneut. „Carlton ist immer noch da drin! Bonnie hat ihn sich geholt!“

Alle sahen sich um. Carlton war nicht da.

„Oh nein“, sagte Jessica. „Er ist noch drin.“

„Bonnie hat ihn sich geholt!“, sagte Jason mit zitternder Stimme. „Ich habe es gesehen. Bonnie war da, er war in der Piratenbucht, er hat Carlton gepackt und ihn weggeschleppt.

Ich konnte ihn nicht aufhalten." Mit dem Ärmel wischte er sich die Tränen aus den Augen.

„Oh, Liebling …" Marla umarmte ihn, und er klammerte sich an sie und vergrub das Gesicht in ihrer Bluse. „Nein, das war nur eine optische Täuschung. Bonnie könnte das gar nicht. Er ist nur ein Roboter. Er war auf der Bühne, als wir gegangen sind."

Jason schloss die Augen. Er hatte nur ganz kurz einen Blick auf die Hauptbühne erhaschen können, als sie losgelaufen waren, aber es stimmte: Bonnie war dort gewesen und hatte sich immer noch auf diese seltsame und unbeholfene Weise auf der Stelle gedreht und vor und zurück gebeugt. Er löste sich aus den Armen seiner Schwester.

„Ich habe es gesehen", beharrte er, wenn auch nicht mehr ganz so entschieden. „Bonnie hat ihn geholt."

Die anderen warfen sich über seinen Kopf hinweg Blicke zu. Charlie sah Marla an, die mit den Schultern zuckte.

„Wir müssen noch mal reingehen", erklärte Charlie. „Wir müssen Carlton holen."

Jessica nickte, aber John räusperte sich.

„Ich denke, wir brauchen Hilfe", erklärte er. „Da drin ist es gefährlich."

„Lasst uns Carltons Vater holen", meinte Marla. „Ich werde Jason nicht noch einmal da mit hineinnehmen."

Charlie wollte protestieren, aber sie biss sich auf die Zunge. Die anderen hatten recht. Natürlich hatten sie recht. Mit dem, was gerade geschehen war, konnten sie nicht alleine fertig werden. Sie brauchten Hilfe.

7

Sie liefen zurück durch die Gänge des verlassenen Einkaufszentrums, ohne darauf zu achten, besonders leise zu sein und ohne ihre Taschenlampen auszuschalten.

„So viel zum Thema besonders raffiniert“, meinte Charlie düster, doch niemand antwortete. In stiller Einigkeit wurden sie immer schneller. Als sie den Parkplatz erreichten, rannten sie schon. Charlie spürte fast körperlich eine Erleichterung, als sie aus der Tür traten, und dort ihr Auto wie ein alter Freund auf sie wartete.

„Einer von uns sollte hierbleiben“, sagte sie, eine Hand bereits auf dem Türgriff. „Wir können Carlton nicht zurücklassen.“

„Nein“, entgegnete Marla entschieden. „Wir fahren jetzt.“

Überrascht sahen die anderen sie an, denn plötzlich sprach sie mit ihnen, als würde sie mit Jason reden: Deine große Schwester weiß es besser. Lamar und Jason wechselten einen Blick, aber niemand erwiderte etwas.

„Wir fahren zurück in die Stadt. Wir alle“, fügte sie hinzu und warf Charlie einen warnenden Blick zu. „Und wir holen Hilfe.“

Schnell stiegen sie in die Autos. Während Charlie sich hinter das Steuer setzte, glitt John auf den Beifahrersitz. Sie lächelte ihm knapp zu.

Einen Moment später kletterte Jessica auf den Rücksitz, und Charlie verspürte eine gewisse Enttäuschung. Sie hätte gerne allein mit John geredet. *Hilfe zu holen, hat nichts mit einem Rendezvous zu tun*, schalt sie sich selbst, aber darum war es eigentlich nicht wirklich gegangen. Er hatte ihr Sicherheit gegeben während all der seltsamen Dinge, die um sie herum geschahen. Sie sah zu ihm hinüber, aber er starrte aus dem Fenster. Sie fuhren vom Parkplatz und folgten Marlas Auto, das durch die Dunkelheit davonsauste.

Als sie die Stadt erreichten, fuhr Marla an der Hauptstraße rechts ran, und Charlie hielt hinter ihr. Noch bevor der Wagen vollkommen zum Stehen gekommen war, sprang Jessica heraus und rannte los. Marla folgte ihr dicht auf den Fersen. Vor dem Kino blieben sie stehen, und erst da bemerkte Charlie, dass dort unter dem Vordach ein Polizist an seinem schwarz-weißen Streifenwagen lehnte. Er machte große Augen, als die jungen Mädchen auf ihn zugestürmt kamen. Unwillkürlich trat er einen Schritt zurück, als Marla begann, ohne auch nur einmal Luft zu holen, auf ihn einzureden.

„... Bitte, Sie müssen unbedingt kommen“, beendete Marla gerade ihren Satz, als die anderen heran waren.

Der Polizist wirkte ein wenig verblüfft. Er hatte ein rosig glänzendes Gesicht, und sein Haar war so kurz, dass seine Mütze es vollständig verdeckte. Er war jung, vielleicht Mitte zwanzig, erkannte Charlie, und er betrachtete sie alle skeptisch.

„Ist das wirklich ein Notfall?“, fragte er. „Vielleicht ist euch das nicht klar, aber Streiche solcher Art können einem richtig Ärger einbringen.“

Jessica verdrehte die Augen und trat direkt vor den Polizisten.

„Das ist kein Streich“, erklärte sie knapp, und Charlie bemerkte wieder einmal, wie groß sie war. „Unser Freund ist in dem verlassenen Einkaufszentrum gefangen, und es ist ihr Job, uns zu helfen.“

„Im Einkaufszentrum?“ Er schien verwirrt, dann blickte er in die Richtung, aus der sie gekommen waren. „In *dem* Einkaufszentrum?“ Seine Augen wurden groß, dann runzelte er vorwurfsvoll die Stirn und wirkte plötzlich trotz seiner Jugend wir ein enttäuschter Vater. „Was hattet ihr dort überhaupt zu suchen?“

Charlie und Marla wechselten einen Blick, aber Jessica zuckte mit keiner Wimper.

„Darum können Sie sich später kümmern. Unser Freund ist in Gefahr, und sie müssen uns helfen, Officer …“ Sie beugte sich vor, um sein Namensschild lesen zu können. „Officer Dunn. Oder möchten Sie, dass ich mich an die Feuerwehr wende?“

Trotz ihrer Angst hätte Charlie beinah gelacht. Jessica verhielt sich, als befände sie sich in einem Geschäft und würde damit drohen, woanders einkaufen zu gehen. Es war so absurd, dass sie sich eigentlich nicht mehr als einen verwirrten Blick hätte einhandeln dürfen, aber Dunn griff hastig nach seinem Funkgerät.

„Nein“, sagte er. „Einen Moment.“

Er drückte auf einen Knopf, und im Funkgerät rauschte es kurz. Charlie spürte bei dem Geräusch einen leichten Schauder. Als sie sich umblickte, bemerkte sie, wie John erstarrte und Jason einen winzigen Schritt näher zu Marla trat. Ohne davon etwas zu bemerken, bellte Dunn unverständliche Codeworte in sein Funkgerät, und Charlie erinnerte sich plötzlich daran, wie sie im Garten herumgelaufen war und mit Marla flüsternd über Walkie-Talkies geredet hatte.

Die Geräte, die ihr Vater auf dem Wühltisch des Krämerladens gefunden hatte, waren zu billig, als dass sie einander hätten verstehen können, aber das war egal gewesen. Um Verständigung war es bei ihrem Spiel ohnehin nicht gegangen.

„Charlie, komm schon!“, rief Jessica ihr zu, und Charlie schreckte aus ihren Erinnerungen auf. Alle liefen zurück zu den Autos und kletterten hinein. Marla setzte sich an die Spitze, und der Polizist folgte ihr, während Charlie die Nachhut bildete.

„Warum schaltet er nicht die Sirene ein?“, fragte Jessica. Ihre Stimme klang dünn und brüchig, als habe sie nur die Wahl zwischen Scharfzüngigkeit oder Tränen.

„Er glaubt uns nicht“, meinte John leise.

„Er sollte die Sirene einschalten“, wiederholte Jessica, und diesmal war es fast nur noch ein Flüstern. Charlies Knöchel waren weiß vor Anspannung, so fest umklammerte sie das Steuer, während sie auf die Rücklichter des Streifenwagens vor ihnen starrte.

Als sie das Einkaufszentrum wieder erreichten, stürmte Jessica voran und zwang die anderen dadurch, hinter ihr herzulaufen. Charlie hatte nichts dagegen. Es fühlte sich gut an zu rennen, zielstrebig. Lamar sprach mit dem Polizisten, während sie liefen. Er musste laut reden, um ihre Schritte zu übertönen.

„Das Restaurant ist komplett umbaut, aber es gibt noch eine Tür“, erklärte er etwas abgehackt durch seinen schnellen Atem. „Hinter der Plastikplane … man zieht sie zur Seite … ein dunkler Gang … Carlton riecht nach eingeschlafenen Füßen.“

Officer Dunn kam kurz ins Stolpern, aber er verlangsamte sein Tempo nicht. Als sie den Gang erreichten, wurden sie langsamer, bewegten sich vorsichtiger durch den schmalen Korridor, bis sie vor der Tür standen.

„Hier ist es", erklärte John, und Dunn trat vor, um ihnen mit dem Regal zu helfen. Sie zogen es zu schnell zur Seite. Der Inhalt wackelte und schepperte. Dann kippte es nach vorn, und Werkzeuge, Kabel und Farbtöpfe voller Nägel knallten auf den Boden.

„Autsch!", schrie John, als ein Hammer von seinem Fuß abprallte. Alle sahen zu, wie das Sammelsurium sich in alle Richtungen verteilte, einiges sogar davonrollte und den dunklen Korridor hinunter verschwand.

„Was?!", jammerte John, und die anderen hoben den Blick. Er deutete auf die Tür.

„Was ist denn jetzt passiert?", keuchte Marla.

Die Tür war mit Ketten versperrt, die kreuz und quer darüber gespannt waren. Drei riesige Vorhängeschlösser hielten sie zusammen. Die Ketten waren in den Metallrahmen der Tür geschraubt, und sie waren schwer. Zu schwer, um sie ohne entsprechendes Werkzeug durchtrennen zu können. Die gesamte Konstruktion war verrostet, als würde sie sich schon seit Jahren dort befinden. Charlie trat an die Tür und berührte eine der Ketten, als wolle sie sichergehen, dass sie tatsächlich existierte.

„Die waren vorhin noch nicht hier", erklärte sie, doch es klang völlig unglaubwürdig.

„Wir müssen ihn da rausholen!", rief Jason stockend und schlug beide Hände vors Gesicht. „Bonnie wird ihn töten, und es ist meine Schuld!"

„Wovon redet er?", fragte der Polizist und sah sie mit neu erwachtem Misstrauen an. „Wer ist Bonnie, und warum will sie eurem Freund etwas tun?"

„Er ist … ein Roboter", sagte Charlie schnell. „Die Roboter aus dem Freddy Fazbear's sind noch dort, und sie funktionieren auch noch."

„Aus dem Freddy Fazbear's?" Dunn wurde rot, und er blickte wieder zu der Tür. „Ich bin immer als Kind dort gewesen", sagte er leise, in seinem Ton schwangen Wehmut und eine gewisse Furcht mit. Doch er fing sich schnell und räusperte sich.

„Es ist zum Leben erwacht", beharrte Jason und bemühte sich nicht länger, seine Tränen zu verbergen. Dunn beugte sich zu ihm hinunter. Sein Ton wurde sanft.

„Wie heißt du?", fragte er.

„Wir müssen ihn rausholen", wiederholte Jason.

„Sein Name ist Jason", sagte Marla, und Jason funkelte sie an.

„Jason", sagte Dunn. Er legte eine Hand auf Jasons Schulter und sah die anderen mit offensichtlichem Misstrauen an. *Er denkt, wir hätten Jason dazu gebracht, das zu sagen*, begriff Charlie in dem Moment.

Jason wand sich in Dunns Griff, aber der Officer ließ ihn nicht los, sondern blickte ihm in die Augen und stellte die nächste Frage: „Jason, haben die anderen dir gesagt, dass du das erzählen sollst? Was geht hier vor?"

Ärgerlich befreite sich Jason und wich einen großen Schritt zurück. „Es ist genauso passiert, wie ich es sage", erklärte er bestimmt.

Officer Dunn atmete einmal tief aus. Ihm war anzuhören, wie frustriert er war. Dann richtete er sich wieder auf, und all seine Freundlichkeit war schlagartig verschwunden. „Also die Roboter haben dein Freund geholt", sagte er. *Ich weiß, was du versuchst, hier abzuziehen*, war deutlich zwischen den Zeilen zu hören.

„Wir waren dort drin", erklärte Charlie knapp und ruhig,

weil sie hoffte, den Polizisten dadurch zu überzeugen, dass sie keine Lügengeschichten erzählten. „Unser Freund hat es nicht hinaus geschafft."

Der Officer warf erneut einen Blick auf die Ketten.

„Hört mal", sagte er, offensichtlich entschlossen, ihnen einen Vertrauensvorschuss zu gewähren. „Ich habe keine Ahnung, wie ihr überhaupt dort hineingekommen seid, und im Moment will ich das auch gar nicht wissen. Aber all die Maschinen da drin sind alt. Und sie sind seit zehn Jahren nicht mehr angefasst worden. Wahrscheinlich ist es ziemlich unheimlich. Also ich würde dort nicht hineingehen wollen. Und auch wenn ich es euch kaum verübeln kann, dass ihr leicht ausgerastet seid, garantiere ich euch, dass die Roboter da drinnen sich nicht von alleine bewegen. Der Laden ist tot, und man muss ihn in Ruhe lassen", fügte er mit einem gezwungenen Lachen hinzu. Jason presste die Zähne aufeinander, aber er sagte nichts. „Ich denke, ihr solltet jetzt alle nach Hause fahren", beendete Dunn seine Ansprache, und es klang mehr wie eine Drohung denn wie ein Rat.

Die anderen sahen einander an.

Nach einem Moment unangenehmer Stille blickte Jessica zu Charlie. „Diese Ketten waren vorher nicht da. Richtig?", fragte sie stockend und sah ihre Freunde nach Bestätigung heischend an, als würde sie anfangen, an ihrer eigenen Erinnerung zu zweifeln.

„Nein", erklärte Charlie sofort. „Das waren sie nicht. Wir werden auch nicht gehen, und wir brauchen Ihre Hilfe."

„Gut", erwiderte Dunn knapp. „Wie ist sein Name?" Von irgendwo her zauberte er ein Notizbuch hervor.

„Carlton Burke", antwortete Jessica. Sie wollte ihn gerade buchstabieren, als Officer Dunn plötzlich seinen Stift senkte und die Augen schloss. Seine Nasenflügel blähten sich.

Wütend funkelte er sie an und sah plötzlich nicht mehr so jung aus. „Ich gebe euch noch eine einzige Chance. Erzählt mir genau, was passiert ist.“ Er sprach langsam und betonte jedes einzelne Wort. Er hatte wieder alles unter Kontrolle, war der ganzen Sache wieder gewachsen, als würde er plötzlich alles verstehen.

Nun versuchten alle gleichzeitig zu erklären, was geschehen war, und redeten durcheinander. Jessicas Stimme war am lautesten und am ruhigsten, aber selbst ihr war die Aufregung anzuhören. Charlie hielt sich zurück und schwieg. *Erzählt mir genau, was passiert ist.* Wo sollten sie anfangen? Mit dem Abend? Mit der Woche? Mit Michael? Damit, wie ihr Vater zum ersten Mal eine Leiterplatte in die Hand genommen hatte? Wie genau sollte man darauf antworten, wenn man gefragt wurde: *Erzähl mir, was passiert ist*?

Der Polizist nickte und griff wieder nach seinem Funkgerät. Diesmal konnten alle verstehen, was er sagte.

„Norah, ruf Burke an. Es geht um seinen Jungen. Ich bin oben am alten Einkaufszentrum.“ Im Funkgerät rauschte es kurz, dann wandte sich der Officer wieder den anderen zu. „Kommt mit“, sagte er.

„Kommt mit wohin?“, wollte John wissen.

„Runter vom Gelände.“

Marla begann zu protestieren, aber Dunn unterbrach sie. „Ich bringe euch jetzt vom Gelände“, erklärte er. Er zog seinen Schlagstock vom Gürtel und deutete damit in Richtung Ausgang.

„Kommt“, sagte Lamar. Jason starrte immer noch mürrisch zu Boden, und Lamar versetzte ihm einen sanften Stoß gegen die Schulter. „Jason, komm jetzt. Wir müssen tun, was er sagt, okay?“

„Aber Carlton!“, entgegnete Jason laut, und Lamar schüttelte den Kopf.

„Ich weiß. Es ist okay, wir werden ihn finden, aber jetzt müssen wir gehen.“ Er führte Jason zurück zum Ende des Ganges, und alle anderen folgten ihnen. Der Polizist bildete die Nachhut, schloss dabei aber etwas zu dicht zu Charlie auf. Sie ging schneller, aber er auch, und sie ergab sich der Situation, verfolgt zu werden.

Als sie den Parkplatz erreichten, wies er sie an, bei den Autos zu warten, und ging ein paar Schritte zur Seite, wo er erneut in sein Funkgerät sprach. Er war aber zu weit entfernt, als dass man etwas hätte verstehen können.

„Was soll das alles?“, jammerte Jason. Dann fiel ihm selbst der weinerliche Ton seiner Stimme auf, und er versuchte sich unter Kontrolle zu bekommen. *Ich bin kein kleines Kind mehr*, rief er sich ins Gedächtnis. Niemand antwortete, aber Marla rieb ihm abwesend über den Rücken, und er wich ihr nicht aus.

Lange Minuten des Schweigens verstrichen. Jessica setzte sich auf die Motorhaube eines der Autos, sodass sie den anderen den Rücken zukehrte. Charlie wollte zu ihr gehen, aber sie tat es nicht. In ihrer Verzweiflung verschloss sich Jessica, wurde steif, kühl und schnippisch, und Charlie hatte nicht das Gefühl, in der Lage zu sein, diese Mauer zu durchbrechen, ohne selbst die Fassung zu verlieren.

„Hat er vorhin von Carltons Dad gesprochen?“, wollte Charlie wissen, aber niemand hatte Zeit, ihr zu antworten. Scheinwerfer tauchten auf. Neben ihnen hielt ein Wagen. Der Mann, der ausstieg, war groß und dünn, und sein lichtes Haar konnte blond, aber genauso gut grau sein.

„Carltons Dad“, flüsterte Marla, eine späte Antwort auf Charlies Frage. Der Mann lächelte, als er näher kam.

„Carltons Dad“, bestätigte er. „Aber da ihr ja jetzt erwachsen seit, nennt mich lieber Clay.“ Alle murmelten seinen Namen, halb zur Begrüßung, halb, um es mal zu probieren. Jason schlug unsicher die Hand vor den Mund und schob die Zunge in den Spalt zwischen seinen Backenzähnen.

„Ich dachte, die Tage, in denen ihr irgendwelchen Unfug ausgeheckt habt, würden hinter uns liegen“, meinte Clay gut gelaunt.

Jessica glitt von der Motorhaube von Charlies Wagen, ihre Miene war angespannt.

„Es tut mir so leid. Carlton ist verschwunden“, sagte sie knapp. „Ich weiß nicht, was passiert ist. Er war direkt bei uns!“

„Bonnie hat ihn entführt!“, platzte Jason heraus. „Ich hab es gesehen! Das Kaninchen hat ihn geholt!“

Clay begann zu lächeln, dann hielt er inne, als er die Gesichter der anderen sah.

„Ach Leute, es tut mir leid. Ihr seid lange nicht mehr hier gewesen. Ich fürchte, Carlton hat euch einen Streich gespielt. Euch allen.“

„Was?“, fragte Lamar.

„Jetzt kommt schon. Er konnte einfach nicht widerstehen, weil ihr alle gemeinsam in der Stadt seid“, meinte Clay. „Was immer auch passiert ist, ich garantiere euch, er hat es angezettelt. Er wird wahrscheinlich jeden Moment hier irgendwo aus den Büschen kommen.“

Es herrschte Stille, während sie entgegen aller Vernunft warteten. Doch nichts geschah.

„Nun ja“, sagte Clay schließlich. „Das wäre vielleicht ein wenig zu viel verlangt gewesen! Warum kommt ihr nicht mit zu uns nach Hause? Ich mach euch allen eine heiße Schokolade, und wenn Carlton irgendwann auftaucht, könnt ihr ihm sagen, dass er Stubenarrest hat!“

„Okay“, meinte Charlie, ohne auf die Zustimmung der anderen zu warten. Sie wollte Clay gerne glauben, wollte glauben, dass mit Carlton alles in Ordnung war und er bald lachend auftauchen würde. Aber, fast genauso gern, wollte sie irgendwohin, wo ein Erwachsener die Verantwortung übernehmen würde, jemand, der ihnen heiße Schokolade machte und ihnen versicherte, dass es so etwas wie Monster nicht gab. Ihr Vater hätte eine solche Behauptung nie aufgestellt. Ihr Vater hätte ihr eine solche Lüge nie auftischen können.

Niemand widersprach. Alle nahmen ihre angestammten Plätze ein – Charlie, John und Jessica in Charlies Wagen und Marla, Jason und Lamar in Marlas –, und dann setzte sich ihre Karawane erneut in Bewegung und nahm Kurs auf Clays Haus. Im Rückspiegel sah Charlie den Streifenwagen von Officer Dunn, der ihnen immer noch folgte. *Fährt er einfach nur in die Richtung oder will er dafür sorgen, dass wir auch wirklich tun, was man uns gesagt hat*, fragte sie sich, aber eigentlich war es auch egal. Sie hatten nicht vor zu flüchten.

Bald darauf betraten sie Carltons Haus, und Charlie sah gerade noch, wie der Streifenwagen vorbeifuhr. *Er* ist *uns gefolgt.*

Während sie durch die Tür gingen, beugte sich John zu ihr herüber und flüsterte ihr ins Ohr: „Als Kind habe ich gar nicht begriffen, wie reich sie sind!“, sagte er, und sie unterdrückte ein Lachen.

Es stimmte. Das Haus war riesig. Es hatte drei Stockwerke und reichte bis in den Wald hinein, der es umgab. Es musste Räume geben, dachte Charlie, aus deren Fenstern man nichts als Bäume sehen konnte.

Clay führte sie ins Wohnzimmer, das schon etwas abgewohnt wirkte, dessen Möbel nicht zusammen passten und dessen Teppiche, dunkel und strapazierfähig, darauf ausgelegt waren, nicht leicht schmutzig zu werden.

„Carltons Mom, die ihr jetzt ruhig Betty nennen könnt, schläft“, erklärte Clay. „Die Schallisolierung ist ziemlich gut. Schreit einfach nicht rum oder macht sonst allzu großen Lärm.“

Sie versprachen es im Chor. Er nickte zufrieden und verschwand durch eine Tür. Sie verteilten sich auf den Sofas und Sesseln. Charlie setzte sich zwischen Jessicas und Lamars Sessel auf den Boden. Sie wollte, dass sie alle dicht beisammen blieben. John ließ sich neben ihr nieder und lächelte ein wenig.

„Sind wir reingelegt worden?“, fragte Marla.

„Könnte sein. Ich wüsste nicht, wie sich die Sache sonst erklären ließe“, erwiderte Jessica teilnahmslos und starrte in den leeren Kamin. „Ich meine, wir kennen uns untereinander ja nicht einmal besonders gut, nicht richtig. Vielleicht würde er so was tatsächlich tun.“ Alle rutschten ein wenig unbehaglich hin und her. Es stimmte. Sie waren davon ausgegangen, dass die vergangenen Jahre nur eine kleine Unterbrechung ihrer gemeinsamen Zeit gewesen waren. So als könnten sie einander kurz erzählen, was jeder Einzelne getan hatte, und alles würde wieder so sein wie zuvor, als hätte sich die Gruppe niemals in alle Winde verstreut. Aber zehn Jahre waren dafür einfach zu lange, und tief im Innern wusste das jeder von ihnen.

Charlie blickte hinüber zu John. Sie war ein wenig verlegen, hätte aber nicht sagen können warum.

Clay kam mit einem Tablett voller dampfender Becher und einer Tüte Marshmallows zurück.

„Bitte sehr!“, meinte er fröhlich. „Für jeden eine heiße

Schokolade, sogar für mich." Er stellte das Tablett auf den Kaffeetisch und setzte sich in einen verschlissenen grünen Armsessel, der ihm wie ein Mantel zu passen schien, als sei er für ihn gebaut worden. Alle nahmen sich einen Becher, nur Jason griff nach den Marshmallows. Clay blickte einen nach dem anderen an.

„Wisst ihr", sagte er, „mir ist klar, dass ihr mir nicht glaubt, aber Carlton macht solche Dinge – obwohl ich zugeben muss, diesmal ist er absolut über das Ziel hinausgeschossen. Es ist nicht richtig, euch all das noch einmal durchmachen zu lassen, was ihr als Kinder erlebt habt." Einen Moment lang blickte er in seinen Becher. Dann fuhr er fort. „Ich muss noch einmal ernsthaft mit ihm sprechen", sagte er leise. „Glaubt mir, mein Sohn hat einen seltsamen Sinn für Humor", fügte er hinzu. „Wisst ihr, wir haben ihn gleich in die nächste Stadt auf die Highschool geschickt. Niemand kannte ihn. Es ist ihm während des ersten Monats gelungen, seine Klassenkameraden und auch seine Lehrer davon zu überzeugen, dass er mit seinem Zwillingsbruder an der Schule ist. Ich habe keine Ahnung, wie er das geschafft hat, und ich habe auch erst davon erfahren, als ihm die Sache zu aufwendig wurde und ich einen Anruf von der Schule bekam, dass einer meiner Söhne verschwunden sei."

Charlie lächelte schwach, aber sie war nicht überzeugt. Das war etwas anderes.

„Das ist etwas anderes", sagte Marla, als würde sie Charlies Gedanken lesen. „Jason hat gesehen, wie er entführt wurde. Er war völlig außer sich vor Angst. Wenn das ein Streich ist, dann ein sehr grausamer." Ärgerlich schüttelte Marla den Kopf und kratzte mit den Fingernägeln an dem Porzellanbecher. „Wenn es denn ein Streich ist", wiederholte sie etwas leiser. Sie warf Charlie einen aufgewühlten

Blick zu, und Charlie wusste, wenn Carlton das alles tatsächlich eingefädelt hatte, würde Marla nie wieder ein Wort mit ihm sprechen. Ihr Wiedersehen wäre damit vorbei.

„Ja", sagte Clay. „Ich weiß. Aber er sieht das nicht so." Er trank einen Schluck von seinem Kakao und suchte nach den richtigen Worten. „Die Zwillinge … sie hatten völlig unterschiedliche Charaktere. Shaun war sehr offen und fröhlich. Er war Mitglied im Debattierclub. Er hat Fußball gespielt, verdammt noch mal! Carlton dagegen hätte nie freiwillig an irgendeinem Mannschaftssport teilgenommen. Ich habe keine Ahnung, wie er das hinbekommen hat."

„Trotzdem", entgegnete Marla, aber sie klang schon weniger überzeugt.

„Das Schlimmste war", fuhr Clay fort, mehr zu sich selbst als zu den Teenagern, „dass Shaun eine Freundin hatte. Sie mochte ihn wirklich, aber er hat nur eine Rolle gespielt. Das arme Mädchen war mit einem Kerl zusammen, den es nicht einmal wirklich gab. Ich glaube, es hat ihn ziemlich überrascht, als er bemerkte, wie wütend die Leute auf ihn waren. Er übertreibt es manchmal einfach, geht aber davon aus, dass alle anderen genauso viel Spaß dabei haben wie er selbst."

Charlie warf John einen Blick zu, und er erwiderte ihn beklommen. *Wir kennen uns eigentlich nicht richtig, nicht wirklich.*

„Vielleicht hat er die ganze Sache tatsächlich geplant", sagte sie laut.

„Vielleicht", meinte Jessica.

„Ich habe ihn gesehen!", rief Jason, und noch bevor jemand antworten konnte, stürmte er aus dem Raum. Automatisch stand Marla auf, um ihn zu folgen, aber Clay hob eine Hand.

„Lass ihn gehen", sagte er. „Er braucht etwas Zeit für sich. Und ich möchte mit euch anderen gerne sprechen." Er stellte seinen Becher ab und beugte sich vor. „Ich weiß, ihr habt nur Blödsinn gemacht, aber ich möchte nicht hören, wie ihr Witze über das Freddy Fazbear's macht. Ihr wisst, dass ich damals noch nicht Polizeichef war. Ich war immer noch Detective, und ich habe an den vermissten Fällen gearbeitet. Bis heute ist es das Schlimmste, was ich jemals erlebt habe. Darüber macht man keine Witze." Er blickte Charlie an. Seine grauen Augen waren auf einmal hart, seine Miene versteinert. Er war nicht länger der freundliche Vater, sondern der Polizeichef, der sie betrachtete, als könne er direkt in sie hineinsehen. Charlie hatte plötzlich das Bedürfnis, alles zu beichten, aber es gab nichts zu beichten.

„Bei dir überrascht mich das ganz besonders, Charlie", sagte Clay leise.

Charlie wurde rot, und ihr wurde vor Scham ganz heiß. Sie wollte widersprechen, alles erklären, irgendetwas sagen, damit dieser Blick weicher wurde, der sich in ihren Schädel zu brennen schien. Stattdessen zog sie den Kopf ein und murmelte eine kaum verständliche Entschuldigung.

Lamar brach das darauffolgende Schweigen.

„Mr Burke … Clay … hat man jemals herausgefunden, wer es gewesen ist? Ich dachte es wäre jemand festgenommen worden."

Einen Moment lang antwortete Clay nicht. Er sah immer noch Charlie an. Sie hatte das Gefühl, als wolle er ihr etwas mitteilen. Oder etwas in ihrem Gesicht lesen.

„Clay?", fragte Marla, und er schien wieder aus seinen Gedanken aufzutauchen. Mit düsterer Miene betrachtete er die anderen.

„Ja", erklärte er leise. „Wir haben jemanden festgenommen. Ich war es sogar selbst, und ich bin heute immer noch so sicher, dass er schuldig ist, wie ich es damals war."

„Was ist passiert?", wollte Lamar wissen. Alle verstummten, als würde gleich etwas sehr Wichtiges geschehen.

„Es gab keine Leichen", erklärte Clay Burke. „Wir wussten, dass er es gewesen ist. Ich hatte nicht den geringsten Zweifel daran. Aber die Kinder blieben verschwunden. Sie sind nie gefunden worden, und ohne ihre Leichen …" Er brach ab und starrte in die Ferne, als wüsste er, dass sie dort irgendwo sein mussten.

„Aber …", wandte Charlie ein. „Sie *sind* verschwunden!" Plötzlich war sie wütend und abgestoßen von dieser offensichtlichen Ungerechtigkeit. „Wie kann dieser Mann irgendwo frei herumlaufen? Was ist, wenn er es wieder tut?" Sie spürte Marlas Hand auf ihrem Arm, und sie nickte, lehnte sich zurück und versuchte sich zu beruhigen. Aber die Wut war immer noch da, brodelte unter der Oberfläche.

Clay blickte sie mit einer gewissen Neugier an.

„Charlie", sagte er, „das Recht straft die Schuldigen, aber es muss genauso die Unschuldigen schützen. Das bedeutet, manchmal kommen die Schuldigen davon, obwohl sie schreckliche Dinge getan haben, aber das ist der Preis, den wir zahlen müssen." Er klang düster, seine Worte schwer. Charlie öffnete den Mund, um zu widersprechen. *Aber das war* mein *Preis*, wollte sie erwidern, doch bevor sie es sagte, blickte sie ihm ins Gesicht. Es zeigte eine tiefe und grimmige Überzeugung. Was er gesagt hatte, bedeutete ihm viel, und er glaubte fest daran.

Es kommt darauf an, wie man nachts schläft, dachte sie mit ungewohnter Bitterkeit. Einen Moment lang sahen sie sich in die Augen, dann seufzte Charlie und nickte. Rein vom Kopf her war sie nicht einmal anderer Meinung als er.

Plötzlich richtete sich Clay in seinem Sessel auf.

„Gut“, meinte er strahlend. „Ich denke, es ist zu spät für euch Mädchen, zurück zum Hotel zu fahren. Warum verbringt ihr nicht einfach hier die Nacht? Wir haben noch zwei weitere Gästezimmer. Und morgen früh könnt ihr Carlton dann für seinen kleinen Streich die Leviten lesen“, fügte er mit einem Grinsen hinzu.

Lamar und John zeigten Charlie, Marla und Jessica die Zimmer, und auch Jason tauchte wieder auf, als sie die Treppe hinaufstiegen, und schloss sich der Gruppe an, als wäre er nie verschwunden gewesen.

„Dann teilen Jason und ich uns eines“, meinte Marla. „Und Jessica, du und Charlie, ihr könnt das andere haben.“

„Ich will bei Lamar bleiben“, sagte Jason sofort, und Lamar grinste breit, bevor er es verhindern konnte.

„Ja, okay“, stimmte er zu. Er warf Marla über den Kopf ihres Bruders einen Blick zu, und sie zuckte die Achseln.

„Nimm ihn mit“, sagte sie. „Behalte ihn, wenn du willst! Das bedeutet, dass dann jeder sein eigenes Zimmer hat“, fuhr sie fort, „oder wir könnten auch alle zusammenbleiben. Ich weiß, dass alles in Ordnung ist, aber irgendwie habe ich das Gefühl, wir sollten zusammenbleiben.“ Sie sprach genau das aus, was Charlie noch vor Kurzem gedacht hatte, aber jetzt mischte sich Charlie ein.

„Ich nehme das andere Zimmer“, sagte sie.

Marla sah sie vieldeutig an, und selbst John wirkte ein wenig überrascht, aber Charlie blickte einfach zurück und sagte nichts.

Als sie die Tür hinter sich geschlossen hatte, seufzte Charlie vor Erleichterung. Sie ging zum Fenster. Der Blick hinaus war genau so, wie sie ihn sich vorgestellt hatte: nichts als Bäume. Das Haus schien völlig abgeschieden zu sein, obwohl sie wusste, dass die Zufahrt und die Straße sich gleich auf der anderen Seite befanden. Von draußen konnte sie die nachtaktiven Vögel hören und das Rascheln anderer, größerer Tiere unten am Boden. Plötzlich fühlte sie sich rastlos und hellwach. Während sie aus dem Fenster blickte, verspürte sie den Drang hinauszugehen, in den Wald, um nachzusehen, was sich darin verbarg.

Sie warf einen Blick auf ihre Uhr. Es war schon weit nach Mitternacht, deswegen streifte sie widerwillig ihre Schuhe ab und legte sich aufs Bett.

Es hatte, wie alles in Carltons Haus, seine besten Zeiten hinter sich, auch wenn es zu der Art von Möbeln gehörte, die nur Leute besaßen, die schon seit Generationen wohlhabend waren, deren Vorfahren sich Dinge von so hoher Qualität hatten leisten können, dass sie hundert Jahre halten würden.

Charlie schloss die Augen in einem, wie sie annahm, vergeblichen Versuch, etwas Ruhe zu finden. Doch während sie dort lag, den Geräuschen des Waldes lauschte und dem Plaudern und Gelächter von Jessica und Marla im Zimmer nebenan, hatte sie das Gefühl, als würde sie allmählich in der Matratze versinken. Ihre Atemzüge wurden tiefer, und bald war sie eingeschlafen.

Plötzlich schreckte sie auf. Sie war wieder ein kleines Mädchen, und ihr Vater schlief im Raum gleich neben ihrem. Es war Sommer, und die Fenster standen alle offen. Es hatte angefangen zu regnen. Der Wind fuhr in Böen ins Zimmer, ließ ihre Vorhänge wild tanzen und trug feinen Sprühregen mit sich. Aber deswegen war sie nicht aufgewacht. Irgendetwas lag in der Luft, etwas nicht Greifbares, das sie gepackt hatte. Irgendetwas stimmte nicht.

Charlie rutschte vorsichtig aus dem Bett, bis ihre Füße den Boden berührten. Direkt neben ihr stand Stanley, das

Einhorn. Geduldig starrte es sie aus leblosen Augen an. Sie tätschelte seine Nase, als würde der Trost, den sie ihm spendete, auch auf sie übergehen. Leise schlich sie an ihm vorbei und hinaus in den Flur, unsicher, was sie geweckt hatte. Sie tappte den Korridor entlang, vorbei am Zimmer ihres Vaters bis zur Treppe und duckte sich hinter das hölzerne Geländer, als könnten seine gedrechselten Säulen sie vor irgendetwas schützen. Sie hielt sich daran fest, während sie die Stufen hinabschlich, und stützte ihr ganzes Gewicht auf den Handlauf, um nicht auf die quietschenden Bretter zu treten. So stieg sie eine Stufe nach der anderen hinunter. Es kam ihr wie eine Ewigkeit vor, als würden Jahre vergangen sein, bevor sie den unteren Treppenabsatz erreichte, als sei sie eine alte Frau, die ihr ganzes Leben auf dieser Treppe verbracht hatte.

Schließlich erreichte Charlie die letzte Stufe. Sie blickte an sich hinab und bemerkte, dass sie sich verändert hatte. Ihr Körper war nicht mehr klein, sie war nicht mehr barfuß und trug auch kein Nachthemd. Sie besaß jetzt wieder den Körper eines Teenagers. Sie war groß, stark und vollständig angezogen. Als sie sich aus ihrer ängstlich geduckten Haltung aufrichtete, überragte sie das Geländer, und überrascht sah sie sich in dem Haus ihrer Kindheit um. Das bin ich, *dachte sie.* Ja. Das passiert jetzt.

Vor ihr knallte es. Die Eingangstür war weit offen und schlug, vom Wind getrieben, in unregelmäßigen Abständen gegen die Wand. Der Regen peitschte herein, überschwemmte den Boden und prasselte gegen den Garderobenständer, der hin und her wankte, als würde er nichts wiegen. Blätter und kleine Zweige waren über den Boden verteilt, abgerissen von den Bäumen und hereingetragen, aber Charlies Blick wanderte zu ihren alten, vertrauten Lieblingsschu-

hen. Sie standen ordentlich neben der Fußmatte, schwarzes Lackleder mit Riemchen, und sie konnte sehen, wie sich das Wasser darin sammelte und sie ruinierte. Einen Moment verharrte Charlie wie gelähmt, noch zu weit entfernt, als dass der Regen sie hätte erreichen können, aber nah genug, dass der Dunst ihr Gesicht benetzte. Sie musste zur Tür gehen und sie schließen.

Stattdessen wich Charlie langsam zurück, ohne den tobenden Sturm aus den Augen zu lassen. Sie machte einen Schritt, dann noch einen – und prallte mit dem Rücken gegen etwas Hartes. Erschrocken fuhr sie herum, und da war es.

Es war das Ding *aus der Werkstatt ihres Vaters, das schreckliche, zuckende* Ding. *Es hielt sich von alleine aufrecht, verdrehte sich dabei aber geradezu unnatürlich in alle Richtungen. Es hatte ein rötliches hundeähnliches Gesicht und einen fast menschlichen Körper. Seine Kleidung konnte man nur als Lumpen bezeichnen, die Metallgelenke blank und entblößt. Doch Charlie sah nur seine Augen, die silbernen Augen, die sie anblitzten, an und aus, wieder und wieder, als würde in ihnen das Leben erwachen und wieder verlöschen.*

Charlie wollte weglaufen, aber ihre Füße bewegten sich einfach nicht von der Stelle. Sie spürte, wie ihr das Herz im Hals schlug und sie zu ersticken drohte, und sie hatte Mühe zu atmen.

Das Ding verkrampfte sich. Mit einer langsamen, ruckartigen Bewegung hob es die Hand, um ihr Gesicht zu berühren. Charlie atmete zitternd ein, ohne in der Lage zu sein, sich wegzuducken. Dann hielt die Hand inne, nur Zentimeter von ihrer Wange entfernt.

Charlie machte sich auf alles gefasst. Ihr Atem ging flach.

Sie hielt die Augen fest geschlossen. Aber die Berührung von Metall und Lumpen auf ihrer Haut, auf die sie jede Sekunde wartete, kam nicht.

Sie öffnete die Augen wieder. Das Ding war erstarrt. Das silberne Glühen in seinen Augen war nur noch schwach, fast verloschen. Charlie wich zurück, beobachtete es misstrauisch, aber es bewegte sich nicht. Sie fragte sich, ob es jetzt abgeschaltet war, weil vielleicht die Batterie, die es speiste, nicht mehr genug Saft hatte. Seine Schultern waren nach vorne gesunken. Scheinbar unglücklich starrte es stumpf an ihr vorbei, als wisse es nicht mehr, wo es war.

Auf einmal hatte Charlie Mitleid mit der Kreatur, denn sie schien sich wieder genauso einsam zu fühlen wie schon vor Jahren in der Werkstatt ihres Vaters. Tut es weh?, *hatte sie gefragt. Sie war jetzt alt genug, um die Antwort bereits zu kennen.*

Schlagartig erwachte das Ding wieder zum Leben. Charlie wurde ganz schwindelig, als es einen ungelenken Schritt auf sie zu machte und seinen Körper nach vorne warf, als habe es gerade erst gelernt zu gehen. Sein Kopf drehte sich hektisch von einer Seite zur anderen, und seine Arme fuhren mit gefährlicher Hemmungslosigkeit auf und nieder.

Irgendetwas zerbrach klirrend. Es war eine Lampe. Das Ding hatte eine Tischleuchte aus Porzellan umgestoßen, und der Knall, als sie auf dem Holzfußboden zersplitterte, riss Charlie aus ihrer Erstarrung. Sie fuhr herum und rannte die Treppe hinauf, so schnell sie ihre Beine trugen, und zur Tür ihres Vaters. Sie hatte so viel Angst, dass sie nicht einmal wagte, nach ihm zu rufen.

Während sie die Stufen hinaufstürmte, bemerkte sie, dass sie zu groß waren, und Charlie praktisch auf allen vieren hinaufklettern musste, wobei sie barfuß über den Saum ihres

Nachthemds stolperte. Ich bin wieder ein kleines Mädchen, *erkannte sie schlagartig, und dann war es vorbei, und sie konnte sich nur noch daran erinnern, ein kleines Mädchen zu sein.*

Noch einmal versuchte sie, nach ihrem Vater zu rufen, aber er war bereits bei ihr. Sie brauchte ihn nicht zu rufen.

Er stand im Flur, und sie griff nach seinem Hemd, während sie sich hinter ihm verkroch. Er legte eine Hand auf ihre Schulter, um sie zu beruhigen, aber zum ersten Mal gab die Berührung ihres Vaters Charlie nicht das Gefühl, nun in Sicherheit zu sein. Sie spähte hinter seinem Rücken hervor und sah zuerst die Ohren des Dings, dann sein Gesicht, während es mit ruckartigen, zuckenden Bewegungen die Treppe hinaufgestiegen kam. Ihr Vater stand ruhig da und beobachtete es, während es die oberste Stufe erreichte. Und dann griff Charlies Vater nach ihrer Hand und löste sie vorsichtig von seinem Hemd. Mit großen Schritten ging er auf das Ding zu, doch als er die Hände nach ihm ausstreckte, konnte Charlie sehen, dass sie zitterten.

Er berührte die Kreatur, nahm deren Gesicht zwischen die Hände und hielt es einen Moment fest, als würde er es liebkosen. Die mechanischen Gliedmaßen hörten auf zu zucken. Nur noch langsam drehte es den Kopf von einer Seite zur anderen. Es wirkte fast verwirrt, als sei es ebenfalls aus dem Schlaf aufgeschreckt worden. Charlies Vater tat irgendetwas, was sie nicht sehen konnte, und das Ding hörte auf, sich zu bewegen. Sein Kopf sackte nach vorne, besiegt, und auch seine Arme fielen herab.

Rückwärts tastete sich Charlie an der Wand entlang zu ihrem Zimmer und wagte es dabei nicht, das Ding aus den Augen zu lassen, bis sie sich hinter ihrer Tür in Sicherheit befand. Als sie ein letztes Mal einen Blick in den Flur warf, bemerkte sie noch ein kurzes Glitzern in seinen Augen, die zu Boden gerichtet waren. Doch plötzlich flackerten die silbernen Lichter. Der Kopf bewegte sich nicht, aber mit einer langsamen, wohl berechneten Bewegung hob es den Blick und sah Charlie an. Charlie wimmerte, aber sie wandte sich nicht ab, und dann fuhr der Kopf mit einem Knacken hoch, als würde etwas zerbrechen …

Charlie fuhr aus dem Schlaf auf, unwillkürlich überlief sie ein Schauer. Sie legte eine Hand an ihren Hals und spürte ihren Herzschlag, zu schnell und zu stark.

Sie ließ den Blick durch den Raum schweifen, und nach und nach erinnerte sie sich daran, wo sie war. *Das Bett.* Nicht ihr eigenes. *Das Zimmer.* Dunkel. Sie war allein. *Das Fenster.* Davor der Wald. *Carltons Haus.* Allmählich atmete sie wieder ruhiger. All das hatte nur wenige Sekunden gedauert, aber es verstörte sie, so desorientiert zu sein. Sie blinzelte, aber sie sah die silbernen Augen immer noch vor sich. Sie glühten hinter ihren geschlossenen Lidern, als wären sie echt gewesen.

Charlie stand auf, ging zum Fenster, stieß es auf und beugte sich hinaus. Sie musste unbedingt die frische Nachtluft einatmen.

Ist das wirklich passiert? Der Traum fühlte sich wie eine Erinnerung an, wie etwas, das sich gerade erst ereignet hatte, aber so war das nun mal mit Träumen. Sie wirkten äußerst real, doch dann wachte man auf. Sie schloss die Augen und versuchte den roten Faden wieder aufzunehmen, aber es war zu schwierig zu sagen, was davon Traum gewesen war und was nicht.

Die Brise ließ sie frösteln, obwohl ihr nicht wirklich kalt war, und sie zog sich wieder ins Zimmer zurück. Dann warf sie einen Blick auf ihre Uhr. Es waren nur ein paar Stunden vergangen. Bis zum Tagesanbruch waren es noch viele weitere, aber sie würde in keinem Fall schlafen können.

Charlie zog sich die Schuhe an und tappte leise durch den Flur und die Treppe hinunter, um ihre Freunde nicht zu wecken. Sie ging hinaus auf die Veranda, setzte sich auf die Stufen und beugte sich zurück, um hinauf in den Himmel zu blicken. Sie sah Wolkenstreifen, aber dazwischen waren Sterne zu erkennen, unzählige, über den ganzen Himmel verteilt. Sie versuchte sich in den Anblick zu versenken, wie sie es als Kind getan hatte, doch während sie zu den Lichtpunkten hinaufblickte, sah sie nichts anderes als Augen, die auf sie herabstarrten.

Hinter ihr ertönte ein Geräusch. Sie zuckte zusammen, fuhr herum und drückte sich mit dem Rücken gegen das Geländer. John stand vor ihr, und er wirkte ziemlich überrascht. Einen Moment lang sahen sie einander an wie Fremde, dann fand Charlie ihre Stimme wieder.

„Hey, tut mir leid, habe ich dich schon wieder geweckt?"

John schüttelte den Kopf und setzte sich neben sie.

„Nein, nicht wirklich. Ich habe dich rausgehen hören, oder ich bin davon ausgegangen, dass du es bist. Ich war sowieso wach – Jason schnarcht wie ein Kerl, der dreimal so groß ist wie er."

Charlie lachte. „Ich hatte einen komischen Traum", sagte sie. John nickte und wartete darauf, dass sie fortfuhr, aber sie tat es nicht. „Was haben die Leute über meinen Vater gedacht?", fragte sie stattdessen. John lehnte sich zurück, blickte einen Augenblick empor zu den Sternen, dann deutete er hinauf.

„Das ist Cassiopeia", sagte er, und sie blinzelte in die Richtung, in die er zeigte.

„Es ist Orion", korrigierte sie. „John, ich meine es ernst. Was haben die Leute über ihn gedacht?"

Unbehaglich zuckte er die Achseln.

„Charlie, ich war noch ein Kind, weißt du. Niemand hat mir irgendetwas gesagt.“

„Ich bin auch mal Kind gewesen“, erwiderte sie. „Niemand sagt einem irgendwas, aber sie reden in deiner Gegenwart, als wärst du nicht da. Ich erinnere mich daran, wie deine Mom und Lamars Mom sich unterhalten und gewettet haben, wie lange Marlas neuer Stiefvater wohl bleiben würde.“

„Und was haben sie geglaubt?“, fragte John amüsiert.

„Deine Mom hat auf drei Monate getippt. Lamars Mom war da optimistischer“, sagte Charlie grinsend, aber dann wurde sie wieder ernst. „Ich sehe dir an, dass du etwas weißt“, sagte sie leise, und nach einem Moment nickte er.

„Einige Leute haben geglaubt, dass er es gewesen ist, ja“, gab er zu.

„Was?“ Charlie war völlig perplex. Mit großen Augen starrte sie ihn an und konnte kaum atmen. „Sie haben *was* geglaubt?“ John warf ihr einen nervösen Blick zu.

„Ich dachte, danach hättest du gefragt“, meinte er. Charlie schüttelte den Kopf. *Einige Leute haben geglaubt, dass er es getan hat.*

„Ich … nein, ich meinte, was haben sie über ihn als Mensch gedacht. Fanden sie, dass er seltsam war oder freundlich oder … Ich habe nicht gewusst …“ Sie verstummte, völlig überwältigt von dem Ausmaß dieser neuen Erkenntnis. *Manche Leute haben gedacht, er hat es getan.* Natürlich haben sie das. Es war *sein* Restaurant. Das erste Kind, das verschwunden ist, war *sein* Kind. Da niemand gestanden oder überführt worden war, an wen hätte man sonst denken sollen? Wieder schüttelte Charlie den Kopf.

„Charlie“, sagte John zögernd, „es tut mir leid. Ich habe

es einfach nur angenommen. Du musst doch gewusst haben, dass die Leute denken würden … Wenn auch nicht damals, dann doch jetzt."

„Nein, das habe ich nicht", fuhr sie ihn an. Sie spürte eine gewisse Befriedigung, als er sich sichtlich zurückzog, verletzt. Sie holte tief Luft. „Ich weiß, es scheint auf der Hand zu liegen", erklärte sie, nun ruhiger. „Aber es ist mir wirklich niemals in den Sinn gekommen, dass irgendjemand glauben könnte, er sei dafür verantwortlich. Und dann später, nachdem er sich …" *Aber das hatte die Leute in ihrem Verdacht wahrscheinlich nur bestärkt*, wurde ihr im gleichen Moment klar, als sie es sagte.

„Die Leute haben gedacht, er hätte es aus schlechtem Gewissen getan", sagte John, mehr zu sich selbst.

„So ist es auch." Charlie spürte, wie Wut in ihr aufbrandete und ihre Dämme jeden Moment zu brechen drohten. Sie unterdrückte sie, während sie die nächsten Worte abfeuerte wie kleine Geschosse. „Natürlich hatte er ein schlechtes Gewissen, schließlich war es *sein* Restaurant. *Sein* Lebenswerk. Es waren seine Ideen. Und all das ist benutzt worden, um ein Massaker anzurichten. Meinst du nicht, das reicht?" Sie klang geradezu boshaft, selbst für ihre eigenen Ohren. *Entschuldige dich*, dachte sie, tat es aber nicht.

Manche Leute dachten, er habe es getan. Das hätte er nie, hätte es nie gekonnt. Aber wenn doch, wie hätte sie davon erfahren sollen? *Ich habe ihn gekannt*, dachte sie verbittert. Aber hatte sie das wirklich? Sie hatte ihn geliebt, ihm vertraut, mit der blinden Hingabe eines sieben Jahre alten Mädchens, selbst jetzt noch. Sie verstand ihn, mit dem Wissen und der Unwissenheit, die man als Kind besitzt. Wenn man sich auf seine Eltern konzentriert, als wären sie der Mittelpunkt der Welt, von dem eben auch dein Leben abhängt, dann erkennt man erst später ihre Fehler, ihre Narben und ihre Schwächen.

Charlie war nie bewusst geworden, als sie älter wurde, dass ihr Vater auch nur ein Mensch war. Dazu hatte sie nie die Chance gehabt. Für sie war er immer noch ein Mysterium, überlebensgroß, immer noch der Mann, der die Monster abschalten konnte.

Er war auch der Mann, der sie erschaffen hat. Wie gut hatte sie ihn wirklich gekannt?

Die Wut war verflogen, irgendwo dorthin, woher sie gekommen war. Innerlich fühlte sie sich leer, ausgetrocknet. Sie schloss die Augen und legte eine Hand auf ihre Stirn.

„Es tut mir leid", sagte sie, und John berührte kurz ihre Schulter.

„Das braucht es nicht", sagte er. Charlie bedeckte mit den Händen ihr Gesicht. Sie hatte nicht das Gefühl, weinen zu müssen, aber sie wollte nicht, dass er ihr Gesicht sah. Sie dachte über Dinge nach, die einfach zu neu waren, zu schrecklich, um darüber im Angesicht eines anderen nachzudenken. *Wie hätte ich es wissen sollen, wenn er es getan hat?*

„Charlie?" John räusperte sich und wiederholte ihren Namen. „Charlie, du weißt, dass er es nicht getan hat, oder? Mr Burke hat gesagt, sie wüssten, wer es gewesen ist, aber sie haben ihn gehen lassen müssen. Er ist davongekommen. Erinnerst du dich?"

Charlie rührte sich nicht, aber in ihr regte sich eine gewisse Hoffnung.

„Er war es nicht", sagte John noch einmal, und sie blickte auf.

„Natürlich war er es nicht", flüsterte sie. „Natürlich ist er es nicht gewesen", stellte sie mit klarer Stimme fest.

„Natürlich nicht“, wiederholte er. Sie nickte heftig und das mehrfach, als wolle sie Schwung holen.

„Ich möchte noch einmal zurück ins Haus“, sagte sie. „Und ich möchte, dass du mitkommst.“

„Natürlich“, sagte er. Wieder nickte sie, dann wandte sie ihren Blick wieder zum Himmel.

8

„Charlie!“

Jemand stand von der Tür und klopfte so heftig, dass die alten Angeln klapperten. Charlie erwachte nur langsam, ihre Augen noch ganz verklebt vom Schlaf, aber diesmal wusste sie zumindest, wo sie sich befand. Sie hatte das Fenster offen gelassen. Die Luft, die hereinströmte, trug einen frischen, schweren Geruch mit sich: Es war der Duft kurz bevorstehenden Regens.

Sie verließ das Bett, steckte den Kopf aus dem Fenster und atmete tief ein. Ganz anders als sonst auf der Welt, sah der Wald jetzt am Morgen fast genauso aus wie in der Dunkelheit. Kurz nach ihrem Gespräch waren Charlie und John wieder zurück in ihre Zimmer gegangen. John hatte sie angesehen, als gäbe es noch mehr, was er hätte sagen wollen, aber sie hatte vorgegeben, es nicht zu bemerken. Doch sie war ihm dankbar, dass er da war, dass er ihr einfach gab, denn gebeten hätte sie ihn niemals darum.

„Charlie!“ Erneut wurde gegen die Tür gehämmert.

„Ich bin auf, Marla“, rief sie.

„Charlie!“ Nun beteiligte sich auch Jason an dem Spiel, klopfte und rüttelte, und Charlie stöhnte und ging zur Tür.

„Ich habe gesagt, ich bin wach“, erklärte sie und funkelte die beiden aufgesetzt wütend an.

„Charlie!“, rief Jason erneut, und dieses Mal brachte Marla ihn zum Schweigen. Er grinste Charlie von unten herauf an, und sie lachte und schüttelte den Kopf.

„Glaub mir, ich bin wirklich wach“, sagte sie. Marla war bereits vollständig angezogen, das Haar noch ein wenig feucht von der Dusche. Ihre Augen strahlten hellwach.

„Bist du immer so?“, fragte Charlie mürrisch, und es war nicht wirklich gespielt.

„Immer wie?“

„Putzmunter um sechs Uhr morgens“, entgegnete sie und verdrehte die Augen über Jason, der sie nachahmte und glücklich war, mit einbezogen zu werden.

Marla lächelte, wieder strahlend. „Es ist acht! Komm schon, es soll Frühstück geben.“

„Soll es auch Kaffee geben?“

Charlie folgte Marla und Jason die Treppe hinunter in die Küche, wo sie Lamar und John vorfanden, die bereits an einem hohen, modern aussehenden Holztisch saßen. Carltons Vater stand am Herd und machte Pfannkuchen.

„Es riecht nach Regen“, sagte Charlie, und Lamar nickte.

„Es soll ein Gewitter geben“, sagte er. „Kam vorhin in den Nachrichten, hat er gesagt.“ Mit dem Daumen zeigte er auf Clay.

„Und es soll heftig werden!“, bestätigte Clay.

„Eigentlich wollten wir heute wieder wegfahren“, sagte Jason.

„Wir werden sehen“, meinte Marla.

„Charlie!“, rief Clay, ohne die Pfanne aus den Augen zu lassen. „Einen, zwei oder drei?“

„Zwei“, erwiderte Charlie. „Danke. Ist vielleicht Kaffee da?“

„Schenk dir welchen ein. Becher sind im Schrank“, sagte

Clay und deutete auf eine volle Kanne, die auf der Arbeitsplatte stand. Charlie goss sich ihren Kaffee ein, lehnte aber Milch, Sahne oder Zucker ab.

„Danke", sagte sie leise, während sie sich neben Lamar setzte und John einen kurzen Blick zuwarf. „Ist Carlton nach Hause gekommen?"

Lamar schüttelte knapp den Kopf.

„Er ist noch nicht wieder aufgetaucht", erklärte Clay. „Wahrscheinlich ist er noch nicht wach, wo immer er sich auch befindet." Er stellte einen vollen Teller vor Charlie, die sich darüber hermachte und erst merkte, wie hungrig sie eigentlich war, als sie zu essen begann. Gerade wollte sie fragen, wo Carlton denn sein könnte, als Jessica auftauchte. Sie gähnte, aber im Gegensatz zu Charlies Sachen waren ihre nicht verknittert.

„Du bist spät dran", neckte Marla, und Jessica streckte sich ausgiebig.

„Ich stehe immer erst auf, wenn die Pfannkuchen fertig sind", erwiderte sie, und mit perfektem Timing warf Clay einen auf einen frischen Teller, heiß aus der Pfanne.

„Dann kommst du ja genau zur rechten Zeit", meinte er. Plötzlich veränderte sich sein Gesichtsausdruck. Er schwankte zwischen Sorge und Erleichterung.

Charlie drehte sich auf ihrem Stuhl um. Hinter ihr stand eine Frau in einem grauen Kostüm, das blonde Haar an den Kopf geklebt, als sei sie ein Plastikspielzeug.

„Verkaufen wir neuerdings Waffeln?", fragte sie und blickte sich kurz in der Küche um.

„Pfannkuchen", korrigierte Jessica, aber niemand antwortete.

„Betty!", rief Clay. „Du erinnerst dich an die Jungs? Und das sind Charlie, Jessica und Marla. Und Jason." Er deutete dabei auf jeden Einzelnen. Carltons Mutter nickte ihnen nacheinander zu, als würde sie sie abzählen.

„Clay, ich muss in einer Stunde im Gericht sein."

„Betty ist die Bezirksstaatsanwältin", fuhr Clay fort, als habe er sie nicht gehört. „Ich fange die Ganoven, und sie schickt sie wieder zurück auf die Straße!"

„Ja, unsere Familie bietet den vollen Service", entgegnete Betty trocken, schenkte sich einen Kaffee ein und setzte sich neben Jessica an den Tisch. „Weil wir gerade davon sprechen, wo ist denn unser junger mutmaßlicher Straftäter?"

Clay zögerte. „Mal wieder einer seiner Streiche", sagte er dann. „Er wird irgendwann später nach Hause kommen, da bin ich mir sicher." Ihre Blicke trafen sich, und irgendetwas Privates wurde zwischen ihnen ausgetauscht. Betty sah schließlich mit einem Lachen zur Seite, das ein wenig aufgesetzt klang.

„Ach je, was ist es denn diesmal?" Einen Moment lang herrschte Stille. Im Licht des neuen Tages klang die ganze Geschichte verrückt, und Charlie hatte keine Ahnung, wo sie anfangen sollte. Mit einem nervösen Räuspern begann Lamar, die Sache zu erklären.

„Wir … äh … sind zur Baustelle des neuen Einkaufszentrums gegangen, um nachzusehen, was vom Freddy Fazbear's noch übrig ist."

Bei der Erwähnung des Namens ruckte Bettys Kopf hoch, dann nickte sie kurz.

„Sprich weiter", sagte sie. Ihre Stimme klang plötzlich kalt und scharf.

Unbeholfen berichtete Lamar, und Marla und Jason ergänzten Details. Nach ein paar Minuten kannte Carltons Mutter eine etwas verwischte Version der Geschehnisse. Während sie zuhörte, verhärteten sich ihre Züge, bis sie wie aus Stein gemeißelt wirkten: Sie war zu einer Statue ihrer selbst mutiert. Schließlich schüttelte sie mit kurzen, heftigen Bewegungen den Kopf. Charlie fand, sie wirkte, als würde sie nicht nur ablehnen, was sie ihr erzählt hatten, sondern es vollständig verleugnen wollen.

„Du musst ihn holen, Clay. Auf der Stelle“, verlangte sie. „Schick jemanden hin! Wie konntest du nur die ganze Nacht warten?“

Sie stellte ihren Kaffee heftiger auf den Tisch, als sie es hätte tun sollen, sodass sie etwas davon verschüttete. Dann ging sie zum Telefon und wählte.

„Wen rufst du an?“, fragte Clay alarmiert.

„Die Polizei“, fuhr sie ihn an.

„Ich *bin* die Polizei!“

„Warum bist du dann hier und nicht auf der Suche nach meinem Sohn?“

Clay öffnete und schloss hilflos den Mund, bevor er seine Fassung wiedererlangt hatte.

„Betty, das ist doch nur wieder einer seiner Scherze. Erinnerst du dich an die Frösche?“

Sie hängte das Telefon wieder ein und wandte sich mit funkelnden Augen zu ihm um. Charlie konnte sich plötzlich vorstellen, wie sie aufrecht vor den Geschworenen stand und gnadenlos den Hammer des Gesetzes niederfahren ließ.

„Clay.“ Ihre Stimme war leise und bestimmt und von geradezu bedrohlicher Ruhe. „Wie konntest du mich nicht wecken? Wie konntest du mir das nicht erzählen?“

„Betty, du hast geschlafen! Das ist alles nur mal wieder typisch Carlton. Ich wollte dich nicht stören.“

„Hast du geglaubt, es würde mich weniger stören, wenn ich aufwache und entdecken muss, dass er verschwunden ist?“

„Ich dachte, er würde längst zurück sein", protestierte Clay.

„Das hier ist etwas anderes", erklärte sie entschieden. „Es geht um das *Freddy's*."

„Und du meinst, ich begreife das nicht? Ich weiß, was dort passiert ist. Was mit den Kindern passiert ist", erwiderte er scharf. „Du meinst wirklich, ich verstehe das nicht? Um Himmels willen, Betty, ich habe Michaels Blut gesehen, das über den Boden verteilt war, wo er fortgezerrt worden ist ..." Er verstummte. Zu spät war ihm eingefallen, dass die Küche voller Teenager saß. Er drehte sich zu ihnen um, fast panisch, aber seine Frau schien es nicht bemerkt zu haben – oder, dachte Charlie, es war ihr einfach egal.

„*Ihn* hast du sicher nicht gesehen", fuhr Betty ihren Mann an. „Erinnerst du dich noch, was du zu Carlton gesagt hast? *Sei hart. Sei tapfer, kleiner Soldat.* Deswegen war er tapfer für dich, war er ein kleiner Soldat. Er war am Boden zerstört, Clay! Er hatte seinen besten Freund verloren. Michael war direkt vor seinen Augen entführt worden. Lass mich dir etwas sagen, Chief: Der Junge hat die letzten zehn Jahre jeden Tag an Michael gedacht. Ich habe gesehen, wie er Streiche inszeniert hat, die so ausgeklügelt waren, dass sie es verdient hätten, als Aktionskunst anerkannt zu werden, aber niemals im Leben würde Carlton Michaels Andenken in den Schmutz ziehen, indem er irgendeinen Streich im Freddy's veranstaltet. Ruf jetzt sofort jemanden an."

Clay wirkte leicht geschockt, aber er fasste sich schnell und verließ die Küche. Charlie hörte, wie eine Tür hinter ihm zuschlug. Betty sah die Teenager an. Sie atmete so heftig, als wäre sie gerannt.

„Alles wird gut", sagte sie knapp. „Wenn er dort drinnen gefangen ist, werden wir ihn herausholen. Was habt ihr für heute geplant?“ Die Frage war ziemlich dumm, als würden sie alle im Park herumhängen oder ins Kino gehen, während Carlton vielleicht in Gefahr war.

„Eigentlich wollten wir heute wieder abfahren“, sagte Marla.

„Aber das werden wir natürlich nicht“, fügte Lamar schnell hinzu, doch Betty schien ihnen überhaupt nicht zuzuhören.

„Ich muss im Büro anrufen“, sagte sie gedankenverloren und ging zum Telefon.

Charlie warf John einen Blick zu, der sofort reagierte.

„Wir wollten in die Bücherei gehen“, sagte er. „Es gibt ein paar Dinge, die wir gerne nachsehen möchten – recherchieren!“ Er errötete etwas, während er das sagte, und Charlie wusste warum. Irgendwie war es absurd, so zu reden, über Vermisste, Überfälle und Morde.

Aber Marla nickte. „Ja, das haben wir vor“, sagte sie, und Charlie zog sich der Magen zusammen. Es gab zwar keinen Grund, den anderen nicht einfach zu sagen, dass sie zu ihrem alten Haus zurückwollte, nur mit John. Es würde niemanden verletzen. Aber darin lag nicht das Problem – überhaupt das Vorhaben laut auszusprechen, fühlte sich schon wie Verrat an. Carltons Mutter legte auf. Sie hatte ihren Anruf erledigt.

„Ich hasse das“, verkündete sie in die Runde, ihre sonst immer so sorgfältig kontrollierte Stimme zitterte fast. „*Ich hasse das!*“ Charlie und die anderen zuckten zusammen, erschrocken von dem plötzlichen Ausbruch. „Und jetzt werde ich wie immer hier alleine sitzen und hoffen und beten, dass alles in Ordnung ist.“

Charlie warf Marla einen Blick zu, die hilflos mit den Schultern zuckte.

Lamar räusperte sich nervös. „Ich denke, wir bleiben noch einen Tag“, sagte er.

Eine kurze Pause entstand, dann sprangen Marla und Jessica ihm bei.

„Ja, der Verkehr ist im Moment sowieso völlig verrückt“, meinte Jessica mit hoher Stimme und ziemlich gezwungen.

„Und auch wegen des Gewitters. Außerdem werden wir kaum Spaß haben, solange er vermisst wird“, fügte Marla hinzu.

„Ich schätze, Sie müssen es mit uns aushalten.“ Jessica warf Carltons Mutter ein bemühtes Lächeln zu, die es aber nicht zu bemerken schien.

„Komm“, sagte John, noch bevor jemand anders etwas sagen konnte. Er und Charlie eilten aus dem Haus und stiegen in den Wagen.

Charlie stieß einen Seufzer der Erleichterung aus, während sie den Motor anlies. „Das war schrecklich“, sagte sie.

„Ja.“ Er warf ihr einen besorgten Blick zu. „Was denkst du? Was mit Carlton ist?“

Charlie antwortete nicht, bis sie sicher rückwärts aus der Einfahrt auf die Straße gefahren war. „Ich denke, seine Mom hat recht“, meinte sie dann, und fuhr los. „Ich denke, letzte Nacht haben wir alle das geglaubt, was wir gerne glauben wollten.“

Officer Dunn fuhr auf den Parkplatz des Einkaufszentrums und hielt. Er folgte der Anweisung von Chief Burke, dorthin zurückzukehren. Bei Tageslicht war das Gelände nichts anderes als eine verlassene Baustelle, ein hässlicher Schandfleck in der ebenen Wüstenlandschaft. *Es ist nicht wirklich zu erkennen, ob es gerade gebaut oder abgerissen wird*, dachte Dunn. *Aus der Ferne lässt sich Zerstörung von Auf-*

bau nicht unterscheiden. Der Satz gefiel ihm. Er dachte einen Moment darüber nach und starrte auf das Gebäude. Aus einem Impuls heraus rief er die Zentrale.

„Hey Norah“, sagte er.

„Dunn“, meldete sie sich knapp. „Wo bist du?“

„Wieder am Einkaufszentrum, um mich noch einmal umzusehen“, antwortete er.

„Ooh, bring mir doch bitte eine weiche Brezel mit“, neckte sie ihn. Er lachte und beendete die Verbindung.

Während er mit schnellen Schritten um das Einkaufszentrum lief, war Dunn froh, dass die Kinder dieses Mal nicht dort waren. Als jüngster Angehöriger des Hurricane Police Departments achtete Dunn sorgfältig darauf, Teenager stets als Kinder zu betrachten, obwohl er wusste, wie fließend die Übergänge waren. Wenn er sie davon überzeugen konnte, dass er ein verantwortungsbewusster und verlässlicher Erwachsener war, würde er hoffentlich irgendwann an den Punkt kommen, an dem er es auch selbst glaubte.

Als er den schmalen Gang erreichte, der zum Freddy Fazbear's führte, schaltete Dunn seine Taschenlampe ein. Er ließ den Lichtkegel an den Wänden vor ihm auf und ab wandern, aber der Gang war leer. Er holte einmal tief Luft, dann betrat er ihn.

Dunn hielt sich dicht an der Wand, seine Schulter streifte leicht die rauen Backsteine, während er versuchte Pfützen auszuweichen, die sich unterhalb von Leckagen in den Rohren, die an der Decke entlangführten, gebildet hatten. Der helle Taschenlampenstrahl erleuchtete den Korridor fast so gut wie normale Leuchten, aber aus irgendeinem Grund wirkte das Licht nicht beruhigend – alles sah dadurch nur nackt und trostlos aus, die Regale voller Werkzeuge und ausgemusterter Farbtöpfe nun kläglich und entblößt.

Während er auf die Tür zuging, die in das Restaurant führte, landete irgendetwas Winziges und Kaltes auf seinem Kopf. Er erschrak und hob die Taschenlampe wie eine Waffe, gleichzeitig presste er sich mit dem Rücken gegen die Wand, um nicht von hinten angegriffen werden zu können. Ein weiterer kalter Tropfen Wasser landete auf seiner Wange. Er atmete tief durch.

Als er schließlich die äußere Tür zum Restaurant erreichte, war das Regal, das den Durchgang blockiert hatte, verschwunden. Die Ketten, die ihn scheinbar für die Ewigkeit versperrt hatten, hingen locker herunter, und die Tür stand ein wenig offen.

Dunn schob die Finger in den Spalt, bis er das Türblatt umfassen konnte. Mit beiden Händen zog er daran, bis er sie quietschend so weit geöffnet hatte, dass er hindurchschlüpfen konnte.

Die Taschenlampe in der Hand, schlich er durch den Gang dahinter. Wieder hielt er sich dicht an der Wand. Die Luft schien sich zu verändern, je tiefer er in das Restaurant vordrang. Dunn spürte, wie die Kälte unter seine Uniform kroch. Die Beklemmung, die er ohnehin schon verspürte, verstärkte sich dadurch noch.

„Nicht ausrasten, Dunn", sagte er laut und kam sich im selben Moment ziemlich dämlich vor.

Er erreichte den großen Speisesaal und blieb stehen. Dann ließ er den Lichtkegel über jede einzelne Wand wandern. Hier drinnen schien das Licht schwächer zu sein, von der Größe des Raums verschluckt. Der Saal war leer, sah aber noch genauso aus, wie er ihn aus seiner Kindheit in Erinnerung hatte.

Er war zehn gewesen, als die Tragödie begonnen hatte, elf, als sie zu Ende war. Seine Geburtstagsparty hatte im

Freddy's stattfinden sollen, aber nachdem das erste Kind verschwunden war, hatte seine Mutter sie abgesagt, seine Freunde zu sich nach Hause eingeladen und einen Clown engagiert, der ganz fürchterlich gewesen war. *Kluger Schachzug, Mom*, dachte Dunn.

Der Lichtstrahl glitt über das kleine Karussell, mit dem er nie gefahren war, weil er behauptet hatte, zu alt dafür zu sein. Kurz bevor der Lichtkegel die Bühne erreichte, hielt Dunn inne und schluckte hart.

Das Kaninchen hat ihn geholt, hatte der Junge gesagt. Dunn schüttelte sich einmal und leuchtete die Bühne ab.

Die Figuren waren alle da, genau, wie er es in Erinnerung hatte, und, im Gegensatz zu dem Karussell, schienen sie nicht kleiner geworden zu sein. Sie sahen so aus wie immer. Einen kurzen Moment lang verspürte er eine gewisse Wehmut in sich aufsteigen.

Während er sie betrachtete und an jene Zeit zurückdachte, bemerkte er, dass ihre Augen alle in eine Richtung ausgerichtet waren, als würden sie irgendetwas am anderen Ende des Saals fixieren.

Die Taschenlampe nach vorne gerichtet, ging Dunn näher an die Bühne heran, bis er nur noch einen guten Meter davon entfernt war. Dann sah er sich jedes einzelne der Tiere genau an. Bonnie hielt unbeschwert seine Gitarre, als würde er, sobald er Lust dazu hatte, zu spielen beginnen. Chica und ihr Cupcake schien ein obskures Geheimnis zu verbinden. Freddy, das Mikrofon in der Pfote, starrte reglos in die Ferne.

Hinter Dunn bewegte sich etwas. Er fuhr herum. Sein Herz raste. Doch vom Lichtkegel seiner Taschenlampe, den er nervös durch den Raum streifen ließ, war nichts zu sehen. Nur leere Tische.

Er drehte sich zu Bonnie um, aber das Kaninchen schien immer noch in seinen unergründlichen Träumereien versunken.

Dunn atmete flach, stand vollkommen reglos da und lauschte, alle Sinne bis zum Anschlag hochgefahren und voller Adrenalin. Nach einem Moment ertönte das Geräusch erneut – ein Schlurfen, diesmal von rechts. Sofort schwenkte er den Lichtkegel hinüber. Dort befand sich eine offene Tür. Dahinter war ein Flur.

Geduckt lief Dunn den Gang entlang und hielt sich dabei an der Seite, als könne irgendetwas sich plötzlich an ihm vorbeidrängen wollen.

Warum bin ich alleine hier? Er kannte die Antwort. Sein Sergeant nahm die Suche nicht besonders ernst – und tatsächlich tat Dunn das auch nicht. Schließlich handelte es sich lediglich mal wieder um den Sohn des Chiefs, der Ärger machte. *Es ist wahrscheinlich nur Carlton*, erinnerte sich Dunn selbst.

Er erreichte das Ende des Ganges. Eine Tür stand offen. Mit einer Hand stieß Dunn sie auf und ging neben dem Türrahmen in die Hocke. Die Tür schwang nach innen, sonst geschah nichts. Er nahm den Schlagstock von seinem Gürtel. Der Griff fühlte sich unvertraut an – in Hurricane brauchte er ihn nicht oft. Doch jetzt packte er das harte Gummi, als würde sein Leben davon abhängen.

Das Büro war nicht vollkommen leer. Es gab einen kleinen Schreibtisch, an dem ein Klappstuhl auf Metall lehnte. An einer Wand befand sich ein großer Schrank, dessen Tür einen Spaltbreit offen stand. Es gab nur den einen Eingang, in dem Dunn stand. Er ließ den Lichtstrahl über den Schrank wandern und atmete einmal tief durch. Er umklammerte den Schlagstock noch fester, um zu spüren, dass er da war.

Sorgfältig sah er sich in dem kleinen Raum um. Er trat neben den Schrank und schob die Tür mit dem Schlagstock behutsam auf. Sie öffnete sich leicht, und erneut blieb alles ruhig. Erleichtert warf Dunn einen Blick ins Innere. Der Schrank war leer – abgesehen von einem Kostüm.

Es war Bonnie, oder eigentlich auch nicht. Das Gesicht war das Gleiche, aber das Fell des Kaninchens war gelb. Es lehnte zusammengesunken und leblos an der Rückwand des Schranks, die Augen dunkle, gähnende Höhlen.

Das Kaninchen hat ihn geholt. Also hatte der Junge nicht gelogen. Carlton musste jemanden angeheuert haben, der in das Kostüm geschlüpft war, um seine Aktion abzuziehen. Trotzdem verschwand Dunns Unsicherheit nicht. Er wollte das Ding nicht berühren. Er senkte die Taschenlampe, steckte den Schlagstock zurück in seinen Gürtel und wollte gerade gehen.

Noch bevor er sich umdrehen konnte, kippte das Kostüm plötzlich nach vorn und landete schwer wie eine Leiche auf ihm. Einen Moment lang bewegte es sich nicht, dann wand es sich heftig und griff mit Händen nach ihm, die nicht menschlich waren.

Dunn schrie, hoch und verzweifelt. Wie wild versuchte er sich zu befreien, als das Kaninchen nach seinem Hemd griff, dann seinen Arm packte. Ein scharfer Schmerz durchfuhr ihn.

Er hat ihn gebrochen. Er hat mir den Arm gebrochen, schoss es ihm durch den Kopf. Doch das Entsetzen, als das Kaninchen ihn mit Leichtigkeit, als sei er ein Kind, herumwarf und gegen die Schranktür schleuderte, betäubte den Schmerz. Dunn rang nach Atem. Das Kaninchen hatte seinen Arm gegen Dunns Hals gepresst, so fest, dass er bei jeder Bewegung noch weniger Luft bekam. Dann sah er das Messer.

Das Kaninchen hielt eine schlanke silberne Klinge. Die großen, gepolsterten Pfoten hätten dafür eigentlich zu unbeholfen sein müssen, aber Dunn erkannte mit Entsetzen die Wahrheit: Das Kaninchen tötete damit nicht zum ersten Mal – und es würde es wieder tun.

Dunn schrie, es war mehr ein Kreischen. Er hatte keinerlei Hoffnung, von irgendjemandem gehört zu werden. Es war einfach nur ein verzweifelter Laut. Er holte tief Luft und brüllte erneut. Es klang geradezu tierisch. Sein ganzer Körper vibrierte dabei, als sei der Schrei ein geeignetes Mittel, sich dagegen zu wehren, was als Nächstes geschehen würde.

Das Messer drang in seinen Körper ein. Dunn spürte, wie es die Haut durchstieß und den Muskel und andere Dinge zerschnitt, die er nicht benennen konnte, und dann tief in seiner Brust stecken blieb. Als er sich vor Schmerz und Todesangst verkrampfte, zog das Kaninchen ihn dicht an sich heran, fast wie in einer Umarmung.

Dunn wurde schwindelig. Als er den Blick hob, sah er zwei Reihen Zähne in einem grinsenden Gesicht, grässlich und gelb. An den Rändern des Mauls löste sich das Fell. Die beiden gähnenden Löcher anstelle der Augen sahen auf ihn herab. Sie waren dunkel und hohl, aber die Kreatur war so dicht vor ihm, dass Dunn kleinere Augen erkennen konnte, die ihn aus der Maske heraus betrachteten. Geduldig hielten sie seinem Blick stand.

Dunn spürte, wie seine Beine taub wurden, sein Blick verschwommen.

Er wollte wieder schreien, um seiner Wut ein letztes Mal Ausdruck zu verleihen, aber er konnte sein Gesicht nicht bewegen, konnte nicht genug Atem holen. Das Kaninchen hielt ihn aufrecht, und dessen Augen waren das Letzte, was Dunn jemals sah.

Charlie schloss die Tür ihres alten Hauses auf und sah noch einmal zurück zu der kleinen Treppe, die zur Veranda hinaufführte.

„Kommst du?“

John stand immer noch auf der untersten Stufe und blickte zum Haus empor. Ein Schauer überlief ihn, bevor er ihr nacheilte.

„Sorry“, sagte er verlegen. „Ich hatte nur eine Sekunde lang so ein komisches Gefühl.“

Charlie lachte humorlos. „Nur für eine Sekunde?“

Sie gingen hinein. John blieb erneut stehen und blickte sich um, als habe er gerade einen heiligen Ort betreten, der es erforderte, dass man einen Moment demütig innehielt. Charlie biss sich auf die Zunge und versuchte nicht ungeduldig zu werden. Sie hatte sich genauso gefühlt. Und vielleicht wäre es ihr auch diesmal ebenso ergangen, wenn sie nicht das dringende Gefühl gehabt hätte, dass sich die Antwort auf alles, die Antwort darauf, wie sie Carlton zurückbekommen konnten, irgendwo dort befinden musste. Wo auch sonst?

„John“, sagte sie, „es ist okay. Komm jetzt!«

Er nickte und folgte ihr die Treppe hinauf in den ersten Stock. Auf halbem Weg blieb er wieder stehen. Charlie sah, dass sein Blick an dem dunklen Fleck hängen geblieben war, der den Holzfußboden im Wohnzimmer verschandelte.

„Ist …“, begann er, schluckte einmal und setzte erneut an. „Ist Stanley noch da?“

Charlie tat so, als habe sie den kleinen Aussetzer nicht bemerkt.

„Du erinnerst dich an seinen Namen!“, sagte sie stattdessen und grinste. John zuckte die Achseln.

„Wem würde ein mechanisches Einhorn nicht gefallen?“

„Ja, er ist noch da. Auch alle anderen sind da, und sie

funktionieren noch. Komm mit." Schnell liefen sie zu Charlies altem Zimmer.

John kniete sich neben das Einhorn und drückte auf den Knopf, der es in Bewegung setzte. Verzückt beobachtete er, wie es auf seiner Schiene durch den Raum fuhr.

Charlie verbarg ihr Lächeln hinter der Hand.

John ließ das Einhorn nicht aus den Augen. Sein Gesicht war ernst, als würde gerade etwas ungeheuer Wichtiges geschehen. Einen Moment lang sah er genauso aus wie damals vor so vielen Jahren. Das Haar fiel ihm ins Gesicht, seine gesamte Aufmerksamkeit auf Stanley gerichtet, als gäbe es nichts Entscheidenderes auf der Welt als dieses mechanische Geschöpf.

Plötzlich wurde seine Aufmerksamkeit nach oben gelenkt, und sein Gesicht leuchtete, während er dorthin zeigte.

„Dein Schrank für große Mädchen! Er ist offen!", rief er, sprang auf die Füße und ging zu dem größten der drei Schränke, dessen Tür einen Spaltbreit offen stand. Er zog sie ganz auf und beugte sich hinein. Der Schrank war leer. „Was war all die Jahre hier drin?", fragte er.

„Ich bin mir nicht sicher", erwiderte Charlie mit einem Achselzucken. „Ich erinnere mich vage daran, dass Tante Jen mich eines Tages zurückgebracht hat, aber ich kann mich auch irren. Vielleicht war er voll mit Kleidung, für die ich endlich groß genug war. Tante Jen war immer sparsam – warum Geld für neue Sachen ausgeben, wenn es nicht sein muss?" Sie lächelte.

John warf einen kurzen Blick auf die kleineren Schränke, aber er sah sie sich nicht näher an.

„Mal schauen, ob ich Fotoalben oder irgendwelche Papiere finde", meinte Charlie. Sie nickte gedankenverloren, während Stanley wieder seinen Ausgangspunkt erreichte. Als sie den Raum verließ, hörte sie, wie er erneut gestartet wurde, um eine weitere Runde zu drehen.

Das Zimmer ihres Vaters lag direkt neben dem von Charlie. Es befand sich im hinteren Teil des Hauses, und es hatte zu viele Fenster. Im Sommer war es zu heiß und im Winter zu kalt, aber Charlie hatte genau gewusst, warum er es sich ausgesucht hatte.

Von dort aus konnte man die Garage und seine Werkstatt sehen. Für Charlie war es daher eindeutig, denn dort war sein Platz, wie ein Teil von ihm immer dort gelebt hatte. Und er wollte nicht so weit weg sein von seinem Lebensmittelpunkt.

Plötzlich war ein Teil ihres Traums wieder da, nicht einmal als Bild, sondern wie ein Weckruf aus ihrer Erinnerung. Sie runzelte die Stirn und blickte aus dem Fenster auf die geschlossene, stumme Garagentür.

Oder er wollte einfach sichergehen, dass nichts von dem, was sich darin befand, unbemerkt entkommen konnte, dachte sie.

Sie riss sich vom Fenster los, rollte mit den Schultern und schüttelte die Hände aus, um das Gefühl loszuwerden. Dann blickte sie sich im Raum um. Genau wie in ihrem eigenen Zimmer war alles unberührt.

Sie öffnete die Schubladen seiner Kommode nicht, aber soweit sie wusste, könnten sie immer noch voller Hemden und Socken sein, sauber zusammengelegt und bereit, getragen zu werden.

Sein Bett war frisch gemacht und mit der karierten Decke versehen, die als Tagesdecke benutzt wurde, nachdem Charlies Mutter gegangen war, als es niemanden mehr gab, der auf weiße Wäsche hätte bestehen können.

An einer Wand stand ein großes Regal, und es war immer

noch vollgestopft mit Büchern. Charlie ging hinüber und sah sie sich an. Viele waren Lehrbücher, Wälzer über Maschinenbau, deren Titel ihr nichts sagten. Und auch der Rest bestand aus Sachbüchern. Eine Sammlung, die auf jeden, der ihn nicht gekannt hatte, äußerst vielseitig gewirkt hätte.

Es gab Bücher über Biologie und Anatomie, sowohl von Menschen als auch von Tieren. Es gab Bücher über die Geschichte reisender Rummelplätze und über Zirkusse. Über die kindliche Entwicklung, über Mythen und Legenden und über Schnittmuster und Nahttechniken. Es gab Bände über Taschenspielerkönige, Patchworkarbeiten und über Cheerleading beim Football und die zugehörigen Maskottchen.

Auf dem allerobersten Regal lagen Stapel von Aktenordnern. Das unterste Brett war leer, bis auf ein Buch: ein Fotoalbum, in Leder gebunden und in so tadellosem Zustand, wie es nach der langen Zeit und bei all dem Staub überhaupt nur möglich war. Charlie griff danach, und es verkantete sich kurz, weil es kaum zwischen die für seine Größe zu niedrigen Regalbretter passte. Schließlich konnte sie es herausziehen. Sie ging zurück in ihr Zimmer, wobei sie die Tür offen stehen ließ, weil sie plötzlich das Gefühl hatte, dass sie sonst vielleicht nicht wieder in den Raum hineinkommen würde.

John saß auf dem Bett, als sie zurückkehrte, und betrachtete Stanley mit zur Seite gelegtem Kopf.

„Was grübelst du hier?“, fragte Charlie, und er blickte auf, immer noch nachdenklich.

„Ich habe mich gefragt, ob er sich wohl einsam gefühlt hat“, sagte er, dann zuckte er die Achseln.

„Er hat doch Theodore“, erwiderte Charlie und deutete lächelnd auf das Kaninchen. „Ella allerdings ist immer ganz allein in ihrem Schrank. Pass auf.“ Sie legte das Album neben John aufs Bett, dann ging sie zum Fußende und drehte an dem Rad, mit dem man Ella in Bewegung setzen konnte. Charlie hockte sich neben John, und gemeinsam sahen sie unverändert fasziniert zu, wie die kleine Puppe in ihrem frischen, sauberen Kleid herauskam und ihnen ausdruckslos Tee anbot. Keiner von ihnen beiden sprach ein Wort, bis sich die Tür des kleinsten Schranks wieder hinter ihr geschlossen hatte. John räusperte sich.

„Und was steht in dem Buch?"

„Da sind Fotos drin", erklärte Charlie. „Ich habe sie mir noch nicht angesehen." Sie nahm das Album und schlug es irgendwo auf. Das oberste Bild zeigte ihre Mutter mit einem Baby, das vielleicht ein Jahr alt war. Sie hielt es über ihren Kopf und ließ es wie ein Flugzeug fliegen. Den Kopf hatte sie lachend in den Nacken gelegt, ihr langes braunes Haar schwang um ihre Schultern. Das Baby hatte voller Begeisterung Augen und Mund aufgerissen. John lächelte.

„Du siehst so glücklich aus", sagte er, und Charlie nickte.

„Ja", sagte sie. „Ich schätze, das bin ich auch gewesen." *Falls ich das bin*, fügte sie im Stillen hinzu.

Sie schlug eine andere Seite auf, die von einem einzigen Foto eingenommen wurde. Es war ein steifes Familienporträt, aufgenommen im Studio. Alle waren sehr formell gekleidet: Charlies Vater trug einen Anzug, ihre Mutter ein hellrosa Kleid mit Schulterpolstern, die ihr fast bis zu den Ohren reichten, und ihr braunes Haar war ordentlich und glatt gekämmt. Beide hielten ein Baby im Arm, das eine in einem weißen Rüschenkleid, das anderen in einem Matrosenanzug.

Charlies Herz setzte für einen Moment aus. Neben sich hörte sie, wie John scharf die Luft einsog. Sie sah ihn an, während sie das Gefühl hatte, der Boden würde ihr unter den Füßen weggezogen.

„Es ist wahr“, sagt sie. „Ich habe ihn mir nicht eingebildet.“

John erwiderte nichts darauf, er nickte nur. Kurz legte er eine Hand auf ihre Schulter, dann wandten sie sich wieder dem Fotoalbum zu.

„Wir haben alle so glücklich ausgesehen“, sagte Charlie leise.

„Ich glaube, das wart ihr auch“, meinte John. „Schau nur, wie albern du grinst.“

Charlie musste lachen.

Und so ging es auf jeder Seite des Albums weiter. Die ersten Erinnerungen einer glücklichen Familie, die damit rechnete, dass es noch viele weitere solcher Momente geben würde.

Sie waren nicht chronologisch sortiert, daher tauchten Charlie und Sammy erst als Kleinkinder auf, dann als Neugeborene, dann in den verschiedensten Stadien dazwischen. Außer bei formalen Anlässen, wenn Charlie in ein Kleid gesteckt wurde – was offensichtlich eher selten vorgekommen war –, ließ sich unmöglich erkennen, welches Baby wer war. Und von Fredbear’s Family Diner gab es nicht die geringste Spur.

Fast am Ende des Albums entdeckte Charlie ein Polaroid Säuglinge, quietsch-rot und schreiend auf dem Rücken liegend und nichts tragend außer außer Windeln und dem typischen Identifikationsarmband einer Klinik. In das weiße Feld unter dem Bild hatte jemand geschrieben: *Mamas Junge und Daddys Mädchen.*

Die restlichen Seiten waren leer. Charlie blätterte wieder zurück, eher wahllos, und fand einen Bilderstreifen aus einem Fotoautomaten. Vier Bilder von ihren Eltern allein. Sie lächelten einander an, dann machten sie Grimassen in die Kamera, dann lachten sie und verpassten dadurch einen Blitz und die Chance zu posieren. Auf dem letzten Foto lächelten sie in die Kamera. Das Gesicht ihrer Mutter war fröhlich und gerötet, aber ihr Vater starrte scheinbar in die Ferne, das Lächeln auf seinem Gesicht wie eingefroren, als hätte er es dort aus Versehen vergessen. Seine dunklen Augen wirkten eindringlich, unnahbar. Charlie widerstand dem Bedürfnis, einen Blick hinter sich zu werfen, als könne sie dann sehen, was er vielleicht fixierte. Sie zog das schützende Zellophan zur Seite und nahm den Bildstreifen heraus. Dann faltete sie ihn zusammen, wobei sie darauf achtete, dass sich der Knick genau zwischen zwei Bildern befand. Sie steckte die Fotos in ihre Tasche und sah John an, der sie wieder betrachtete, als sei sie eine Art unberechenbare Kreatur, vor der er sich in Acht nehmen müsse.

„Was guckst du so?", fragte sie.

„Charlie, weißt du, ich glaube nicht, dass er es getan hat, okay?"

„Das hast du gesagt."

„Ich meine es ernst. Es liegt nicht nur daran, was Carltons Dad gesagt hat. Ich habe ihn so gut gekannt, wie man als Kind den Vater eines anderen Kindes nur kennen kann. Er hätte so etwas nie gemacht. Ich könnte es mir nicht vorstellen." Er sagte es mit ruhiger Bestimmtheit, wie jemand, der daran glaubte, dass die Welt auf Tatsachen und greifbaren Sachverhalten aufgebaut war und in der es so etwas wie eine allgemeingültige Wahrheit gab.

Charlie nickte. „Ich weiß", sagte sie. Sie holte langsam und tief Luft und legte sich die nächsten Worte genau zurecht. „Ich dagegen vielleicht schon."

Seine Augen wurden groß, er wirkte verblüfft, und sie blickte eine Minute lang zur Decke und versuchte sich kurz daran zu erinnern, ob sich all die Risse schon dort befunden hatten, als sie noch ein Kind gewesen war.

„Ich meine nicht, dass ich glaube, er hat es getan. Das denke ich nicht“, sagte sie. „Ich denke überhaupt nicht darüber nach. Ich kann es nicht. An dem Tag, als ich aus Hurricane weggegangen bin, habe ich das alles irgendwo in mir vergraben. Ich denke nicht an das Freddy's. Ich denke nicht daran, was passiert ist, und ich denke nicht an ihn.“

John blickte sie an, als sei sie ein Monster. Als sei das, was sie ausgesprochen hatte, das Schlimmste, was ihm je zu Ohren gekommen war.

„Ich begreife nicht, wie du so etwas sagen kannst“, meinte er leise. „Du hast ihn geliebt. Wie kannst du überhaupt die Möglichkeit in Betracht ziehen, dass er so etwas Schreckliches tun könnte?“

„Selbst die Menschen, die schreckliche Dinge tun, haben Menschen, die sie lieben.“ Charlie suchte nach Worten. „Ich glaube nicht, dass er es getan hat. Das sage ich nicht“, wiederholte sie, und erneut klangen ihre Worte so dünn wie Papier. „Aber ich erinnere mich daran, wie er in Freddys gelbes Kostüm geschlüpft ist, für uns getanzt und so getan hat, als würde er die Lieder singen. Es gehörte irgendwie so sehr zu ihm. Er *war* das Restaurant. Es gab niemand anderen. Und er war immer so distanziert, wie auf dem Bild. Unter der Oberfläche war noch etwas ganz anderes. Es kam einem vor, als habe er ein reales Leben und ein geheimes Leben, weißt du?“

John nickte und sah aus, als wolle etwas sagen, aber Charlie war schneller.

„*Wir* waren das geheime Leben. Sein reales Leben war seine Arbeit. Das war es, was zählte. Wir dagegen waren sein heimliches Vergnügen, gegenüber dem er Gewissensbisse hatte. Uns musste er lieben und sich Zeit für uns freischaufeln, was er verheimlichte und strikt von den Gefahren, die in seiner realen Welt lauerten, trennte. Und auch wenn er Zeit mit uns verbrachte, blieb ein Teil von ihm grundsätzlich zurück in der Realität, was immer die ihm auch bedeutete."

Erneut öffnete John den Mund, aber Charlie schlug das Fotoalbum zu, stand auf und verließ das Zimmer. John folgte ihr nicht sofort, und während sie durch den kurzen Flur zum Schlafzimmer ihres Vaters ging, konnte sie fast hören, wie er einen Entschluss fasste.

Ohne auf ihn zu warten, ging sie zu dem Bücherregal, weil sie das Fotoalbum loswerden wollte, als würde ihr Kopf erst wieder normal funktionieren, wenn sie es weggestellt hatte. Doch das Album wollte einfach nicht wieder an seinen Platz passen.

Sie kniete sich hin, um es mit mehr Kraft zwischen die Regalbretter schieben zu können, wo es hingehörte, damit sie es nicht mehr in den Händen halten musste. Das Regal schien kleiner geworden zu sein, abgesägt, während sie fort gewesen war, sodass das Album nicht mehr zurückgestellt werden konnte, wie sehr sie es auch versuchte.

Mit einem ärgerlichen Ausruf stieß sie das Fotoalbum so hart zwischen die Regalbretter, wie sie nur konnte. Das ganze Regal wankte nach hinten und dann nach vorne. Jede Menge Papiere und Ordner stürzten von oben herab. Charlie begann zu weinen, als einzelne Blätter auf sie herabsegelten und den Boden um sie herum wie Schnee bedeckten. Schnell war John bei ihr.

Er kniete sich neben sie in das Chaos und sammelte die Papiere auf, so schnell es ging, ohne sie zu zerreißen. Vorsichtig legte er eine Hand auf ihre Schulter, und sie wich ihm nicht aus. Er zog sie an sich und hielt sie, und auch sie umarmte ihn, drückte ihn so fest, dass sie ihm wehtun musste, aber sie konnte einfach nicht loslassen. Sie schluchzte heftiger, als würde die Umarmung, der Schutz, es ihr leichter machen, endlich mal loszulassen.

Lange Minuten verstrichen. John streichelte ihr Haar, und Charlie weinte immer noch. Ihr ganzer Körper bebte und zuckte, als sei sie besessen. Sie dachte nicht darüber nach, was geschehen war, irrte nicht von einer Erinnerung zur nächsten, um ihnen dann allen nachzutrauern – ihr Kopf war einfach leer. Sie spürte nichts, war nichts, außer einem einzigen Schluchzen. Ihr Gesicht schmerzte von der Anspannung. Sie hatte das Gefühl, all ihr Schmerz würde durch ihre Brust nach außen gedrängt, und immer noch weinte sie, als würde sie nie wieder aufhören.

Doch das war nur Einbildung. Allmählich beruhigte sie sich, und schließlich fing Charlie sich wieder und zog sich erschöpft und schnell von Johns Schulter zurück.

Wieder saß John da, die Arme immer noch in der Luft, überrascht von der plötzlichen Leere. Er versuchte die peinliche Haltung zu überspielen, ohne Aufmerksamkeit zu erregen.

Charlie lehnte sich gegen die Seite vom Bett ihres Vaters und legte den Kopf dagegen. Sie fühlte sich wie ausgewrungen, ausgezehrt und gealtert, aber sie fühlte sich auch ein wenig besser. Sie schenkte John ein winziges Lächeln, und sie sah, wie bei diesem ersten Anzeichen, dass es ihr wohl gut ging, ein Ausdruck der Erleichterung über sein Gesicht huschte.

„Ich bin okay“, sagte sie. „Es liegt einfach an diesem Haus, das ist alles.“ Sie kam sich albern vor, es zu erklären, aber John rutschte ein Stück heran, um sich neben sie zu setzen.

„Charlie, du musst das nicht erklären. Ich weiß, was passiert ist."

„Tust du das?" Fragend blickte sie ihn an. Sie hatte keine Ahnung, wie sie es ausdrücken sollte. Es erschien ihr zu grausam, zu direkt, es so einfach auszusprechen. „Weißt du, wie mein Vater gestorben ist, John?"

Sofort wirkte er nervös. „Ich weiß, dass er sich umgebracht hat", erwiderte er zögernd.

„Nein, ich meine … weißt du, *wie* er es getan hat?"

„Oh." John sah hinunter auf seine Füße, als könne er ihr nicht in die Augen blicken. „Ich dachte, er habe sich erstochen", sagte er leise. „Ich erinnere mich daran, dass meine Mom und mein Dad darüber gesprochen haben. Sie hat etwas von einem Messer erzählt und von all dem Blut."

„Da war ein Messer", erklärte Charlie. „Und da war auch Blut." Sie schloss die Augen und hielt sie geschlossen, während sie weitersprach. Sie spürte Johns Blick auf ihrem Gesicht, wie er jede einzelne Regung beobachtete, aber sie wusste, wenn sie ihn ansehen würde, wäre sie nicht in der Lage, zu Ende zu sprechen.

„Ich habe es nie gesehen", erklärte sie. „Ich meine, ich habe die Leiche nie gesehen. Ich weiß nicht, ob du dich daran erinnerst, aber meine Tante hat mich mitten am Tag von der Schule abgeholt." Sie hielt inne und wartete auf seine Bestätigung, die Augen immer noch geschlossen.

„Ich erinnere mich", sagte Johns Stimme aus der Dunkelheit. „Es war das letzte Mal, dass ich dich gesehen habe."

„Ja. Sie ist gekommen und hat mich abgeholt, und ich wusste, dass irgendetwas nicht stimmt. Man verlässt nicht mitten am Tag die Schule, wenn alles in Ordnung ist. Sie hat mich nach draußen zu ihrem Auto gebracht, aber wir sind nicht sofort eingestiegen. Sie hat mich hochgehoben und auf die Motorhaube gesetzt. Dann hat sie mir gesagt, dass sie mich liebt."

„Ich liebe dich, Charlie, und alles wird gut werden", sagte Jen, und dann hatte sie mit den nächsten Worten die ganze Welt zum Einsturz gebracht.

„Sie hat mir gesagt, dass mein Vater gestorben sei, und sie hat mich gefragt, ob ich wüsste, was das bedeutet."

Und Charlie hatte genickt, weil sie es wusste, und wegen einer schrecklichen Vorahnung war sie nicht einmal überrascht gewesen.

„Sie hat gesagt, ich würde ein paar Tage bei ihr bleiben, und wir würden ein paar Sachen für mich aus dem Haus holen. Als wir dort ankamen, hat sie mich wie ein kleines Kind auf den Arm genommen. Dann hat sie mir die Hand über die Augen gelegt, damit ich nicht sehe, was im Wohnzimmer war. Aber ich habe sie gesehen."

Es war eine dieser Kreaturen, eine, die sie noch nie zuvor gesehen hatte. Sie stand mit dem Gesicht zur Treppe. Der Kopf war ein wenig vorgebeugt, sodass Charlie in dem Schädel all die Verdrahtung sehen konnte. Die Gliedmaßen und Gelenke waren unbedeckt, ein Skelett aus nackten Metallteilen, zusammengehalten von einem Geflecht von Kabeln, einem blutlosen Kreislauf. Die Arme waren ausgestreckt wie zu einer Umarmung. Das Ding stand mitten in der Pfütze irgendeiner dunklen Flüssigkeit, die sich fast unmerklich auszudehnen schien. Charlie konnte das Gesicht der Kreatur erkennen, falls man es ein Gesicht nennen konnte – die Züge waren kaum ausgeformt, grob und undefinierbar. Sie wirkten verzerrt, fast grotesk, als würde das Ding weinen, wenn es denn hätte weinen können.

Eine Ewigkeit starrte Charlie es an, aber vielleicht waren es auch nicht mal Sekunden, nur ein Augenblick, wäh-

rend Tante Jen sie die Treppe hinauftrug. Seitdem hatte sie es noch so oft gesehen, im Schlaf, wenn sie aufwachte, wenn sie unvorsichtigerweise die Augen schloss. Dann erschien es ihr, drückte sein Gesicht in ihre Gedanken, wie es sich in die Welt gedrückt hatte. Seine blinden Augen waren nur Erhebungen wie die Augen einer Statue, die nichts sahen, außer seiner eigenen Trauer. In seiner Hand, das war ihr fast erst im Nachhinein aufgefallen, lag das Messer. Als Charlie das Messer sah, war ihr schlagartig alles klar. Sie wusste, was das Ding war, und sie wusste, wofür es gebaut worden war.

John starrte sie entsetzt an.

„*So* hat er …?“ Er verstummte.

Charlie nickte. „Natürlich.“

Er beugte sich vor, um sie erneut zu trösten, aber diesmal war es falsch. Ohne nachzudenken, wich Charlie vor ihm zurück, und auf seinem Gesicht machte sich Enttäuschung breit.

„Sorry“, sagte sie schnell. „Es ist einfach … tut mir leid.“

John schüttelte schnell den Kopf und wandte sich wieder den Papieren am Boden zu.

„Wir sollten sie durchsehen, vielleicht finden wir etwas“, sagte er.

„Klar“, erwiderte sie knapp.

Sie begannen irgendwo. Alles war derart durcheinander, dass es gar nicht anders gegangen wäre. Das meiste waren technische Zeichnungen und Seiten voller Gleichungen, für beide absolut unverständlich. Dann gab es Steuerformulare, die John sich sofort griff, weil er hoffte, darin irgendwelche Informationen über Fredbear’s Family Diner zu finden, aber nach einer Viertelstunde gab er mit einem Seufzer auf und ließ die Papiere wieder auf den Boden fallen.

„Charlie, ich steige da einfach nicht durch. Lass uns den Rest ansehen, aber ich glaube nicht, dass wir zu Mathematikern oder Buchhaltern werden, egal, wie lange wir darüber brüten."

Ungerührt wühlte sich Charlie weiter durch die Unterlagen, in der Hoffnung, irgendetwas zu finden, was sie verstehen würde. Sie nahm ein Bündel Papiere hoch und versuchte den nächsten Stapel glatt zu streichen. Ein Foto fiel dabei heraus. John schnappte es sich.

„Charlie, sieh nur", sagte er plötzlich aufgeregt.

Sie nahm es ihm aus der Hand. Es war ihr Vater, in seiner Werkstatt. Er trug das gelbe Kostüm von Freddy Fazbear. Den Kopf, der ausdruckslos in die Kamera starrte, hielt er unter dem Arm, aber Charlies Vater lächelte. Sein Gesicht war gerötet und verschwitzt, als habe er lange Zeit in dem Kostüm gesteckt. Neben ihm stand ein gelber Bonnie.

„Das gelbe Kaninchen", sagte Charlie. „Jason meinte, dass er ein gelbes Kaninchen gesehen hat."

„Aber dein Vater steckt in dem Bärenkostüm."

„Das Kaninchen muss ein Roboter sein", erwiderte Charlie. „Schau dir die Augen an, sie sind rot." Sie sah genauer hin. Die Augen glitzerten rot, aber sie glühten nicht, und dann sah sie auch warum. „Es sind keine roten Augen, sondern es ist der Rote-Augen-Effekt. In dem Kostüm steckt ein Mensch!"

„Also wer …?"

„… wer steckt in dem Anzug?", beendete Charlie für ihn die Frage.

„Wir müssen in die Bücherei", erklärte John und sprang auf. Charlie blieb, wo sie war und starrte nach wie vor auf das Bild.

„Charlie?"

„Ja", sagte sie. Er streckte eine Hand aus, um sie hochzuziehen.

Als sie die Treppe hinunterliefen, blieb John kurz etwas zurück, aber Charlie drehte sich nicht um. Sie wusste, was er sich gerade vorstellte, weil es ihr nicht anders ging: den Fleck auf dem Holzboden, wie er sich langsam ausbreitete.

Auf dem Weg zur Bücherei fuhr Charlie schnell. Ungeduld trieb sie. Das vorausgesagte Gewitter hing in der Luft. Der Duft danach wurde stärker wie eine Warnung. Das sich verschlechternde Wetter verschaffte Charlie in seltsamer Weise eine gewisse Befriedigung. Gewitter in ihrem Innern, Gewitter um sie herum.

„Ich bin noch nie so begierig darauf gewesen, in die Bücherei zu kommen", scherzte John, und sie lächelte knapp und humorlos.

Die Hauptbibliothek in Hurricane befand sich direkt neben der Grundschule, wo sie sich für den Gedenkgottesdienst versammelt hatten, und als sie aus dem Wagen stiegen, warf Charlie einen Blick hinüber zum Spielplatz und stellte sich Kinder vor, wie sie schrien und lachten, während sie im Kreis rannten, ganz versunken in ihr Spiel. *Wir waren so jung.*

Seite an Seite eilten sie die paar Stufen zur Bibliothek hinauf. Es war ein quadratisches, modernes, gemauertes Gebäude, das aussah, als sei es gemeinsam mit der Schule daneben errichtet worden. Charlie konnte sich nur noch vage aus ihrer Kindheit an die Bücherei erinnern. Sie waren unregelmäßig dort gewesen, und Charlie hatte die Zeit immer in der Kinderbuchabteilung verbracht, wo sie dann auf dem Fußboden saß. Jetzt über den Informationstresen sehen zu können, war ein wenig befremdlich.

Die Bibliothekarin war jung. Eine sportlich wirkende Frau in Hosen und einem violetten Pullover. Sie lächelte strahlend.

„Was kann ich für dich tun?“, erkundigte sie sich. Charlie zögerte. Die Frau war vielleicht Ende zwanzig. Charlie fiel auf, dass sie, seit sie nach Hurricane zurückgekehrt war, begonnen hatte, auf das Alter von Leuten zu achten, jedes einzelne Gesicht zu mustern und nachzurechnen, wie alt sie gewesen sein mussten, als *es* passiert war. Diese Frau war damals noch ein Teenager gewesen.

Es ist egal, dachte sie. *Du musst trotzdem fragen.* Sie öffnete den Mund, um sich nach Unterlagen über das Fredbear's zu erkundigen, doch stattdessen sagte sie: „Kommen Sie aus Hurricane?“

Die Bibliothekarin schüttelte den Kopf. „Nein, ich stamme aus Indiana.“ Charlie spürte, wie sie sich entspannte. Sie ist nicht hier gewesen.

„Haben Sie irgendwelche Unterlagen über ein Restaurant namens Fredbear's Family Diner?“, fragte Charlie, und die Frau runzelte die Stirn.

„Meinst du das Freddy Fazbear's? Das gab es hier mal, glaube ich“, meinte sie unbestimmt.

„Nein, das ist nicht das richtige“, entgegnete Charlie, bereit, unendlich viel Geduld mit der Bibliothekarin zu haben, die dankenswerter Weise wahrscheinlich der einzige Mensch in der Stadt war, der ihre Geschichte nicht kannte.

„Wenn es um die Stadtchronik geht oder Firmeneintragungen, müsstest du dich ans Rathaus wenden, aber es ist …“ Sie warf einen Blick auf ihre Uhr. „Es ist schon nach fünf, heute wird das also nichts mehr. Ich habe Zeitungen bis zurück ins Jahr 1880, wenn du sie dir auf Mikrofilm ansehen möchtest“, schlug die junge Frau bereitwillig vor.

„Ja, okay“, sagte Charlie.

„Ich bin Harriet“, stellte sich die Bibliothekarin vor, während sie Charlie und John zu einer Tür im hinteren Teil des Raumes führte. Auch die beiden nannten pflichtschuldig ihre Namen, und Harriet plapperte weiter wie ein Kind, das jemandem sein Lieblingsspielzeug zeigen wollte.

„Ihr wisst, was Mikrofilm ist, oder? Wir können hier einfach nicht unendliche Stapel altes Papier aufheben. Dafür ist nicht genug Platz, und außerdem würden sie irgendwann verrotten, deswegen ist es die beste Methode, um sie aufzubewahren. Man macht Bilder von den Zeitungen und hebt dann den Film auf. Es ist fast wie bei einer Filmrolle. Sie sind sehr klein. Deswegen braucht man ein Gerät, um sie zu lesen.“

„Wir wissen, was das ist“, unterbrach John, als sie eine kurze Pause machte. „Wir wissen nur nicht, wie man damit umgeht.“

„Dafür bin ich ja da!“, erklärte Harriet und stieß die Tür auf. In dem kleinen Raum dahinter befand sich ein Tisch mit einem Bildschirm. Der Bildschirm stand auf einem Kasten, an dem sich auf jeder Seite ein kleines Rad befand. Vorne ragten zwei Griffe heraus. Verwirrt starrten Charlie und John das Ding an, und Harriet grinste.

„Ihr interessiert euch für die Lokalzeitung, richtig? Für welche Jahre?“

„Hm …“ Charlie rechnete zurück. „1979 bis 1982?“, schlug sie vor.

Über Harriets Gesicht glitt ein Strahlen, und sie verließ den Raum. John beugte sich vor und betrachtete die kleine Maschine. Er rüttelte leicht an den Griffen.

„Vorsichtig“, warnte Charlie scherzend. „Wenn das Ding kaputt geht, verliert sie, glaube ich, ihren Lebenssinn.“

John hob beide Hände und trat einen Schritt zurück.

Kurz darauf kam Harriet zurück. In der Hand hielt sie etwas, das aussah wie vier kleine Filmrollen.

„Mit welchem Jahr wollt ihr anfangen?“, fragte sie. „1979?“

„Wahrscheinlich“, meinte Charlie, und Harriet nickte. Sie ging zu der Maschine und fädelte einen der Filme geschickt hindurch. Dann legte sie einen Schalter um, und der Bildschirm leuchtete auf. Eine Zeitung erschien.

„1. Januar 1979“, verkündete John und beugte sich vor, um die Überschriften zu lesen. „Politik, jemand hat einen Wettkampf gewonnen, und da steht was übers Wetter. Außerdem hat eine Bäckerei umsonst Kekse verteilt, um das neue Jahr zu feiern. Klingt alles genauso wie heute, abgesehen von den Keksen.“

„Wenn ihr an den Rädern dreht, könnt ihr weiterlesen“, erklärte Harriet und zeigte es ihnen. „Sagt Bescheid, wenn ihr Hilfe braucht, um einen neuen Film einzulegen. Viel Spaß, ihr beiden!“ Sie zwinkerte ihnen verschwörerisch zu, ging hinaus und schloss die Tür hinter sich.

Charlie setzte sich vor die Maschine. John stellte sich hinter sie, eine Hand auf der Rückenlehne. Es war ein gutes Gefühl, ihn nahe bei sich zu haben, als könne er alles aufhalten, was sich vielleicht in ihre Gedanken schleichen wollte.

„Das ist ziemlich cool“, bemerkte er, und sie nickte, während sie die Zeitungen nach Antworten auf ihre Fragen durchsuchte.

„Okay, grenzen wir es mal ein“, meinte er entschieden. „Worüber würde eine Zeitung am ehesten schreiben?“

„Ich habe nach einer Eröffnungsankündigung gesucht“, sagte Charlie.

„Ja, aber worüber wird eine Zeitung schreiben? Tut mir

leid", fügte er hinzu. „Ich wollte es eigentlich nicht aussprechen, aber das müssen wir."

„Sammy", sagte Charlie. „Wir hätten zuerst nach Sammy suchen sollen. Ich war drei, als wir in das neue Haus gezogen sind. Das muss 1982 gewesen sein."

Vorsichtig wechselten sie die Filmrolle. Charlie warf einen nervösen Blick zur Tür, als fürchte sie, dass Harriet sie dabei erwischen würde, wie sie einen Fehler machten.

„Wann hast du Geburtstag?", fragte John und setzte sich an ihren Platz.

„Weißt du das denn nicht?", neckte sie ihn. Er verzog das Gesicht, als würde er angestrengt nachdenken.

„Am 13. Mai", sagte er schließlich.

Sie lachte überrascht. „Woher wusstest du das?"

Grinsend sah er zu ihr auf. „Ich weiß nun mal so einiges", entgegnete er.

„Aber warum ist das wichtig?"

„Du erinnerst dich daran, dass du drei gewesen bist, als ihr umgezogen seid, aber drei bist du erst im Mai geworden, deswegen können wir schon mal fünf Monate weglassen. Erinnerst du dich noch an irgendetwas im Restaurant an dem Abend, als Sammy verschwunden ist?"

Charlie spürte, wie ein geradezu körperlicher Schmerz sie durchzuckte.

„Tut mir leid", erwiderte sie. Ihr Gesicht brannte. „Tut mir leid, du hast mich überrumpelt. Lass mich nachdenken." Sie schloss die Augen.

Das Restaurant. Der Schrank, voller Kostüme. Sie und Sammy, verborgen in der Dunkelheit darin, bis die Tür geöffnet wurde, das Kaninchen erschien und sich mit seinem grässlichen Gesicht und den menschlichen Augen über sie beugte.

Charlies Herz raste. Bewusst atmete sie ruhig und streckte eine Hand aus. John ergriff sie, und Charlie hielt ihn fest, als wäre er ihr Rettungsanker.

Das Kaninchen beugte sich über sie, die gelben Zähne unter der Maske. Und hinter dem Kaninchen … was war hinter dem Kaninchen? Das Restaurant war geöffnet. Sie konnte Stimmen hören, Menschen. Es gab noch andere Leute in Kostümen – andere Darsteller? Roboter? Nein … fast hatte sie es.

Charlie atmete kaum, während sie versuchte den Gedanken hervorzulocken, voller Angst, sie könne ihn verscheuchen. Ganz langsam, ganz ruhig. Dann hatte sie ihn, erwischt in den Tiefen ihrer Erinnerung, und hielt ihn zappelnd zwischen den Fingern. Sie öffnete die Augen.

„John, ich weiß, wann es gewesen ist", sagte sie.

Früher an jenem Abend, sie war noch hellwach, öffnete sich die Schranktür, und ihre Mutter schaute herein. Ihre Gestalt war von einem Lichtkranz der Deckenleuchte hinter ihr umgeben. Sie lächelte auf die Zwillinge herab, strahlend in ihrem langen, eleganten Kleid, mit ihrem sie umfließenden Haar, ihrem funkelnden Diadem. Mommy ist Prinzessin, *flüsterte Charlie schläfrig und in ihrer einfachen Kindersprache. Ihre Mutter beugte sich herunter und küsste sie auf die Wange.* Aber nur für heute Nacht, *flüsterte sie, und dann ließ sie sie in der Dunkelheit zurück, damit sie schlafen konnten.*

„Sie war eine Prinzessin", sagte Charlie aufgeregt.

„Was? Wer?"

„Meine Mutter", erwiderte Charlie. „Sie hatte sich als Prinzessin verkleidet. Es war eine Halloweenparty. John, sieh mal am ersten November nach."

John kämpfte kurz mit der Bedienung, und dann hatten sie

es vor sich. Die Überschrift war klein, doch sie stand auf der Titelseite der Zeitung vom Montag, dem ersten November: KLEINKIND ENTFÜHRT. Charlie wandte sich ab. John begann laut vorzulesen, doch Charlie unterbrach ihn sofort.

„Nicht“, sagte sie. „Sag mir einfach, ob irgendetwas Hilfreiches drin steht.“

Er verstummte, und sie starrte unruhig zur Tür. Während sie wartete, ließ sie ihren Blick über das nachgemachte Holz von einem aufgedruckten Astloch zum anderen gleiten.

„Hier ist ein Bild“, sagte er schließlich. „Das musst du dir ansehen.“

Sie beugte sich über seine Schulter. Im Innenteil der Zeitung nahm die Story eine ganze Seite ein, mit Bildern des Restaurants, der gesamten Familie und auch von ihr und Sammy, obwohl keiner von ihnen beiden in dem Artikel beim Namen genannt wurde. In der linken unteren Ecke befand sich ein Bild von ihrem Vater und einem anderen Mann. Sie hatten sich gegenseitig den Arm um die Schultern gelegt und grinsten glücklich.

„Da steht, sie waren die beiden Besitzer“, erklärte John leise.

„Nein“, entgegnete Charlie und konnte ihren Blick nicht von dem Bild abwenden, von dem Gesicht, das sie beide kannten.

Plötzlich wurde von draußen heftig gegen die Tür gehämmert, und sie zuckten zusammen.

„CHARLIE! JOHN! SEID IHR DA DRIN?“

„Marla“, sagten sie wie aus einem Mund. Dann lief Charlie zur Tür und riss sie auf.

„Marla, was ist los?“

Marla war ganz rot im Gesicht und völlig außer Atem. Harriet stand besorgt hinter ihr. Marlas Haar war nass, Wasser tropfte vom Gesicht, aber sie wischte es weder fort noch schien sie es überhaupt zu bemerken. *Ich schätze, es hat inzwischen angefangen zu regnen*, dachte Charlie. Der banale Gedanke stahl sich ungebeten in ihren Kopf, trotz der ganzen Aufregung.

„Er ist weg! Jason ist weg“, rief Marla.

„Was?“, fragte John.

„Er ist zurück zum Freddy's. Ich weiß es einfach“, sagte sie. „Er hat immer wieder gesagt, dass wir hinfahren sollten, dass wir nicht einfach nur den ganzen Tag herumhängen dürfen. Ich dachte, er sei in einem anderen Zimmer, aber ich habe überall nachgesehen. Ich weiß, dass er dort ist!“ Es sprudelte aus ihr heraus, ohne dass sie einmal dazwischen Luft holen konnte. Danach war sie außer Atem, und nur noch ein wehklagendes Wimmern stieg aus ihrer Kehle, das sie offenbar nicht unterdrücken konnte.

„Oh nein“, sagte Charlie.

„Kommt“, drängte Marla. Sie zitterte, vibrierte am ganzen Körper. John legte ihr eine Hand auf die Schulter, als wolle er sie trösten, aber sie schüttelte den Kopf. „Versucht nicht, mich zu beruhigen. Kommt einfach mit“, beharrte sie, doch es klang nicht ärgerlich, nur verzweifelt.

Sie drehte sich um und rannte fast zum Ausgang. John und Charlie warfen der verwirrten Bibliothekarin einen entschuldigenden Blick zu, bevor sie sie stehen ließen und Marla folgten.

9

Carlton öffnete die Augen. Er wusste überhaupt nicht, wo er sich befand. In seinem Schädel hämmerte es. Er saß halb aufgerichtet und gegen eine Wand gelehnt. Dann bemerkte er, dass er seine Arme nicht bewegen konnte. Sein Körper schien übersät von Stellen, die stechend schmerzten, andere fühlten sich taub an. Er versuchte sich bequemer hinzusetzen, aber irgendetwas hielt ihn umklammert. Die winzigen Bewegungen, die er machen konnte, führten lediglich dazu, dass es woanders wehtat.

Er blickte sich im Raum um. Es sah aus wie ein Lagerraum. An den Wänden standen Kisten und ausrangierte Farbtöpfe, Putzzeug war über den Boden verteilt, aber es gab noch mehr. Überall lagen pelzige Stoffhaufen herum. Schläfrig betrachtete Carlton sie. Er fühlte sich benommen, so als würde er, wenn er wieder die Augen schloss, sofort erneut einschlafen, ganz einfach … *Nein.*

Er schüttelte heftig den Kopf, um einen klaren Gedanken zu fassen, und schrie auf. „Oh nein“, stöhnte er, als der pochende Schmerz in seinem Schädel ihn überwältigte und sich ihm der Magen umdrehte. Er biss die Zähne zusammen und schloss die Augen, dann wartete er darauf, dass das Pochen und die Übelkeit nachließen.

Schließlich taten sie das, wurden wieder erträglich, und

er öffnete erneut die Augen und begann wieder von vorn. Diesmal konnte er schon etwas klarer denken. Er blickte an seinem Körper hinab und erkannte, was seine Bewegungsfähigkeit einschränkte. *Oh nein.*

Man hatte ihn in ein schweres, fassförmiges Maskottchenkostüm gezwängt. Es war der kopflose obere Teil irgendeines Tiers. Auch seine Arme steckten darin fest. Sie wurden in einer unnatürlichen Position von einer Art Metallgerüst an seinen Körper gepresst. Die Arme des Kostüms hingen leer an den Seiten herunter. Seine Beine ragten unten heraus und wirkten im Vergleich klein und dünn.

Im Innern des Torsos konnte er auch noch andere Dinge fühlen, Metallteile, die sich in seinen Rücken bohrten. Er spürte, dass seine Haut an mehreren Stellen aufgeschürft war, und er wusste nicht, ob das, was da an seinem Rücken hinunterlief, Schweiß oder Blut war.

Irgendetwas drückte von beiden Seiten in seinen Hals. Wenn er den Kopf wendete, drohte es, was immer es auch war, seine Haut zu durchbohren. Das Fell des Kostüms war schmutzig und verfilzt, die Farbe verblichen. Vielleicht war es früher einmal leuchtend blau gewesen, jetzt allerdings war es nur noch beige mit einem bläulichen Schimmer.

Kaum mehr als einen Meter entfernt, sah er auf einem Pappkarton einen Kopf in der gleichen Farbe. Mit einer gewissen Neugier betrachtete er ihn, aber er hätte nicht sagen können, was er darstellen sollte. Er wirkte, als hätte man jemandem gesagt *Mach ein Tier*, und der hätte dann genau das getan und dabei darauf geachtet, dass es keinem *bestimmten* Tier ähnlich sah.

Er blickte sich weiter in dem Raum um, und langsam begriff er. Er wusste, wo er war. Die Stoffhaufen hatten Gesichter. Es waren leere Kostüme, Maskottchen aus dem Restaurant, ohne Inhalt, zusammengesunken, die ihn aus leeren Augen anstarrten, als wollten sie etwas von ihm.

Er sah sich um und versuchte ruhig seine Umgebung einzuschätzen, obwohl ihm das Herz in der Brust hämmerte. Der Raum war klein, eine einzelne Birne, die von der Decke hing, erhellte ihn schwach und flackerte leicht. Fast schien es, als würde der Raum sich bewegen. Ein kleiner Tischventilator, braun von Rost, drehte sich sanft in einer Ecke, aber die Luft, die er herüberblies, war schwer von altem Schweiß aus Kostümen, die seit zehn Jahren nicht mehr gewaschen worden waren.

Carlton war es viel zu heiß. Die Luft war zu stickig. Er versuchte aufzustehen, aber ohne die Hilfe seiner Arme konnte er sich nicht abstützen. Als er sich bewegte, überlief ihn eine weitere Welle der Übelkeit. Erneut raste ein heftiger Schmerz durch seinen Kopf.

„Das würde ich nicht tun“, murmelte eine Stimme, die wie ein Reibeisen klang.

Carlton blickte sich um, konnte aber niemanden entdecken. Dann wurde die Tür geöffnet. Sie bewegte sich langsam, und trotz seines Entsetzens verspürte Carlton eine gewisse Ungeduld.

„Wer ist da? Lassen Sie mich hier raus!“, rief er panisch und verzweifelt.

Die Tür quiekte wie ein verletztes Tier, während sie wie von Geisterhand bewegt aufglitt. Der Türrahmen war leer.

Einen Augenblick später steckte ein gelbes Kaninchen den Kopf um die Ecke. Die Ohren waren lustig nach vorne geklappt. Es verharrte einen Moment, posierte geradezu, dann kam es mit hüpfenden Schritten herein, absolut elegant, ganz anders als die steifen, mechanischen Bewegungen des animatronischen Tiers. Es machte ein paar kleine

Tanzschritte, drehte sich einmal im Kreis und verbeugte sich tief. Dann hob es die Pfoten und nahm seinen Kopf ab. Darunter kam der Mann zum Vorschein, der in dem Kostüm steckte.

„Ich sollte wahrscheinlich nicht besonders überrascht sein“, bemerkte Carlton. Der Stress ließ ihn unwillkürlich sarkastisch werden. „Vertraue niemals einem Kaninchen, sage ich.“

Es ergab keinen Sinn, es war nicht lustig, aber die Worte kamen ihm einfach so über die Lippen, ohne dass er sie bewusst formuliert hätte. Ihm war immer noch übel, sein Kopf schmerzte wie zuvor, aber ihm wurde plötzlich einiges klar: *Das ist also mit Michael passiert.* Du *bist sein Mörder.*

„Sag nichts“, befahl Dave. Carlton öffnete den Mund, um etwas zu erwidern, doch die Bemerkung löste sich nicht von seiner Zunge, als er das Gesicht des Nachtwächters sah. Er hatte irgendwie so blass gewirkt, als sie ihn das erste Mal getroffen hatten, ausgelaugt und untauglich. Aber jetzt, wie er dort in seinem absurd wirkenden Kaninchenkostüm über Carlton aufragte, sah er völlig anders aus. Natürlich war sein Gesicht immer noch dasselbe – die hageren Züge, die eingesunkenen Augen, die Haut, die dünn wie Pergament schien und wirkte, als drohe sie jeden Moment zu reißen. Doch nun strahlte er eine hinterhältige, unbestreitbare Stärke aus, eine rattenartige Vitalität, die Carlton kannte.

Schon vor Jahren war Carlton aufgefallen, dass es zwei Typen von bösen Menschen gab: Zum einen die, die man sofort erkannte, wie sein Englischlehrer aus der sechsten Klasse, der herumbrüllte und mit Radiergummis warf. Oder die Kinder aus der fünften Klasse, die nach der Schule jüngeren Schülern auflauerten, um sie zu verprügeln. Dieser Typ Mensch war leicht zu durchschauen. Ihre Übergriffe geschahen öffentlich, waren brutal und nicht zu leugnen. Aber dann gab es da auch noch die anderen, die kleinen Tyrannen, die immer gehässiger wurden, weil sie sich zunehmend verschmäht fühlten – von der eigenen Familie, die sie nicht anerkannte, von Nachbarn, die sie kaum merklich, aber doch stets geringschätzig behandelten, von der Welt, die sie irgendwie im Stich gelassen hatte, weil ihnen etwas Entscheidendes fehlte.

Vor ihm stand jemand, der den Großteil seines Lebens damit verbracht hatte, wie eine in die Ecke getriebene Ratte zu kämpfen, sodass bitterster Sarkasmus zu einem Teil von ihm geworden war. Er griff andere an und weidete sich an ihrem Schmerz, wobei er davon überzeugt war, dass die Welt ihm sein grausames Vergnügen einfach schuldig war. Das Gesicht des Nachtwächters, in dessen bösartigen Zügen sich die Freude an Carltons Schmerz und Angst spiegelte, gehörte zu den Furcht einflößendsten Dingen, die Carlton je gesehen hatte. Er öffnete den Mund, schloss ihn erst und fand dann doch tapfer seine Stimme wieder.

„Dave, was ist denn das für ein Name für einen Serienkiller?“, fragte er. Es war nur ein zitterndes Krächzen, dem jeder Wagemut fehlte. Dave schien ihn nicht zu hören.

„Ich habe dir doch gesagt, dass du dich nicht bewegen sollst, Carlton“, wiederholte er ruhig. Er stellte den Kopf des Kaninchens auf eine Plastikkiste und fummelte die Verschlüsse an seinem Hals auf. „Das ist kein Befehl, es ist eine freundliche Warnung. Weißt du, wo ich dich hineingesteckt habe?“

„In deine Freundin?“, meinte Carlton, und Dave lächelte schmallippig.

„Du bist amüsant“, sagte er voller Abneigung. „Aber nein. Du trägst kein Kostüm, Carlton. Nicht im engeren Sinne.

Weißt du, diese Anzüge hatten zwei Verwendungszwecke. Einmal wurden sie von Männern wie mir getragen …“, mit einer fließenden Handbewegung, in der ein gewisser Stolz mitschwang, deutete er auf sich, „… und dann waren sie auch für die animatronischen Figuren bestimmt, die man auf der Bühne sieht. Verstehst du das?“

Carlton nickte, vielmehr wollte er es, aber Dave hob eine Augenbraue, und er hielt inne.

„Ich habe gesagt, du sollst dich nicht bewegen“, sagte Dave. Er zog das Kostüm am Hals auseinander und machte sich an einem weiteren Verschluss im Rücken zu schaffen, während er weitersprach. „All die animatronischen Teile sind immer noch in dem Anzug. Sie werden einfach nur von Schnappverschlüssen wie diesem zurückgehalten.“

Dave ging zu dem Haufen mit den Kostümen, wählte einen langhaarigen grünen Torso ohne Kopf aus und brachte ihn hinüber zu Carlton. Er hielt das Kostüm vor sich und wackelte mit zwei Metallstücken, die am Halsausschnitt befestigt waren.

„*Das* sind Schnappverschlüsse“, sagte er und hielt die Metallteile so dicht vor Carltons Gesicht, dass er sie kaum noch erkennen konnte. „Pass auf.“ Er tat irgendwas, berührte irgendein Teil des Schlosses so unauffällig, dass Carlton nicht sehen konnte, was er gemacht hatte. Der Verschluss schnappte mit einem Knallen auf, das sich anhörte wie die Fehlzündung bei einem Auto. Carlton versteifte sich und nahm die Anweisung, sich nicht zu bewegen, plötzlich geradezu tödlich ernst.

„Dies ist ein sehr altes Kostüm, eines der ersten, die Henry gebaut hat. Man kann diese Schnappverschlüsse sehr, sehr leicht auslösen, wenn man nicht genau weiß, was man tut“, fuhr Dave fort. „Man braucht sie kaum zu berühren.“

„Henry?“, fragte Carlton und versuchte sich darauf zu konzentrieren, was ihm gesagt wurde. Er konnte immer noch den Knall hören, wie einen Ohrwurm, den er nicht mehr aus dem Kopf bekam. *Ich werde sterben*, dachte er zum ersten Mal, seit er aufgewacht war. *Dieser Mann wird mich töten. Ich werde sterben, und was dann? Wird es je irgendjemand erfahren?*

Er presste die Zähne aufeinander und blickte Dave in die Augen. „Wer ist Henry?“

„Henry“, erwiderte Dave, „der Vater deiner Freundin Charlie.“ Er machte ein überraschtes Gesicht. „Hast du nicht gewusst, dass er das Restaurant hier gebaut hat?“

„Oh ja, klar“, sagte Carlton verwirrt. „Für mich war er nur immer einfach Charlies Dad.“

„Natürlich“, entgegnete Dave mit diesem gewissen Ton in der Stimme, den Leute an sich hatten, wenn ihnen etwas völlig egal war. „Also, das ist einer seiner ersten Anzüge“, fuhr er fort und deutete auf Carlton. „Und wenn du die Schnappverschlüsse auslöst, werden zwei Dinge passieren. Erstens werden alle Verschlüsse in deinen Körper schlagen und tiefe Wunden hinterlassen. Nur den Bruchteil einer Sekunde später bohren sich dann alle animatronischen Teile, die von ihnen zurückgehalten werden, all der scharfe Stahl und das harte Plastik, ebenfalls direkt in dich hinein. Du wirst sterben, aber es wird langsam geschehen. Du wirst spüren, wie deine Organe durchbohrt werden. Dein Blut wird den Anzug durchtränken. Viele lange Minuten wirst du wissen, dass du jetzt stirbst. Du wirst versuchen zu schreien, aber dazu wirst du nicht mehr in der Lage sein. Deine Stimmbänder werden durchtrennt sein. Deine Lunge wird sich mit deinem eigenen Blut füllen, bist du darin ertrinkst.“

Sein Blick wirkte versonnen, und Carlton wusste mit

schrecklicher Sicherheit, dass Dave nicht in der Zukunft schwelgte. Er schwelgte in der Vergangenheit.

„Woher …“ Carltons Stimme brach, dann versuchte er es erneut. „Woher weißt du das?“, fragte er mit einem rauen Flüstern. Dave sah ihm in die Augen und lächelte breit.

„Was meinst du wohl?“ Er machte sich daran, den letzten Verschluss seines eigenen Kostüms zu öffnen. Es dauerte etwas. Carlton sah mehrere Minuten lang zu, wie Dave an dem Mechanismus herumhantierte, der unter dem Kragen verborgen lag. Mit Schwung streifte Dave den Torso ab, und Carlton stieß unwillkürlich einen Laut aus. Er klang wie ein hilfloses und ängstliches Wimmern.

Unter dem Kostüm trug Dave kein Hemd, und nun war seine nackte Brust selbst in dem spärlich flackernden Licht zu erkennen. Seine Haut war fürchterlich vernarbt, voller aufgewölbter weißer Linien, die sein Fleisch in symmetrischen Mustern überzogen, wobei die eine Seite seines Körpers die andere exakt widerspiegelte.

Dave sah, wie er ihn anstarrte, und stieß plötzlich ein glückliches Lachen aus. Carlton überlief ein Schauder. Dave hob die Arme und drehte sich langsam im Kreis, um Carlton zu zeigen, dass sich die Narben überall befanden und sie seinen Rücken bis hinunter zu seiner Hüfte wie ein dünnes Spitzenhemd überzogen. Vielleicht liefen sie auch noch unter der Hose des Kaninchenkostüms an seinen Beinen entlang. In seinem Nacken, wo sie am größten und sichtbarsten waren, befanden sich zwei Narben, die wie parallele Linien von seiner Halsbeuge bis ganz nach oben zum Haaransatz gemeißelt waren.

Carlton versuchte zu schlucken. Sein Mund war so trocken, er hätte nicht sprechen können, selbst wenn er versucht hätte, irgendetwas zu sagen.

Dave lächelte unangenehm.

„Nicht bewegen“, sagte er noch einmal.

„Er ist hier. Er muss hier sein!“, rief Marla und starrte verzweifelt auf die Tür, die ins Freddy’s führte. Immer wieder ballte sie die Fäuste, bis die Fingerknöchel weiß hervortraten. Charlie beobachtete sie hilflos. Es gab nichts zu sagen.

Die Tür war nicht länger durch Ketten versperrt. Stattdessen war es nicht länger eine Tür. Sie war zugeschweißt worden. Das Metall schloss nahtlos mit dem Rahmen ab, und die Türangeln waren verschwunden. Alle starrten auf die Stelle und waren nicht wirklich in der Lage zu begreifen, was sie da sahen.

Charlie verlagerte ihr Gewicht von einem Fuß auf den anderen. Sie war in eine Pfütze getreten, als sie aus dem Wagen gesprungen war, und nun waren ihre Schuhe und Socken durchgeweicht und eiskalt. Es schien ihr unverzeihlich, in einem solchen Moment derart mit sich selbst beschäftigt zu sein, aber ihre Aufmerksamkeit wurde ohne ihr Zutun immer wieder darauf gelenkt.

„Das ist doch verrückt“, sagte Marla mit offenem Mund. „Wer tut so etwas?“ Frustriert warf sie die Hände in die Luft. „Wer tut so etwas?“ Sie schrie fast. „Irgendjemand hat das getan! Jemand hat die Tür zugeschweißt. Und wenn Jason jetzt da drin ist?“

Marla vergrub ihr Gesicht in den Händen. Jessica und Lamar traten neben sie, um sie zu trösten, aber sie winkte ab.

„Ich bin okay“, sagte sie knapp, aber sie rührte sich nicht und starrte weiterhin auf jene Stelle in der Wand, wo sich zuvor die Tür befunden hatte. Marla wirkte jetzt kleiner, schmaler. Die aus Panik geborene Energie, die sie vorhin noch getrieben hatte, war verschwunden und hatte sie leer und ziellos zurückgelassen. Sie sah zu Charlie, ohne die anderen zu beachten, und Charlie blickte ihr unbehaglich in die Augen.

„Was machen wir jetzt?“, fragte Marla. Charlie schüttelte den Kopf.

„Ich weiß es nicht, Marla“, sagte sie sinnloserweise. „Falls er da drin ist, müssen wir ihn herausholen. Irgendeinen Weg muss es geben.“

„Und es muss auch noch einen anderen Weg hineingeben“, stimmte John ihr zu, obwohl er sicherer klang, als Charlie sich fühlte. „Das Freddy's hatte Fenster, eine Lieferantentür, oder? Es muss Notausgänge gegeben haben. Irgendetwas werden wir finden!“

„Wartet!“, rief Marla, und alle blieben wie angewurzelt stehen. Sie deutete auf den Boden.

„Was ist?“, wollte Charlie wissen und trat neben sie.

„Das ist Jasons Fußabdruck“, sagte Marla. „Man kann den Markennamen erkennen. Es sind diese lächerlichen Schuhe, für die er das Taschengeld eines ganzen Jahres ausgegeben hat.“

Charlie sah genauer hin. Marla hatte recht. Dort war ein matschiger Fußabdruck in Jasons Größe, ganz frisch. Plötzlich war Marlas Gesicht wieder lebendig und zu allem entschlossen.

„Er muss gerade erst hier gewesen sein“, erklärte Marla. „Seht ihr, die Spuren drehen um und gehen wieder weg. Die Tür muss bereits zugeschweißt gewesen sein, als er hier ankam. Wahrscheinlich ist er immer noch irgendwo hier. Kommt mit!“

Jasons Spuren führten weiter den Gang entlang in die Dunkelheit. Geduckt folgte die Gruppe ihnen. Charlie blieb etwas zurück, ließ aber den hüpfenden Lichtkegel der Taschenlampe an der Spitze nicht aus den Augen. Es gab irgendetwas, das sie vergessen hatte, etwas, das sie wissen sollte. Etwas über das Freddy's. John, der bemerkte, wie aufgelöst sie war, ließ die anderen vorgehen.

„Bist du okay?", fragte er leise, und Charlie nickte. „Alles gut", sagte sie. „Geh nur." Er wartete darauf, dass sie noch mehr sagte, aber sie starrte nur voraus in die Dunkelheit. *Einen anderen Weg hinein.*

„Ich hab was gefunden!" Jessicas Stimme drang durch die Dunkelheit und riss Charlie aus ihren Gedanken. Sie lief hinter den anderen her. Lamar hatte die Taschenlampe in der Hand und richtete sie auf einen Lüftungsschacht knapp über dem Boden.

Der Schacht war alt und rostig, und seine Abdeckung lag zwischen vielen Fußabdrücken und einigen Matschklumpen flach auf dem Boden.

„Jason, was tust du?", keuchte Marla und kniete sich neben den Lüftungsschacht. „Was denkst du dir nur?" Der Ton ihrer Stimme schwankte zwischen Panik und Erleichterung. „Wir müssen ihm nach", erklärte sie.

Charlie waren ihre Zweifel deutlich anzusehen, aber sie sagte nichts.

Es war John, der das Wort ergriff. „Der Schacht ist zu eng", sagte er. „Ich glaube nicht, dass einer von uns dort durchpasst."

Marla blickte selbst hinein, dann musterte sie einen nach dem anderen.

„Jessica", sagte sie schließlich entschieden. „Komm her."

„Wie?" Jessica blickte zur Seite, als würde es vielleicht noch jemand anderes mit ihrem Namen geben. „Ich glaube nicht, dass ich da durchpasse, Marla."

„Du bist die Schlankste“, erklärte Marla knapp. „Versuch es einfach, okay?“

Jessica nickte, ging zu dem Lüftungsschacht und kniete sich auf den schlammigen Boden des Ganges. Einen Moment lang betrachtete sie das Loch in der Wand, dann versuchte sie, sich hindurchzuquetschen, aber bei ihren Schultern wurde es bereits schwierig, und einen Augenblick später zog sie den Kopf wieder heraus. Sie war leicht außer Atem.

„Marla, es passt einfach nicht. Tut mir leid“, sagte sie.

„Es kann passen!“, entgegnete Marla. „Bitte, Jessica.“

Jessica drehte sich zu den anderen um, und als Charlie ihr Gesicht sah, war es fast weiß, ablehnend, ausdruckslos. *Sie hat Platzangst*, dachte Charlie, doch bevor sie etwas sagen konnte, versuchte Jessica erneut, sich in den Lüftungsschacht zu zwängen.

„Bitte“, sagte Marla erneut, aber Jessica schnellte plötzlich zurück, als habe sie etwas gebissen.

„Ich kann es nicht, Marla“, sagte sie, ihr Atem ging flach und schnell, als habe sie gerade einen Sprint hinter sich. „Ich passe nicht durch!“

„Es muss noch einen anderen Weg hinein geben.“ Charlie trat vor und schob ihren Arm zwischen Marla und Jessica, als wolle sie eine Auseinandersetzung verhindern.

Charlie schloss die Augen und versuchte erneut, sich zu erinnern. Sie stellte sich das Restaurant vor, versuchte es nicht so zu sehen, wie sie es in den vergangenen Tagen vorgefunden hatten, sondern wie es vor Jahren ausgesehen hatte. „Es ist da drin immer sehr heiß geworden, stickig“, sagte sie. „Im Sommer hat es nach Pizza gerochen und altem Frittierfett und verschwitzten Kindern, und mein Dad hat immer gesagt …“ *Das ist es.* „Er hat immer gesagt: ‚Wer hatte bloß die großartige Idee, das Dachfenster in einen Schrank einzubauen?'", vollendete sie ihren Satz triumphierend und erleichtert. Sie sah den kleinen Lagerraum mit dem Dachfenster vor sich. Sammy und sie waren immer hineingeschlichen und hatten ein paar Minuten dort gesessen und die kühle Luft genossen, die von draußen hereinströmte.

„Dann ist das die Lösung. Wir müssen aufs Dach", erklärte John und riss Charlie aus ihren Erinnerungen.

„Welches Dach?", fragte Marla und blickte zur Decke des Ganges. Ihre Panik hatte sich etwas gelegt, seit ihr klar war, dass Jason noch lebte, aber ihre Sorge war immer noch fühlbar. Ihr Blick wanderte ständig von einem zum anderen, als könnte ihr kleiner Bruder plötzlich aus irgendeinem Schatten auftauchen.

„Es ist, wie alles andere auch, überbaut worden", meldete sich Lamar zu Wort.

„Vielleicht nicht", meinte Charlie. „Das Dach des Einkaufszentrums ist ziemlich hoch. Ich wette, es gibt dort oben mindestens einen Zwischenraum, durch den man kriechen kann."

„Eine Art Kriechboden?", fragte John aufgeregt. „Also genug Platz zwischen dem Dach vom Freddy's und dem Dach des Einkaufszentrums? Da oben?" Er starrte einen Augenblick hinauf in die Dunkelheit. „Einen Kriechzwischenraum.", wiederholte er, diesmal etwas leiser.

Charlie betrachtete unterdessen die Decke des Korridors und verglich dessen Maße in Gedanken damit, was sie von außen gesehen hatten. Die Höhe war geringer. Es konnte nicht anders sein.

„Das ist nicht das Dach des Einkaufszentrums. Es ist nicht hoch genug", sagte sie und fühlte sich wieder ermutigt. Mit schnellen Schritten ging sie den Gang hinunter, ohne auf die anderen zu warten. Die folgten ihr, und plötzlich wurde der Bereich über ihr erleuchtet, als Lamar sie einholte und den Strahl der Taschenlampe nach oben richtete.

Charlie ging hin und zurück und ließ ihren Blick von der Wand zur Decke gleiten und wieder hinunter, während sie sich in Erinnerung zu rufen versuchte, wie das alles von außen aussah.

„Die Decke von diesem Gang ist wahrscheinlich auf einer Höhe mit dem Dach vom Freddy's", erklang Jessicas Stimme hinter Charlie, die kurz zusammenzuckte. Sie war so konzentriert gewesen, dass sie ihre Freunde ganz vergessen hatte.

„Wir müssen da rauf", erklärte Charlie und drehte sich erwartungsvoll zu den anderen um. Die sahen sie einen Moment ausdruckslos an.

Dann hob Lamar reflexartig den Arm, als wolle er sich melden. Schnell fasste er sich wieder und räusperte sich stattdessen.

„Ich will ja nicht schlau reden, aber die Lösung ist eigentlich kaum zu übersehen", sagte er und deutete an Charlie vorbei. In drei Metern Entfernung lehnte eine Leiter für Wartungsarbeiten an der Wand.

Charlie grinste, winkte John, ihr zu folgen, und lief hinüber. Gemeinsam packten sie die Leiter. Sie war schwer, aus Metall und voller Farbflecken, aber man konnte sie tragen. Sobald Charlie die Leiter sicher umfasst hielt, hob sie den Blick erneut zur Decke.

„Irgendwo gibt es bestimmt ein Loch, eine Luke oder etwas in der Art", meinte sie.

„Ein Loch oder eine Luke oder irgendwas in der Art?", wiederholte John. Ein Lächeln umspielte seine Mundwinkel, während er die andere Seite der Leiter anhob.

„Hast du eine bessere Idee? Komm jetzt.“ Sie zerrte die Leiter so heftig mit sich, dass John stolperte und fast hingefallen wäre.

Langsam gingen sie weiter. Da sie nur die eine Taschenlampe hatten, konnten sie nicht gleichzeitig den Weg ausleuchten und die Wand absuchen. Deswegen blieben sie alle paar Meter stehen, damit Lamar den Lichtkegel über den Streifen gleiten lassen konnte, wo die gemauerte Wand auf die Decke des behelfsmäßigen Ganges traf. Wasser tropfte von oben herab.

Obwohl sie immer wieder anhielten, war Charlie für die kleinen Unterbrechungen dankbar. Die Leiter, für den professionellen Einsatz gebaut, war schwer. Sie hätte die anderen bitten können, sich mit ihr abzuwechseln, aber irgendwie erschien es ihr wichtig, auch körperlich zur Suche beizutragen. Sie wollte helfen.

Marlas Unruhe wuchs zunehmend. Nachdem sie eine ganze Strecke zurückgelegt hatten, ohne etwas zu finden, begann sie, leise Jasons Namen zu rufen.

„Jason! Jason, kannst du mich hören?“

„Er ist im Restaurant“, sagte John knapp. „Er kann dich nicht hören.“ Wegen des Gewichts der Leiter klang er angestrengt – er trug das breitere Ende –, und sein Ton war fast bissig.

„Das weißt du doch gar nicht.“

„Marla, hör auf“, sagte Jessica. „Wir tun doch alles, was wir können.“

Marla antwortete nicht. Ein paar Minuten später erreichten sie das Ende des Ganges.

„Und was jetzt?“, fragte John.

„Ich habe keine Ahnung“, erwiderte Charlie verwirrt. „Ich war mir sicher, dass wir irgendetwas finden würden.“

„Funktioniert das Leben gewöhnlich so bei dir?“, neckte John sie und hob eine Augenbraue.

Ein Stück weiter den Gang hinunter stieß Lamar einen triumphierenden Laut aus.

„Ich habe was gefunden!“

Marla rannte sofort zu ihm, und Jessica folgte ihr etwas vorsichtiger, weil sie in der Dunkelheit irgendwelche Hindernisse fürchtete.

Charlie zwinkerte John zu und nahm die Leiter wieder auf. Schnell hob er auch seine Seite hoch, und sie schleppten sie den Weg zurück, den sie gekommen waren.

Als Charlie und John die anderen erreichten, blickten alle nach oben zur Decke. Charlie tat es ihnen gleich.

Tatsächlich befand sich dort eine quadratische Falltür, groß genug, dass ein Erwachsener hindurchpasste. Die Ränder waren in der Dunkelheit kaum zu erkennen.

Wortlos setzten sie die Leiter ab. Sie war ungefähr drei Meter hoch und reichte nahe genug an die Decke heran.

Marla kletterte als Erste nach oben, während Lamar auf der einen und Jessica auf der anderen Seite die Leiter festhielten.

John und Charlie folgten Marla mit dem Blick.

„Also die Falltür dort …“ John deutete darauf. „Die Falltür über diesem Gang ist direkt neben dem Freddy’s. Dadurch werden wir auf das Dach vom Freddy’s kommen, in einen Kriechzwischenraum, der sich unter dem Dach des Einkaufszentrums befindet. Und auf dem Dach vom Freddy’s gibt es ein Oberlicht, das wir finden werden, wenn wir diesen Zwischenraum absuchen.“ Während er sprach, zeichnete er mit dem Finger eine unsichtbare Skizze in die Luft. Er klang äußerst skeptisch. Charlie antwortete nicht.

Marlas Schritte auf der Leiter hallten in dem Gang wider.

„Sobald wir das Oberlicht gefunden haben“, fuhr John fort, obwohl er sich nicht sicher war, dass Charlie zuhörte, „springen wir runter ins Freddy’s, wahrscheinlich ohne jede Chance, wieder herauszukommen.“

Oben auf der Leiter hantierte Marla an irgendetwas herum, das sich an der Decke befand. Die anderen konnten nicht sehen, was es war. Ärgerlich murmelte Marla vor sich hin.

„Ist sie abgeschlossen?“, rief Charlie hinauf.

„Ja, sicher“, sagte John, dem inzwischen klar war, dass er nur mit sich selbst redete. „Das macht Sinn.“

„Der Riegel klemmt nur“, erwiderte Marla. „Ich brauche … Ha!“ Ein dumpfes Schnappen ertönte. „Ich hab’s!“, rief sie. Mit den Händen über dem Kopf drückte sie die Tür langsam nach oben, bis sie mit einem Knall zur Seite fiel.

„Da haben wir uns ja jetzt echt angeschlichen“, meinte John trocken.

„Das ist egal“, erwiderte Charlie. „Wir müssen trotzdem rein. Außerdem, glaubst du wirklich, dass derjenige, der da drin ist, nicht längst weiß, dass wir kommen?“

Über ihnen kletterte Marla durch die entstandene Öffnung. Sie stützte sich am Rahmen ab und drückte sich von der Leiter hoch, die gefährlich schwankte. Lamar und Jessica packten sie und versuchten, sie festzuhalten, aber das war nicht nötig. Marla war bereits in dem Loch verschwunden und auf dem Dach. Alle warteten darauf, dass sie etwas sagen würde.

„Marla?“, rief Jessica schließlich.

„Ja, ich bin okay“, antwortete Marla.

„Was siehst du?“, wollte Charlie wissen.

„Werft mir eine Taschenlampe hoch.“ Marlas Arm erschien in der Luke und winkte ungeduldig. Lamar ging ein wenig dichter heran und warf ihr die Taschenlampe vorsichtig zu. Marla fing sie aus der Luft, und im gleichen Moment verschwand der Lichtstrahl – die Lampe war ausgegangen.

Marla hockte in dem Kriechboden in der Dunkelheit und versuchte die Taschenlampe wieder einzuschalten. Sie schüttelte sie, dass die Batterien klapperten, und schaltete sie vergeblich immer wieder ein und aus. Als sie den Kopf abschraubte und in das Batteriefach pustete, spürte sie Panik in sich aufsteigen. Seit sie begriffen hatte, dass Jason verschwunden war, hatte sie sich ausschließlich auf ihn konzentriert. Erst jetzt, allein in der Dunkelheit, ging ihr auf, in welcher Gefahr sie sich vielleicht befand. Sie schraubte den Kopf wieder fest, und sofort ging die Lampe an. Geblendet schloss sie die Augen und richtete den Lichtstrahl in die Dunkelheit. Sorgfältig blickte sie sich um. Um sie herum war nur Leere, aber sie befand sich auf dem Dach von Freddy Fazbear's Pizza.

„Was siehst du?“, rief Charlie erneut.

„Du hattest recht. Hier ist Platz, aber nicht viel. Es ist so dunkel, und es riecht fürchterlich.“ Ihre Stimme zitterte, selbst in ihren eigenen Ohren. Und plötzlich wollte sie auf keinen Fall eine Sekunde länger dort oben sein. „Beeilt euch, lasst mich hier oben nicht allein!“

„Wir kommen“, rief Jessica.

„Ich gehe als Nächste“, erklärte Charlie und trat vor. Die Leiter war rostig, und sie beschwerte sich quietschend über Charlies Gewicht, als sie Sprosse für Sprosse und hinaufkletterte. Aber zumindest fühlte sie sich robust an. Schnell erreichte Charlie die Falltür und tat dasselbe, was Marla getan hatte. Sie stand auf der obersten Sprosse und steckte Kopf und Schultern durch die Öffnung, stützte sich auf beiden Seiten ab und drückte sich mit Schwung nach oben, sodass sie auf dem Dach vom Freddy's landete.

Stehen konnte man dort nicht, selbst aufrecht sitzen war schwierig – der Raum zwischen dem Dach des Restaurants und dem Dach des Einkaufszentrums darüber betrug weniger als einen Meter. Irgendetwas klapperte über ihnen, als würden Steine auf das Dach fallen. Charlie brauchte einen Moment, um zu begreifen, dass es der Regen war, der auf das nicht isolierte Blech prasselte. Wasser drang hindurch und tropfte ihr auf den Kopf. Als sie den Blick nach oben wandte, entdeckte sie eine Stelle, an der das Metall nicht nahtlos zusammengefügt worden war. Man hatte zwei Wellbleche einfach nebeneinandergelegt. Sie wischte sich die Handflächen an ihren Jeans ab. Die Schindeln des Daches, auf dem sie saß, waren nass, und ihre Hände waren voller Splitt, Schmutz und irgendetwas Schmierigem, das noch weniger angenehm war.

Sie blickte hinüber zu Marla, die einen guten Meter entfernt hockte.

„Komm her. Mach ihnen den Weg frei", sagte Marla und winkte sie herüber.

Charlie krabbelte auf allen vieren zu Marla, während Jessicas Kopf bereits in der Falltür erschien. Vorsichtig drückte sie sich ebenfalls hinauf in den dunklen Zwischenraum.

Als sie das Dach sicher erreicht hatte, blickte sie sich um, als wolle sie zumindest mit dem Blick irgendetwas abmessen. Besorgt erinnerte sich Charlie daran, welche Angst Jessica in dem Luftschacht ausgestanden hatte, aber Jessica atmete nur einmal tief durch.

„Ich komme klar", sagte sie, obwohl sie nicht so klang, als würde sie das auch nur selbst glauben.

Einen Augenblick später war auch Lamar bei ihnen. Schnell nahm er die Taschenlampe wieder an sich und richtete sie auf die Falltür. Gleich darauf kletterte John zu ihnen hinauf – und unter ihnen gab es einen lauten Knall und dann noch einen. Alle außer John zuckten zusammen.

„Sorry“, sagte er. „Das war die Leiter.“

„Charlie, in welche Richtung müssen wir?“, wollte Marla wissen.

„Oh.“ Charlie schloss erneut die Augen, um sich besser zu orientieren. „Geradeaus rüber, denke ich“, sagte sie dann. „Solange wir ans andere Ende kommen, werden wir das Oberlicht finden.“ Ohne auf eine Antwort zu warten, begann sie loszukrabbeln. In der nächsten Sekunde erschien vor ihr ein Lichtkegel.

„Danke“, rief sie Lamar leise zu, der die Taschenlampe hielt und versuchte vorauszuahnen, wohin Charlie zusteuerte.

„Ich habe ja nichts anderes zu tun“, flüsterte er.

Das Dach war groß in seiner Ausdehnung, aber es gab überall Stützbalken und Rohre, die es unterteilten oder unter ihnen entlangliefen. Es fühlte sich an, als würden sie durch einen sehr dichten Wald klettern, unter Lianen hindurch und über umgestürzte Bäume hinweg. Das Dach des Freddy's stieg zur Mitte hin leicht an, sodass sie, sobald sie die Mitte überschritten hatten, würden abwärts klettern müssen. Die Schindeln unter ihren Händen und Füßen waren aufgequollen und glitschig, was bedeutete, dass sie seit vielen Jahren nie wirklich trocken gewesen waren.

Hin und wieder wischte sich Charlie die Hände an ihren Hosen trocken, obwohl sie wusste, dass sie gleich wieder nass sein würden. Von Zeit zu Zeit glaubte sie, etwas vorbeihuschen zu hören. Es klang zu entfernt, als dass einer von ihnen diese Geräusche verursachen konnte. Sie kümmerte sich einfach nicht darum.

Sie sind weitaus mehr im Recht, hier zu sein, als wir, dachte sie, obwohl sie nicht genau wusste, um wen es sich dabei genau handelte.

Das Dach über ihnen hatte eine ziemlich exzentrische Form. Es stieg an und fiel wieder ab, ohne sich in irgendeiner Weise nach dem Dach darunter zu richten, auf dem sie sich befanden. Manchmal war es mehr als einen Meter hoch über ihnen, dann wieder so niedrig, dass sie beim Kriechen mit dem Rücken daran entlangrieben.

Jessica war direkt hinter Charlie, und von Zeit zu Zeit hörte sie, wie ihre Freundin leise, ängstliche Laute von sich gab, doch jedes Mal, wenn sie sich umdrehte, nickte Jessica nur mit steinerner Miene. Sie krochen weiter, bis sie die gegenüberliegende Wand erreichten, an der auch das Dach endete.

„Okay", rief Charlie und drehte sich halb um. „Irgendwo hier muss es sein. Verteilen wir uns, und machen wir uns auf die Suche."

„Nein, wartet. Was ist das?", fragte Marla und deutete auf eine Stelle.

Charlie konnte nicht erkennen, was Marla entdeckt hatte, doch sie folgte ihrem Fingerzeig, bis sie die Stelle erreichte.

Das Oberlicht war eine flache Glasscheibe, die wie ein kleines Fenster in das Dach eingelassen war, ohne sichtbare Griffe, Scharniere oder Riegel. Sie beugte sich darüber und versuchte in den Raum darunter zu spähen, aber das Glas war viel zu verschmiert, als dass man irgendetwas hätte erkennen können. John versuchte es mit seinem Ärmel sauber zu reiben. Kurz darauf war der Ärmel schwarz, aber ansonsten hatte sich nichts verändert – mindestens die Hälfte des Drecks befand sich auf der anderen Seite der Scheibe.

„Es ist nur ein Abstellraum. Kein Problem“, sagte Charlie.

„Aber ist irgendjemand *in* dem Abstellraum?“, fragte Lamar.

„Das ist egal“, entgegnete Marla. „Uns bleibt keine andere Wahl.“

Alle sahen Charlie an, die gedankenverloren das Oberlicht betrachtete.

„Es öffnet sich nach innen“, sagte sie. „Man zieht an dieser Seite …“, sie deutete auf die Stelle, die sie meinte, „… und schon geht es auf. Auf der Innenseite ist ein Riegel, genau dort.“ Sie berührte die Seite des Oberlichts und überlegte. „Vielleicht, wenn wir …“ Sie drückte, und es gab fast sofort nach, sodass sie nach vorne kippte und für einen Moment das Gefühl hatte, in die Tiefe zu stürzen, obwohl sie sicher auf dem Dach kniete.

„Das wird ziemlich eng“, meinte John. Das Oberlicht öffnete sich nicht vollständig. Die Scheibe neigte sich nur ein Stück nach innen. Eigentlich war der Spalt zu schmal, als dass ein Mensch hindurchgepasst hätte.

„Ich hab es nicht gebaut“, entgegnete Charlie leicht gereizt. „Etwas Besseres bekommen wir nicht. Wenn du also gehen möchtest, geh.“

Ohne eine Antwort abzuwarten, schob sie die Beine durch den Spalt und ließ sich langsam nach unten gleiten. Einen Moment lang hing sie in der Dunkelheit. Sie schloss die Augen und hoffte, dass der Boden nicht so tief unter ihr liegen würde, wie sie es in Erinnerung hatte. Dann ließ sie los und fiel.

Als sie landete, schoss ihr der Schmerz des Aufpralls durch die Beine, doch er verging schnell.

„Schön federnd aufkommen!“, rief sie nach oben, während sie zur Seite trat. Als Nächstes stieg Marla ein, und

Charlie ging unterdessen zur Tür und versuchte einen Lichtschalter zu finden. Als ihre Finger ihn ertastet hatten, legte sie ihn um. Die alten Neonröhren sprangen mit einem Knacken an, flackerten und fingen an zu summen, dann tauchten sie den Raum in ein spärliches Licht.

„Alles klar", flüsterte sie aufgeregt. Sie drehte sich um, und als ihr irgendetwas durchs Gesicht strich, hatte sie das Gefühl, plötzlich Augen aus Plastik und kaputte gelbe Zähne zu sehen.

Sie schrie auf und sprang zurück und griff, um ihr Gleichgewicht wiederzufinden, nach einem Regal, das sofort ins Schwanken geriet.

Der Kopf, den sie berührt hatte, ein Drahtgestell mit nichts als Augen und Zähnen für ein Kostüm, wackelte gefährlich auf dem Regal neben Charlie, dann fiel er zu Boden.

Mit immer noch klopfendem Herzen wischte Charlie hastig und mit weichen Knien über ihre Kleidung, als sei sie mit Spinnweben bedeckt.

Der Kopf rollte über den Boden und blieb vor ihren Füßen liegen, von wo er sie mit seinem unheimlichen Grinsen anblickte.

Charlie wich zurück, und irgendetwas packte sie von hinten. Sie versuchte sich loszureißen, aber sie hing fest in einem Paar Metallarme, die sie umfingen. Die körperlosen Gliedmaßen klammerten sich an ihr Shirt, bissen in den Stoff. Als sie versuchte, sich herauszuwinden, verfing sich auch noch ihr Haar in den Kabeln, bis sie das Gefühl hatte, verschlungen zu werden. Charlie schrie. Die Arme schienen noch zu wachsen, während sie gegen sie kämpfte. Charlie wehrte sich mit aller Kraft, getrieben von Entsetzen und einer tiefen Wut, dass dieses Ding es wagen konnte, sie verletzen zu wollen.

„Charlie, hör auf!“, rief Marla. „Charlie!“

Marla ergriff ihren Arm und versuchte sie zu beruhigen, während sie mit der anderen Hand Charlies Haar aus den Metallverstrebungen löste.

„Charlie, es ist nicht echt, es sind nur … Roboterteile“, sagte sie, aber Charlie wich immer noch panisch von Marla zurück und knallte mit dem Kopf gegen einen Pappkarton. Erschrocken schrie sie auf, als der Karton umkippte. Augen so groß wie Fäuste prasselten auf den Boden und rollten in alle Richtungen.

Charlie stolperte, trat auf eine der harten Plastikkugeln und rutschte aus. Schnell versuchte sie, sich wieder an einem Regal festzuhalten, griff diesmal aber daneben und landete so hart auf dem Rücken, dass ihr die Luft wegblieb.

Benommen und nach Atem ringend blickte sie auf. Überall waren Augen, nicht nur auf dem Boden, sondern auch überall auf den Regalen. Sie starrten sie aus der Dunkelheit an. Und Charlie war nicht fähig, den Blick von ihnen loszureißen.

„Charlie, steh auf.“ Marla war da und kniete besorgt neben ihr. Wieder ergriff sie Charlies Arm und zog, bis Charlie sich aufsetzte. Charlie bekam immer noch nicht wieder richtig Luft. Als sie versuchte einzuatmen, begann sie zu weinen. Marla umarmte sie fest, und Charlie ließ es zu.

„Alles okay, alles okay“, flüsterte Marla, während Charlie versuchte, sich zu beruhigen und sich in dem Abstellraum umsah, um sich irgendwie abzulenken.

Das ist nicht real, sagte sie zu sich selbst. Sie befanden sich in einem Abstellraum, kaum größer als ein Wandschrank, und das waren alles Ersatzteile. Dicker Staub hing in der Luft. Er kitzelte sie in der Nase und im Hals, während er unermüdlich von den Regalen rieselte.

Auch die anderen sprangen nun nacheinander durch das Oberlicht. John war der Letzte und landete mit einem dumpfen Laut in der Mitte des Raums. Jessica nieste.

„Alles in Ordnung?“, erkundigte sich John, sobald er Charlie entdeckte.

„Ja, mir geht's gut.“ Charlie löste sich von Marla und verschränkte die Arme. Sie hatte ihre Fassung noch nicht völlig wiedererlangt.

„Ihr wisst, dass wir auf diesem Weg nicht zurückkommen“, stellte John fest und blickte hinauf zu dem Oberlicht.

„Wir brauchen nur irgendetwas, wo wir uns draufstellen können“, entgegnete Charlie. „Oder wir können an einem Regal hochklettern.“

Jessica schüttelte den Kopf.

„Nein, sieh doch nur, wie es geöffnet wird.“

Charlie warf einen Blick hinauf. Das Oberlicht klappte nach unten, sodass die Scheibe leicht abschüssig in den Raum ragte, sodass sie sich gerade hindurchquetschen konnten. Um wieder zurückzukommen, müssten sie …

„Oh“, sagte sie. Auf diesem Weg würden sie tatsächlich nicht hinauskommen. Wie nah sie an das Oberlicht auch immer herankommen würden, die Glasscheibe wäre ihnen grundsätzlich im Weg, da sie genau in den Bereich ragte, durch den sie würden hinausklettern müssen. Falls sie versuchten, nach dem Rand des Daches zu greifen, würden sie sich so weit über das Glas lehnen müssen, dass sie von der Leiter fallen würden.

„Vielleicht könnten wir die Scheibe zerschlagen“, begann John. „Aber es wird nicht ungefährlich sein, über den Metallrahmen zu klettern, besonders, wenn noch Glasscherben drinstecken.“ Er verstummte und grübelte mit finsterem Gesicht darüber nach.

„Ist doch egal“, meinte Charlie. „Wir finden schon einen anderen Weg hinaus. Machen wir uns jetzt erst mal auf die Suche nach Jason.“

Vorsichtig spähten sie hinaus in den Gang. Lamar hatte die Taschenlampe ausgeschaltet. Mit dem Licht, das aus dem Lagerraum fiel, war es nicht allzu schwer, ihre Umgebung zu erkennen. *Zumindest tropft nichts von der Decke*, dachte Charlie und wischte sich wieder die Hände an ihrer Hose ab.

Der Boden war mit schwarzen und weißen Fliesen ausgelegt und glänzte, als wäre er gerade poliert worden. An den Wänden hingen Kinderzeichnungen. Sie raschelten in der Brise, die durch das offene Oberlicht hereinströmte.

Charlie stand reglos da, denn ihr war absolut bewusst, wie viel Lärm sie gerade verursacht hatten. *Weiß es, dass wir hier sind?*, fragte sie sich und begriff, dass sie mit „es“ das Gebäude meinte. Es fühlte sich an, als sei sich das Freddy's ihrer Anwesenheit bewusst, als würde es wie ein lebendiges, atmendes Wesen auf sie reagieren.

Sie streckte die Hand aus und strich mit den Fingern über die Wand. Der Putz war nach wie vor kalt und leblos, und Charlie zog die Hand zurück. Sie fragte sich, was das Freddy's wohl tun würde.

Sie gingen los, bogen erst um eine Ecke, dann um eine weitere. Und schließlich blieben sie am Eingang zur Piratenbucht stehen. *Die Piratenbucht. Ich weiß wieder, wo ich bin.* Charlie blickte zu der kleinen Bühne, die nicht mehr beleuchtet war, und auf den Vorhang, der den einzigen Künstler verbarg.

Ein paar kleine Lichter flackerten an den Seiten der Bühne, dann sprangen sie an und beleuchteten den Vorhang in einem blassgrauen Licht. Charlie sah sich um und entdeckte

Lamar, der neben der Tür stand, eine Hand auf einem Lichtschalter.

„Uns bleibt keine andere Wahl", verteidigte er sich und deutete auf seine Taschenlampe. Sie leuchtete nur noch schwach. Charlie nickte resigniert, und Lamar schaltete die Taschenlampe ganz aus.

„Ich möchte einen Blick in diesen Kontrollraum werfen", sagte Marla und deutete auf die kleine Tür ganz in der Nähe. „Lamar, komm mit mir. Der Rest von euch sieht in dem anderen Kontrollraum nach. Wenn wir uns die jeweils von dort gesteuerten Kameras vornehmen, können wir das ganze Restaurant überblicken. Ist Jason hier, werden wir ihn finden."

„Ich bin nicht der Meinung, dass wir uns trennen sollten", sagte Charlie.

„Wartet mal", sagte Lamar. Er gab John die Taschenlampe und zog zwei Walkie-Talkies aus der Tasche. Es waren große schwarze und eckige Teile, die Charlie bisher nur bei Polizisten gesehen hatte.

„Vorher hast du die?", wollte sie wissen.

Lamar lächelte geheimnisvoll. „Ich fürchte, das darf ich dir nicht sagen", entgegnete er.

„Er hat sie in Carltons Haus mitgehen lassen", erklärte Jessica schlicht, nahm ihm eines der Funkgeräte aus der Hand und sah es sich genauer an.

„Nein, sie waren in der Garage. Mrs Burke hat mir gesagt, wo sie sind. Sie funktionieren, ich hab es ausprobiert."

Mrs Burke hat gewusst, dass wir hierherfahren würden, dachte Charlie. Marla nickte nur. Vielleicht hatte sie es bereits gewusst, aber vielleicht konnte sie auch einfach nur nichts mehr überraschen.

„Kommt jetzt", sagte Marla und ging vorsichtig zwischen

den Tischen hindurch, die vor der Bühne der Piratenbucht standen, um nirgendwo gegenzustoßen.

Lamar beugte sich zu Jessica hinüber, um ihr zu zeigen, wie man das Walkie-Talkie benutzt.

„Du musst auf diesen Knopf drücken“, sagte er und zeigte darauf. Dann ging er Marla nach.

Verdutzt sahen sich die anderen an, dann folgten sie ihnen. Charlie bekam einen Knoten im Magen. Der Gedanke, dass sowohl Jason als auch Carlton sich tatsächlich in Gefahr befinden könnten, setzte ihr zu. Zwar hatte sie diese Möglichkeit nie vergessen, doch als sie noch draußen gestanden und überlegt hatten, wie sie ins Restaurant kommen konnten, war die Bedrohung nicht so greifbar gewesen. Sie beobachtete, wie Marla mit kühler Autorität auf den Kontrollraum zumarschierte, sich vor die kleine Tür hockte und sich dann zu Charlie umdrehte.

„Geht“, sagte sie und machte eine Kopfbewegung in Richtung des Ganges, der zum großen Speisesaal führt. Charlie übernahm die Führung, und die anderen folgten ihr leise zur großen Bühne.

Marla warf Lamar einen Blick zu. Der nickte. Sie griff nach dem Türknauf, biss die Zähne zusammen, und stieß die Tür mit Schwung vollständig auf.

„Marla!“

Marla zuckte zusammen und konnte kaum einen Aufschrei unterdrücken. Jason hockte in dem Raum unter den Monitoren. Mit großen Augen und voller Entsetzen starrte er wie eine verängstigte Maus zur Tür.

„Jason!“ Marla kletterte in den Kontrollraum und zog ihn in ihre Arme. Jason umschlang sie sofort in geradezu verzweifelter Dankbarkeit für ihre liebevolle Geste. Sie hielt ihn fest und presste ihn an sich, bis er sich Sorgen zu machen begann, dass sie ihn tatsächlich zerdrücken könnte.

Gleichzeitig hörte Jason ein kurzes statisches Knacken. Er blickte über Marlas Schulter und sah, wie Lamar das Walkie-Talkie betrachtete und offenbar hineinsprechen wollte.

„Jessica? Wir haben ihn gefunden. Es geht ihm gut", sagte er.

Weiteres Rauschen und Worte, die Jason nicht genau verstehen konnte, ertönten aus dem Funkgerät. Die erste Welle der Erleichterung war verebbt, und seine Rippen begannen zu schmerzen.

„Marla?" Er tippte ihr auf die Schulter, zuerst sanft, dann fester. „Marla!"

Sie ließ ihn los, umfasste aber noch für einen Moment seine Schultern und blickte ihm in die Augen, als wolle sie sicher sein, dass er es wirklich war, dass man ihn nicht irgendwie ausgetauscht oder ihm unwiderruflichen Schaden zugefügt hatte.

„Marla, beruhig dich", sagte er so entspannt, wie es ihm möglich war, und es gelang ihm, dass seine Stimme dabei nicht zitterte. Nun ließ Marla auch seine Schultern los, versetzte ihm einen scherzhaften Stoß und begann mit ihm zu schimpfen, während sie ihn zum Ausgang des kleinen Kontrollraums zog.

„Jason, wie konntest du nur …" Marla wurde unterbrochen, als Lamar den Raum betrat.

„Durch den Luftschacht? Wirklich?" Lamar lachte.

„Du hättest dabei umkommen können!", fügte Marla hinzu und packte erneut Jasons Schultern.

Jason entwand sich ihr. „Okay!, rief er. „Alle haben mich vermisst, gut, freut mich zu hören, dass ich offenbar doch wichtig bin."

„Du *bist* wichtig“, erklärte Marla entschieden, und Jason verdrehte theatralisch die Augen.

Lamar legte einen Schalter um. Plötzlich war der Raum hell erleuchtet, und die Monitore sprangen an.

Marla betrachtete Jason nachdenklich, dann wandte sie ihre Aufmerksamkeit den Überwachungskameras zu. „Okay, mal sehen, was wir entdecken.“

Lamar ließ seinen Blick von einem Bildschirm zum nächsten gleiten. Der mittlere Monitor in der obersten Reihe zeigte den großen Speisesaal und die Bühne. Dann sahen sie, wie Charlie, Jessica und John auftauchten und ihn in einer V-Formation durchquerten, mit Charlie an der Spitze.

„Schaut“, sagte Marla plötzlich und deutete auf den Monitor unten rechts. „Seht nur.“

Dort war der Nachtwächter. Obwohl sie sein Gesicht nicht erkennen konnten, verriet ihnen seine schlotterige Uniform und die herabhängenden Schultern, dass es sich um denselben Mann handelte. Er befand sich in dem Korridor in der Nähe des Eingangs zum Restaurant und ging mit entschlossenen Schritten an den Partyräumen vorbei Richtung Spielhalle.

„Lamar, du musst sie warnen“, befahl Marla drängend.

Lamar sprach in das Walkie-Talkie. „Jessica, der Wachmann läuft hier irgendwo rum. Versteckt euch!“

Aus dem Funkgerät kam keine Antwort, aber auf dem Monitor konnte man sehen, dass die Gruppe erstarrte. Dann stürzten sie zu dem Kontrollraum unter der Bühne, zwängten sich hinein und schlossen die Tür, Sekunden bevor der Nachtwächter im Durchgang erschien.

Stimmen. Leute laufen herum.

Carlton verkniff sich einen erleichterten Seufzer – ein Rettungsunternehmen würde ihm nichts nützen, wenn davor sein Körper von Hunderten winziger mechanischer Teile durchbohrt werden würde. Stattdessen fuhr er damit fort, was er die ganze Zeit getan hatte: Zentimeter für Zentimeter schob er sich über den Boden in den Sichtbereich der Überwachungskamera, die über der Tür an der Decke hing.

Jede einzelne Bewegung war so gering, dass er sie kaum spürte, aber er machte das jetzt bereits seit über einer Stunde – und er war fast, *fast* dort. Er achtete darauf, gleichmäßig zu atmen und benutzte seine an den Körper gepressten Hände, um sich ein wenig anzuheben, zur Seite zu drücken und wieder abzusenken, lediglich ein kleines Stückchen weiter nach rechts. Seine Finger begannen, sich zu verkrampfen, und der Kopf schmerzte immer noch, aber er gab nicht auf.

Obwohl er nach wie vor Angst hatte, obwohl ihm schmerzlich bewusst war, wie leicht er seinen eigenen Tod herbeiführen konnte, war die Furcht irgendwann weniger geworden. Oder er hatte sich einfach dran gewöhnt. Eine Panik konnte nicht ewig anhalten. Irgendwann war das Adrenalin verbraucht. Im Moment konzentrierte er sich völlig darauf, winzige und sehr präzise Bewegungen zu machen, und das war wichtiger als alles andere.

Carlton schob sich noch ein letztes Stück weiter, hielt inne und schloss einen Moment lang die Augen. Er hatte es geschafft.

Jetzt darf ich nicht aufhören.

Die anderen waren dort. Sie mussten es sein, und falls sie ihn suchten, würden sie auf die Monitore schauen. Er starrte hinauf in die Linse, er wollte unter allen Umständen gesehen werden. Schließlich konnte er nicht winken oder auf und ab springen. Er versuchte ein wenig hin und her zu wackeln, aber egal, wie steif er dabei blieb, er spürte den Druck der Schnappverschlüsse, die jederzeit einrasten konnten. Frustriert biss er sich auf die Lippe.

„Entdeckt mich doch einfach!", flüsterte er, obwohl niemand da war.

Doch plötzlich hatte er das Gefühl, als sei er gehört worden, spürte die unerklärliche Anwesenheit von jemand anderem im Raum. Wieder begann sein Herz zu rasen, und erneut schoss Adrenalin durch seine Adern.

Vorsichtig, ganz langsam blickte er sich um, bis ihm etwas ins Auge fiel.

Es war nur eines der Kostüme, das leer in einer Ecke zusammengesunken war, halb verdeckt im Schatten. Es regte sich nicht, aber das Gesicht war ihm zugewandt und starrte ihn an. Als Carlton zurückstarrte, erkannte er, dass tief in den dunklen Augenhöhlen zwei winzige Lichter funkelten. Ein Zucken durchlief seine Muskeln, wenn auch nicht stark genug, um ihn zu töten. Er wandte sich nicht ab.

Während Carlton dem Blick der Kreatur standhielt, spürte er, wie er sich beruhigte. Sein Herzschlag normalisierte sich, und er atmete gleichmäßig. Plötzlich hatte er das Gefühl, in Sicherheit zu sein, obwohl er wusste, dass der Anzug, den er trug, nur eine kleine zu heftige Bewegung, ein erschrecktes Zucken davon entfernt war, ihn zu töten.

Carlton blickte weiter in diese beiden stecknadelgroßen Lichter, und während er das tat, hörte er eine Stimme. Und dann wurde ihm auf einmal alle Luft aus den Lungen gepresst. Während die Stimme sprach, diese Stimme, die er überall wiedererkannt hätte, diese Stimme, für die er alles gegeben hätte, um sie noch einmal zu hören, begann Carlton zu weinen und brauchte all seine Willenskraft, damit sein Körper nicht anfing zu zittern. Die Augen aus der Dunkelheit waren auf sein Gesicht gerichtet, während die Stimme fortfuhr und in der ohrenbetäubenden Stille Geheimnisse aussprach, ihm Dinge sagte, die er fürchtete, Dinge, die unbedingt jemand hören musste.

10

Die Bilder auf allen Monitoren verschwanden und wurden von statischem Rauschen abgelöst.

„Hey!“, rief Marla. Mit der Hand schlug sie gegen die Seite eines Monitors. Das Bild erschien wieder, verzerrte sich, flimmerte und verlosch erneut. Noch einmal schlug sie zu, mit einem weiteren Zucken erschien das Bild erneut. Als es klarer wurde, zeigte sich die Bühne.

„Irgendwas stimmt nicht“, sagte Lamar, und alle drei beugten sich vor, um besser sehen zu können.

„Bonnie“, stellte Jason düster fest.

„Bonnie“, wiederholte Marla und sah Lamar alarmiert an. „Wo ist Bonnie?“ Lamar drückte auf den Sendeknopf des Walkie-Talkies.

„Charlie“, rief er eindringlich. „Charlie, verlass nicht den Kontrollraum.“

In dem Kontrollraum unter der Bühne beobachteten Charlie und Jessica auf der Suche nach irgendeinem Lebenszeichen die Monitore. „Es ist zu dunkel. Ich kann auf den Dingern nichts erkennen“, beschwerte sich Jessica.

„Da!“, sagte Charlie und streckte den Zeigefinger aus. Jessica blinzelte.

„Ich sehe nichts“, beharrte sie.

„Es ist Carlton, gleich da. Ich hole ihn.“ Ohne eine Antwort abzuwarten lief Charlie zur Tür.

„Charlie, warte“, meldete sich John, aber sie war bereits zur Tür hinaus, die hinter ihr zuknallte. Alle drei hörten das dumpfe metallene Klacken, als der Riegel von außen zufiel. „Charlie!“, rief John erneut, doch sie war schon verschwunden.

„Der Riegel ist eingerastet“, knurrte John, während er an der Tür rüttelte. Im Walkie-Talkie knackte es. Lamars Stimme ertönte abgehakt aus dem kleinen Gerät.

„Ch…lie, verlass nicht … r…m.“ Jessica und John wechselten einen Blick, und John griff nach dem Funkgerät.

„Zu spät“, sagte er und sah Jessica an, während er das Walkie-Talkie senkte.

Unsicher tastete sich Charlie zwischen den Stühlen hindurch, aber schon nach wenigen Augenblicken begriff sie, dass sie im Kreis gelaufen war. Die Beleuchtung hatte sich verändert. Ein einziges blendendes blaues Licht blitzte wie ein Stroboskop über der Bühne. In rasender Geschwindigkeit leuchtete der ganze Raum immer wieder auf und blendete sie wie ein Blitz bei Gewitter. Charlie bedeckte die Augen und versuchte sich daran zu erinnern, wogegen sie als Erstes geprallt war. Metallstühle und glitzernde Partyhüte blinkten bei jedem Aufflammen des blauen Lichts wie Leuchtfeuer in der Dunkelheit. Allmählich bekam sie davon Kopfschmerzen.

Charlie kniff die Augen zusammen und versuchte sich zu orientieren. Doch außer den Tischen, die sie umgaben, sah sie nur Tausende von Nachbildern, die sich in ihre Netzhaut brannten. Sie hatte keine Ahnung, in welche Richtung sie gehen musste, um Carlton zu finden. Sie lehnte sich gegen einen Stuhl in der Nähe und presste eine Hand fest auf die Stirn.

Kurz quietschte ein Tisch, als er über den Boden geschoben wurde. Charlie zuckte zusammen. Sie drehte sich um, aber das Licht war verloschen.

Als es wieder aufflammte, blickte sie direkt auf die Bühne – wo sich eigentlich drei Paar Augen hätten befinden müssen, sah sie nur zwei. Freddy und Chica starrten auf sie herab. In ihren Plastikaugen spiegelte sich das Licht, und sie glitzerten in den pulsierenden Blitzen. Ihre Köpfe schienen Charlie zu folgen, während sie an dem Tisch entlangging.

Doch Bonnie war fort.

Plötzlich fühlte Charlie sich hilflos ausgeliefert, als sie begriff, an wie vielen Stellen in dem großen Raum sich jemand verbergen konnte und wie deutlich sichtbar sie selbst für jeden war, der sie vielleicht beobachtete.

Kurz dachte sie an den kleinen Kontrollraum, den sie gerade verlassen hatte, und bedauerte es einen Moment. *Hier rauszugehen war vielleicht ziemlich dumm …*

Ein weiteres Quietschen ertönte. Sie wirbelte herum und sah, wie sich der Tisch hinter ihr langsam von ihr entfernte. Sie wollte weglaufen, doch bevor sie auch nur einen ganzen Schritt machen konnte, prallte sie gegen irgendetwas. Sie hob in der Dunkelheit die Hände, um sich zu schützen, und berührte verfilztes Fell. Wieder blitzte das Stroboskop auf. Diesmal drangen verstümmelte Laute aus dem weit offenen Mund vor ihr. *Bonnie.*

Bonnie stand nur wenige Zentimeter von ihr entfernt. Sein Mund öffnete und schloss sich rasend schnell, während seine Augen wie wild in ihren Höhlen herumrollten.

Charlie zuckte zurück. Langsam ging sie rückwärts. Das Kaninchen versuchte nicht, ihr zu folgen, sondern stieß nur weiter seine seltsamen Beschwörungen aus, wobei seine Augen nach wie vor ziellos in seinem Kopf rotierten.

Charlies Fuß verfing sich im Gestell eines metallenen Klappstuhls. Sie stürzte und landete hart auf ihrem Hintern. Geduckt begann sie zu kriechen und versuchte so schnell sie konnte von Bonnie fortzukommen.

Auf der Bühne flammte ein Scheinwerfer auf, der eindeutig auf sie gerichtet war. Sie hob eine Hand über die Augen, um zu erkennen, wer dort war, aber das Licht blendete sie. Sie konnte nur ein paar Augen ausmachen, die ihr folgten.

Charlie schrie und stemmte sich auf die Füße. Dann rannte sie, ohne sich noch einmal umzudrehen, quer durch den Raum und in den Gang, der zur Piratenbucht führte. Von dort ging eine Toilette ab, in die sie sich rettete. Mit einem Knall flog die Tür hinter ihr zu.

In dem Raum befand sich nichts außer drei Waschbecken und drei Toilettenkabinen. Nur eine der Leuchtstoffröhren brannte, sodass der Raum in ein schwaches gräuliches Licht getaucht war, anstatt ganz dunkel zu sein. Die Metallrahmen der Wände zwischen den Toilettenkabinen wirkten nicht sonderlich stabil, und Charlie sah plötzlich vor ihrem geistigen Auge Bonnie, der überlebensgroß den Rahmen mit seinen Pfoten packte und ihn aus dem Boden riss, sodass die Schrauben gleich mit herausflogen. Sie verdrängte den Gedanken und lief in die Kabine, die sich am weitesten von der Tür entfernt befand. Dann schob sie den Riegel zu, der aber fast zierlich wirkte.

Sie setzte sich auf den geschlossenen Toilettendeckel und zog die Beine an. Den Rücken presste sie gegen die blau geflieste Wand. In dem leeren Raum konnte Charlie den Hall ihres eigenen Atems hören. Sie zwang sich, ruhiger zu atmen, und schloss die Augen, während sie sich befahl, keinen Laut von sich zu geben, um nur nicht entdeckt zu werden.

„Charlie?“ John hämmerte immer noch gegen die kleine Tür des Kontrollraums. „Charlie! Was ist da draußen los?“

Schweigend saß Jessica da, erschüttert von den Schreien und all dem Krach vor dem kleinen Kabuff.

„Sie kann auf sich selbst aufpassen“, erklärte John und ließ die Tür los.

„Ja“, sagte Jessica. Er wandte sich ihr nicht zu, um sie anzusehen.

„Wir müssen hier verschwinden“, meinte John. Wieder rüttelte er an der Tür – der obere Teil bewegte sich ein bisschen, aber unten rührte sie sich kein Stück. Er hockte sich hin. Dann sah er den Verschluss. Es war ein Bolzen, der im Boden steckte. Der kleine Griff, um ihn herauszuziehen, war schon vor langer Zeit abgebrochen. Jetzt stand nur noch ein Stück gezacktes Metall hervor, dass er kaum zu fassen bekam. Als er den Bolzen daran nach oben ziehen wollte, schnitt es ihm in die Finger und hinterließ kleine rote Linien. Der Bolzen rührte sich trotzdem nicht.

„Jessica, versuch du es mal“, sagte er und drehte sich zu ihr um.

Ihr Blick war auf die Monitorwand gerichtet. Die einzelnen Bildschirme zeigten lediglich statisches Rauschen, nur hier und da blitzte manchmal ein Bild auf.

„Schon gut“, sagte John. „Guck nur weiter.“ Und damit wandte er sich wieder dem Riegel zu.

In der Toilette gab Charlie unterdessen nicht das geringste Geräusch von sich. Gleichzeitig achtete sie auf jeden einzelnen ihre Atemzüge. Irgendwann früher hatte sie mal versucht zu meditieren. Es hatte ihr nicht gefallen, doch jetzt beruhigte es sie, sich auf ihre Atmung zu konzentrieren. *Wahrscheinlich habe ich nur den richtigen Anreiz gebraucht*, dachte sie. *Wie zum Beispiel am Leben zu bleiben.*

Die Kabinen bebten kurz. In einiger Entfernung war ein Donnern zu hören, dass einige Sekunden anhielt. *Draußen kommt ein Gewitter runter.*

Starr blickte sie weiterhin auf den Boden. Das Licht über ihr war sehr schwach, sodass es kaum die Kabine erleuchtete. Sie hielt den Atem an. Das Licht flackerte und gab ein kurzes Summen von sich, das gleich wieder verstummte. Der Spülkasten, auf dem sie saß, fühlte sich nicht sehr stabil an. Sie rutschte ganz an die Seite, um leise einen Fuß auf den Boden zu setzen. Genau in dem Moment, als die Spitze ihres Schuhs den gekachelten Boden berührte, flog mit einem lauten Knall die breite Toilettentür am Eingang auf.

Unwillkürlich riss sie ihren Fuß wieder hoch. Die Porzellanabdeckung des Spülkastens klapperte wie eine ganze Batterie Töpfe. Reglos verharrte sie mitten in der Bewegung. Schließlich zog sie ihren Fuß weiter hoch und stellte ihn behutsam auf den Toilettendeckel. *Das war zu laut*, dachte sie. Vorsichtig beugte sie sich vor, streckte die Hand aus und umfasste die Trennwand zwischen den Kabinen. Langsam zog sie sich in die Höhe, während der Toilettendeckel unter ihr bedenklich wackelte.

Sie spähte über die beiden Kabinen neben ihr hinweg. Es war zu dunkel, um dahinter noch etwas erkennen zu können. Die Trennwand schwankte leicht von Charlies Gewicht.

Dann war ein schleifendes Geräusch zu hören. Irgendetwas Breites und Schweres glitt über den Boden und versuchte nicht annähernd so leise zu sein wie sie. Ihr Blick glitt von den Kabinen zur Toilettentür. Das Geräusch hörte nicht auf, aber sie konnte nicht sagen, woher es kam, da es den ganzen Raum erfüllte.

Plötzlich wurde das nebulöse Geräusch ganz klar. Es war direkt in ihrer Nähe. Die Wand, an die sie sich schmiegte, erbebte leicht.

Sie ließ den Blick durch den Raum schweifen und hoffte, dass sich ihre Augen ein bisschen besser an die Lichtverhältnisse anpassen würden. Neben der Tür machte sie einen Mülleimer aus und die Umrisse der Waschbecken.

Ängstlich sah sie wieder zur Tür ihrer Kabine und ließ den Blick an den Rändern entlanggleiten, bis sie den zwei Zentimeter breiten Spalt entdeckte. Ein großes Plastikauge spähte hindurch. Ohne zu blinzeln, war es direkt auf sie gerichtet. Zwei große unechte Kaninchenohren hingen oben über die Tür.

Charlie presste eine Hand auf den Mund und sprang, so schnell sie konnte, auf den Boden, ließ sich auf den Bauch fallen und rutschte unter der Trennwand hindurch in die nächste Kabine. Sie hörte, wie Bonnie an der Kabinentür rüttelte, die sie gerade verlassen hatte, aber die schlurfenden Schritte folgten ihr nicht.

Dieses Mal stieß sie mit den Füßen gegen die Toilettenschüssel hinter ihr. Mit einem lauten Knall fiel der Deckel zu.

Sie hielt die Luft an und versuchte verzweifelt, irgendwelche Umrisse in der Dunkelheit zu erkennen. *Da ist er.* Ein großer gepolsterter Fuß stand direkt vor der Tür, als sei er mitten im Schritt erstarrt. *Geht er? Bitte geh*, flehte Charlie innerlich.

Dann ertönte ein neues Geräusch: steifer Stoff, der sanft zusammengedrückt wurde. *Was ist das?* Der Fuß vor der Kabinentür hatte sich nicht bewegt. Das Geräusch wurde lauter, Stoff raschelte und riss. *Was ist das?* Charlie krallte sich mit den Nägeln in den Boden und unterdrückte einen Schrei, der tief aus ihrer Kehle emporstieg. *Er beugt sich vor.*

Direkt vor ihr berührte eine große Pfote sanft den Boden, dann tauchte auch der Kopf der Kreatur auf. Er füllte den Spalt unter der Tür komplett aus, und er blickte Charlie direkt in die Augen. Der riesige Mund war in makabrer Begeisterung weit geöffnet, als habe er jemanden beim Versteckenspielen gefunden.

Ein warmer Hauch kam unter der Tür hindurch. *Atem?* Charlie presste eine Hand über Nase und Mund. Der Gestank war unerträglich. Eine weitere Welle traf ihr Gesicht, heißer und noch ekelerregender.

Sie schloss die Augen, weil sie jede Hoffnung verlor, noch zu entkommen. Wenn sie die Augen lange genug geschlossen hielt, vielleicht würde sie dann einfach aufwachen.

Ein weiterer Schwall warme Luft traf sie. Sie zuckte zurück und schlug sich den Hinterkopf an der Toilettenschüssel an. Vom zusätzlichen Schmerz gepeinigt, rollte sie sich zusammen und schützte ihr Gesicht mit den Armen vor einem Angriff.

Doch es erfolgte kein Angriff.

Sie öffnete ein Auge.

Wo ist er?

Plötzlich wankten die Wände der Kabine um sie herum unter einem hallenden Knall. Charlie zuckte zusammen. Sie schützte ihren Kopf, als Bonnie erneut zuschlug. Die Kabinen wackelten auf ihren Beinen, und die Schrauben knirschten, als sie aus dem Boden gerissen wurden. Der ganze Aufbau schien jeden Moment zusammenzufallen.

Charlie kroch hektisch unter der letzten Kabinenwand hindurch, rappelte sich auf, packte den Türknauf und zog die Tür hinter sich zu, während sie hinausrannte. Sie stürmte zurück in den großen Speisesaal in Richtung des Kontrollraums. Da ihre Augen sich noch nicht wieder an die Dunkelheit gewöhnt hatten, lief sie mit ausgestreckten Händen. Sie konnte gerade so weit sehen, wie ihr nächster Schritt sie führen würde.

„John!“, schrie sie, packte den Türgriff, zog, stieß dagegen. Nichts geschah.

„Charlie, sie klemmt!“, rief John von drinnen. Während Charlie mit der Tür kämpfte, warf sie einen Blick hinauf zur Bühne.

Chica war weg.

„John!“, rief Charlie verzweifelt. Ohne auf eine Antwort zu warten, rannte Charlie zu einem Gang auf ihrer Linken, um so weit weg von der Toilette zu kommen wie nur möglich.

Der Korridor war fast vollkommen dunkel. Während sie hindurchlief, gähnten offene Türen sie wie große schwarze Mäuler an. Charlie blieb nicht stehen, um auch nur in einen hineinzusehen. Sie betete, dass nicht irgendetwas sie aus einer der dunklen Höhlen anspringen würde.

Atemlos erreichte sie die letzte Tür und hielt einen kurzen Moment inne, weil sie gegen jede Vernunft hoffte, dass sie nicht verschlossen sein würde. Sie packte den Knauf und drehte. Tatsächlich schwang die Tür problemlos auf.

Sie schlüpfte hindurch und schloss sie schnell wieder hinter sich, wobei sie versuchte, kein Geräusch zu verursachen.

Eine Weile beobachtete sie die Tür, weil sie durchaus damit rechnete, dass sie gleich aufspringen würde. Schließlich wandte sie sich ab. Und erst da sah sie ihn.

Carlton war dort.

Seine Augen weiteten sich überrascht, als er sie erkannte, aber er bewegte sich nicht, und als sich ihre Augen an das Dämmerlicht gewöhnt hatten, begriff sie auch warum. Er war gefangen, eingezwängt in den oberen Teil einer der animatronischen Anzüge. Oben schaute nur sein Kopf heraus. Sein Gesicht war weiß wie die Wand, und er schien erschöpft. Charlie wusste auch wieso. *Die Schnappverschlüsse.* Sie hörte noch die Stimme ihres Vaters. *Sie könnten dir die Nase abschlagen!*

„Carlton?“, sagte Charlie vorsichtig, als könne schon ihre Stimme den Mechanismus auslösen.

„Ja“, erwiderte er ebenso stockend.

„Das Kostüm wird dich töten, wenn du dich bewegst.“

„Danke für den Hinweis“, keuchte er und versuchte zu lachen. Charlie zwang sich zu einem Lächeln.

„Trotzdem ist heute dein Glückstag. Ich bin wahrscheinlich der einzige Mensch, der weiß, wie man dich lebend aus dem Ding befreien kann.“

Carlton atmete einmal tief und zitternd aus. „Ich Glückspilz“, erwiderte er.

Charlie kniete sich neben ihn und untersuchte das Kostüm, ohne es zu berühren. „Die beiden Schnappverschlüsse am Hals halten nichts zurück“, sagte sie schließlich. „Er hat sie nur so manipuliert, dass sie aufspringen und deinen Hals durchbohren, wenn du versuchst, dich zu bewegen. Die muss ich als Erstes unschädlich machen, dann können wir das Kostüm hinten aufmachen und dich herausholen. Aber du darfst dich nicht bewegen, Carlton, ganz im Ernst.“

„Ja, das hat mir mein Freund, der Serienkiller, auch so erklärt“, sagte er. Charlie nickte und wandte sich wieder dem Kostüm zu. Sie grübelte, wie sie die Sache am besten angehen konnte.

„Weißt du, wen ich hier eigentlich trage?“, erkundigte sich Carlton fast beiläufig.

„Was?“

„Das Kostüm, weißt du, zu welcher Figur es gehört?“ Charlie betrachtete es, dann blickte sie sich um, bis sie den passenden Kopf entdeckte.

„Nein“, sagte sie. „Nicht alles, was er gebaut hat, hat es auch bis auf die Bühne geschafft.“ Plötzlich hielt sie inne. „Carlton.“ Charlie ließ ihren Blick über die Kostüme und Teile der Figuren in den verschiedenen Stadien der Fertigstellung gleiten, die an den Wänden hingen. „Carlton“, wiederholte sie. „Ist *er* hier drin?“

Mit neu aufflammender Furcht versuchte Carlton, einen Blick hinter sich zu werfen, ohne sich zu bewegen. „Ich weiß es nicht“, flüsterte er. Ich glaube nicht, aber ich habe immer mal wieder das Bewusstsein verloren.“

„Okay, hör auf zu reden. Ich beeile mich“, entgegnete Charlie. Inzwischen hatte sie herausbekommen, wie der Mechanismus funktionierte. Oder zumindest glaubte sie das.

„Nicht zu hastig“, ermahnte Carlton sie.

Behutsam und ruhig fasste sie in die Halsöffnung des Kostüms und schob ihre Finger zwischen den ersten Schnappverschluss und Carltons Hals.

„Vorsichtig mit meiner Hauptschlagader. Die hab ich schon seit meiner Kindheit“, sagte Carlton.

„Sch!“, flüsterte Charlie. Wenn Carlton sprach, spürte sie, wie sich sein Hals bewegte. Dadurch würde er zwar nicht den Mechanismus des Schlosses auslösen, aber die Bewegung seiner Sehnen an ihren Fingern zu spüren, war beunruhigend.

„Okay“, flüsterte er. „Tut mir leid. Ich quatsche immer, wenn ich nervös bin.“ Er presste die Lippen aufeinander. Charlie fasste tiefer in den Halsausschnitt des Kostüms und fand den Auslöser. Mit einem brennenden Schmerz schlug der Schnappverschluss gegen ihre Hand. Der Aufprall war so hart, dass ihre Finger taub wurden.

Nummer eins entschärft, dachte sie, als sie das nun harmlose Schloss aus dem Kostüm herauszog. Sie spielte mit den Fingern, bis das Gefühl wieder in sie zurückkehrte, dann kroch sie hinüber auf Carltons andere Seite und begann noch einmal von vorn. Von Zeit zu Zeit warf sie einen Blick über die Schulter, um sicherzugehen, dass sich keines der Kostüme von ihrem Platz an der Wand fortbewegt hatte.

Seine Haut war warm unter ihren Fingern, und obwohl er nicht sprach, spürte sie trotzdem Bewegung, während sie arbeitete, spürte das Leben in ihm, seinen Puls an ihrem Handgelenk. Sie blinzelte ein paar Tränen fort, die ihr unerwartet in die Augen stiegen. Sie schluckte hart und konzentrierte sich auf ihre Aufgabe. Dabei versuchte sie, nicht daran zu denken, dass sie jemanden berührte, der sterben würde, wenn sie einen Fehler machte.

Dann löste sie den zweiten Schnappverschluss aus, fing mit der Handfläche den Aufprall ab und zog das Metallteil aus dem Kostüm. Carlton holte tief Luft, und sie zuckte zusammen.

„Carlton, noch nicht entspannen!"

Er versteifte sich und atmete vorsichtig aus, die Augen verschreckt.

„Klar", sagte er. „Das Ding ist immer noch eine tödliche Falle."

„Hör auf zu reden", bat Charlie ihn erneut. Sie wusste genau, in welcher Gefahr er immer noch schwebte. Sie konnte es nicht ertragen, wenn er jetzt sprach, während er jeden Moment sterben konnte. „Okay", sagte sie. „Fast geschafft."

Sie kroch um ihn herum, sodass sie an seinen Rücken kam, wo zehn Verschlüsse aus Leder und Metall das Kostüm zusammenhielten. Einem Moment lang dachte sie nach. Sie durfte es bis zum letzten Moment auf keinen Fall bewegen. Sie setzte sich hinter ihn und stellte die Beine auf, damit sie den Torso mit den Knien in Position halten konnte, während sie ihn öffnete.

„Ich wusste gar nicht, dass ich dir so wichtig bin“, murmelte Carlton, als wolle er einen Scherz machen, wäre aber zu müde und zu verängstigt, um ihn zu Ende zu bringen. Charlie antwortete nicht.

Behutsam öffnete sie einen Verschluss nach dem anderen. Das Leder war steif, die Metallschnallen eng, und jeder einzelne Verschluss schien sich mit Leibeskräften gegen ihre Bemühungen zu wehren.

Als sie die Hälfte geöffnet hatte, spürte sie, wie sich das Gewicht des Kostüms von alleine verlagerte. Sie presste es fest zwischen ihre Knie, um es zusammenzuhalten. Schließlich öffnete sie auch den letzten Verschluss ganz oben am Hals. Sie atmete einmal tief durch. Das war geschafft

„Okay, Carlton“, sagte sie. „Wir sind fast fertig. Ich ziehe das Kostüm jetzt auseinander und werfe es nach vorn. Wenn ich das tue, schlüpfst du so schnell heraus, wie du nur kannst, okay? Eins … zwei … drei!“

Sie riss das Kostüm auseinander und stieß es mit aller Kraft nach vorn, und Carlton warf sich zurück und landete mit seinem ganzen Gewicht auf ihr. Charlie spürte einen kurzen, scharfen Schmerz auf ihrem Handrücken, als sie das Kostüm losließ, aber es schlitterte durch den halben Raum und blieb ein Stück von ihnen entfernt liegen.

Dann hörte man das Knallen mehrerer ausgelöster Schnappverschlüsse. Es klang wie ein Feuerwerk. Beide schrien auf, sprangen auf und krachten rücklings in ein schweres Metallregal. Gemeinsam beobachteten sie, wie das

Kostüm am Boden zuckte und sich wand, während die animatronischen Teile mit Gewalt an ihren Platz schnappten.

Als das Kostüm schließlich liegen blieb, starrte Charlie es an. Das Ding war nur ein Torso, nur ein lebloser Gegenstand.

Neben ihr stieß Carlton ein leises, schmerzvolles Stöhnen aus, dann drehte er sich um und erbrach sich auf den Boden. Er keuchte und würgte, als würde er sein Innerstes nach außen bringen wollen.

Charlie war sich nicht sicher, was sie tun sollte. Sie legte ihm eine Hand auf die Schulter und ließ sie dort, während er sich etwas beruhigte, sich den Mund abwischte, sich hinsetzte und nach Atem rang.

„Bist du okay?“, fragte sie, und irgendwie klang es lächerlich.

Carlton nickte erschöpft, dann verzog er das Gesicht. „Ja, mir geht es gut“, sagte er. „Tut mir leid wegen des Bodens. Irgendwie ist es ja dein Boden.“

„Vielleicht hast du eine Gehirnerschütterung“, meinte Charlie alarmiert, aber er schüttelte den Kopf, diesmal etwas langsamer.

„Nein, das glaube ich nicht“, erwiderte er. „Mein Schädel dröhnt, als hätte mir jemand kräftig einen drübergezogen. Außerdem ist mir schlecht, weil ich hier gefangen war und stundenlang über meinen Tod nachgegrübelt habe. Aber ich denke, ich bin okay. Im Oberstübchen ist alles okay.“

„Wenn du meinst“, sagte Charlie nachdenklich. Dann fiel ihr plötzlich wieder etwas ein, was er gesagt hatte. „Carlton, vorhin hast du gemeint, dein Freund, der Serienkiller, hätte dir erklärt, dass du dich nicht bewegen darfst. Du hast gesehen, wer dir das angetan hat?“

Carlton blickte Charlie an. „Ich war stundenlang in dem

Ding gefangen. Bei mir kribbelt alles.“ Er schüttelte den Fuß aus, wie um es deutlich zu machen.

„Hast du gesehen, wer es gewesen ist?“, wiederholte Charlie.

„Dave, der Nachtwächter“, sagte Carlton. Er klang fast erstaunt, dass sie es nicht wusste.

Charlie nickte. Sie hatte es geahnt. „Was hat er dir gesagt?“

„Nicht viel“, erwiderte Carlton. „Aber …“ Plötzlich bekam er große Augen, als würde ihm etwas einfallen, das durchaus von Wichtigkeit war. Er wandte sich von Charlie ab und sank langsam auf die Knie.

„Was denn?“, flüsterte Charlie.

„Möchtest du das wirklich hören?“, fragte er. Er schien plötzlich sehr ruhig für jemanden, der so knapp dem Tod entronnen war.

„Was ist es?“, drängte sie. Ein Moment sah er sie nervös an, dann holte er tief Luft, und sein Gesicht wurde bleich.

„Charlie, die Kinder vor all den Jahren …“

Charlie war sofort hellwach.

„Was?“

„Sie alle, Michael und die anderen, sie sind aus dem Speisesaal entführt worden, als niemand aufgepasst hat. Sie wurden hierher gebracht.“ Carlton setzte sich plötzlich mit dem Rücken zur Tür und starrte die Wände an, als würden sie von unsichtbaren Kreaturen nur so wimmeln. „Er … Dave, der Nachtwächter … er hat sie hierher gebracht …“ Carlton rieb sich über die Arme, als sei ihm plötzlich kalt. Gequält verzog er das Gesicht. „Er hat sie in Kostüme gesteckt, Charlie“, sagte er, das Gesicht vor Kummer oder Abscheu verzogen. „Charlie.“ Plötzlich hielt er inne. Sein Blick wirkte verstört. „Sie sind immer noch hier.“

„Woher weißt du das?“, flüsterte Charlie so leise, dass es kaum noch hörbar war.

Carlton deutete in die hinterste Ecke des Raums.

Charlie blickte hinüber. Ein gelbes Freddy-Kostüm lehnte an der Wand. Es war vollständig zusammengesetzt, als wolle es gleich für eine Show auf die Bühne gehen.

„Das ist er. Das ist der Bär aus dem anderen Restaurant, an den ich mich erinnere.“ Charlie schlug eine Hand vor den Mund.

„Das andere Restaurant?“ Carlton wirkte verwirrt.

„Ich verstehe das nicht.“ Charlies Blick war immer noch auf das gelbe Kostüm gerichtet. „Carlton, ich verstehe das nicht.“ Ihr Ton klang drängend.

„Michael.“

Charlie starrte ihn an. *Michael?*

„Was meinst du?“, fragte sie ruhig.

„Ich weiß, wie das klingen muss“, sagte er. Dann senkte er die Stimme zu einem Flüstern. „Charlie, ich denke, Michael steckt in dem Kostüm.“

„Ich kriege den Bolzen einfach nicht raus!“ John seufzte frustriert und rieb sich die Hand. Der Riegel hinterließ tiefe rote Abdrücke auf seinen Fingern.

Jessica murmelte etwas Mitfühlendes, doch sie ließ die Bildschirme nicht aus den Augen.

„Ich sehe absolut nichts!“, platzte es einen Moment später aus ihr heraus.

Im Funkgerät knackte es, dann ertönte Marlas Stimme. Sie rief sie aus dem Kontrollraum in der Piratenbucht. „Verhaltet euch ruhig, und rührt euch nicht von der Stelle. Beide.“

Sie erstarrten und duckten sich dort, wo sie standen. Jessica warf John einen fragenden Blick zu, aber er zuckte die Achseln. Er war genauso verwirrt wie sie.

Irgendetwas schlug gegen die Tür. John sprang zurück und stürzte fast.

„Marla?“, fragte Jessica bleich. „Marla, das bist du doch dort draußen, oder?“ Erneut ein Schlag, diesmal noch heftiger. Die Tür erzitterte.

„Was ist das? Ein Vorschlaghammer?“, flüsterte John heiser. Immer wieder wurde auf die Metalltür eingeschlagen. Allmählich zeigten sich die ersten Beulen.

John und Jessica drückten sich gegen das Steuerpult, denn sie konnten nichts tun, außer abzuwarten und zuzusehen, was da geschah.

Jessica packte den Rücken von Johns Hemd und vergrub ihre Finger im Stoff, und er entzog sich ihr nicht. Erneut bog sich die Tür nach innen. Diesmal begann sich eines der Scharniere zu lösen, sodass sich ein schmaler Spalt zwischen der Tür und dem Rahmen bildete. Noch hielt die Tür, die anfänglich so stabil gewirkt hatte, aber das war nur noch eine Frage der Zeit.

John spürte, wie Jessicas Finger immer heftiger an seinem Hemd zerrten. Er wollte sich umdrehen und sie trösten, aber er war völlig fasziniert, von dem, was da geschah, und nicht in der Lage, seinen Blick abzuwenden. Er konnte fast durch den schmalen Spalt hinaussehen, und er legte den Kopf etwas schräg.

Ein weiterer Schlag traf die Tür. Der Spalt wurde breiter, und auf der anderen Seite sah er Augen, die hindurchspähten, ruhig und ausdruckslos.

„Verschwindet, verschwindet!“, rief Marla und fuchtelte wild mit den Händen vor dem Überwachungsmonitor herum, als wenn John und Jessica sie sehen könnten und als wenn ihnen das helfen würde. Lamar hatte beide Hände auf den Mund gepresst und die Augen weit aufgerissen. Jason saß auf dem Boden und rechnete jeden Moment nervös damit, dass ein ebensolcher Angriff auf ihre Tür beginnen würde.

Die Bildschirme waren dunkel, aber es war klar, dass irgendetwas Großes vor der Hauptbühne lauerte, ein schwarzer Schatten, der dort auf und ab schlich und im Moment das gesamte Bild ausfüllte.

„Marla“, flüsterte Lamar und hoffte, sie zum Schweigen zu bringen. „Marla, sieh mal …“ Er deutete auf den Monitor, der die Piratenbucht zeigte, direkt vor ihrer Tür.

Marla blickte über seine Schulter auf den anderen Bildschirm. Der Vorhang war zurückgezogen und die Bühne leer. Das Schild *Außer Betrieb* hing nach wie vor scheinbar unberührt an seinem Platz.

„Das Schloss, wir haben nicht …“, sagte Marla kraftlos, als ihr das Ausmaß ihres Fehlers bewusst wurde. Sie wandte sich zu Jason um, dann stieß sie ein panisches Wimmern aus – die Tür hinter ihnen öffnete sich langsam.

„Sch.“ Lamar legte schnell einen kleinen Schalter um, wodurch das Licht in dem Kontrollraum erlosch. Dann presste er sich neben der Tür mit dem Rücken gegen die Wand.

Marla und Jason taten es ihm auf der anderen Seite gleich. Auf den Monitoren war immer noch statisches Rauschen zu sehen, das den Raum in flimmerndes Grau, durchsetzt von weißen Lichtblitzen, tauchte.

Mit quälender Langsamkeit wurde die kleine Tür quietschend geöffnet. Dahinter nur schwarze gähnende Leere.

„Marla!“, knisterte irgendwo vom Boden eine Stimme herauf. Lamar streckte schnell den Fuß aus und versuchte das Walkie-Talkie zu erwischen.

„Sch, sch …“ Marla schloss die Augen und flehte im Stillen, dass Jessica aufhören möge zu reden.

„Marla, wo bist du?“, ertönte Jessicas Stimme erneut. Lamar gelang es, dass Walkie-Talkie auf die Seite zu drehen, und mit einem Klicken verstummte es. Er wusste nicht, ob eine der Batterien verrutscht oder es auf den Einschaltknopf gefallen war. Aber das tat ohnehin nichts zur Sache.

In dem winzigen Raum konnte man sich absolut nirgends verstecken. Die Decke war zu niedrig, als dass man hätte aufrecht stehen können. Obwohl sie sich mit dem Rücken gegen die Wand drückten, ragten ihre Beine bis direkt unter die Türschwelle. Zum Glück lag der Einstieg hoch genug, sodass man ihre Beine von außen nicht sehen konnte. Aber nur, solange niemand hereinkam.

Wie auf Kommando hörten sie beide auf zu atmen. Der Raum war nicht mehr leer. Irgendetwas kam herein. Während es sich in das Kabuff drückte, sahen sie eine Schnauze und zwei starre Augen, die geradeaus blickten. Der riesige Kopf drohte, den gesamten Raum auszufüllen.

„Foxy“, formte Jason mit den Lippen, ohne auch nur einen Laut von sich zu geben. Die Plastikaugen klickten mit einer unnatürlichen Bewegung erst nach links und dann nach rechts. Sie suchten etwas, aber sie entdeckten nichts. Das Maul ruckte, als wolle es sich öffnen, tat es aber nicht.

Das spärliche Licht der Monitore verlieh seinem Gesicht einen rötlichen Ton, während der Rest in Dunkelheit gehüllt blieb. Sein Kopf bewegte sich langsam zurück, die Ohren spielten wahllos, wie sie vor zehn Jahren im Nachhinein noch programmiert worden waren. Während Foxy sich zurückzog, zuckten seine Augen hin und her, eines war halb unter einer zerrissenen Augenklappe verborgen.

Marla hielt weiterhin die Luft an, denn sie fürchtete den

Moment, in dem die Augen sie fixieren würden. Der Kopf hatte sich fast wieder ganz durch die Tür zurückgezogen, als die Augen nach rechts klickten und Marla entdeckten. Der Kopf hielt inne, das Maul war leicht geöffnet. Die Plastikaugen blieben auf Marla gerichtet, die sich voller Entsetzen nicht zu rühren wagte. Nach einem Augenblick verschwand der Kopf endgültig und ließ nur schwarze Leere zurück.

Jason sprang vor, um die Tür zu schließen, obwohl Marla noch versuchte, nach ihm zu greifen und ihn zurückzuhalten. Er drängte sich an ihr vorbei, hielt dann inne, während er im Türrahmen hockte. Er starrte hinaus in die Dunkelheit, voller Furcht, was dort draußen lauern musste. Vorsichtig kroch er vorwärts, sein Oberkörper verschwand zeitweise, während er draußen nach dem Türknauf tastete. Dann tauchte er wieder auf und zog die Tür hinter sich zu. Marla und Lamar schlossen die Augen und atmeten gleichzeitig einmal tief durch.

Jason blickte sie an. Er lächelte fast, doch plötzlich flog die Tür wieder auf, und ein hässlicher Metallhaken bohrte sich in sein Bein. Er schrie vor Schmerz.

Marla sprang vor, um nach ihm zu greifen, aber sie war zu langsam. Hilflos musste sie zusehen, wie Jason durch die Tür gezerrt wurde.

„Marla!“, schrie er. Vergebens versuchte er, sich am Boden festzukrallen.

Marla heulte auf vor Verzweiflung, als er ihr erneut genommen wurde. Von dem Angreifer war nichts zu erkennen, nur der grässliche, schimmernde Haken.

Marla stürzte ihm nach zur Tür, fiel auf die Knie und kroch auf das Ding zu, aber Lamar packte ihre Schulter, riss sie zurück und griff nach der Tür. Bevor er sie zuziehen konnte, wurde sie ihm mit übermenschlicher Kraft aus der

Hand gerissen. Plötzlich stand Foxy direkt vor ihnen und drang in den Raum ein.

Er war voller Leben, eine ganz andere Kreatur. Er wandte sich Marla zu. Seine silbernen Augen schienen zu begreifen. Sein Gesicht war eine eingefrorene hündische Grimasse, das lückenhafte orangefarbene Fell bedeckte den Schädel nicht vollständig.

Er blickte zuerst Lamar an, dann Marla. Seine Augen loderten auf und verloschen wieder. Er schlug die Zähne mit einem Geräusch zusammen, dass es klang, als würde etwas brechen.

Sie starrten ihn an und drückten sich rücklings gegen das Steuerpult. Dann begriff Lamar plötzlich, was er da sah.

„Er passt nicht ganz hier rein", flüsterte er. Marla sah genauer hin. Es stimmte – Foxys Schultern hatten sich im Türrahmen verkanntet, nur den Kopf hatte er hindurchstecken können.

Lamar stützte sich an der Wand ab und trat der animatronischen Figur dreimal kräftig gegen den Kopf. Foxy gab ein tiefes Jaulen von sich, das mehr nach einer Maschine als nach einem Tier klang. Dann sank er zurück in die Dunkelheit.

Schnell schloss Lamar hinter ihm die Tür und stieß den Riegel in den Boden. Einen Moment lang sahen er und Marla sich keuchend an.

„Jason!", schrie Marla.

Lamar legte den Arm um sie. Sie ließ es zu, aber sie weinte nicht. Sie schloss nur die Augen.

„Was meinst du damit, dass Michael in dem Anzug steckt?", fragte Charlie sanft, als würde sie mit jemandem sprechen, der den Verstand verloren hatte, während sie gleichzeitig unbedingt seine Antwort hören wollte.

Einen Moment lang betrachtete Carlton den gelben Bären. Als er sich wieder Charlie zuwandte, war seine Miene ganz ruhig. Er öffnete den Mund, um zu sprechen, aber Charlie legte einen Finger auf ihre Lippen.

Irgendetwas näherte sich. Sie konnte draußen im Gang Schritte hören, die auf sie zukamen. Entschlossene, schwere Schritte von jemandem, dem es egal war, ob jemand ihn hörte.

Hektisch sah Charlie sich im Raum um und entdeckte in einer Ecke ein Stück Rohr, das an der Wand lehnte. Sie packte es und stellte sich hinter die Tür. Dort würde derjenige, der vielleicht hereinkam, sie nicht sehen.

Carlton nahm den Torso hoch, als könne er ihn irgendwie als Waffe benutzen. Er wirkte verwirrt, als könne er nicht klar denken.

„Nicht", warnte Charlie ihn leise, aber es war zu spät. Irgendetwas knallte im Inneren des Kostüms. Carlton ließ es fallen und wich zurück. Auf seiner Hand schimmerte Blut.

„Bist du okay?", fragte Charlie flüsternd.

Er nickte, und dann begann sich der Türknauf zu drehen.

Dave erschien in der Tür, den Kopf hoch erhoben und mit finsterer Miene. Es sollte wohl beeindruckend wirken, aber er sah einfach nur aus wie ein Mann, der durch eine Tür kam.

„Du hast es also geschafft", verkündete er, dann entdeckte er Carlton. Sein Gesicht verdüsterte sich. Bevor er noch eine einzige weitere Bewegung machen konnte, hob Charlie das Rohr hoch über den Kopf, trat vor und zog es ihm mit einem hässlichen, dumpfen Geräusch über den Schädel.

Dave wandte sich ab, der Schock war ihm anzusehen. Charlie hob erneut das Rohr, bereit, jederzeit wieder anzugreifen, aber Dave taumelte nur rücklings gegen die Wand und rutschte daran herunter.

„Carlton! Komm schon“, drängte Charlie, doch der starrte auf seine verletzte Hand. „Carlton? Ist es schlimm?“

„Nein“, erwiderte er und riss sich von seinen Gedanken los. Dann wischte er sich die Hand an seinem schwarzen Hemd ab.

„Komm endlich“, sagte Charlie entschieden und ergriff seinen Arm. „Wir müssen hier verschwinden. Ich weiß nicht, wie lange er noch bewusstlos sein wird.“ *Dafür, dass du gerade kaltblütig einen Kerl niedergeschlagen hast, bist du ziemlich ruhig*, dachte sie trocken.

Sie krochen hinaus in den leeren Gang, der nur spärlich von dem Licht erleuchtet wurde, das aus den anderen Räumen fiel. Charlie führte sie durch die Schwingtür in die Küche, wo es stockfinster war. Die Dunkelheit war geradezu spürbar. Sie hatte das Gefühl, von ihr buchstäblich verschluckt worden zu sein.

Charlie drehte sich zu Carlton um, aber nur das leise Geräusch seines Atems sagte ihr, dass er immer noch neben ihr war. Irgendetwas berührte ihren Arm, und sie unterdrückte einen Schrei.

„Ich bin es nur“, zischte Carlton, und sie seufzte erleichtert.

„Lass uns sichergehen, dass uns niemand folgt, dann können wir uns auf die Suche nach den anderen machen und hier verschwinden“, flüsterte er.

Charlie warf einen Blick zurück zur Tür und den letzten Lichtflecken, die noch darunter hindurchgeworfen wurden. Sie schlich ein wenig näher darauf zu. Vorsichtig spähte sie durch das runde Fenster, wobei sie sorgfältig darauf achtete, die Tür nicht zu berühren.

„Was siehst du?“, flüsterte Carlton.

„Nichts. Ich denke, die Luft ist rein.“

Aber kaum hatte sie den Satz beendet, ging draußen eine Gestalt vorbei und verdunkelte das Fenster. Charlie sprang zurück und fiel fast über Carlton. Sie stolperten vorwärts, umso schnell wie möglich von der Tür fortzukommen.

Plötzlich durchschnitten zwei Lichtstrahlen die Dunkelheit. Sie tauchten den Raum in ein grelles, gelbes Licht.

Chica ragte vor ihnen auf, ganz nah. Sie richtete sich zu ihrer vollen Größe auf und schien immer noch zu wachsen.

Sie muss sich die ganze Zeit hier versteckt haben, dachte Charlie. In den dunklen Tiefen der Küche konnte sich alles Mögliche verbergen.

Chica blickte sie beide an, die Lichtstrahlen wanderten in schwindelerregender Weise von einem zum anderen, wobei die mechanischen Augen hin- und herklickten. Dann hielt sie inne.

Charlie packte Carltons Arm. „Lauf!", schrie sie, und sie rannten los, umrundeten den Arbeitstisch. Das metallene Möbel schepperte, als sie sich ungeschickt daran vorbeidrängten.

Chica folgte ihnen mit langen, langsamen Schritten.

Schließlich erreichten sie die Tür. Sie stürmten hinaus in den Gang und rannten in Richtung des Speisesaals.

John und Jessica schwiegen und lauschten dem Aufruhr draußen. Johns Hand lag auf der Tür zum Kontrollraum. Was immer sich auf der anderen Seite befunden hatte, war fort. Oder zumindest tat es so. Der Riegel war aus dem Boden gerissen worden.

John versuchte den Knauf zu drehen, aber die verbogene Tür klemmte.

„Bist du verrückt geworden?", rief Jessica alarmiert.

„Was sollen wir denn sonst tun?“, erwiderte John ruhig.

Jessica antwortete nicht.

John wich bis zur Steuerkonsole zurück und versetzte der Tür einen wohldosierten Tritt, sodass sie sich einen Zentimeter bewegte.

„Lass mich mal“, sagte Jessica. Noch bevor er etwas entgegnen konnte, hatte sie selbst zugetreten. Wieder bewegte sich die Tür ein Stückchen.

Nun wechselten sie sich ab, ohne zu sprechen, bis durch einen weiteren Tritt von John das obere Scharnier brach. Schnell drückte John die Tür vollends auf, sodass sie hinauskriechen konnten.

Draußen hielten sie inne und standen nun schutzlos mitten im Speisesaal. Entsetzt blickte Jessica zur Hauptbühne. Sie war leer.

„Ich habe keine Ahnung, warum das sicherer sein soll“, sagte sie, aber John hörte nicht zu.

„Charlie!“, rief er, dann schlug er sich die Hand vor den Mund, doch zu spät. Charlie und Carlton kamen aus dem dunklen Gang gerannt, als sei der Teufel persönlich hinter ihnen her.

„Kommt!“, brüllte Charlie ihnen zu, ohne ihr Tempo auch nur ein wenig zu verringern, und John und Jessica folgte ihnen, während Charlie sie aus dem Speisesaal hinaus und in den gegenüberliegenden Gang führte, hin zu dem Lagerraum, durch den sie ins Freddy’s eingestiegen waren.

Zielsicher lief Charlie den Korridor entlang, blieb vor einer geschlossenen Tür stehen und versuchte sie zu öffnen. Direkt hinter ihnen gähnte die offene Tür eines stockfinsteren Partyraums, in dem sich alles nur Denkbare verbergen konnte. John wandte der Gruppe den Rücken zu und behielt das schwarze Loch im Auge.

„Ist sie verschlossen?“, wollte Carlton wissen. Die aufsteigende Panik in ihm war deutlich zu hören.

„Nein, sie klemmt nur“, entgegnete Charlie. Sie wandte mehr Kraft an, und die Tür sprang auf. Alle eilten hinein, während John bis zum letzten Moment wartete, den Blick immer noch auf den dunklen Raum auf der anderen Seite des Korridors gerichtet.

Als sie die Tür hinter sich geschlossen hatten, griff Charlie nach dem Lichtschalter neben der Tür, aber John legte ihr eine Hand auf den Arm.

„Mach das Licht lieber nicht an“, sagte er und sah sich kurz um. „Wir haben genug Licht. Unsere Augen müssen sich nur daran gewöhnen.“

Über der Tür befand sich ein Fenster. Es war dickes Milchglas, durch das etwas Licht vom Gang in den Raum fiel.

„Du hast recht“, sagte Charlie. Das Licht einzuschalten, hätte sie leicht verraten.

Im Halbdunkel sahen sie sich in dem Raum um. Früher war es mal ein Büro gewesen, allerdings keins, in dem sie oft gewesen war. Sie wusste nicht mehr, wer es genutzt hatte. Es standen einige Kartons herum, aus denen Papiere herausquollen. In der Ecke befand sich ein alter Schreibtisch aus graublauem Metall mit sichtbaren Dellen in der Oberfläche. Jessica setzte sich darauf.

„Schließt die Tür ab“, sagte Jessica gereizt, und Charlie tat es. Im Türknauf befand sich ein Knopf, von dem sie wusste, dass er zu nichts nutze war. Außerdem gab es einen Riegel, wie man ihn an Toilettenkabinen und an Gartenpforten fand.

„Wahrscheinlich ist das besser als nichts“, sagte sie.

11

Schweigend saßen sie ein paar Minuten in dem kleinen Büro, ließen die Tür nicht aus den Augen und warteten. *Es ist nur wieder eine weitere Falle*, dachte Charlie.

„Wir müssen hier raus“, sagte Jessica leise, als habe sie Charlies Gedanken gelesen.

Plötzlich gab Carlton einen kurzen gequälten Laut von sich. Schnell griff er nach einem Pappkarton und kippte ihn aus. Dann benutzte er ihn, um sich erneut zu übergeben. Sein Magen war leer, er würgte vergeblich, sein Innerstes zog sich zusammen und krampfte, doch ohne Erfolg.

Schließlich lehnte er sich zurück und rang nach Atem. Sein Gesicht war rot angelaufen. Er hatte Tränen in den Augen.

„Carlton? Bist du okay?“, fragte John alarmiert.

„Ja, ist mir nie besser gegangen“, entgegnete Carlton, während er allmählich wieder normal zu atmen begann.

„Du hast eine Gehirnerschütterung“, erklärte Charlie. „Guck mich mal an.“ Sie kniete sich vor ihn und blickte ihm in die Augen, dabei versuchte sie sich zu erinnern, wie die Pupillen aussahen, wenn jemand eine Gehirnerschütterung hatte.

Carlton wackelte mit den Augenbrauen. „Oh, oh, *autsch*!“ Er presste die Zähne aufeinander und umfasste schützend seinen Kopf, als versuche gerade jemand, ihn abzureißen.

„Tut mir leid", sagte er nach einem Moment, immer noch vor Schmerz gebeugt. „Ich denke, das kommt von der ganzen Rennerei. Das wird schon wieder."

„Aber …", wollte Charlie protestieren, doch er unterbrach sie, indem er sich aufrichtete, was ihm sichtlich schwerfiel.

„Charlie, es ist alles gut. Kannst du es mir verdenken, wenn ich ein bisschen neben der Spur bin? Was ist mit dir?" Er deutete auf ihren Arm, und sie warf einen verwirrten Blick auf die Stelle.

Auf dem Verband breitete sich ein kleiner hellroter Fleck aus. Während sie geflüchtet waren, musste die Wunde wieder aufgegangen sein.

„Oh", sagte Charlie, der nun ebenfalls ein wenig schwindelig wurde.

John kam herüber, um ihr zu helfen, aber sie winkte ab. „Mir geht's gut", sagte sie.

Probehalber bewegte sie den Arm und verspürte denselben dumpfen Schmerz, der sie schon während der vergangenen paar Tage begleitet hatte, aber es schien nicht schlimmer geworden zu sein. Der Blutfleck vergrößerte sich nicht sonderlich schnell.

Draußen donnerte es erneut, und die Wände bebten.

„Wir müssen hier verschwinden. Nicht nur aus diesem Raum, sondern aus diesem Gebäude!", rief Jessica.

„Carlton braucht unbedingt einen Arzt", fügte John hinzu.

Jessicas Stimme wurde schriller und klang hektisch. „Wir werden *alle* einen Arzt brauchen, wenn wir nicht bald hier rauskommen!"

„Ich weiß", sagte Charlie. Sie war etwas verstimmt über diese Binsenweisheit, aber sie versuchte ihren Ärger zu unterdrücken. Sie hatten Angst, und sie saßen in der Falle. Einander anzufahren würde ihnen nicht helfen. „Okay“, sagte sie. „Ihr habt ja recht. Wir müssen hier raus. Wir könnten es durch das Oberlicht versuchen.“

„Ich glaube nicht, dass es uns gelingen wird, auf dem Weg zu entkommen“, meinte John.

„Es muss hier doch irgendwo eine Leiter geben“, erwiderte Charlie. Ihre Furcht schwand, während sie über die verschiedenen Möglichkeiten nachdachte. Sie setzte sich aufrechter hin und nahm sich zusammen.

„Das wird auch nichts helfen“, sagte Jessica.

„Luftschächte“, rief John hastig. „Die, durch die Jason hereingekommen ist, sind zu eng, aber bestimmt gibt es noch andere. Fenster … Das Freddy’s hatte doch Fenster, oder? Sie müssen irgendwohin führen.“

„Ich denke, wir können davon ausgehen, dass sie alle zugemauert worden sind.“ Charlie schüttelte den Kopf. Sie blickte einen Moment zu Boden, dann sah sie John in die Augen. „Das ganze Restaurant ist praktisch versiegelt worden.“

Das Walkie-Talkie erwachte mit einem Knacken zum Leben. Alle zuckten zusammen. Dann ertönte Lamars Stimme.

„John?“

John griff nach dem Funkgerät.

„Ja? Ja, ich bin hier, und Charlie, Jessica und Carlton sind bei mir. Wir sind in einem Büro.“

„Gut“, sagte Lamar. „Hört zu …“ Kurz war nur ein Rauschen zu hören, dann vernahmen sie Marlas Stimme.

„Okay“, sagte sie. „Passt auf, ich stehe gerade vor den Monitoren. Es sieht so aus, als wären sämtliche Roboter wieder auf der Hauptbühne.“

„Was ist mit der Piratenbucht?“, warf Charlie ein. Sie

beugte sich dabei über John, um direkt in das Funkgerät zu sprechen. „Ist Foxy auch da?“

Es trat eine kurze Pause ein.

„Der Vorhang ist geschlossen“, meldete sich Marla schließlich.

„Marla, ist alles okay?“, fragte Charlie.

„Ja“, erwiderte sie knapp, und das Rauschen im Hintergrund verstummte schlagartig – sie hatte das Walkie-Talkie ausgeschaltet.

Charlie und John wechselten einen Blick.

„Irgendetwas stimmt nicht“, meinte Carlton. „Zusätzlich zu dem, was auf der Hand liegt, meine ich.“

„Wovon redest du?“ Jessica verlor allmählich die Geduld.

„Mit Marla, meine ich“, entgegnete er. „Irgendetwas stimmt nicht mit ihr. Ruf sie noch mal.“

John drückte auf den Rufknopf. „Marla? Was ist los bei dir?“

Bestimmt eine Minute geschah nichts, dann meldete sich Lamar. „Wir wissen nicht, wo Jason ist.“ Seine Stimme begann zu zittern. „Er ist in Gefahr.“

Nein! Charlie spürte, wie sich ihr Magen zusammenzog. Sie hörte, wie John tief Luft holte.

Aus dem Funkgerät ertönte ein Schluchzen. Marla weinte. Sie wollte etwas sagen, brach aber ab, und versuchte es erneut.

„Foxy“, sagte sie. Ihre Stimme war etwas zu laut, während sie die Worte hervorpresste. „Foxy hat ihn geholt.“

„Foxy?“, fragte Charlie behutsam. Dann nahm sie John das Walkie-Talkie aus der Hand, und er ließ es sofort los.

„Marla, hör zu, wir werden ihn finden. Kannst du mich hören?“ Aber ihre aufmunternden Worte klangen hohl, selbst in ihren eigenen Ohren. Das Funkgerät gab keinen Laut von sich. Aufgewühlt und voller Tatendrang irgendetwas zu unternehmen, wandte sich Charlie an die anderen.

„Ich werde mir noch einmal das Oberlicht ansehen", erklärte sie. „Jessica, komm mit. Du passt da am ehesten durch."

„Stimmt", erwiderte Jessica zögernd. Sie erhob sich.

„Ihr solltet nicht allein gehen", meinte John und stand ebenfalls auf, um die beiden zu begleiten.

Charlie schüttelte den Kopf. „Jemand muss bei ihm bleiben", sagte sie und deutete auf Carlton.

„Hey, ich bin schon groß. Ich kann allein bleiben", sagte Carlton.

„Keiner von uns bleibt allein", bestimmte Charlie entschieden. John nickte knapp, als habe er einen militärischen Befehl entgegengenommen.

Charlie erwiderte die Geste, dann blickte sie zu Carlton, dessen Gesicht vor Schmerz verzerrt war. „Pass auf, dass er nicht einschläft", sagte sie leise zu John.

„Ich weiß", flüsterte er zurück.

„Ich höre, was ihr sagt", meinte Carlton. Seine Stimme klang ausdruckslos und erschöpft.

„Komm jetzt", sagte Jessica.

Charlie zog die Tür hinter ihnen ins Schloss und hörte, wie John den Riegel vorschob. Sie ging voraus. Der Abstellraum mit dem Oberlicht war nicht weit entfernt, und ohne jeden Zwischenfall schlichen sie durch die Gänge und Türen.

„Das Oberlicht. Sieh selbst, da kann man auf keinen Fall rausklettern. Noch nicht mal ich. Um aufs Dach zu kommen, müsste ich mich mit meinem ganzen Gewicht auf das Glas legen. Es würde brechen. Selbst wenn wir eine Leiter hätten, kommen wir hier nicht raus", stellte Jessica fest.

„Wir könnten das Fenster herausnehmen“, schlug Charlie selbst wenig überzeugt vor.

„Ich schätze, wir könnten das Glas vollständig herausbrechen. Aber dann bleibt immer noch das Problem mit der Leiter. Wir müssen uns einfach mal umsehen.“

John schreckte aufzuckte zusammen, als es plötzlich an der Tür klopfte. Er sprang auf die Füße und lauschte angestrengt.

Charlie klopfte erneut und bedauerte es kurz, dass sie kein Zeichen ausgemacht hatten. „Ich bin es“, rief sie leise.

Der Riegel wurde zurückgezogen. John machte ein besorgtes Gesicht.

„Was ist los?“, fragte Charlie und blickte in Carltons Richtung. Carlton hockte am Boden, die Knie an die Brust gezogen, die Arme seltsam darum geschlungen.

Charlie kniete sich neben ihn. „Carlton?“, sprach sie ihn an, und er gab ein leises Wimmern von sich. Sie legte eine Hand auf seine Schulter, und er lehnte sich ein wenig dagegen.

„Charlie … mir tut das alles so leid“, flüsterte er.

„Sch! Sag mir einfach, was los ist“, erwiderte sie. Ihr war plötzlich ganz übel vor Angst. Irgendetwas stimmte tatsächlich nicht, aber sie wusste nicht, inwieweit es von seiner Verletzung kam oder ob es nur Erschöpfung war und Angst. „Es wird alles gut“, versicherte sie ihm, strich ihm über den Rücken und hoffte, dass sie sich nicht irrte.

Nach einem Augenblick stieß er sie fort. Sie wich etwas enttäuscht zurück, bis sie sah, dass er sich wieder über den Pappkarton beugte und erneut würgte. Sie blickte zu John auf.

„Er braucht einen Arzt“, sagte er leise, und sie nickte.

Carlton setzte sich erneut auf und wischte sich mit dem Ärmel das Gesicht ab.

„So schlimm ist es nicht. Ich bin nur müde.“

„Du darfst auf keinen Fall einschlafen“, erklärte Charlie.

„Ich weiß, das werde ich auch nicht. Aber ich habe die ganze letzte Nacht nicht geschlafen und auch seit gestern nichts gegessen – das macht es alles nur noch schlimmer. Aber ich bin okay.“

Charlie sah ihn zweifelnd an, widersprach aber nicht.

„Und was jetzt?“, fragte Jessica.

Charlie antwortete nicht sofort, obwohl sie wusste, dass die Frage ihr galt. Vor ihrem geistigen Auge sah sie den Nachtwächter, wie er, die Augen verdreht, zusammenbrach. Sie brauchten Antworten, und er konnte sie ihnen geben.

„Dann wollen wir mal hoffen, dass ich den Wachmann nicht umgebracht habe“, meinte Charlie.

„Ich will da nicht wieder raus“, erklärte Jessica.

„Wir müssen dorthin zurück, wo ich Carlton gefunden habe.“

„Moment mal“, meldete sich John zu Wort und zog erneut das Funkgerät hervor. „Hey Marla, bist du da?“ Es rauschte kurz, dann ertönte Marlas Stimme.

„Ja, wir sind hier.“

„Wir müssen zum Vorratsraum. Er liegt hinter dem großen Speisesaal, noch vorbei an der Bühne. Kannst du den Bereich einsehen?“

Es herrschte eine kurze Pause, während Marla die Monitore absuchte.

„Das meiste kann ich sehen. Wo seid ihr? Euch kann ich nicht entdecken.“

„Wir sind in einem Büro. Es ist …“ John sah Charlie Hilfe suchend an, und sie übernahm das Walkie-Talkie.

„Marla, siehst du noch einen weiteren Gang, der vom Speisesaal fortführt? Ungefähr die gleiche Richtung wie zu dem Abstellraum, aber daneben."

„Wo? Es sind einfach zu viele Gänge!"

„Moment. Siehst du das?" Obwohl die anderen protestierten, öffnete Charlie die Tür des Büros. Vorsichtig steckte sie den Kopf hinaus. Als sie sich überzeugt hatte, dass die Luft rein war – zumindest, soweit sie es beurteilen konnte –, trat sie hinaus, blickte nach oben und winkte. Aus dem Funkgerät ertönte nur ein gleichmäßiges Rauschen, dann war wieder Marlas Stimme zu hören. Sie klang aufgeregt.

„Ich sehe dich! Charlie, ich kann dich sehen."

Charlie huschte zurück in den kleinen Raum. Jessica schloss die Tür hinter ihr und versicherte sich zwei bis dreimal, dass sie auch wirklich versperrt war.

„Okay, Marla", sagte Charlie. „Folge den Kameras. Du siehst den Gang. Kannst du auch den großen Speisesaal sehen?"

„Ja", antwortete sie sofort, „den größten Teil. Ich sehe die Bühne und den Bereich drum herum. Und ich sehe den anderen Gang, der parallel zu eurem verläuft."

„Siehst du die Tür am Ende?"

„Ja, aber Charlie, ich kann nicht in den Vorratsraum hineinsehen."

„Was immer auch da drin ist, wir müssen das Risiko eingehen", antwortete Charlie. „Marla", sprach sie in das Funkgerät, „kommen wir unbehelligt bis zum Speisesaal?"

„Ja", sagte Marla nach einem Moment. „Ich glaube schon."

Charlie übernahm die Führung, und alle vier schlichen sie vorsichtig den Gang entlang. Jessica blieb mit Carlton ein wenig zurück. Sie blieb so dicht bei ihm, dass er fast über ihre Füße stolperte.

„Jessica, mir geht es gut“, sagte er.

„Ich weiß“, erwiderte sie leise, doch sie wich nicht von seiner Seite, und er protestierte kein zweites Mal.

Als sie das Ende des Ganges erreichten, blieben sie stehen.

„Marla?“, sagte Charlie in das Walkie-Talkie.

„Geht weiter … Nein, bleibt, wo ihr seid!“, rief sie, und alle erstarrten und pressten sich gegen die Wand, als würden sie dadurch unsichtbar. Marla flüsterte ins Funkgerät, wodurch ihre Stimme noch mehr verzerrt wurde.

„Irgendwas … seid ganz leise …“ Sie sagte noch etwas, aber es war nicht zu verstehen. Charlie reckte den Hals, um in den Saal blicken zu können und zu sehen, was dort vielleicht lauerte. Irgendeine dunkle Gestalt, die im Schatten nur darauf wartete, sie zu attackieren. Draußen donnerte es heftig, und die Deckenvertäfelung klapperte, als würde sie jeden Moment herunterstürzen.

„Marla, ich kann nichts erkennen“, sagte Charlie in das Walkie-Talkie. Sie warf einen Blick zur Bühne, wo alle animatronischen Figuren auf ihren Positionen standen und mit leerem Blick in die Ferne starrten.

„Ich auch nicht“, flüsterte John.

„Tut mir leid“, sagte Marla. „Ich will es ja nicht übertreiben, aber hier drin ist es echt unheimlich. Es fühlt sich an, als hätten wir seit Stunden Mitternacht. Weiß irgendjemand, wie spät es ist?“

Charlie warf einen Blick auf ihre Uhr und musste die Augen zusammenkneifen, um die Zeiger zu erkennen. „Es ist fast vier“, sagte sie.

„Morgens oder nachmittags?“, fragte Marla. Es klang nicht nach einem Scherz.

„Nachmittags“, ertönte Lamars Stimme kaum verständlich aus dem Funkgerät, als befände er sich nicht nah genug am Mikrofon. „Ich habe dir doch gesagt, Marla, dass es Tag ist.“

„So fühlt es sich aber nicht an“, schluchzte Marla. Sie stieß einen Schrei aus, als das ganze Gebäude unter einem weiteren Donnerschlag erzitterte.

„Ich weiß“, sagte er sanft, und das Walkie-Talkie verstummte. Charlie betrachtete das Funkgerät einen Moment, während sich ein Gefühl der Leere in ihr breitmachte. Es war, als würde man den Telefonhörer auflegen und wissen, dass der andere immer noch da war, es aber trotzdem als Verlust empfinden, als wäre er nun für immer verschwunden.

„Charlie?“, sagte John.

Sie sah ihn an. Er machte eine Kopfbewegung in Richtung Carlton, der mit geschlossenen Augen an der Wand lehnte. Jessica hatte sich besorgt über ihn gebeugt, ohne zu wissen, was sie tun sollte. „Wir müssen ihn hinausbringen“, sagte John.

„Ich weiß“, erwiderte Charlie. „Kommt. Dieser Wachmann ist unsere größte Chance, lebend hier rauszukommen.“ Nach einem letzten prüfenden Blick führte sie die anderen hinaus aus dem Gang in den großen Speisesaal.

Als sie an der Bühne vorbeigingen, sah sie, wie John und Jessica nach oben blickten. Sie selbst weigerte sich, die Tiere anzusehen, als würde es verhindern, dass die Figuren sie fixierten. Doch es half nicht. Sie spürte ihre Augen, wie sie Maß nahmen und auf den richtigen Augenblick warteten. Schließlich hielt sie es nicht mehr aus und drehte sich zu ihnen um. Doch sie sah nur die reglosen Roboter, deren Augen auf irgendetwas gerichtet waren, dass niemand sonst sehen konnte.

Sie blieben an der Mündung des anderen Korridors stehen und warteten darauf, dass Marla sie führte. Nach einem kurzen Moment der Anspannung ertönte ihre Stimme erneut aus dem Funkgerät. Sie klang wieder ruhiger.

„Geht weiter. Der Gang ist frei."

Sie machten sich auf den Weg. Fast hatten sie es nun geschafft. Charlie spürte einen Knoten im Magen, der sich wie eine Schlange wand, als wolle er sich befreien. Sie dachte an Carlton, wie er sich auf den Boden des Büros übergeben hatte, und einen Augenblick lang hatte sie das Gefühl, es ihm gleichtun zu müssen. Kurz vor der Tür blieb sie stehen und hob eine Hand.

„Ich weiß nicht, ob er da drin ist", sagte sie leise. „Und wenn er es ist, weiß ich nicht, ob er … wach ist." *Hoffen wir, dass ich den Wachmann nicht aus Versehen getötet habe*, hatte sie gesagt. Das war nur ein Witz gewesen, doch jetzt fielen ihr ihre Worte wieder ein und beunruhigten sie. Es war ihr bisher nicht in den Sinn gekommen, dass er vielleicht tot sein könnte, bis sie es ausgesprochen hatte. Jetzt, da sie vor der Tür stand und es gleich herausfinden würde, setzte sich der Gedanke in ihr fest.

Als wisse er, was sie dachte, sagte John: „Charlie, wir müssen jetzt reingehen."

Sie nickte. John setzte sich in Bewegung, als wolle er vorangehen, aber sie schüttelte den Kopf. Was immer sie hinter dieser Tür vorfinden würde, es war ihr Werk. Ihre Verantwortung. Sie schloss einen Augenblick die Augen, dann drehte sie den Türknauf.

Er war tot. Er lag auf dem Boden, auf dem Rücken, die Augen geschlossen, das Gesicht aschfahl. Charlie spürte, wie sie eine Hand vor den Mund schlug, doch es war, als würde jemand anders ihre Reaktionen steuern. Ein taubes

Gefühl machte sich in ihr breit, der Knoten in ihrem Magen meldete sich nicht mehr. John zwängte sich an ihr vorbei. Er kniete sich hin und schlug dem Mann ins Gesicht.

„John“, sagte Charlie und hörte selbst eine gewisse Panik in ihrer Stimme. Überrascht sah er zu ihr auf.

„Er ist nicht tot“, sagte er dann. „Er ist bewusstlos. Und in dem Zustand kann er uns nichts erzählen.“

„Wir müssen ihn fesseln“, sagte Jessica. „Weck ihn noch nicht auf.“

„Ja, da muss ich dir zustimmen“, meldete sich Carlton zu Wort. Sein Blick glitt durch den Raum auf der Suche nach irgendetwas – Geräte, Werkzeuge oder Kostüme –, die Dave gegen sie einsetzen konnte und wahrscheinlich auch würde, sollte er die Gelegenheit dazu bekommen.

Charlie starrte nur auf den Mann hinab, Noch immer fühlte sie sich wie betäubt. *Er ist nicht tot.* Sie schüttelte sich wie ein Hund, um den ersten Schock loszuwerden, dann räusperte sie sich.

„Suchen wir irgendetwas, womit für ihn fesseln können“, sagte sie. „Hier scheint es ja alles Mögliche zu geben.“

Jessica ging in den hinteren Teil des Raums, wo planlos Kostümteile aufgestapelt waren. Leere Köpfe starrten sie mit grausigen Augen an

„Sei vorsichtig, wenn du die Kostüme anfasst“, rief Charlie Jessica nach.

„Wir können ihn immer noch in eines davon reinstecken, wie er es mit mir gemacht hat“, meinte Carlton. In seiner Stimme klang eine ungewohnte Schärfe mit, hart und schmerzerfüllt. Charlie glaubte nicht, dass es durch seine Verletzung kam. Er setzte sich auf eine Kiste. Seine Miene wirkte angestrengt, und er hatte die Arme um den Oberkörper geschlungen, als wolle er sich selbst festhalten.

Plötzlich zeigte sich ein alarmierter Ausdruck auf seinem Gesicht.

„Nicht anfassen!“, rief er und stieß Charlie aus dem Weg. Er stolperte an Jessica vorbei, die das Gerümpel durchstöberte, und begann selbst in dem Chaos zu wühlen. Er nahm Kartons hoch, schob Dinge aus dem Weg bei seiner offenbar geradezu verzweifelten Suche.

„Charlie, wo ist es?“, fragte er und sah sich vergebens im Raum um. Charlie ging zu ihm und folgte seinem Blick. Dann erkannte sie, was fehlte: das gelbe Bärenkostüm, das in der Ecke gelehnt hatte.

„Was meinst du?“, fragte John verwirrt.

„Charlie, wo ist es? Wo ist Michael?“ Carlton ließ sich auf einen Karton fallen, der ein wenig einsank, sein Gewicht aber hielt. Carlton sah nur Charlie an, als wären sie die einzigen Menschen im Raum.

„Michael?“, flüsterte John. Er warf Charlie einen Blick zu, aber sie erwiderte ihn schweigend. Sie hatte keine Antwort auf seine Frage.

„Michael war da.“ Carlton presste seine Lippen fest zusammen und wiegte seinen Oberkörper vor und zurück.

„Ich glaube dir“, antwortete Charlie ruhig und mit leiser Stimme. John legte die Hand auf die Knie und atmete einmal tief aus.

„Ich werde mal Jessica helfen“, murmelte er und erhob sich resigniert. „Irgendwo muss es hier doch einen Strick geben.“

„Bin gleich wieder da.“ Charlie lächelte Carlton zu, dann schloss sie sich den anderen an und ging zu den Kisten in der Ecke neben der Tür.

In der ersten befanden sich noch mehr Unterlagen, offizielle Formulare, aber darunter stand ein Karton mit einem Gewirr aus Verlängerungskabeln und Mehrfachsteckdosen.

„Hey, ich habe was gefunden“, rief Charlie. Sie wurde von einem schrillen Schrei unterbrochen.

Charlie war bereit, sofort loszurennen, aber die anderen rührten sich nicht. Jessica deutete auf irgendetwas in der Ecke. Sie zitterte am ganzen Körper. John stand hinter ihr und hatte die Augen aufgerissen.

„Was ist denn?“, wollte Charlie wissen. Als keiner antwortete, lief sie hinüber und blickte auf den Haufen aus leeren Kostümen hinab, auf den Jessica deutete.

Es war schwer zu erkennen, was in dem Haufen aus Kostümen jeweils was war. Ausdruckslos starrte sie auf das Gewirr, sah nichts außer Fell und Augen und Schnäbeln und Pfoten, und dann setzte sich das Bild endlich zusammen.

Es war ein toter Mann.

Er wirkte jung, nicht viel älter als sie selbst – und er kam ihr bekannt vor.

„Das ist der Polizist von neulich Abend“, sagte John, nachdem er seine Stimme wiedergefunden hatte.

„Was?“, fragte Carlton und richtete sich auf. Er kam herüber, um sich die Sache selbst anzusehen. „Das ist Officer Dunn. Ich kenne ihn.“

„Dein Vater hat ihn geschickt, damit er nach dir sieht“, sagte Charlie leise.

„Was machen wir jetzt?“, fragte Jessica. Sie war langsam zurückgewichen, und jetzt stieß sie mit dem Fuß gegen Dave. Erschrocken zuckte sie zusammen und unterdrückte einen weiteren Schrei. Charlie löste ihren Blick von Dunn, und das allein reichte aus, um ihr in Erinnerung zu rufen, was sie eigentlich vorhatten.

„Wir können nicht das Geringste tun“, erklärte sie bestimmt. „Los jetzt, wir wissen nicht, wie viel Zeit wir noch haben, bevor er zu sich kommt.“

John und Jessica folgten ihr durch den Raum, wobei Jessica sie einholte und sich dicht an Charlie hielt, als habe sie Angst, wieder von ihr getrennt zu werden. Charlie griff sich eine Handvoll Kabel und warf sie John zu.

Es dauerte lange, und es war mühsam. Sie setzten Dave auf und lehnten ihn gegen die Wand, aber er sackte immer wieder zur Seite, bis John ihn an den Schultern packte. John beugte ihn nach vorne, während Charlie Dave die Hände auf dem Rücken fesselte. Als sie fertig war und aufsah, bemerkte sie das Lächeln in Johns Gesicht.

„Amüsieren dich meine Knoten?“, fragte sie so unverbindlich wie möglich. Daves Körper anzufassen, der zwar am Leben, aber völlig schlaff und schwerer war, als er es eigentlich hätte sein sollen, war verstörend, und als sie ihn losließ, spürte sie immer noch seine feuchte Haut in ihren Handflächen.

Er zuckte die Achseln. „Scheint sich auszuzahlen, dass wir so oft Räuber und Gendarm gespielt haben.“

„Das hatte ich ganz vergessen.“ Sie lachte. Er nickte wissend.

„Und doch sieht man immer noch die Brandnarben, die du mir mit den Seilen zugefügt hast.“ John lächelte.

„Und das war, bevor ich bei den Pfadfindern gewesen bin“, erwiderte Charlie. „Hör auf zu meckern, und heb mal seine Füße hoch. Hoffen wir einfach, dass ich nicht alles vergessen habe.“

Sie fesselte Dave zu Ende und versuchte sich selbstsicherer zu geben, als sie es tatsächlich war. Die Kabel waren dick und steif und schwer zu binden. Sie hatte keine Ahnung, wie lange die Knoten halten würden. Als sie ihn schließlich so gut verschnürt hatte, wie es ihr möglich war, trat sie einen Schritt zurück.

John blickte sich kurz um, als würde er etwas suchen, dann schlüpfte er wortlos zur Tür hinaus.

Carlton kniete, und ohne aufzustehen, kam er herüber zu Dave. Es war ein unbeholfener schwankender Gang – es sah aus, als würde er jeden Moment umkippen. „Aufwachen, du Schlafmütze“, flüsterte er.

„Wir machen das schon, Carlton, danke. Entspann dich einfach.“ Charlie verdrehte die Augen in Richtung Jessica, dann wandte sie ihre Aufmerksamkeit wieder Dave zu. Sie schlug ihm leicht ins Gesicht, aber er regte sich nicht.

„Hey, Drecksack. Wach auf.“ Sie schlug ihn noch einmal.

„Hier, versucht das mal.“ John war gerade wieder mit einer Getränkedose voller Wasser aufgetaucht. „Leider passt nicht viel rein“, fügte er hinzu.

„Schon okay“, erwiderte Charlie. Sie nahm ihm die Dose ab, hielt sie über Daves Kopf und kippte ihm das Wasser in einem Strahl, der aus dem kleinen Loch kam, ins Gesicht. Sie zielte auf seinen Mund, und ein paar Augenblicke später prustete er und öffnete die Augen.

„Oh, gut, du bist wach“, stellte Charlie fest und kippte ihm den Rest des Wassers über den Kopf.

Er sagte nichts, aber er starrte sie auf eine seltsame Weise an.

„Also, Dave“, sagte sie, „warum erzählst du uns nicht einfach, was hier los ist?“

Er öffnete etwas den Mund, aber kein Wort kam über seine Lippen. Schließlich schloss er die Augen wieder und rührte sich nicht mehr. Zögernd legte Charlie zwei Finger an seinen Hals, um seinen Puls zu suchen.

„Lebt er noch?“, fragte John, dem dieser Mensch, der zwischen Leben und Tod zu schwanken schien, unheimlich war.

Er trat näher an ihn heran und kniete sich hin. Dann musterte er ihn eindringlich.

„Sein Puls ist ganz normal", erklärte Charlie. Sie zog ihre Hand zurück, fast erschrockener, als wenn er tot gewesen wäre.

„Charlie, irgendetwas an ihm ist anders", meinte John. Er griff nach Daves Kinn und drehte seinen Kopf hin und her. Dave wehrte sich nicht. Er öffnete die Augen erneut und starrte nur ausdruckslos vor sich hin, als würde die Welt um ihn herum gar nicht existieren.

„Was meinst du?", wollte Charlie wissen, obwohl sie es auch sah. Es schien, als sei der Nachtwächter, der Mann, auf den sie getroffen waren, irgendwie entkernt worden. Als würde vor ihnen nur noch eine leere Hülle sitzen.

John schüttelte den Kopf, ließ das Kinn des Wachmanns los und wischte sich die Hände an der Hose ab. Er stand auf und trat zurück, um etwas Abstand zwischen sich und ihn zu bringen.

„Ich weiß nicht", sagte er. „Irgendwas ist einfach anders."

„Warum erzählst du uns nicht von den Kindern?" Carlton lehnte sich gegen die Wand, etwas mutiger, aber immer noch nicht wieder völlig gefasst. „Die Kinder, die du getötet hast, du hast sie in die Anzüge da draußen gesteckt." Carlton deutete in Richtung der Bühne.

„Carlton, halt den Mund", sagte John ärgerlich. „Was du da sagst, ist doch Blödsinn."

„Nein, es stimmt", flüsterte Charlie. John musterte sie eindringlich, dann wandte er sich an die anderen, die auch nicht mehr wussten als Charlie. Schließlich blickte er zurück zu Dave, und seine Miene zeigte all den Ekel, den er empfand.

Als Charlie Johns Gesicht so sah, brach die Erinnerung

wieder über sie herein. Michael, der ein fröhlicher, sorgloser kleiner Junge gewesen war, der Porträts von ihnen gezeichnet und mit feierlichem Stolz herumgereicht hatte. Michael, der getötet worden war, dessen letzte Momente in seinem Leben voller Schmerz und Entsetzen gewesen sein mussten. Michael, der von dem Mann getötet worden war, der hier vor ihnen saß. Sie sah zu den anderen, und in ihren Gesichtern las sie nur einen einzigen Gedanken: *Das ist der Mann, der Michael getötet hat.*

Ohne Vorwarnung schoss Johns Arm blitzartig vor. Seine Faust traf Daves Kiefer so hart, dass es laut knackte. Dave sackte zur Seite. John wurde von seinem eigenen Schwung nach vorn geworfen und stürzte fast hin. Schnell sammelte er sich wieder und hüpfte ein wenig auf den Fußballen, äußerst aufmerksam, in Erwartung einer Reaktion oder der Gelegenheit, erneut zuzuschlagen.

Dave richtete sich auf, aber die Bewegung war zu fließend. Es schien, als würde es ihn keinerlei Mühe kosten, er keinen Muskel benutzen, nicht die geringste Energie aufbringen. Langsam nahm er wieder seine sitzende Position ein. Sein Mund stand offen.

Carlton stolperte vorwärts. „Nimm das, du Vollidiot.“ Er holte weit zum Schlag aus und wankte. Jessica sprang gerade noch rechtzeitig vor, um ihn aufzufangen.

Dave starrte weiter vor sich hin. Erst nach einer Weile ging Charlie auf, dass er vielleicht tatsächlich etwas Bestimmtes fixierte. Sie wandte sich um und folgte seinem Blick, dann zuckte sie erschrocken zurück. Auf dem Tisch an der Wand lag ein Kaninchenkopf.

„Das ist es? Den willst du haben?“ Charlie erhob sich und ging auf den Kopf zu. „Den brauchst du?“, fügte sie flüsternd hinzu. Sie nahm ihn vorsichtig hoch, die Schnappverschlüsse im Inneren des Kopfes glänzten im Licht. Fast andächtig trug sie ihn zu Dave, der kaum merklich den Kopf senkte.

Charlie stülpte ihm den Kopf über, ohne dabei auch nur im Entferntesten so behutsam zu sein wie bei Carlton. Als der Kopf des Maskottchens auf Daves Schultern ruhte, hob er sich, bis er fast ganz gerade war. Daves Augen waren glasig und ohne jedes Gefühl, wie die der Roboter draußen auf der Bühne. Schweiß rann unter dem Kopf des Kostüms hervor. Auf dem Kragen seines Uniformhemds bildeten sich dunkle Flecken.

„Mein Dad hat dir vertraut", sagte Charlie. Sie kniete jetzt und blickte eindringlich in das Gesicht des Kaninchens. „Was hast du mit ihm gemacht?" Ihre Stimme brach.

„Ich habe ihm geholfen zu erschaffen." Die Stimme ertönte aus dem künstlichen Kopf, aber es war nicht die von Dave, nicht dieser bemitleidenswerte, säuerliche Ton, den sie wiedererkannt hätten. Die Stimme des Kaninchens klang sanft und voll, fast melodiös. Sie wirkte vertrauenswürdig, irgendwie beruhigend. Eine Stimme, die einem wohl alles hätte einreden können. Dave legte den Kopf schräg, sodass nur eines seiner Augen hinausblicken konnte.

„Wir wollten beide lieben", sagte er in diesem melodiösen Ton. „Dein Vater hat geliebt. Und nun habe ich geliebt."

„Du hast getötet", sagte Carlton. Etwas, das wie ein Lachen klang, platzte aus ihm heraus. Er schien jetzt wieder klarer im Kopf zu sein, als würde ihm die Wut helfen, sich zu konzentrieren. Er schüttelte Jessicas Hände ab und kniete sich hin.

„Du bist ein kranker Bastard", stieß Carlton hervor. „Und du hast Monster erschaffen. Die Kinder, die du getötet hast, sind immer noch hier. Du hast sie eingesperrt!"

„Sie sind zu Hause, bei mir." Daves Stimme war jetzt heiser. Der große künstliche Kopf rutschte nach vorn und kippte etwas ab, während er sprach. „Es sind ihre glücklichsten Tage."

„Wie kommen wir hier raus?" Charlie legte eine Hand auf den Kaninchenkopf und schob ihn wieder in die richtige Position auf Daves Schultern. Das Fell fühlte sich feucht und klebrig an, als würde das Kostüm selbst schwitzen.

„Es gibt keinen Weg mehr hinaus. Jetzt sind wir nur noch eine Familie." Sein rundes Auge tauchte wieder in einer der dunklen Höhlen auf. Es schimmerte im Licht. Er blickte Charlie einen Moment lang an und versuchte sich vorzubeugen. „Oh", keuchte er. „Du bist aber hübsch, oder?"

Charlie zuckte zurück, als hätte er sie berührt. *Was soll das denn heißen?* Sie trat noch einen weiteren Schritt nach hinten und musste gegen den aufsteigenden Ekel ankämpfen.

„Du sitzt jedenfalls auch in der Falle. Du wirst niemand anderem mehr wehtun", erklärte John als Antwort auf die versteckte Drohung.

„Das muss ich auch nicht", entgegnete Dave. „Wenn es dunkel wird, werden sie erwachen. Die Geister der Kinder werden sich erheben. Sie werden euch töten. Ich gehe morgen früh einfach nach Hause, steige über eure Leichen, über eine nach der anderen." Nacheinander sah er sie an, als würde er sich schon an der blutigen Szene weiden.

„Dich werden sie auch umbringen", sagte Jessica.

„Nein, ich bin mir ziemlich sicher, dass ich überleben werde."

„Tatsächlich?", fragte John plötzlich. „Ich bin mir ziemlich sicher, es sind die Geister der Kinder, die du getötet hast", spie er aus. „Warum sollten sie uns etwas tun? Du bist es, hinter dem sie her sind."

„Daran erinnern sie sich nicht“, erklärte Dave. „Sie haben es vergessen. Die Toten vergessen. Sie wissen nur, dass ihr hier seid und ihnen ihre glücklichsten Tage wieder nehmen wollt. Ihr seid Eindringlinge.“ Er senkte seine Stimme zu einem Flüstern. „Ihr seid *Erwachsene*.“

Sie sahen einander an.

„Wir sind keine …“, begann Jessica.

„Ihr seid kurz davor. Besonders in den Augen eines rachsüchtigen, verwirrten und verängstigten Kindes. Keiner von euch wird die Nacht überleben.“

„Und wie kommst du darauf, dass sie dich nicht töten werden?“, fragte John erneut.

Daves Blick bekam plötzlich ein Strahlen, das schon fast verzückt wirkte. „Weil ich einer von ihnen bin“, sagte er.

12

Alle standen sie da und starrten den Mann am Boden an. Jessica wich unwillkürlich einen Schritt zurück. Charlie dagegen blieb wie angewurzelt stehen. Sie konnte ihren Blick nicht von ihm abwenden. *Weil ich einer von ihnen bin.* Als wenn er ihre Gedanken lesen könnte.

John trat neben sie.

„Charlie, er ist verrückt", sagte er leise.

Der Satz reichte aus, damit sie sich von dem fürchterlichen, entrückten Blick des Mannes losreißen konnte.

„Wir müssen hier raus", sagte sie zu John gewandt. Er nickte, drehte sich zu den anderen um und deutete auf das Walkie-Talkie in seiner Hand.

„Ich gehe zurück in den Kontrollraum", sagte er. „Das sind Polizeifunkgeräte. Irgendwie muss es möglich sein, damit jemanden zu erreichen. Vielleicht kann ich dort irgendein Gerät benutzen, um das Signal zu verstärken."

„Ich komme mit", sagte Charlie sofort, aber er schüttelte den Kopf.

„Du musst bei ihnen bleiben", sagte er kaum hörbar. Charlie blickte hinüber zu Jessica und Carlton. John hatte recht. Carlton brauchte jemanden, der bei ihm blieb, und Jessica … Jessica riss sich zusammen, aber man konnte es ihr nicht allein überlassen, dass sie sie beide schützte.

Charlie nickte.

„Sei vorsichtig“, sagte sie.

Er antwortete nicht, stattdessen schob er das Walkie-Talkie in seinen Gürtel, zwinkerte ihr zu und ging.

Clay Burke saß in seinem Büro und ging die Fallakten der Woche durch. Es waren nicht viele. Verkehrsübertretungen, zwei Taschendiebstähle und ein Geständnis, Abraham Lincoln ermordet zu haben. Clay blätterte die Papiere durch und seufzte. Kopfschüttelnd zog er die unterste Schublade seines Schreibtisches auf und nahm die Akte heraus, die ihm schon den ganzen Vormittag auf der Seele lag.

Das Freddy's. Wenn er die Augen schloss, war er wieder dort, in diesem fröhlichen Familienrestaurant, dessen Böden blutverschmiert waren. Nachdem Michael verschwunden war, hatte er vierzehn Stunden am Tag gearbeitet, manchmal sogar auf dem Revier geschlafen. Jedes Mal, wenn er nach Hause gekommen war, hatte er als Erstes nach Carlton gesehen, der dann normalerweise bereits schlief. Am liebsten hätte er seinen Sohn in den Arm genommen und an sich gedrückt und ihn nie wieder losgelassen. Es hätte an jenem Tag jedes der Kinder treffen können. Es war einfach nur unglaubliches Glück gewesen, dass der Killer seinen Sohn verschont hatte.

Damals war es der erste Mord gewesen, um den sich seine Abteilung hatte kümmern müssen. Sechzehn Leute hatten im Department gearbeitet, die sich normalerweise um Kleindiebstähle und Lärmbelästigungen kümmerten. Da sie nun in einem grausamen Mord ermitteln mussten, hatten sich alle wie Kinder gefühlt, deren Spielzeugpistolen sich plötzlich in echte Waffen verwandelt hatten.

Clay öffnete die Akte und wusste, was er darin vorfinden würde. Es war nur ein Teilbericht. Der Rest befand sich in einem Lagerraum im Keller. Er überflog die vertrauten Sätze, die bürokratischen Formulierungen, denen es misslang, den entscheidenden Punkt zu beschönigen: Es war keine Gerechtigkeit geübt worden. *Manchmal gelingt es den Schuldigen, mit schlimmen Dingen davonzukommen, aber das ist der Preis, den wir zahlen.* Das hatte er zu Charlie gesagt. Bei dem Gedanken daran, wie das ausgerechnet für sie geklungen haben musste, zog sich sein Magen zusammen.

Er griff zum Telefon und rief vorn am Besuchertresen an, anstatt die paar Meter zu Fuß zurückzulegen und persönlich zu fragen.

„Hat Dunn sich schon vom Freddy's zurückgemeldet?", fragte er, noch bevor der Officer am anderen Ende der Leitung etwas sagen konnte.

„Nein, Sir", antwortete der. „Ich werde …"

Er legte auf, ohne eine weitere Antwort abzuwarten. Dann starrte er nervös auf die gegenüberliegende Wand. Schließlich griff er nach seinem Kaffeebecher und ging in den Keller.

Er brauchte nicht nach der Kiste mit den Beweisstücken von den Vermisstenfällen aus dem Freddy's zu suchen. Er war schon öfter hier unten gewesen.

Clay setzte sich einfach auf den Betonboden und breitete die Papiere und Fotos um sich herum aus. Da waren Vernehmungsprotokolle, Zeugenaussagen und Berichte von Polizisten, die am Tatort gewesen waren, einschließlich Clay. Ziellos blätterte er alles durch. Er wusste nicht genau, wonach er suchte. Schließlich war nichts Neues darunter.

Was sollte er also finden? Sie wussten, wer es gewesen war. Zuerst hatte er Henry im Verdacht gehabt, wie so viele andere in der Stadt. Es war ein schrecklicher Gedanke, aber es war auch ein schreckliches Verbrechen. Egal, zu welcher Lösung es kommen würde, sie würde immer schockierend sein.

Er war es nicht gewesen, der Charlies Vater vernommen hatte, aber er hatte die Abschrift gelesen. Der Mann hatte fast völlig unzusammenhängend geredet. Er war so erschüttert, dass er keine klaren Antworten geben konnte. Er klang, als würde er lügen, und für die meisten Leute reichte das als Beweis. Aber Clay hatte sich widersetzt, hatte seine Verhaftung hinausgezögert, und bald waren sie auf William Afton gestoßen, Henrys Partner.

Afton schien der Bodenständigere der beiden zu sein, der Geschäftsmann. Henry war der Künstler. Er schien immer in einer anderen Welt zu leben, ständig mit seinen animatronischen Figuren beschäftigt, selbst wenn er sich über das Wetter unterhielt oder das Fußballspiel der Kinder. Irgendetwas war seltsam an Henry, er wirkte fast ein wenig verstört. Da erschien es einem wie ein Wunder, dass er ein so normales Kind wie Charlie zustande gebracht hatte.

Clay erinnerte sich noch daran, als Henry in die Stadt gezogen war und mit dem Bau des neuen Restaurants begonnen hatte. Irgendjemand hatte Clay erzählt, dass Henry ein Kind gehabt hatte, das viele Jahre zuvor entführt worden war, aber viel mehr wusste er nicht. Henry schien ein netter Kerl zu sein, obwohl er eindeutig furchtbar einsam war. Selbst aus der Ferne sah man ihm seine Trauer an.

Dann hatte das Freddy Fazbear's eröffnet, und die Stadt war zum Leben erwacht. Zu dem Zeitpunkt war auch Charlie aufgetaucht. Bis zu jenem Tag hatte Clay nicht einmal gewusst, dass Henry eine Tochter hatte.

William Afton hatte dafür gesorgt, dass das Freddy's lief, wie er es auch bei dem vorangegangenen Restaurant getan hatte. Afton war so belastbar und lebendig wie Henry im Gegensatz dazu in sich gekehrt und unscheinbar. Er war ein kräftiger Mann mit der Genialität eines gewitzten Weihnachtsmannes. Und er hatte die Kinder getötet. Clay wusste es. Das ganze Department wusste es. Während jeder Entführung war er dort gewesen. Er war auf mysteriöse Weise jedes Mal verschwunden, sobald eines der Kinder vermisst wurde. Bei der Durchsuchung seines Hauses war ein Raum entdeckt worden, vollgestopft mit Kartons voller mechanischer Teile und einem muffigen gelben Kaninchenkostüm sowie ganze Stapel von Tagebüchern voll paranoider Raserei, in denen es auch um Henry ging und die von wilder Eifersucht bis fast zu einer Art Anbetung reichten.

Doch es hatte keinerlei Beweise gegeben, es hatte keine Leichen gegeben, und deswegen war es auch nicht möglich gewesen, Anklage zu erheben. William Afton hatte die Stadt verlassen. Niemand hatte ihn aufhalten können. Sie wussten nicht einmal, wo er hingegangen war.

Clay nahm eines der Bilder aus der Akte. Man hatte es, gerahmt, von der Wand von Henrys Büro im Restaurant genommen. Es war ein Foto, das die beiden zusammen zeigte, Henry und William, die vor dem neu eröffneten Freddy Fazbear's in die Kamera grinsten. Clay starrte darauf, was er auch schon früher getan hatte. Henrys Blick passte irgendwie nicht zu seinem Lächeln. Der Ausdruck wirkte aufgesetzt, aber eigentlich hatte er immer so ausgesehen. Es war nichts *Ungewöhnliches*, abgesehen von der Tatsache, dass sich einer der Männer als Mörder entpuppt hatte.

Plötzlich durchfuhr Clay das Gefühl, etwas wiederzuerkennen, obwohl er es nicht genau fassen konnte. Er schloss die Augen und ließ seine Gedanken wandern wie einen Hund, den man von der Leine gelassen hatte. *Mach schon, such.* Es war irgendetwas an William, etwas Vertrautes, was noch nicht lange her war.

Dann hatte er es. Er schob alles, eher unordentlich, zurück in den Karton und behielt nur das Foto. Mit dem Bild in der Hand lief er die Treppe hinauf, nahm zwei Stufen auf einmal, und rannte schon fast, als er das Erdgeschoss des Reviers erreichte. Er ging direkt zu einem bestimmten Aktenschrank und ignorierte die Begrüßung seiner verblüfften Mitarbeiter. Er riss die Schubladen auf und durchwühlte sie bis … da waren sie, die polizeilichen Überprüfungen von Angestellten, die in den letzten sechs Monaten von Unternehmen angefordert worden waren.

Er nahm den Stapel heraus und blätterte ihn durch auf der Suche nach Fotos. Im dritten Ordner fand er es. Er nahm das Bild in die Hand und hielt es neben das von Henry und William, wobei er sich so drehte, dass er im Licht stand.

Er ist es.

Dave Miller stand auf der Akte, doch es war unverkennbar William Afton. Afton war fett und leutselig gewesen. Der Mann auf dem Foto war bleich und dünn. Seine Haut war schlabberig, und seine Miene war unwirsch, als habe er vergessen, wie man lächelt. Er wirkte wie ein schlechtes Abziehbild seiner selbst. Oder vielleicht, dachte Clay, hatte er auch einfach seine Maske fallen lassen.

Clay blätterte noch einmal zurück, um nachzusehen, warum die Überprüfung beantragt worden war. Alles Blut wich aus seinem Gesicht. Ihm verschlug es den Atem. Clay stand auf, griff in derselben Bewegung nach seiner Jacke und hielt dann inne. Langsam ließ er sich wieder auf seinen Stuhl sinken, die Jacke fiel zu Boden. Er nahm die Teilakte aus seiner Schublade und zog vorsichtig eines der Fotos heraus. Es war im Nachhinein gemacht worden, als das Restaurant nur noch ein Tatort gewesen war. Er schloss einen Moment die Augen, dann öffnete er sie wieder und betrachtete das Bild, als würde er es das erste Mal sehen.

Da war ein Lichtschimmer, der ihm zuvor nie aufgefallen war. Eine der animatronischen Figuren auf der Bühne, der Bär, *Freddy*, blickte in Richtung der Kamera. Eines seiner beiden Augen wurde erleuchtet. Es glänzte.

Clay legte das Bild zur Seite und nahm sich das nächste vor. Es war aus einem anderen Winkel aufgenommen, aber die Seite der Hauptbühne war immer noch darauf zu sehen. Chica war zwar abgewandt, doch ihr Gesicht war direkt auf die Kamera gerichtet. In ihrem linken Auge war ebenfalls ein Glitzern zu sehen. Mit der Fingerspitze rieb Clay darüber, um sicherzugehen, dass es kein Fehler im Papier war.

Das nächste Foto zeigte Bonnie in der Dunkelheit hinter den Stühlen. Ein stecknadelgroßer Lichtpunkt, wie ein Stern, war in einem seiner Augen zu sehen, als würde es einen Scheinwerfer reflektieren, der nicht dort war. *Was ist das?*

Clay spürte, wie sein Gesicht heiß wurde. Er merkte, dass er nicht geatmet hatte. Er fuhr mit den Händen über den Schreibtisch wie ein Zauberkünstler, der ein bestimmtes Bild dazu bringen wollte, sich ihm zu zeigen.

Und eines tat es. Das letzte Bild war in der Piratenbucht aufgenommen worden. Dort herrschte das reinste Chaos. Tische und Stühle standen kreuz und quer, Müll lag überall in den Gängen. Aber im Gegensatz zu den vielen anderen Malen, die er sich das Bild angesehen hatte, ignorierte er das Durcheinander und konzentrierte sich nur auf die Bühne. Der Vorhang war leicht zurückgezogen, eine Figur dahinter kaum sichtbar, ein Auge wahrscheinlich vom Blitzlicht erleuchtet. Clay sah sich den Rest des Bildes genau an, auf der

Suche nach weiteren Lichtreflexionen, aber er fand keine. *Es hat kein Blitzlicht gegeben.*

Jason öffnete die Augen. Sein Bein schmerzte. Es war ein beständiger, dumpfer Schmerz. Versuchsweise spannte er es an und merkte, dass er es problemlos bewegen konnte. Die Verletzung war also wohl nicht allzu schlimm. Er lag äußerst unbequem und fühlte sich vollkommen steif, als habe er auf – er sah nach, worauf er lag – einem Haufen Verlängerungskabeln geschlafen. Er setzte sich auf. Es war dunkel, aber er konnte ungefähr erkennen, was sich um ihn herum befand.

Er beugte sich vor, um sein Bein zu untersuchen. Seine Jeans war zerrissen, wo Foxys Haken ihn erwischt hatte. Der Schnitt in seinem Bein sah hässlich aus, aber er blutete kaum. Das Metall hatte sich hauptsächlich in seiner Jeans verfangen. Jason fühlte sich etwas erleichtert und begann seine Umgebung zu untersuchen. Er befand sich in einer Ecke. Von einer Wand zur anderen war ein schwarzer Vorhang gespannt, der ihn von dem Raum auf der anderen Seite abschirmte.

Jason kroch zum Rand des Vorhangs, wo sich ein winziger Spalt an der Wand befand. Er brauchte einen Moment, um Mut zu fassen. Dann spähte er hindurch, während er jede einzelne seiner Bewegungen spürte.

Er befand sich auf der kleinen Bühne in der Piratenbucht, hinter dem Vorhang. Er konnte hören, dass sich draußen etwas bewegte, etwas Großes, aber von seiner Position aus konnte er nichts sehen außer einem leeren Raum. Er steckte den Kopf etwas weiter hinaus und sah sich um.

Er wusste nicht, wo das Geräusch herkam, aber mit jeder Sekunde wurde er mutiger und bereitete sich darauf vor, von der Bühne zu springen und loszurennen.

Im großen Speisesaal pulsierte ein Licht. Es erleuchtete ihn jeweils für Sekundenbruchteile in schwindelerregenden Farben wie auf dem Rummelplatz. Es war nicht viel, aber so hatte Jason zumindest eine Richtung, in die er laufen musste. Er starrte hinüber, bis das Licht alles war, was er noch sehen konnte.

Doch dann verlosch es plötzlich. Der Raum war dunkel. Noch dunkler als zuvor – seine Augen hatten sich an das Licht gewöhnt, und jetzt war er praktisch blind.

Das schlurfende Geräusch war immer noch zu hören. Jason zog den Vorhang weiter auf. Dieses Mal machte er es zu schnell, und während er an dem Vorhang zog, stießen die Ringe, an denen er hing, mit einem Klappern zusammen.

Das Licht über der Piratenbucht flammte auf.

Und da war Foxy, direkt vor ihm, das Gesicht so nah an Jasons, dass sie sich fast berührten.

Jason stolperte zurück durch den Vorhang und zog ihn wieder zu. Dann versuchte er von der kleinen Bühne zu entkommen, aber es gab keinen Fluchtweg. Er kroch rückwärts, presste sich an die Wand, hoffte, dass der Vorhang ihn irgendwie vor Foxy beschützen würde.

In dem Moment begann sich der Vorhang zu öffnen, nicht mit Schwung, sondern als ob die Show beginnen würde. Bunte Lichter zuckten in stummem Rhythmus, und der glitzernde Vorhang öffnete sich vollständig und gab die Bühne frei, vor der geduldig das Untier stand.

Foxy legte den Kopf schräg, als würde er über etwas nachdenken, dann kam er näher. Er erklomm eine Stufe nach der anderen, die zur Bühne hinaufführten, jede Bewegung sprunghaft und unkoordiniert, als würde jeder Teil seines metallenen Körpers sich eigenständig bewegen.

Voller Entsetzen sah Jason ihm entgegen, aber irgendwie

begeisterte ihn der Anblick auch. So etwas hatte er noch nie gesehen. Foxy erreichte die Bühne und machte zwei weitere entschiedene Schritte, bis er über Jason stand.

Jason blickte völlig erstarrt zu ihm auf, wie eine Maus, auf die gerade ein Falke herabstieß. Er atmete flach. Sein Herz schlug so schnell, dass ihm die Brust wehtat.

Wieder hob Foxy seinen Haken. Jason rollte sich blitzschnell zusammen, schützte mit den Armen seinen Kopf und wartete auf den Hieb.

Doch der kam nicht.

Jason bewegte sich nicht. Er wartete und wartete, während er sich fragte, ob sich die Zeit irgendwie verlangsamt habe, während der Augenblick seines Todes näher rückte, um seinem Geist Gelegenheit zu geben, die letzten Augenblicke möglichst lange auskosten zu können. Aber nicht *so* lange.

Er öffnete die Augen und drehte den Kopf ein wenig, wobei er weiter die Arme vors Gesicht hielt. Foxy war immer noch da, doch er bewegte sich nicht. Jason überwand sich und sah der Kreatur in die Augen. Es war, als würde er direkt in die Sonne blicken – Foxys brennender Blick ließ Jason Tränen in die Augen steigen. Er wollte wegsehen, aber er konnte es nicht. Es war die animatronische Figur, die schließlich den Blick abwandte. Während Jason ihn noch halb blind anstarrte, wandte Foxy sich seinem nicht vorhandenen Publikum zu. Der Haken sank langsam an seine Seite, der Kopf kippte nach vorn, und er erstarrte. Das Surren und Klicken der animatronischen Teile in ihm verstummte.

Der Vorhang schloss sich wieder.

„Bereit?“, fragte Lamar.

Marla nickte knapp. „Ich bin so weit“, erwiderte sie. Sie stieß die Tür auf, die Fäuste geballt, und sie kletterten hinaus, während jeder in die jeweils gegenüberliegende Richtung blickte, um auf einen möglichen Angriff vorbereitet zu sein. Marla atmete schwer, sie war wütend.

Es war so dunkel, dass man die Schwärze fast körperlich spüren konnte. Sie konnte kaum erkennen, was sich um sie herum befand. Lamar konnte sie sehen, doch wenn sie sich auch nur einen Meter voneinander entfernten, würden sie sich verlieren. Die Lichter über ihnen flackerten kurz, aber nur einen winzigen Augenblick. Aber es hatte gereicht, um sie zu blenden. Nun konnten sie überhaupt nichts mehr sehen.

„Irgendwas auf deiner Seite?“, flüsterte Marla.

Lamar blickte in Richtung ihrer Stimme.

„Nein, irgendwas auf deiner Seite?“

„Licht bitte“, flüsterte Marla.

Lamar hob die Taschenlampe wie eine Waffe und schaltete sie ein. Über ihnen flackerten die Lichter.

Jason konnte den Lichtschein ihrer Taschenlampe sehen, der durch den leicht transparenten Stoff des Vorhangs drang. *Oh nein.* Das Licht fiel auf die animatronische Figur, nur für einen Moment, und ein Klicken ertönte. Jason blickte auf. Foxy bewegte sich nicht. Wieder strich der Lichtschein über ihn hinweg, und wieder ertönte das mechanische Geräusch, dieses Mal unüberhörbar, obwohl er sich immer noch nicht bewegte.

Jason rutschte um Foxy herum und sah hinauf in das Gesicht der Figur, als das Licht ihn erneut traf. Wieder war das Klicken zu hören. Irgendwas in seinem Innern schien zu reagieren, seine Augen blieben allerdings dunkel. Jason kroch so weit nach vorn, wie er es wagte, ohne in Foxys Blickfeld zu geraten. Er schaffte es bis an den Rand des Vorhangs und streckte einen Arm hinaus, um warnend zu winken.

„Jason!“ Er hörte die Stimme seiner Schwester und dann Lamar, der sie schnell zum Schweigen brachte. Der Lichtkegel glitt nach oben und wurde auf die Bühne gerichtet.

Foxys Augen leuchteten auf. Sein Kopf ruckte mit der Präzision eines Raubtiers in Richtung der Lichtquelle.

Jason griff panisch nach dem Haufen aus Verlängerungsschnüren und packte eines der Kabel.

Foxy hob einen Fuß, und Jason warf das Kabel drum herum und riss mit aller Kraft. Foxy kippte nach vorn und versuchte sich mit dem Haken abzustützen, der sich im Vorhang verfing. Mit einem lauten Ratschen zerriss der Haken den Vorhang. Foxy stürzte mit metallenem Klappern und halb in den Vorhang gewickelt zu Boden. Jason kroch schnell an der sich windenden Kreatur vorbei und rannte auf das Licht zu.

Marla griff nach ihm, doch er schob sie zur Seite.

„Lauft“, keuchte er, und die drei rannten den Gang hinunter. Sie bogen um eine Ecke und blieben abrupt stehen. Jason prallte gegen Lamar und musste sich an ihm festhalten, um nicht das Gleichgewicht zu verlieren. Am Ende des dunklen Ganges stand eine weitere Figur, zu groß, um ein Mensch zu sein. Sein Zylinder war unverkennbar.

Freddy Fazbear.

Seine Augen leuchteten, ihr durchdringendes Glühen tauchte ihn in einen rötlichen Schein. Sie konnten die spröden Töne eines Liedes hören, mechanisch und dünn wie von einer Spieluhr, die aus seiner Richtung drangen. Fasziniert starrten sie ihn an, dann fand Jason seine Fassung wieder und zog Marla am Arm.

„Weg hier“, zischte er, und sie folgten ihm und rannten den Weg zurück, den sie gekommen waren. Als sie die Piratenbucht erreichten, wurden sie langsamer. Foxy hatte sich von dem Vorhang befreit und war dabei, sich aufzurichten.

Die drei warfen sich einen Blick zu, dann liefen sie an ihm vorbei. Jason hielt die Luft an, bis sie den nächsten Ausgang erreicht hatten und beschwor damit einen alten Aberglauben.

Lamar deutete auf einen der Partyräume, und sie schlüpften hinein. Er schaltete die Taschenlampe aus, und für einen Moment verharrten sie, bis sich ihre Augen an die Dunkelheit gewöhnt hatten. In dem Raum standen drei lange Tische wie in einer Cafeteria. Jeder Einzelne war noch wie für eine Party gedeckt: Klappstühle aus Metall waren aufgestellt. Auf jedem Platz befanden sich ein Partyhut, ein Pappteller und ein Plastikbecher. Wortlos versteckte sich jeder unter einem anderen Tisch, damit jeder von ihnen so viel Platz wie möglich hatte. Sie machten sich ganz klein, um nicht gesehen zu werden. Dann starrten sie schweigend in den leeren Gang und lauschten.

„Hallo? Hört mich jemand?“, sagte John erneut ins Funkgerät, doch es rauschte nur. Es war ihm gelungen, das Walkie-Talkie an das Soundsystem anzuschließen, aber ein Signal nach draußen zu senden schien unmöglich – das Freddy’s war vollkommen von der Welt abgeschottet.

Wieder warf er einen Blick auf die Monitore. Auf einem der Bildschirme konnte er drei Gestalten sehen, die unter Tischen hockten. Marla, Lamar und Jason, dachte er. *Sie haben Jason gefunden*, erkannte er mit großer Erleichterung und spürte gleichzeitig, wie eine Anspannung von ihm abfiel, derer er sich gar nicht bewusst gewesen war. Die Bilder auf den Monitoren flimmerten in unnatürlichem Grau und Weiß. „Das müssen Nachtsichtkameras sein“, murmelte er vor sich hin und kniff die Augen zusammen, um besser sehen zu können. Er beobachtete, wie die verschwommenen

Gestalten unter den Tischen entlangkrochen. Dann bemerkte er auf einem der anderen Bildschirme eine Bewegung.

Im Korridor stand eine Gestalt. Sie ging direkt auf den Raum zu, in dem sich die anderen befanden. John wusste nicht, wer das war, aber seine Bewegungen hatten nichts Menschliches an sich. Er blieb neben einer Tür stehen. Voller Entsetzen blickte John wieder zu dem Monitor, der den Partyraum zeigte, in dem sich seine Freunde versteckten. Er griff nach dem Walkie-Talkie, schaltete das Lautsprechersystem ein und drehte den Regler bis zum Anschlag hoch.

„Lamar", sagte er ruhig und in einem Befehlston. Er hörte, wie seine eigene Stimme von den Wänden des Kontrollraums zurückgeworfen wurde. „Lamar, rühr dich nicht!"

Johns Stimme plärrte aus den Lautsprechern, von statischem Rauschen verzerrt, aber verständlich.

„Lamar, rühr dich nicht."

Lamar, Marla und Jason sahen sich unter den Tischen hindurch an. Der Raum wurde plötzlich von einem roten Glühen erleuchtet. Während sie versuchten, sich so still wie möglich zu verhalten, betrat Freddy Fazbear den Partyraum. Seine Bewegungen wirkten mechanisch und ohne jede Eleganz, während er mit bedachten Schritten in die Mitte des Raums ging und zwischen zwei Tischen stehen blieb.

Auf einer Seite von ihm befand sich Marla, Jason auf der anderen. Jason warf seiner Schwester einen Blick zu, und sie legte einen Finger auf ihre Lippen. Jason hatte bisher gar nicht bemerkt, dass ihm Tränen über das Gesicht liefen.

Er beobachtete, wie Freddy seinen Blick durch den Raum schweifen ließ. Sein Kopf, dessen Augen wie Scheinwerfer wirkten, surrte zu einer Seite, stoppte mit einem Klicken und drehte sich dann zur anderen. Dann geschah eine Weile nichts.

Die beiden wulstigen Füße standen reglos da, die Beine ragten wie schwarze Stämme in einem Wald auf. Künstlicher Pelz knirschte, und die Füße begannen sich zu drehen. Freddy wandte sich um und steuerte wieder auf die Tür zu. Bei jedem Schritt erbebte der Boden unter ihm.

Als Freddy an ihm vorbeiging, machte sich Jason instinktiv so klein, wie er konnte, besonders als ein Fuß der Figur gegen einen der Metallstühle stieß, der daraufhin ein Stück über den Boden schrammte. Jasons Herz raste. Hektisch blickte er hinüber zu Marla, die ihm eindringliche Zeichen gab, sich still zu verhalten. Freddy war stehen geblieben, aber sie hörten immer noch das Rascheln und Knatschen des künstlichen Fells. Freddy begann sich hinunterzubeugen. Seine Bewegungen waren langsam und in diesen wertvollen zwei Sekunden schob Jason die beiden Stühle vor sich weit genug auseinander, um zwischen ihnen hindurch und hinter Freddy krabbeln zu können, sobald er die Gelegenheit dazu hatte.

Dann tauchten Freddys glühende Augen unter dem Tisch auf und erleuchteten den Bereich neben Jason. Schnell, aber leise kroch er zwischen den Stühlen hindurch zu Marla. Freddy richtete sich wieder auf und senkte seinen Blick auf den Boden, während Jason seinen Fuß gerade noch rechtzeitig aus dem Sichtfeld der Figur zog.

Nun wandte sich Freddy dem Tisch zu, unter dem sie hockten. Marla legte eine Hand auf Jasons Arm, um ihn zu beruhigen. Wieder trat kurz Stille ein. Lamar, der unter dem Tisch ihnen gegenüber hockte, winkte Marla und Jason zu, dass sie zu ihm kommen sollten, weiter weg von Freddy. Marla schüttelte den Kopf, weil sie es nicht riskieren wollte, irgendein Geräusch zu machen. *Vielleicht geht er ja wieder*, sagte sie sich.

Jason begann gerade wieder normal zu atmen, als sie plötzlich begriffen, was gerade geschah. Freddy beugte sich erneut hinunter, diesmal ganz leise. Seine Augen glühten nicht, doch kaum hatte er sie entdeckt, leuchteten sie wieder auf und erhellten den Raum.

Marla und Jason krochen, so schnell sie konnten, um die Metallstühle herum, ohne sie zu berühren. Dann weiter über den dünnen Teppich zwischen den Tischen hindurch, bis sie eine größere Lücke zwischen den Stühlen entdeckten und dort hindurch unter den Tisch zu Lamar schlüpften. Marla und Lamar sahen einander ratlos an. Freddy hatte sich wieder aufgerichtet und steuerte nun auf den dritten Tisch zu.

„Wir müssen zur Tür laufen", flüsterte Marla. Lamar nickte, dann bedeutete er ihnen, ihm zu folgen. Er wartete, bis Freddy sich erneut herunterbeugte, und zeigte auf den mittleren Tisch. Alle hielten sie den Atem an. Lamar blickte in Richtung der Tür. Würden sie es schaffen?

Marla legte eine Hand auf Jasons Schulter. Er wollte sie gerade abschütteln, doch sie hielt ihn gepackt. Ihre Finger gruben sich in seine Haut. Er wollte ihre Hand abstreifen, dann sah er sie an. Sie war außer sich vor Angst, noch mehr als er selbst. Also ließ er es zu, dass sie ihn festhielt, während er Freddy nicht aus den Augen ließ und auf ihre nächste Chance wartete.

Doch sie kam nicht.

Während sie fluchtbereit dahockten, wandte sich Freddy ab. Mit zielsicheren Schritten ging er zur Tür. Der Raum wurde dunkel. Jasons Herz setzte einen Schlag aus, bevor er begriff, was geschehen war. Das Licht war verschwunden, weil Freddy verschwunden war.

„Marla", flüsterte er, seine Stimme nicht mehr als ein Hauch. „Er ist weg."

Marla sah ihn an und nickte, ließ seine Schulter aber nicht los.

„Bist du okay?“, fragte sie genauso lautlos. Er nickte, dann deutete er auf sein Bein und zuckte theatralisch mit den Schultern. Sie lächelte ihn an und nahm die Hand von seiner Schulter, um ihm durchs Haar zu fahren.

Plötzlich tippte Lamar Marla auf den Arm. Er deutete auf sein Ohr. Sie warf ihm einen verwirrten Blick zu.

Jason erstarrte, als er begriff, worum es ging, und eine Sekunde später tat es auch Marla. In dem Raum erklang Musik, blechern, angestrengt, wie aus einer Spieldose, die Abstände zwischen den einzelnen Tönen ein wenig zu lang. Wieder wurde der Raum von einem geradezu erstickenden Rot erleuchtet, und noch bevor sie auch nur einen Muskel rühren konnten, wurde der Tisch zur Seite gestoßen, und Freddy ragte über ihnen auf.

Sie schrien – es war kein Schrei nach Hilfe, sondern ein letztes, nutzloses Aufbegehren. Jason klammerte sich an seine Schwester, und sie zog seinen Kopf an sich, damit er nicht sehen musste, was nun geschah.

Plötzlich verlor Freddy das Gleichgewicht und taumelte zur Seite. Er versuchte sich wieder aufzurichten, aber ein weiterer Stoß warf ihn nach vorn, sodass er mit dem Gesicht voran in die Tische stürzte.

Marla, Lamar und Jason blickten auf und sahen Charlie und John, deren Gesichter vor Anstrengung immer noch ganz rot waren.

„Kommt“, sagte Charlie. „Verschwinden wir.“

Dave streifte schnell seine Fesseln ab, die Knoten waren fest, aber die Kabel gaben ihm zu viel Spiel – er musste sich nur ein paar Mal hin- und herwinden, und schon war er frei.

Auf allen vieren kroch er zur Tür und presste ein Ohr an den Spalt, wobei er darauf achtete, nicht dagegenzustoßen, um sich nicht zu verraten.

Die Lautsprecher plärrten, und dann ertönte das Geräusch, auf das er gewartet hatte: Schritte, die sich schnell entfernten.

Er wartete, bis sie verstummt waren, dann richtete er sich entschlossen auf.

„Wohin wollen wir?“, keuchte Marla, während sie zurück zum großen Speisesaal rannten.

„Ins Büro“, rief Charlie. „Es hat eine richtige Tür. Da können wir uns verbarrikadieren.“ Sie warf John einen Blick zu, der kurz nickte. Was sie machen sollten, nachdem sie sich verbarrikadiert hatten, war eine andere Frage, aber darüber konnten sie sich Gedanken machen, sobald sie in Sicherheit waren. Sie liefen durch den Speisesaal. Charlie sah hinüber zur Bühne, und die war leer, wie sie es erwartet hatte.

Sie erreichten den engen Gang, der zu dem Büro führte. Charlie wurde es etwas leichter ums Herz, als sie die Tür vor sich hatte und Licht wie ein Leuchtfeuer durch das kleine Fenster fiel.

Moment mal, Licht?

Sie wurde langsamer. Sie waren vielleicht noch drei Meter von der Tür entfernt. Charlie hob eine Hand und bedeutete den anderen stehen zu bleiben. Dann gingen sie langsam auf die Tür zu. Charlie wappnete sich gegen alles, was sie vielleicht erwarten würde, packte den Türknauf und drehte ihn. Es war abgeschlossen. Hilflos sah sie sich nach den anderen um.

„Da ist jemand drin“, flüsterte Jason und drängte sich näher an Marla.

„Hier ist aber sonst niemand“, erwiderte Marla sanft, es klang jedoch eher wie eine Frage.

Charlie wollte gerade noch einmal versuchen, ob sie die Tür nicht doch aufbekam, doch dann hielt sie inne. *Erreg nicht ihre Aufmerksamkeit.*

„Er hat sich befreit!“, stellte Jessica fest, ihre Stimme war heiser.

Charlie spürte, wie ihr ein kalter Schauer über den Rücken lief. *Sie hat recht.* Doch das sagte sie nicht laut.

„Wir müssen zurückgehen“, erklärte sie. Ohne eine Antwort abzuwarten, drehte sie sich um und drängte sich zwischen Lamar und John hindurch, um die Führung zu übernehmen. Sie hatte gerade erst zwei Schritte gemacht, als sie wie erstarrt stehen blieb. Die anderen keuchten auf.

Es war Chica. Ihre Augen brannten wie zwei orangefarbene Scheinwerfer. Sie stand am anderen Ende des kurzen Ganges und versperrte ihnen den einzigen Fluchtweg. Ihre Gestalt füllte ihn vollständig aus, man hätte nicht einmal an ihr vorbeilaufen können.

Charlie warf einen Blick hinter sich, obwohl sie wusste, dass es auch dort keinen Ausweg gab. Bevor sie etwas dagegen tun konnte, rannte John auch schon auf die animatronische Figur zu. Er hatte keine Waffen, aber er sprang und versuchte Chicas Hals zu fassen zu bekommen. Das gelang ihm auch kurz, aber er hatte zu kämpfen, als Chica ihren Kopf hin und her warf. Der Roboter beugte sich vor und drehte sich dann mit Schwung zur Seite, sodass John gegen die Wand geschleudert wurde. John ließ los und rutschte zu Boden. Der Cupcake auf Chicas Servierteller klapperte mit den Zähnen, als würde er lachen, und rollte dabei mit den Augen.

„John!“, schrie Charlie, während sie die Taschenlampe hinter sich hielt, damit jemand anders sie nahm. Sie spürte, wie das Gewicht ihre Hand verließ, aber sie blickte nicht zurück, um zu sehen, wer sie an sich genommen hatte. Sie sah zur Decke. Dort hing ein Elektrokabel herunter. Teile der Isolierung hatten sich gelöst. Darunter war der blanke Kupferdraht zu erkennen.

Chica kam langsam näher.

Charlie sprang in die Höhe, aber sie schaffte es nicht ganz, das Kabel zu erreichen. Sie sah sich um. *Ist der Gang schmal genug?* Wieder warf sie einen Blick in Chicas Richtung. Die kam gemessenen Schrittes immer näher. Sie saßen in der Falle. Chica brauchte sich nicht zu beeilen.

Charlie stellte einen Fuß gegen die eine Wand und ihren zweiten gegen die andere, sodass sie nach oben klettern konnte. Langsam gewann sie an Höhe, aber ihre Beine zitterten vor Anstrengung. Sie blickte nach oben und hatte Mühe, das Gleichgewicht zu halten, während sie nach dem Kabel griff. Sorgfältig achtete sie darauf, nur die Isolierung zu berühren, schloss ihre Finger darum und ließ sich zu Boden fallen. Chica sprang vor, die Arme ausgestreckt, während sie mit einem mechanischen Lächeln die Zähne bleckte.

Charlie sprang hoch, das Elektrokabel vor sich ausgestreckt, und schob es in den Spalt zwischen Chicas Kopf und ihrem Oberkörper. Chica zuckte zurück, Funken sprühten, und einen schrecklichen Augenblick lang konnte Charlie sich nicht bewegen. Ihre Hand vibrierte von dem elektrischen Strom. Sie war gefangen, nicht in der Lage, das Kabel loszulassen.

Sie starrte darauf und wollte die Finger öffnen. *Werde ich jetzt hier sterben?*

Lamar packte sie und zog sie zurück, und sie blickte mit großen Augen zu ihm auf.

Die anderen rannten bereits los. Chica war abgeschaltet,

oder zumindest schien es so. Sie war nach vorne gesunken, die Augen erloschen.

Lamar zog Charlie am Arm, und dann liefen sie den anderen nach.

Mit einem zufriedenen Lächeln beobachtete Dave durch das Fenster in der Bürotür den Kampf. *Jetzt ist es nur noch eine Frage der Zeit*, dachte er. Es war schlau von dem Mädchen gewesen, so an der Wand hinaufzuklettern, aber sie hatte sich dabei fast selbst umgebracht. Sie würden nicht mehr lange durchhalten. Er brauchte nur noch zu warten.

Plötzlich wurde der Raum von einem ätherischen Blau erhellt. Er erstarrte, dann drehte er sich langsam um. Bonnie. Die animatronische Figur ragte über ihm auf. Sie war nahe genug, um ihn zu berühren. Dave fiel rücklings gegen die Tür und schrie.

Aus der Richtung des Büros ertönte ein gellender Schrei. Einen Moment hielt die Gruppe inne. Alle sahen einander nervös an.

„Kümmert euch nicht drum", sagte Charlie. „Kommt jetzt!" Sie warf einen kurzen Blick zurück zu Chica, die immer noch vornübergesunken und reglos dastand. Charlie führte die anderen in den großen Speisesaal. Kaum trafen sie dort ein, bemerkten sie eine plötzliche Bewegung.

Foxy war da.

Direkt vor ihnen sprang er auf einen Tisch und sah einen nach dem anderen an, bis sein Blick auf Jason fiel und seine silbernen Augen aufleuchteten. Er ging in die Hocke, als wolle er sich auf den Jungen stürzen.

Charlie griff nach einem Serviettenspender und warf ihn mit aller Kraft nach Foxy. Er traf den Kopf der Figur, prallte aber, ohne eine große Wirkung zu erzielen, wieder ab. Trotzdem reichte es, um Foxys Aufmerksamkeit auf sich zu lenken. Er wandte sich ihr zu und sprang.

Charlie rannte bereits los, um ihn von den anderen fortzulocken. *Und was dann?* Sie lief den Gang hinunter. *Die Spielhalle.* Sie war dunkel. Alles Mögliche stand dort herum, wohinter man sich verstecken konnte.

Sie rannte so schnell sie konnte, bis sie die Tür erreichte, dann wirbelte sie so plötzlich herum, dass sie fast das Gleichgewicht verlor, in der Hoffnung, Foxy kurz zu verwirren. Hektisch blickte sie sich um. Im hinteren Teil des Raums stand eine Reihe von Spielautomaten, die ein wenig von der Wand abgerückt waren. Sie hörte Schritte hinter sich und stürzte zu den Automaten.

Der Raum hinter ihnen war so eng, dass sie kaum hineinpasste. Sie wurde zwischen den Konsolen und der Wand geradezu eingequetscht. Unter ihren Füßen schlängelten sich dicke Spiralkabel. Sie trat einen Schritt zurück und schob sich tiefer in diesen Kriechgang, aber sie rutschte auf einem Kabel aus und konnte gerade noch verhindern, dass sie stürzte. Dann bemerkte sie eine Bewegung im Raum, und sie sah ein silbernes Licht aufblitzen.

Er sieht mich.

Charlie ließ sich auf Hände und Knie fallen. Zentimeter für Zentimeter kroch sie rückwärts. Mit dem Fuß blieb sie in einem Kabel hängen und hielt inne, um ihn lautlos zu befreien, wofür sie sich unglaublich verrenken musste.

Dann kroch sie weiter, bis ihr Fuß gegen eine weitere Wand stieß. Nun war sie von drei Seiten eingeschlossen. Fast gab es ihr ein Gefühl von Sicherheit. Einen Augenblick lang schloss sie die Augen. *Nichts hier ist sicher.*

Ein fürchterliches Krachen ertönte, Metall schlug auf Metall. Die Konsole am anderen Ende der Reihe wankte und schlug gegen die Wand. Foxy beugte sich darüber, und nun konnte Charlie ihn sehen, wie er den Bildschirm einschlug und Plastikteile auf den Boden regneten. Sein Haken verfing sich in irgendetwas im Inneren des Automaten. Er riss ihn heraus und zog jede Menge Kabel mit.

Er ging zur nächsten Konsole, zertrümmerte den Bildschirm und stieß den Automaten brutal gegen die Wand. Charlie spürte die Vibration des Aufpralls, während er immer näher kam.

Ich muss hier raus. Ich muss! Aber es gab keinen Ausweg. Jetzt, da sie sich nicht mehr von der Stelle rühren konnte, bemerkte sie, dass ihr Arm vor Schmerz ganz steif war, und sie sah ihn sich näher an. Der Verband war blutdurchtränkt. Selbst an der Wand neben ihr war ein blutiger Streifen zu sehen, wo sie den Arm an die Mauer gepresst hatte.

Plötzlich hätte sie am liebsten geheult. Ihr ganzer Körper schmerzte. Die Wunde in ihrem Arm, die ständige Anspannung des vergangenen Tages – wie lange dauerte er eigentlich schon – erschöpften sie, nahmen ihr all ihre Kraft.

Die nächste Konsole krachte gegen die Wand. Charlie zuckte zusammen. Er war nur noch zwei Automaten von ihr entfernt. Er hatte sie fast erreicht. Sie konnte hören, wie sich seine mechanischen Gelenke bewegten. Sie summten, knirschten, manchmal quietschen sie auch. Charlie schloss die Augen, aber sie sah ihn immer noch vor sich: sein verfilztes Fell, die metallenen Knochen, die hindurchschimmerten, die brennenden silbernen Augen.

Die Konsole direkt neben ihr wurde zur Seite gerissen und stürzte um, als würde sie nicht das Geringste wiegen. Die Kabel unter Charlies Händen und Knien wurden mit ihr nach vorne gerissen. Sie versuchte sich irgendwo festzuhalten, um ihr Gleichgewicht wiederzufinden. Sie fing sich und blickte genau in dem Moment auf, als der Haken auf sie niederfuhr.

Charlie reagierte schneller, als sie denken konnte. Mit aller Kraft warf sie sich gegen die letzte Konsole, die kurz ins Wanken kam, dann im Fallen Foxy zu Boden stieß und ihn unter sich begrub. Charlie rannte los, aber plötzlich schoss sein Haken hervor und bekam schmerzhaft ihr Bein zu fassen. Sie schrie auf und schlug lang hin. Mit dem anderen Fuß trat sie nach ihm, aber sein Haken steckte tief in ihrem Bein. Jedes Mal, wenn er zurückzuckte, spürte sie es. Sie trat ihm ins Gesicht, und der **Haken** löste sich, riss ihr aber das Bein auf. Wieder schrie sie und griff instinktiv nach der Wunde. Und dann war Foxy über ihr, klapperte mit den Kiefern und griff nach ihr. Gleichzeitig bemühte er sich, seine Beine unter der Konsole hervorzuziehen. Sie wehrte sich, versuchte, zu fliehen. Wieder und wieder traf der Haken sie, während sie versuchte, die Hiebe abzuwehren und um Hilfe schrie.

Plötzlich war John da. Er stand über Foxy und trat dem Roboter mit aller Kraft ins Genick, drückte ihn zu Boden und hielt seinen Fuß dort. Foxy schlug um sich, aber er konnte ihn nicht erreichen.

„Charlie, steh auf!“, rief John. Eine Sekunde lang starrte Charlie ihn nur an, zu geschockt, um zu reagieren. Noch mehrmals trat John Foxy ins Genick, dann packte er mit einer schnellen Bewegung Charlies Hand, zog sie auf die Füße und rannte mit ihr los.

Sie schafften es bis in den großen Speisesaal, wo der Rest der Gruppe sich dicht gedrängt in der Mitte versammelt hatte. Erleichtert lief Charlie zu ihnen. Sie merkte, dass sie humpelte, aber sie verspürte keinen Schmerz, was, wie sie irgendwie ahnte, kein gutes Zeichen war. Als sie die anderen erreichten, wurde ihr das Herz schwer. Ihre Freunde blickten düster drein. Lamar hielt die Taschenlampe vor sich. Sie klapperte in seiner zitternden Hand.

Marla deutete schnell zu den verschiedenen Ausgängen. Freddy stand im Gang, der zum Lagerraum führte, während Bonnie den Gang zum Büro blockierte. Chica, die wieder zum Leben erwacht war, stand auf der Bühne und ragte über ihnen auf. Charlie warf einen Blick in die Richtung, aus der sie gekommen waren.

Von dort näherte sich Foxy. Er hatte sich befreit. Er blieb in der Tür stehen, als wartete er auf ein Zeichen. An eine Flucht war nicht zu denken.

Plötzlich hörte Charlie die Töne einer Spieluhr, und es kam ihr vor, als habe sie sie die ganze Zeit gehört. Sie holte tief Luft. Der Moment schien sich ewig hinzuziehen. Sie waren gefangen. Sie warteten. Die animatronischen Figuren hatten es nun nicht mehr eilig. Vergebens blickte Charlie sich nach einer Waffe um, aber sie sah nur Partyhüte und Pappteller.

Und dann begannen die Roboter vorzurücken. Charlie packte die Lehne eines metallenen Klappstuhls, obwohl sie sich nicht einmal sicher war, was sie damit machen sollte. Die Figuren bewegten sich jetzt schneller und kamen von allen Seiten, als sei dieser Kampf ein choreografierter Tanz.

Marla nahm Jasons Hand und flüsterte ihm etwas ins Ohr. Was immer es auch war, er schüttelte den Kopf, presste die Zähne aufeinander und ballte die Fäuste.

Lamar blickte ihn einen Moment lang an, sagte aber nichts.

Jessica hielt die Arme steif an ihre Seite gepresst und sprach lautlos mit sich selbst.

Die Roboter hatten sie fast erreicht. Freddys schleichender Gang wirkte raubtierhaft. Die Töne der Spieluhr kamen aus seiner Richtung – sie kamen sogar direkt aus Freddy heraus.

Chica sprang von der Bühne und kam mit kleinen hüpfenden Schritten auf sie zu, als wäre sie sehr aufgeregt, würde sich jedoch zurückhalten. Bonnies große Füße knallten bei jedem Schritt herausfordernd auf den Boden. Und Foxy schlich mit einer geradezu bösartigen Eleganz näher, den Blick fest auf Charlie gerichtet, als sei sie das Einzige, was er sah. Sie blickte in seine silbernen Augen, und sie füllten ihr Gesichtsfeld aus, verdrängten alles andere um sie herum, bis ihre Welt silberfarben war, nur noch aus Foxys Augen bestand und für sie selbst nichts mehr übrig war.

John drückte ihre Hand. Das brach den Bann. Sie sah ihn an, ihr Blick war immer noch verschleiert.

„Charlie", sagte er stockend. „Charlotte …"

„Sch!", antwortete sie. „Später." Er nickte und akzeptierte die Lüge, dass es ein Später geben würde.

Foxy hockte sich erneut hin, und mit klopfendem Herzen ließ Charlie John los, während sie sich dagegen wappnete, was nun kommen würde. Foxys Gelenke klackten, während er sich auf den Sprung vorbereitete – dann hielt er inne. Charlie wartete. Hinter ihr ertönten keine Schreie, kein Lärm eines Kampfes. Selbst die Spieluhr war verstummt. Foxy regte sich nicht, obgleich seine Augen immer noch glühten. Charlie blickte sich um, und dann begriff sie.

„Es war Freddy. Nicht der, den sie alle kannten. Nicht der, der keine dreißig Zentimeter von Marla entfernt stand, das Maul aufgerissen, als wolle er zubeißen. Es war der andere, der, an den sie sich erinnerte, der gelbe Freddy aus dem Diner. Das Kostüm, das ihr Vater immer getragen hatte. Er betrachtete sie, starrte sie aus seiner Ecke an, und dann hörte sie etwas. Es war unverständlich, nur Geflüster in ihrem Kopf, ein sanftes Wispern, das durch ihre Gedanken huschte, ohne irgendwo hängen zu bleiben. Sie blickte zu den anderen und wusste, dass sie es auch gehört hatten. Es war nicht zu entziffern, aber seine Bedeutung war unmissverständlich.

Carlton war derjenige, der es schließlich aussprach: „Michael?“

Die Laute wurden warm, eine unausgesprochene Bestätigung, und gemeinsam gingen sie auf den gelben Bären zu. Marla drückte sich an dem braunen Freddy vorbei, als sei er nicht dort, und Charlie wandte sich ohne jede Angst vor Foxy um. Sie hatte nur einen Gedanken im Kopf: *Michael. Du bist es.*

Sie hatten ihn fast erreicht. Charlie wünschte sich nichts sehnlicher, als die Arme um ihn zu schlingen, ihn fest an sich zu drücken und wieder das kleine Mädchen zu sein, dass sie vor so langer Zeit gewesen war. Ihn wieder zu umarmen, dieses geliebte Kind, das an diesem sorglosen Nachmittag aus ihrem Leben gerissen worden war. Ihn diesmal in Sicherheit zu bringen, ihm diesmal das Leben zu retten.

„Michael“, flüsterte sie.

Der gelbe Bär stand reglos da. Ganz im Gegensatz zu den anderen schien sich in seinem Innern nichts zu befinden. Er stand ganz von allein, durch eigene Willenskraft. Nichts hielt die Schnauze geschlossen, und seine Augen waren leer.

Plötzlich fiel Charlie auf, dass sie den anderen Tieren den Rücken zugedreht hatten. Sie zuckte zusammen und drehte sich besorgt um. Freddy, Bonnie, Chica und Foxy standen ruhig und bewegungslos da, als würden sie sich wieder auf ihren Bühnen befinden. Ihre Augen waren auf Charlie gerichtet, aber sie kamen nicht mehr näher.

„Es sind die Kinder“, flüsterte Carlton.

„Foxy hat Jason gar nicht angegriffen“, keuchte Marla. „Foxy hat versucht, ihn zu beschützen.“

Zögernd trat John in die Mitte des Speisesaals, dann ging er schon mutiger von einem der Roboter zum andern und betrachtete ihn genau. „Es sind die Kinder“, bestätigte er. „Sie alle.“ Jedes einzelne Gesicht war nicht mehr animalisch, nicht mehr leblos, sondern als würde ihnen so etwas wie ein Geist innewohnen.

Plötzlich ertönte von der versiegelten Eingangstür ein lautes Krachen.

Alle zuckten zusammen und drehten sich um, während die Wand neben der zugeschweißten Tür unter der Wucht von einem Dutzend Schlägen erzitterte.

Was ist denn jetzt los? dachte Charlie.

Immer mehr Steine fielen aus der Mauer und zerbrachen auf dem Boden. Eine Staubwolke erhob sich. Dann trat eine Gestalt durch das Loch und schwang einen mächtigen Vorschlaghammer. Als der Staub sich langsam verzog, sahen sie auch, wer es war: Clay Burke, Carltons Vater.

Sein Blick richtete sich auf Carlton. Er ließ den Hammer fallen, lief zu seinem Sohn und zog ihn in seine Arme, strich ihm übers Haar und hielt ihn fest, als würde er ihn nie wieder loslassen. Charlie beobachtete die kleine Szene aus einiger Entfernung, einerseits erleichtert, andererseits aber auch mit einem kleinen Stich der Eifersucht.

„Dad, ich muss gleich kotzen“, murmelte Carlton. Clay lachte, trat aber zurück, als er sah, dass Carlton nicht scherzte. Carlton beugte sich vor, die Hände auf die Knie gestützt, und rang mit sich, weil er würgen musste, während Clay ihn alarmiert beobachtete. Dann richtete Carlton sich auf. „Alles okay.“

Clay hörte ihm nicht mehr zu. Sein Blick glitt über die im Raum verteilten Tiere. Alle schienen wie mitten in der Bewegung eingefroren.

„Okay, Leute“, sagte Clay mit leiser Stimme und wohlgewählten Worten. „Ich denke, es ist Zeit, dass wir gehen.“ Er wandte sich dem Durchbruch zu, den er selbst geschaffen hatte.

Die anderen blickten einander an. Das Flüstern war verstummt. Der gelbe Freddy war in sich zusammengesunken, was immer er auch gewesen war. Nur noch ein leerer Anzug, obwohl auch niemand gesehen hatte, dass er sich bewegt hatte. Charlie machte eine Kopfbewegung in Richtung Clay, und alle setzten sich zögernd in Bewegung auf das Loch in der Wand zu. Charlie ließ sich etwas zurückfallen. John blieb an ihrer Seite, doch sie schickte ihn vor und bildete allein die Nachhut.

Sie hatte noch nicht einmal einen Schritt gemacht, als irgendetwas ihren Hals packte.

Charlie versuchte zu schreien, aber ihr wurde die Luftröhre zusammengedrückt. Sie wurde herumgerissen, als würde sie absolut nichts wiegen, und dann fand sie sich Angesicht zu Angesicht mit dem gelben Kaninchen. Aus dem Kostüm blickten sie Daves triumphierende Augen an. Er hatte seinen Arm um ihren Hals gelegt und drückte so hart zu, dass sie kaum atmen konnte. Er hielt sie derart fest an sich gepresst, dass es sich fast wie eine Umarmung anfühlte. Sie konnte das Kostüm riechen, fleckiges Fell und Jahre von altem Schweiß, von Blut und Grausamkeit.

Er sprach, während er Charlie anstarrte.

„Du bleibst.“

„Ganz bestimmt nicht", mischte Clay sich ein und übernahm die Führung der Gruppe.

Dave bohrte seine Finger tiefer in Charlies Hals, und sie gab einen erstickten Laut von sich.

„Ich werde sie hier auf der Stelle töten, während ihr zuseht, es sei denn, ihr tut, was ich sage", erklärte Dave. Seine Stimme klang fast angenehm. Clay musterte ihn einen Augenblick prüfend, dann nickte er.

„Okay", sagte er mit ruhiger Stimme. „Wir werden tun, was du sagst. Was willst du?"

„Gut", erwiderte Dave. Er lockerte seinen Griff um Charlies Hals. Röchelnd holte sie Luft. Clay kam langsam auf sie zu, und die anderen folgten ihm.

Charlie sah zu dem Mann in dem Kaninchenkostüm auf. Er erwiderte ihren Blick. *Du bist es gewesen. Du hast Michael getötet. Du hast Sammy getötet. Du hast sie mir genommen.* Eigentlich hätte sie in seinen Augen etwas Böses und Gefährliches erkennen müssen. Sie hätten ein Fenster in seine verdorbene Seele sein müssen. Aber es waren nur Augen, leer und ausdruckslos.

Charlie stieß ihre Hände in den Spalt unter dem Kopf des Kostüms. Dave zuckte zurück, aber sie ließ nicht los.

„Wenn du einer von ihnen sein willst, dann *sei* einer von ihnen!", rief sie und löste die Schnappverschlüsse aus.

Dave riss die Augen auf, und dann schrie er. Charlie riss die Hände zurück und entkam nur knapp den Verschlüssen, als sie aufsprangen und sich in seinen Hals bohrten. Sie trat einen Schritt zurück und sah zu, wie Dave immer noch schreiend zu Boden sackte, während alle Verschlüsse in dem Kostüm ausgelöst wurden. Nacheinander bohrten sich die animatronischen Teile in sein Fleisch, zerrissen seine Organe, drangen durch seinen Körper, als wäre er nicht einmal da. Irgendwann hörte er auf zu schreien, aber er wand sich immer noch minutenlang am Boden, bis er schließlich still lag.

Charlie starrte auf ihn hinab und rang nach Atem, als sei sie gerade gelaufen. Die Gestalt am Boden kam ihr irreal vor.

John war der Erste, der die Initiative ergriff. Er trat neben sie, doch ohne das gelbe Kaninchen aus den Augen zu lassen, winkte sie ab, bevor er sie berühren konnte. Sie hätte es im Moment nicht ertragen können.

Jessica schnappte nach Luft, und alle sahen auf. Die Roboter begannen, sich zu bewegen. Die Gruppe wich zurück und drängte sich eng aneinander, aber keines der Tiere blickte sie an. Alle griffen sie nach der Kreatur am Boden und begannen sie in Richtung der Piratenbucht zu schleppen.

Als sie den Gang hinunter verschwanden, bemerkte Charlie, dass auch der gelbe Freddy verschwunden war.

„Gehen wir“, sagte sie leise.

Clay Burke nickte, und zum letzten Mal verließen sie alle das Restaurant.

13

Als sie aus dem Einkaufszentrum an die frische Luft traten, ging gerade die Sonne auf.

Clay legte seinen Arm um Carltons Schultern, und ausnahmsweise entwand er sich ihm nicht mit einer scherzhaften Bemerkung. Charlie nickte gedankenverloren und blinzelte ins Licht. „Carlton und ich fahren jetzt in die Notaufnahme“, erklärte Clay. „Braucht sonst noch jemand einen Arzt?“

„Mir geht's gut“, erklärte Charlie automatisch.

„Jason, möchtest du auch lieber ins Krankenhaus?“, fragte Marla.

„Nein“, erwiderte er.

„Zeig mal dein Bein“, beharrte sie. Alle blieben stehen, während Clay sich Jasons Bein ansah. Charlie spürte, wie sie eine Welle der Erleichterung überlief. Ein Erwachsener hatte jetzt die Verantwortung übernommen. Einen Augenblick später blickte Clay Jason mit ernstem Gesicht an.

„Ich glaube nicht, dass wir es abnehmen müssen“, sagte er. „Zumindest noch nicht.“ Jason lächelte, und Clay wandte sich an Marla. „Ich kümmere mich um ihn. Wahrscheinlich bleibt eine Narbe zurück, aber das sieht dann einfach nur cool aus.“

Marla nickte und zwinkerte Jason zu. Der musste lachen.

„Ich muss mir was anderes anziehen", erklärte Charlie. Es schien eine Kleinigkeit zu sein, aber ihr Shirt und ihre Hosen waren an einigen Stellen blutdurchtränkt, trocken und steif an anderen. Langsam begann alles zu jucken.

„Du siehst schlimm aus", bemerkte Carlton überflüssigerweise. „Kriegt sie ein Ticket, wenn sie in dem Zustand fährt?"

„Charlie, bist du sicher, dass du nicht ins Krankenhaus solltest?", erkundigte sich Marla und stürzte sich mit ihrer ganzen Sorge auf ihre Freundin, nachdem ihr Bruder sich nicht mehr in akuter Gefahr befand.

„Mir geht es gut", wiederholte Charlie. „Ich muss mich einfach nur umziehen. Wir halten am Motel."

Als sie die Autos erreichten, teilten sie sich auf wie üblich: Marla, Jason und Lamar stiegen in Marlas Wagen, Charlie, John und Jessica in Charlies. Charlie öffnete die Fahrertür, dann hielt sie inne und blickte noch einmal zurück zu dem Einkaufszentrum. Und sie war nicht allein. Im Augenwinkel bemerkte sie, dass auch die anderen hinüberstarrten.

Das leere Gebäude hob sich dunkel gegen den pinkfarbenen Himmel ab, lang und gedrungen, schlummernd und doch irgendwie bedrohlich.

Dann wandten sich alle ab und stiegen wortlos in die Autos. Charlie konnte ihren Blick noch nicht losreißen, während sie den Wagen startete, und wartete bis zum letzten Moment, um sich abzuwenden. Dann fuhr sie vom Parkplatz und gab Gas.

Unterwegs trennte sich die Kolonne. Clay und Carlton nahmen eine andere Abfahrt in Richtung Krankenhaus, und Charlie fuhr zum Motel, während Marla sich auf den Weg zum Haus der Burkes machte.

„Ich melde mich schon mal für die erste Dusche an!",

erklärte Jessica, als sie aus dem Auto stiegen, doch als sie Charlies Gesicht sah, sagte sie: „In deinem Fall mache ich eine Ausnahme. Geh du zuerst."

Charlie nickte.

Im Zimmer griff sie nach ihrer Tasche und nahm sie mit ins Bad, während John und Jessica warteten. Sie schloss die Tür hinter sich und zog sich aus, wobei sie es absichtlich vermied, die klaffenden Wunden an ihrem Arm und ihrem Bein näher zu untersuchen. Sie wollte gar nicht wissen, wie sie aussahen, wollte sie nur reinigen und verbinden.

Sie stieg unter die Dusche und stieß einen leisen Schrei aus, als das Wasser die brennenden Wunden traf, aber sie biss die Zähne zusammen, seifte sich ab und wusch ihr Haar wieder und wieder, bis es wirklich sauber war.

Sie trocknete sich ab, setzte sich auf den Wannenrand, vergrub das Gesicht in den Händen und schloss die Augen.

Sie war noch nicht bereit, wieder hinauszugehen, nicht bereit, sich dem zu stellen, was jetzt auf sie zukam, den Diskussionen, die es sicher geben musste. Am liebsten hätte sie einfach das Badezimmer verlassen und nie wieder darüber gesprochen, was geschehen war. Sie rieb sich die Schläfen. Kopfschmerzen hatte sie nicht, aber irgendwo in ihrem Schädel hatte sie dieses Druckgefühl, als bemühe sich irgendetwas darum, aus der Versenkung emporzusteigen.

Du kannst nicht ewig hierbleiben.

Charlie hatte immer noch die Mullbinden und das Leukoplast vom ersten Mal, also nahm sie es aus ihrer Tasche, trocknete beide Wunden mit einem Hotelhandtuch und verband den Arm und das Bein, wobei sie den gesamten Rest des Verbandmaterials verbrauchte.

Wahrscheinlich muss das genäht werden, überlegte sie, aber es war nicht mehr als ein Gedanke. Sie würde es nicht machen lassen. Sie stand auf und warf einen Blick in den Spiegel. Auf ihrer Wange hatte sie einen Schnitt. Er hatte aufgehört zu bluten, aber er sah hässlich aus. Sie wusste nicht, wie sie ihn abdecken sollte, aber das wollte sie eigentlich auch gar nicht. Aus demselben Grund, warum sie nicht genäht werden wollte. Sie wollte, dass die Wunden unbehandelt verheilten, dass sie Narben bildeten. Sie wollte einen Beweis, der nicht mehr verschwinden würde. *Das ist wirklich passiert. Es ist real. Und das hat es mit mir gemacht.*

Schnell schlüpfte sie in ihre Jeans und in ihr letztes sauberes T-Shirt. Als sie aus dem Badezimmer kam, sah sie, wie Jessica und John Koffer hinaus zum Auto trugen.

„Ich habe mir gedacht, es macht keinen Sinn, irgendetwas hierzulassen“, sagte Jessica. „Wir fahren sowieso morgen früh alle ab. Da können wir die Sachen auch gleich mit zu Carlton nehmen.“

Charlie nickte, griff nach Jasons Rucksack und trug ihn mit ihrem eigenen hinaus zum Auto.

Als sie das Haus der Burkes erreichten, waren Carlton und sein Vater bereits zurück. Sie betraten wieder Carltons Wohnzimmer, das ihnen jetzt schon sehr vertraut war. Carlton saß mit angezogenen Beinen in einem Sessel neben dem Kamin, in dem jemand ein Feuer angezündet hatte.

Marla und Lamar hatten sich auf dem Sofa niedergelassen.

Jason saß direkt vor dem Kamin und starrte in die züngelnden Flammen.

Charlie hockte sich neben ihn. John gesellte sich zu den beiden und betrachtete sie voller Sorge, aber sie ignorierte ihn, und er sagte nichts.

„Bist du okay?“, erkundigte sich Charlie, streckte die

Hand aus und rieb einen Moment lang Carltons Arm. Er blickte sie schläfrig an.

„Ja, es ist eine leichte Gehirnerschütterung“, sagte er. „Alles ist gut, solange nicht noch irgendjemand anders versucht, mich umzubringen.“

„Und … was jetzt?“, fragte Jessica, als sie sich auf den Stuhl neben Carlton setzte. „Ich meine …“ Sie brach ab und suchte nach Worten. „Was passiert jetzt?“, meinte sie schließlich. Sie blickten einander an. Es war die Frage, die ihnen allen auf der Zunge lag. *Was tut man, nachdem etwas Derartiges geschehen ist?* Charlie blickte zu Clay, der in der Tür stand.

„Mr … Clay, was passiert jetzt?“, fragte sie leise. Er blickte in die Ferne, bevor er antwortete.

„Ich werde zurück zum Freddy's gehen. Ich muss meinen Mitarbeiter holen“, sagte er düster. Ich werde nicht allein gehen.“ Er zwang sich zu einem Lächeln, doch niemand teilte es. „Was denkt ihr denn, sollte jetzt geschehen?“, fragte er dann. Er sah Charlie an und gab damit diese unmögliche Frage an sie weiter, als könne sie sie beantworten. Sie nickte und übernahm damit die Verantwortung.

„Nichts“, erklärte sie. „Es ist vorbei. Und dabei möchte ich es auch belassen.“

Clay nickte ebenfalls, seine Miene war unbewegt. Sie wusste nicht, ob es die Antwort war, die er hatte hören wollen, aber mehr gab es für sie nicht zu sagen. Die anderen schwiegen. Marla und Lamar nickten zustimmend, aber Jessica wirkte, als wollte sie eigentlich widersprechen.

„Was ist, Jessica?“, fragte Charlie sanft und bemerkte voller Unsicherheit, dass ihre Freundin sich von ihr die Erlaubnis wünschte, anderer Meinung zu sein.

„Es fühlt sich einfach falsch an“, erklärte sie. „Was ist …

mit alldem? Ich meine, die Leute sollten das doch erfahren, oder? So funktioniert das doch. Dieser Wachmann, er hat all die Kinder ermordet, und die Leute sollten es wissen!"

„Niemand würde uns glauben", sagte Jason, ohne aufzusehen.

„Officer Dunn", sagte Jessica. „Officer Dunn ist da drinnen gestorben! Was wollen Sie seiner Familie sagen? Die Wahrheit?" Sie blickte Clay an.

„Officer Dunn ist durch die Hände desselben Mannes gestorben, der eure Freunde getötet hat. Das kann ich jetzt beweisen." Im Raum breitete sich Schweigen aus. „Das bringt sie zwar nicht zurück", fügte Clay leise hinzu, „aber vielleicht können sie jetzt in Frieden ruhen."

Clay blickte ins Feuer, und ein paar Minuten vergingen, bevor er weitersprach.

„Ihr habt das, was im Freddy's geschehen ist, all die Jahre mit euch herumgetragen. Es ist Zeit, es hinter euch zu lassen", sagte er. Er klang streng, aber sein Ton gab ihnen irgendwie Halt. „Ich werde dafür sorgen, dass Officer Dunn ein angemessenes Begräbnis bekommt." Er hielt einen Moment inne und sammelte sich, als würde es ihn Überwindung kosten, was er als Nächstes zu sagen hatte. „Und eure Freunde auch." Er runzelte die Stirn. „Ein paar Leute sind mir noch den einen oder anderen Gefallen schuldig. Ich kann dafür sorgen, dass es in aller Stille geschieht. Ich will diesen Ort nicht stören oder ihn entweihen. Die Kinder müssen zur Ruhe kommen."

Am nächsten Morgen gingen alle ihrer verschiedenen Wege. Marla bot an, Lamar und Jessica zum Busbahnhof zu fahren, und sie verabschiedeten sich mit Umarmungen und dem Versprechen zu schreiben.

Charlie fragte sich, ob irgendeiner von ihnen es ernst meinte. Zumindest bei Marla war dies wahrscheinlich der Fall. Dann fuhren sie vom Grundstück der Burkes.

„Es dauert noch eine Weile, bis mein Bus fährt“, meinte John, während Marlas Auto hinter einer Kurve der Straße verschwand.

„Ich hätte nichts dagegen, noch ein paar Stunden in Hurricane zu verbringen“, erwiderte Charlie. Zu ihrer eigenen Überraschung bemerkte sie, dass es stimmte.

John warf ihr ein schnelles, fast nervöses Lächeln zu.

„Na dann“, sagte er und warf ihr einen Blick zu. „Und?“, fragte er. „Werden wir uns noch mal wiedersehen?“ Er versuchte es möglichst unbeteiligt zu sagen, aber das war einfach nicht möglich. Charlie starrte vor sich hin.

„Vielleicht“, sagte sie. Sie konnte ihn nicht ansehen. Es war nicht die Antwort, die er hatte hören wollen, das wusste sie, aber sie konnte ihm nicht geben, was er sich wünschte. Doch wie sollte sie es ihm erklären? *Es liegt nicht an dir, es liegt daran, welche Bürde wir beide tragen. Es ist einfach zu viel. Wenn du in der Nähe bist, kann ich sie nicht ignorieren.*

Aber irgendetwas fühlte sich dabei nicht richtig an, als hätte sie es auswendig gelernt, wie in einem Drehbuch. Es war ein Gefühl, als würde sie instinktiv zusammenzucken, um eine Verletzung zu schonen, bevor ihr einfiel, dass die längst verheilt war. Schließlich wandte sie sich John zu. Er starrte durch die Windschutzscheibe, die Zähne zusammengepresst.

„Es gibt einen Ort, zu dem ich unbedingt hinmuss“, sagte sie auf einmal, dann drehte sie den Wagen. Sie war noch nie dort gewesen, aber jetzt, ohne jede Vorwarnung, bekam sie ihn nicht mehr aus dem Kopf. Tante Jen hatte es ihr nie vorgeschlagen, und Charlie hatte nie danach gefragt. Trotzdem wusste sie, wo es war, und nun fuhr sie entschlossen dorthin. *Ich muss es sehen.*

Charlie hielt auf einem kleinen, mit Kies bestreuten Parkplatz neben einem niedrigen Zaun mit weißen Pfosten, zwischen denen Ketten gespannt waren.

„Ich brauche nur eine Minute“, sagte sie. John betrachtete sie besorgt.

„Bist du sicher, dass du das jetzt tun willst?“, fragte er leise. Sie antwortete nicht, stieg aus dem Wagen und schlug die Tür hinter sich zu.

Der Friedhof, der vor ihnen lag, war fast hundert Jahre alt. Es gab Hügel mit saftigem grünen Gras und Schatten spendende Bäume. Direkt neben dem Zaun befand sich ein kleines Haus. Das Gras war sorgfältig gemäht, aber voller gelblicher Flecken. Die Bäume hatte man zu stark zurückgeschnitten, sodass die unteren Äste völlig kahl waren.

Direkt hinter dem Zaun stand ein Telefonmast, nur knapp auf dem Gelände des Friedhofs, und daneben befanden sich zwei Grabsteine, schlicht und klein. Reglos starrte Charlie sie eine Weile an. Sie versuchte ein angemessenes Gefühl heraufzubeschwören: von Trauer und Verlust. Stattdessen war sie wie betäubt. Die Gräber lagen vor ihr, aber sie berührten sie nicht. Sie holte tief Luft und ging darauf zu.

Es war nur eine kleine Erinnerung, einer dieser Augenblicke, der in dem Moment, als er sich ereignete, nichts bedeutet hatte. Nur ein Tag von vielen, genau wie alle anderen. Sie waren zusammen, nur sie beide, und es musste gewesen sein, bevor alles geschehen war, bevor es mit dem Fredbear's schiefgegangen war, bevor alle gestorben waren.

Sie saßen draußen hinter dem Fredbear's und blickten über die Hügel. Eine Krähe landete und pickte in der

Erde herum. Die knappen, schnellen Bewegungen des Vogels kamen ihr in dem Moment unglaublich komisch vor. Komischer als alles, was sie bis dahin gesehen hatte. Charlie fing an zu lachen, und ihr Vater sah sie an. Sie deutete auf die Krähe, und er wandte den Kopf, um ihrem Blick zu folgen, aber er verstand nicht, was sie meinte. Sie konnte es ihm nicht erklären, sie hatte keine Worte dafür, aber kurz bevor ihre Begeisterung in Enttäuschung umschlagen konnte, sah er es auch. Plötzlich lachte er und deutete auf den Vogel. Charlie nickte, und er blickte in ihre Augen mit einem Ausdruck von reiner, grenzenloser Freude, als würde er jeden Moment platzen.

„Oh, Charlotte", sagte er.

Über die Autoren

Scott Cawthon ist der Autor der erfolgreichen Gameserie *Five Nights at Freddy's*, und obwohl er als Spieleentwickler arbeitet, ist er im Herzen vor allem ein Geschichtenerzähler. Seinen Abschluss hat er an der Kunsthochschule von Houston gemacht, und er lebt mit seiner Frau und fünf Söhnen in Texas.

Kira Breed-Wrisley schreibt Geschichten, seit sie einen Stift halten kann, und beabsichtigt auch in keiner Weise, damit aufzuhören. Sie ist die Autorin von sieben Stücken für das Jugendtheater von Central New York, die Media Unit, und hat mit Kevin Anderson & Associates mehrere Bücher entwickelt. Sie hat an der Cornell University studiert und lebt in Brooklyn, New York.

DIE WELT VON
THE WITCHER
DIE WELT VON THE WITCHER VIDEOGAME-KOMPENDIUM
DIE WELT VON THE WITCHER
176 Seiten, großformatiges Hardcover
€ 39,90, ISBN 978-3-8332-2894-0
Außergewöhnliche Einblicke in das Leben des ultimativen Dämonenjägers!
Basierend auf der „Geralt von Riva"-Romanserie des polnischen Autors Andrzey Sapkowski, erfreut sich die „The Witcher"-Spielserie größter Beliebtheit bei Fans von atmosphärisch dichten Fantasy-Games. „Die Welt von The Witcher" ist ein umfangreiches Kompendium, das den Leser tief in das bizarre Universum der düsteren Fantasy-Saga führt und alle relevanten Informationen zu dem geheimnisvollen Söldner, der sich rund um den Globus anheuern lässt, um der Brut des Bösen den Garaus zu machen.
Ein unvergleichliches Nachschlagewerk für alle Witcher-Fans!
THE WITCHER
NOCH ERHÄLTLICH:
THE WITCHER Comicband 1:
Im Glashaus
144 Seiten, Paperback, € 16,99
ISBN 978-3-95798-051-9
Auch als E-Comic erhältlich
PANINI BOOKS
www.paninicomics.de
© 2015 CD PROJEKT S.A. ALL RIGHTS RESERVED.

NEU!
DAS MAGAZIN FÜR ALLE
SCIENCE-FICTION-FANS
100 SEITEN
Jetzt auch als
eMagazine
erhältlich (App für Android und iOS)!
ALLE ZWEI MONATE
NEU IM HANDEL!
PANINI
WWW.GEEK-MAG.DE
WWW.PANINICOMICS.DE